Knaur.

Im Knaur Taschenbuch Verlag ist bereits folgendes Buch der Autorin erschienen:
Machtlos (50649)

Über die Autorin:
Alex Berg, geboren 1963, hat viele Jahre als freie Journalistin gearbeitet, bevor sie ihre ersten Spannungsromane verfasste. Mit ihrem ersten Thriller »Machtlos« gelang Alex Berg ein hoch spannender und brisanter Auftakt zu der Reihe um die Hamburger Staranwältin Valerie Weymann und den BND-Agenten Eric Mayer.
Mehr Informationen unter www.alex-berg.com

Alex Berg

Die Marionette

Thriller

KNAUR TASCHENBUCH VERLAG

Das Zitat auf Seite 375 ist entnommen:
Heike Groos, *Ein schöner Tag zum Sterben, Als Bundeswehrärztin in Afghanistan*, Franfurt am Main 2009.
Mit freundlicher Genehmigung der S. Fischer Verlag GmbH.

Besuchen Sie uns im Internet:
www.knaur.de

FSC
www.fsc.org
MIX
Papier aus verantwortungsvollen Quellen
FSC® C083411

Originalausgabe November 2011

Dieses Werk wurde vermittelt durch die
Michael Meller Literary Agency GmbH.
Umschlaggestaltung: ZERO Werbeagentur, München
Umschlagabbildung: Getty Images, © Kevin Summers
Satz: Adobe InDesign im Verlag
Druck und Bindung: CPI – Clausen & Bosse, Leck
Printed in Germany
ISBN 978-3-426-50899-2

2 4 5 3 1

Immer mehr Bundeswehrsoldaten leiden nach Einsätzen in Afghanistan unter ihren traumatischen Erlebnissen. Die Zunahme ist auf die verstärkten Kampfhandlungen im deutschen Einsatzgebiet in der Region Kundus zurückzuführen. Feuergefechte und Raketenbeschüsse, das permanente Gefühl der Bedrohung und der Anblick von getöteten Kameraden hinterlassen gravierende Spuren. Für die Behandlung der traumatisierten Soldaten ist die Bundeswehr nicht ausreichend gerüstet. Für die rund fünftausend Soldaten im Afghanistan-Einsatz steht ein Psychiater zur Verfügung.

Nach ihren Einsätzen kehren die Soldatinnen und Soldaten in ihre Heimat zurück. Ihre traumatischen Erlebnisse machen sie zu tickenden Zeitbomben. Wir können ihnen überall begegnen. Jederzeit. Sie sind unter uns. Unerkannt. Ausgebildet, um zu töten.

13. Mai

Region Kundus, Afghanistan

Mit hellem Schimmer kündigte sich der Morgen hinter den schneebedeckten Berggipfeln des Hindukusch an. Im nächsten Augenblick schon glitt die Sonne über den Kamm und tauchte das Land in goldenes Licht. Es gab keine Dämmerung in Afghanistan, kein langsames Erwachen. Von einem Augenblick auf den nächsten war der Tag da, vertrieb die beißende Kälte und Dunkelheit der Nacht. Katja Rittmer verfolgte das grandiose Schauspiel, während sie auf dem Beifahrersitz des Sicherungsfahrzeuges dem Konvoi durch die karge Landschaft im Norden Afghanistans folgte. Obwohl sie schon seit einigen Monaten im Land war, war sie jedes Mal aufs Neue fasziniert von der wilden Schönheit, die sich ihr offenbarte. Sie riss eine neue Zigarettenpackung auf und beobachtete, wie die Sonne schnell höher stieg. Gleißende, brennende Helligkeit breitete sich aus, zeichnete scharfe Konturen und vertrieb die Schatten aus der Schlucht, auf die sie zuhielten. Landmarken tauchten auf. Katja erkannte die Brücke, den alten Baum daneben. »Die erste Etappe haben wir geschafft«, sagte sie zu Tobias, ihrem Fahrer, und klemmte sich eine Zigarette zwischen die Lippen. Sie kam nicht mehr dazu, sie anzustecken.

Mit einem ohrenbetäubenden Krachen riss die Straße in einer Fontäne aus Staub und Gestein auf. Felsbrocken flogen durch die Luft wie Kieselsteine und mit ihnen das Sanitätsfahrzeug vor ihnen. Tobias trat hart auf die Bremse und riss das Lenkrad ihres Wagens herum, der schlingernd von der Schotterpiste abkam. »Spring!«, schrie er ihr zu, bevor er selbst die Tür aufstieß. Sie schlug hart im Sand auf, scharfkantige Steine bohrten sich trotz der schusssicheren Weste durch den Stoff ihrer Uniform. Metall ächzte und Scheiben barsten, als sich das gepanzerte Fahrzeug nur wenige Meter entfernt überschlug. In unmittelbarer Nähe schlug erneut eine Rakete ein. Katja warf sich zur Seite und legte schützend die Hände über den Kopf. Gestein prasselte auf sie herab. Sie musste eine Deckung finden. Auf allen vieren kroch sie hinter einen Felsvorsprung und drückte sich gegen den schroffen Stein. Ihr Atem ging schnell. Ihr Herz schlug wild. Weitere Detonationen erschütterten das Gelände. Dichter, gelbbrauner Staub nahm ihr die Sicht. Schreie, Gewehrfeuer zerrissen die Luft. Sie griff nach ihrer Waffe und legte an, als sich ein Schemen aus dem Staub löste und auf sie zustolperte. Erst im letzten Moment erkannte sie Tobias. Er hatte seinen Helm verloren, und in seinen Augen lag Todesangst. Sie sprang aus ihrer Deckung und riss ihn zu Boden. »Verdammt«, brach es aus ihr heraus. »Warum passt du nicht auf?« Ein Zittern durchlief seinen Körper, warmes Blut rann über ihre Finger und vermischte sich mit dem Staub. Er war tot.

Unvermittelt war es vorbei. Katja schob sich vorsichtig aus ihrer Deckung. Nichts rührte sich. *Hit and run,* Zuschlagen und Verschwinden, das war die Taktik der Aufständischen, dieser Guerilla-Armee, die ihre Angehörigen überall versteckt hatte. In jedem der verdammten armseligen Dörfer mussten sie mit den Taliban und ihren Sympathisanten rechnen. Sie mischten sich unter die Bevölkerung, unerkannt, immer bereit für den nächsten Angriff. Katjas Finger schlossen sich fester um den Griff ihres Sturmgewehrs. Der Staub hatte sich gelegt, und sie starrte auf brennende Fahrzeugwracks, auf Leichen, die in der gleißenden Sonne lagen. So viele Tote. Katja schluckte und vermied den Blick in die starren Gesichter. Nichts rührte sich. Nur das Prasseln der Flammen und das Surren der Fliegen, die sich sofort auf den reglosen Körpern niederließen, waren zu hören. Sie kannte jeden einzelnen der Gefallenen, die auf dieser Fahrt unter ihrem Kommando gestanden hatten, die ihr vertraut und sich auf ihre Erfahrung verlassen hatten, diesen Konvoi zu sichern. Flüchtige Bilder tauchten vor Katjas innerem Auge auf, hier ein Lächeln, dort ein verlegener Blick. Sie erinnerte sich an den Klang ihrer Stimmen, Gesprächsfetzen, an ihre Hoffnungen und Ängste, und atmete gegen das Entsetzen an, das der Anblick der Leichen, gepaart mit diesen Erinnerungen, in ihr auslöste. Wenn sie überleben wollte, durfte sie es nicht zulassen. Nicht jetzt. Die Gefahr war noch nicht gebannt. Sie sicherte nach allen Seiten, dann huschte sie geduckt über das freie Stück zurück zur Straße, wo sich die übrigen Transport- und Panzerfahrzeuge wie dunkle Schatten vor der kargen Landschaft abhoben. Sie musste einen Notruf absetzen.

Der Sprengsatz hatte einen riesigen Krater in die Straße gerissen. Schutt und Geröll bedeckten die Fahrzeuge des Konvois. Sie stemmte eine Tür auf. Der Laptop am Armaturenbrett funktionierte noch. Schweiß tropfte von ihrer Stirn auf das Gerät, während sie den Code eingab. Den einen Code, den sie alle fürchteten. Sie wischte sich über das Gesicht und blickte mit zusammengekniffenen Augen über die zerstörte Straße. Würde die Einsatzleitung im Stützpunkt die amerikanischen Hubschrauber zur Bergung anfordern oder würden sie mit Fahrzeugen kommen? Dann konnte es Stunden dauern. Sie

ahnte nicht, dass genau zu diesem Zeitpunkt, nur sechzig Kilometer entfernt, Soldaten einer anderen Einheit ebenfalls in einen Hinterhalt geraten waren, sich ein verzweifeltes Feuergefecht mit ihren Angreifern lieferten. Ihr Notruf wurde aus unerfindlichen Gründen diesem Trupp zugeordnet.
Katja warf einen letzten Blick über die Straße. Sie musste wieder raus, die anderen finden. Sie konnte, durfte nicht die einzige Überlebende sein.

Sie hörte das leise Wimmern erst, als sie schon fast bei ihnen war. Die beiden lagen zusammen. Übereinander, wie lieblos weggeworfene Puppen. Sie waren bewusstlos, ihre Körper befanden sich im Schockzustand, ausgelöst durch Blutverlust und Schmerz. Ein dritter lag in ihrer Nähe, starrte sie an, die Augen weit aufgerissen, die Hände auf den Bauch gepresst.
»Ruhig, Mirko«, flüsterte sie. »Ich bin es, Katja.«
Er erkannte sie nicht.
Sie öffnete den medizinischen Notfallkoffer, den sie aus dem Wagen mitgenommen hatte. Mirkos Atem ging schneller. Sie biss sich auf die Lippen, als sich sein Griff lockerte und fahlweiße Gedärme zwischen seinen Fingern hervorquollen. Sie ließ das Verbandszeug links liegen, tastete nach der Oberschenkeltasche seiner Uniformhose und zog den Autoinjektor heraus. Sie versuchte, flach zu atmen, als der Gestank seiner Eingeweide sie erreichte. Hastig presste sie das Instrument auf seinen Oberarm, und die Nadel schoss durch den Uniformstoff in seine Haut.
»Halt durch«, flüsterte sie. »Lass nicht los.« Sie wusste nicht, ob Mirko sie hörte. Sein Stöhnen besaß nichts Menschliches mehr. Sie verabreichte ihm eine zweite Dosis aus ihrem eigenen Injektor. Endlich begann das Morphin zu wirken. Katja strich ihm über die Wange, während er langsam wegdäm-

merte. Es war noch keine zwei Tage her, dass dieser Mann ihr die Bilder seines Sohnes gezeigt hatte, eines winzigen, schrumpeligen Säuglings, der noch die Male der Geburt trug. Sie erinnerte sich an das Leuchten und den Stolz in seinen Augen, und ihre Finger verharrten unwillkürlich auf seiner Haut, auf der sich Schweiß und Staub zu einem grauen Film vermischt hatten. Sie spürte der Wärme darauf nach, dem letzten Hauch von Leben. »Wenn ich dich nur retten könnte«, flüsterte sie, »damit du ihn wenigstens einmal selbst halten könntest.«

Mirkos Atem wurde schwächer. Seine verkrampften Finger lösten sich, gaben den Blick frei auf die zerrissene Bauchdecke, Blut und das Knäuel der Gedärme, während seine Hände langsam an seinen Seiten herabglitten. Katja wandte sich schaudernd ab, nicht ahnend, dass sie sich nur zu bald wünschen würde, an seiner Stelle gestorben zu sein.

Die Sonne erreichte ihren höchsten Stand und brannte auf sie nieder. Die Luft flirrte vor Hitze, schmerzte in ihren Augen. Waren da Schatten am Rand ihres Blickfelds? Sie entsicherte ihr Gewehr. Im selben Augenblick schlug ein Schuss neben ihr im Sand ein. Ein plötzlicher Schlag, ein glühender Schmerz in ihrer Schulter. Blut färbte ihre Uniform dunkel.

* * *

Ein Stabsarzt beugte sich über sie. »Können Sie mich hören?« Sie nickte wortlos. Ihre Kehle war staubtrocken, wie immer nach einer Narkose. Sie blinzelte in das helle Licht der Deckenbeleuchtung ihres Krankenzimmers, bemerkte aus dem Augenwinkel den Tropf neben ihrem Bett, das Blinken der Geräte, an die sie angeschlossen war.

»Ich hab Ihnen zwei Andenken mitgebracht.« Der Mediziner legte etwas in ihre Hand, schloss ihre Finger darum. Katja spürte kaltes schweres Metall. Die Geschosse aus ihrer Schulter. Ihre Trophäen. Ein Andenken für die Überlebenden. Sie hatte überlebt. Und für einen Augenblick verdrängte die Erleichterung darüber die Trauer über die gefallenen Kameraden. Doch der Augenblick währte nur kurz.

15. Mai

Sie schrak aus einem unruhigen Schlaf voller düsterer Träume auf. Heftig ein- und ausatmend, sah sie orientierungslos auf die geschlossenen Jalousien, durch die helles Sonnenlicht in feinen Streifen auf ihr weißes Laken fiel, und erstarrte, als ihr Blick auf den hochgewachsenen Mann fiel, der neben dem Fenster im Halbdunkel stand. Er bemerkte, dass sie wach war, und trat einen Schritt näher.

»Eric«, stieß sie unsicher hervor, als sie ihn erkannte.

Eric Mayer lächelte, aber es war ein Lächeln, das seine dunklen Augen nicht erreichte. »Wie geht es dir?«, fragte er.

Seine Stimme weckte Erinnerungen. Wie lange war es her, seit sie sich das letzte Mal gesehen hatten? Fünf Jahre? Er hatte sich nicht verändert, sah noch immer gut aus. Das dichte dunkelbraune Haar militärisch kurz, nur die Uniform war einem teuren dunklen Anzug gewichen. »Warum bist du hier?«, wollte sie wissen. Sie hatte gehört, dass er inzwischen beim Bundesnachrichtendienst war. Der Mann für die besonderen Aufgaben. Es wunderte sie nicht. Er war schon während ihrer gemeinsamen Zeit beim KSK regelmäßig für verdeckte Operationen und Spezialaufklärung abgezogen worden.

Er räusperte sich. »Eine interne Untersuchung zu dem Anschlag auf deinen Konvoi läuft bereits.«

Kälte breitete sich in ihr aus bei seinen Worten. Das Krankenzimmer mit seinen kühlen weißen Wänden und Laken löste sich auf, und vor ihr tauchte ein gekrümmter Körper auf, Blut und helle Gedärme, die zwischen kraftlosen Fingern hervor-

drängten. Sie schluckte hart. »Ich nehme an, du leitest diese Untersuchung.«
Er nickte kurz und zog sich einen Stuhl heran. »Es steht eine schwere Anschuldigung gegen dich im Raum.«
»Ich weiß«, erwiderte sie, bemüht, ihre Stimme selbstsicher klingen zu lassen. »Aber ich habe Mirko nicht getötet. Ich habe ihm Morphin gegeben, um die Schmerzen zu lindern.«
»Dem medizinischen Bericht zufolge hast du ihm die doppelte Dosis verabreicht.«
»Ich habe ihm so viel injiziert, wie nötig war«, widersprach sie und sah wieder den länglichen Autoinjektor in ihren von Staub, Blut und Schweiß verdreckten Fingern vor sich. »Du weißt, dass das Morphin nicht immer wirkt, wenn die Soldaten die Injektoren zu lange bei sich tragen.« Sie ballte ihre Faust. »Ich hätte alles getan, um Mirkos Leben zu retten. Aber er hatte keine Chance.«
Mayer ging nicht auf ihre Bemerkung ein. »Sie haben sich deine Akte angesehen und den Fall 2006 in Somalia wieder ausgegraben.«
Ungläubig starrte sie ihn an. Somalia. Der Einsatz mit der internationalen Spezialeinheit. »Du weißt, was damals passiert ist«, stieß sie wütend hervor, »du warst dabei.«
»Deshalb bin ich hier«, sagte er ruhig. »Jemand will dich augenscheinlich loswerden, und ich wüsste gern, warum.« Er lehnte sich auf seinem Stuhl nach vorn und fixierte sie scharf. »Du hast gegenüber deinem Vorgesetzten erwähnt, dass du den Tatort noch einmal untersuchen willst«, sagte er. »Was ist passiert?«
Sie antwortete nicht gleich. Eric strahlte eine Autorität aus, der sie sich nur schwer entziehen konnte. Aber konnte sie ihm vertrauen? Er vertrat inzwischen das politische Berlin. Die andere Seite. Die, die nicht von Krieg sprach, wo Krieg

war. Im Gegensatz zu den Politikern wusste er jedoch, wie es sich *dort draußen* anfühlte. Er kannte die Angst, die die Sinne schärfte bis ins Unerträgliche. Wusste, was sie auf Dauer mit einem machte. »Die Taliban waren uns nicht nur überlegen, weil sie das Gelände kannten«, erwiderte sie schließlich vorsichtig.

Mayer sah sie aufmerksam an.

Jemand will dich augenscheinlich loswerden. Es gab keine Geheimnisse, sonst wäre Eric nicht hier. Aber wer steckte dahinter, wer konnte wissen, was sie herausgefunden hatte? Zögernd zog sie die Schublade ihres Nachttischs auf, tastete nach der Streichholzschachtel, die darin lag, und reichte sie Mayer. Er zog sie auf und hielt die Projektile, die er darin fand, nachdenklich ins Licht. Genau wie sie kannte er sich aus mit Munition. Das hochwertige Material hatte nur wenig unter dem Aufprall auf ihren Knochen gelitten. Was sie hier vor sich hatten, stammte nicht aus dem Nachlass der russischen Armee. Das war deutsche Wertarbeit. Wortlos gab er ihr die Kugeln zurück. »Woher hast du die?«, fragte er schließlich.

»Sie steckten in meiner Schulter.«

»Wer weiß noch davon?«

»Niemand außer dir.«

»Und der Arzt?«

Katja schüttelte den Kopf. Der Arzt, der die Projektile aus ihrem Körper herausoperiert hatte, hatte keine Ahnung gehabt, wie brisant dieses Andenken war, das er ihr vermacht hatte.

»Wie kommen die Taliban an deutsche Ausrüstung?«, fragte sie bitter.

Er blieb ihr die Antwort schuldig, und sie fragte sich, ob er wirklich so ahnungslos war, wie er sich gab.

»Wir sind in eine Falle gelaufen«, sagte sie anklagend. »Unse-

re Soldaten hätten da draußen nicht sterben müssen, wenn wir nur gewusst hätten, was uns erwartet.« Sie rang plötzlich mit ihrer Fassung. »Wenn wir besser ausgerüstet gewesen wären und rechtzeitig Hilfe bekommen hätten.«
Sein Gesichtsausdruck zeigte ihr, dass er wusste, wovon sie sprach, doch bevor er etwas sagen konnte, erschütterte eine Detonation das medizinische Rettungszentrum. Gleich darauf heulten die Sirenen. Er trat ans Fenster, schob die Jalousie auseinander. »Berlin kann nach den letzten Anschlägen nicht mehr über die Missstände vor Ort hinwegsehen. Sie werden in Ausrüstung und Ausbildung investieren müssen. Das Umdenken hat längst begonnen …«
Seine Stimme verlor sich. Die Detonation dröhnte in ihren Ohren, jagte ein Zittern durch ihren Körper und beschleunigte ihren Puls. Das Krankenzimmer löste sich auf. Sengende Sonne, Staub, der Geruch von Blut … Sie atmete dagegen an, zerdrückte die Schachtel mit den Projektilen in ihrer Faust … So viele Tote …
»… und du wirst nach Deutschland zurückgeschickt werden.« Die Bilder verblassten, verdrängt von Mayers Stimme. Er sah noch immer zum Fenster hinaus.
Ihr Mund war trocken. Hatte er etwas bemerkt? Sie fuhr sich mit der Zunge über ihre Lippen. Räusperte sich. »Ich … bin bereits darüber informiert worden«, erwiderte sie und stellte erleichtert fest, dass ihre Stimme ihr wider Erwarten gehorchte.
Er wandte sich vom Fenster ab und vergrub seine Hände in den Taschen seiner Hose. Noch immer verriet sein Gesicht nichts, verbarg er seine Gedanken und Gefühle hinter jener glatten Maske, die schon seine Stärke gewesen war, als sie noch zusammen in einer Einheit dienten, und gerade deswegen wusste sie, dass er noch nicht fertig war, dass da noch

etwas wartete, das sie beide wohlweislich bislang nicht angesprochen hatten. Sie wappnete sich, wünschte sich, er würde schweigen.
»Du weißt von Chris?«, fragte er jedoch wie erwartet.
Diese Frage aus seinem Mund zu hören, seinen Blick zu spüren, schmerzte noch mehr, als sie befürchtet hatte. Sie biss die Zähne zusammen, nickte unmerklich und konzentrierte sich auf einen Punkt an der Wand hinter ihm. Chris hatte den zweiten Konvoi begleitet, der zeitgleich in einen Hinterhalt geraten war. Sechs Tote und vier Schwerverletzte. Sie verbot sich, daran zu denken, was das bedeutete. Wie diese Nachricht all ihre Träume, all ihre Hoffnungen mit einem Schlag zerstört hatte.

* * *

Mazar-i-Sharif, Afghanistan

Eric Mayer versuchte, nicht auf das Bett zu schauen, auf die fehlende Wölbung unter der Decke. Es war ein gespenstischer Anblick, wenn ein menschlicher Körper kurz unterhalb der Hüfte endete.
»Es werden inzwischen hervorragende Prothesen hergestellt, es hat gerade im Bereich der medizinischen Hilfsmittel in den vergangenen Jahren eine rasante Entwicklung gegeben.« Der behandelnde Arzt war um ein Lächeln bemüht, einen zuversichtlichen Tonfall. Die Mediziner hatten Christian Frank in ein künstliches Koma versetzt.
»Natürlich«, erwiderte Mayer höflich. Es fiel ihm schwer, sich Chris auf Krücken vorzustellen. Im Rollstuhl. In seiner

Erinnerung lebte ein anderer Mann, einer, der auf Zypern am Strand Sirtaki tanzte, sturzbetrunken, mit einer Flasche Raki in der Hand, und der dennoch jeden Schritt in perfekter Harmonie mit der immer schneller werdenden Musik auf den Boden setzte. Es war ihr letzter gemeinsamer Einsatz gewesen. »Wenn ich jemals alt werde«, hatte Chris damals gesagt, »werde ich mich hier zur Ruhe setzen.« Er hatte genügend Lebenslust für eine ganze Kompanie besessen. Jetzt lagen seine sehnigen braunen Hände reglos auf dem weißen Laken. Seine Augen waren geschlossen, und Mayer fragte sich, ob es nicht vielleicht besser wäre, wenn sie das auch für immer blieben.

»Eins der Fahrzeuge ist auf ihn gekippt, hat ihn eingeklemmt und seine Oberschenkelknochen völlig zerquetscht. Die Amputation war die einzige Möglichkeit, sein Leben zu retten«, bemerkte der Arzt, der sich vermutlich nicht das erste Mal genötigt sah, Hoffnung zu verbreiten, wo es keine gab. »Er wird lernen, mit seinem Handicap zu leben. Er hat einen starken Willen. Sonst wäre er längst tot.« Mayers Blick ließ ihn verstummen.

»Ich wäre gern einen Moment mit ihm allein«, sagte Mayer.

Der Arzt zögerte, verließ dann aber doch den Raum. Mayer beobachtete, wie sich Chris' kräftiger Brustkorb im Rhythmus der Beatmungsmaschine hob und senkte. Am nächsten Tag sollte er nach Deutschland ausgeflogen werden. Es würden weitere Operationen folgen, Rehabilitationsmaßnahmen. Die Schmerzen würden bleiben. Chris hatte keine Familie, keine Kinder, für die es sich lohnte, weiterzukämpfen. Weiterzuleben. Seit mehr als fünfzehn Jahren war er in den Krisengebieten der Welt zu Hause. Mayer wusste nur zu gut, wie fremd einem das Leben in Europa werden konnte, wie schwer es war, sich wieder einzugliedern in die Normalität der Zivilisation.

Auf einer Ablage neben dem Bett lagen Chris' persönliche Sachen. Mayer nahm das Mobiltelefon. Es war ausgeschaltet. Darunter ein in Leder gebundenes Notizbuch. Auf der Innenseite des Einbandes fand er zu seiner Überraschung ein Foto von Katja. Mayer betrachtete es nachdenklich. Das kurze blonde Haar fiel ihr in eigenwilligen Locken ins Gesicht, ihr Blick aus den leuchtend blauen Augen strahlte ungebrochene Energie aus, so ganz anders als bei ihrer letzten Begegnung vor wenigen Stunden. Aber nun verstand er auch, warum. Nachdem er das KSK verlassen hatte, war in den vergangenen Jahren also mehr aus der Freundschaft geworden, die Chris und Katja verband. Er musste herausfinden, wie eng die Beziehung der beiden tatsächlich war. Er blätterte das Notizbuch durch und las die letzten Einträge. Dann ließ er es zusammen mit dem Telefon in seine Tasche gleiten. Chris würde es bis zu seinem Abtransport am folgenden Morgen nicht vermissen, und länger würde Mayers Team vor Ort zur Auswertung nicht benötigen.
Kurz darauf verließ Mayer das Klinikgebäude der Bundeswehr. Auf dem Weg zum Hubschrauberlandeplatz zog er einige Blicke auf sich, schon allein deswegen, weil er keine Uniform trug. Sein Pilot wartete bereits auf ihn. Mayer warf einen letzten Blick auf das Feldlager, das schnell unter ihnen verschwand, als der Hubschrauber an Höhe gewann und Kurs auf Kabul nahm. In brauner Eintönigkeit glitt die afghanische Landschaft vorbei. Vor ihnen erhob sich das zentrale Gebirgsmassiv des Hindukusch bis an die pakistanische Grenze. Kabul lag auf einer Hochebene in fast zweitausend Metern Höhe. Im Nordosten schlossen sich schroffe, schneebedeckte Gipfel an, türmten sich mit bis zu siebentausend Metern in den Himmel, eine unwirtliche Gegend, die sich nicht beherrschen ließ und unzählige Rückzugs- und Ver-

steckmöglichkeiten bot. Die Afghanen waren ein zähes Volk, seit Generationen im Widerstand geübt. Schon die Mongolen waren bei der Eroberung dieses Landes gescheitert und nach ihnen alle anderen, die es versucht hatten. Auch der Einsatz der ISAF-Truppen dauerte nun schon fast zehn Jahre an, und die Zahl der Opfer war in den letzten Jahren rasant angestiegen. Und mit ihnen die Kriegsmüdigkeit. Die Zeiten, in denen die Bevölkerung den Soldaten auf ihren Patrouillen zuwinkte, waren längst vorbei. Nicht einmal mehr die Kinder standen am Straßenrand. Die Menschen zogen sich zurück, Misstrauen und Angst bestimmten den Alltag, und die Zahl der Anschläge und Hinterhalte stieg kontinuierlich. Chris' Schicksal, so entsetzlich es sein mochte, war nur eins von vielen infolge eines Krieges, der nicht zu gewinnen war. Dennoch kam dieser letzte verheerende Hinterhalt einer Zäsur gleich.

»Ich gehe davon aus, dass Sie meinen Bericht bereits gelesen haben.« Mit diesen Worten eröffnete Mayer die kleine und exklusive Runde, die sich in der Deutschen Botschaft in Kabul in dem abhörsicheren Raum eingefunden hatte. Der Botschafter saß ihm gegenüber, ein großer, schlanker, graumelierter Mann, der auf dem diplomatischen Parkett der Welt seit vielen Jahren zu Hause war. Die beiden Stabsoffiziere der Bundeswehr, die rechts und links von ihm Platz genommen hatten, wirkten dagegen unbeholfen und klobig. Alle drei bestätigten Mayers Frage.

»Unsere Einheiten sollten Nachschubwege sichern«, fuhr Mayer fort. »Wir haben im Norden in den vergangenen Wochen immer wieder Probleme gehabt. Aber diese beiden Hinterhalte waren besser geplant und vorbereitet als alle bisherigen. Aus diesem Grund hatten sie auch solch eine verheerende Auswirkung.«

»Wir haben zunehmend Probleme mit der neuen Führungsstruktur der Taliban. Die Planung und Kommunikation zwischen den einzelnen Gruppen hat sich deutlich verbessert – zu unserem Nachteil«, unterbrach ihn der Botschafter. »Und mit ihrer Taktik sind die Aufständischen nicht nur militärisch erfolgreich, sondern finden auch in der Bevölkerung immer mehr Rückhalt. Erfolgreiche Aktionen wie diese beweisen das.«
»Es war nicht allein die langfristige Planung, die uns so große Verluste eingebracht hat«, widersprach einer der Offiziere, ein Oberst, der mit kurzen Unterbrechungen nahezu seit Beginn des Einsatzes im Land war. »Unsere Soldaten wurden mit modernsten Waffen angegriffen.« Er lehnte sich vor und fixierte die übrigen Anwesenden aus zusammengekniffenen Augen. Mayer dachte unwillkürlich an Katja, als der Mann fortfuhr: »Ich gehe sogar so weit, zu behaupten, dass ihre Schlagkraft die unsere bei weitem übertroffen hat.«
Unangenehmes Schweigen folgte den scharfen Worten des Offiziers. Er war dafür bekannt, dass er kein Blatt vor den Mund nahm, doch Mayer schätzte ihn genau wegen dieser Geradlinigkeit. Er nickte dem Oberst zu, während er seinen Laptop aufklappte und den angeschlossenen Beamer einschaltete. »Ich wäre froh, wenn ich Ihnen widersprechen könnte, aber wir haben die beiden Anschlagsorte trotz der akuten Gefährdung gestern einer gründlichen Untersuchung unterzogen und tatsächlich eindeutige Beweise für den Einsatz neuester Waffentechnologie gefunden.« Alle Anwesenden wandten sich den Bildern zu, die das Gerät auf die weiße Wand projizierte: die karge Landschaft um Kundus; ausgebrannte Fahrzeugwracks; Einschlaglöcher von Geschossen; Detailaufnahmen von zerfetzten Seitenwänden der gepanzerten Wagen. Noch bevor er Katja Rittmer besucht hatte, war Mayer vor Ort gewesen. Das Ausmaß der Zerstörung hatte

selbst die erfahrenen Männer schockiert, die er für diesen Einsatz ausgewählt hatte. »Aber diese Erkenntnis allein rechtfertigt nicht meine Bitte für unser kurzfristiges Treffen unter diesen besonderen Bedingungen.« Er räusperte sich. »Wir haben am Anschlagsort zudem Beweise gefunden, die unzweifelhaft darauf schließen lassen, dass die Waffen der Aufständischen aus deutscher Produktion stammen.«

Die beiden Stabsoffiziere schnappten nach Luft.

»Das ist unmöglich«, entfuhr es dem Botschafter. »Das wäre ein Desaster.«

»Das *ist* ein Desaster«, verbesserte Mayer ihn. Er schaltete den Beamer aus. »Wir haben sechzehn Tote und fast zwanzig Verletzte, darunter drei, die in Lebensgefahr schweben. Das wird innenpolitisch nicht ohne Konsequenzen bleiben. Gleichzeitig sind wir aufgrund der Korruptionsvorwürfe gegen die Larenz-Werke einem massiven außenpolitischen Druck ausgesetzt. Die Amerikaner und Briten haben noch nicht damit abgeschlossen, dass ein deutscher Konzern den Zuschlag für die Ausrüstung der afghanischen Polizei für die kommenden vier Jahren erhalten hat.«

»Denen käme ein Skandal um illegale Waffenlieferungen gerade recht«, bemerkte der Botschafter und griff nach dem Glas Wasser, das vor ihm stand. Er war maßgeblich an dem Zustandekommen des Vertrags mit der afghanischen Regierung beteiligt gewesen. Hatte Verhandlungen geführt und die richtigen Leute zusammengebracht. »Die Vorwürfe sind einfach absurd.«

»Es geht um ein Volumen von fast zwei Milliarden Dollar«, bemerkte Mayer. »Da wird mit harten Bandagen gekämpft.«

»Wieso ist niemand vom militärischen Abschirmdienst hier?«, wollte der Botschafter wissen.

»Ein Mitarbeiter des MAD hat mit mir zusammen die Untersuchungen vor Ort durchgeführt«, erklärte Mayer. »Angesichts der wirtschaftlichen Zusammenhänge und der möglichen politischen Auswirkungen hat meine Behörde die weiteren Ermittlungen übernommen.«

»Wir können nicht ausschließen, dass die deutschen Waffen über ein Drittland in die Hand der Aufständischen gelangt sind«, warf der Oberst ein. »Oder über osteuropäische Waffenhändler. Denken Sie an die Altlasten aus deutschen Polizeibeständen, die ihren Weg in beinahe jedes Krisengebiet der westlichen Hemisphäre gefunden haben.«

»Wir haben es hier weder mit alten noch mit gebrauchten Waffen zu tun«, widersprach Mayer. »Sie haben die Bilder gesehen.«

Der Botschafter schüttelte nachdenklich den Kopf. »Wir können nicht ausschließen, dass die afghanische Regierung die Finger im Spiel hat. Die Macht der verwandtschaftlichen Beziehungen und Clanstrukturen in diesem Land wird von uns nach wie vor grob unterschätzt.«

Der Oberst runzelte die Stirn, bevor er sich jedoch äußern konnte, ergriff Mayer das Wort. »Meine Herren, schließen Sie bitte nicht das Naheliegende aus.«

»Einen direkten Kontakt?«

»Ich halte das keineswegs für abwegig.«

»Haben Sie schon nähere Informationen, welche deutsche Rüstungsfirma involviert sein könnte?«, wollte der Oberst wissen.

»Meine Abteilung arbeitet daran«, sagte Mayer. »Ich habe alle notwendigen Daten nach Deutschland weitergeleitet. Die Aufgabe hier vor Ort wird es sein, konkrete Nachforschungen anzustellen.«

»Mögliche Kontakte, Mittelsmänner«, bemerkte der Oberst. »Das ist Ihre Domäne, nehme ich an.«

»Ich fliege heute noch nach Deutschland zurück, werde aber in Kürze wieder hier zurück sein. In Kundus habe ich ein zuverlässiges Team von Mitarbeitern, die bereits an dem Fall arbeiten«, erklärte Mayer. Dann wandte er sich an den Botschafter. »Sicherlich haben Sie einen Überblick über die Mitarbeiter der Hilfsorganisationen im Land?«
»Wir werden Ihnen die nötigen Informationen umgehend zukommen lassen«, versicherte der Diplomat. »Lässt sich die Angelegenheit geheim halten?«
»Kaum. Rechnen Sie mit dem Schlimmsten«, erwiderte Mayer. Wieder dachte er an Katja. Sie würde nicht schweigen. Ebenso wenig wie alle anderen, die überlebt hatten. Anfangs würden sie noch leise und hinter vorgehaltener Hand darüber sprechen. Aber sie würden darüber sprechen. Und ihre Stimmen würden lauter werden, wenn sie feststellten, dass man ihnen zuhörte. »Im Moment haben wir den Vorteil, der Gegenseite einen kleinen Schritt voraus zu sein. Wir müssen herausfinden, wer der Lieferant der Waffen ist, bevor unsere Bündnispartner es tun.«

16. Mai

Berlin, Deutschland

Das Flugzeug landete am frühen Morgen. Eric Mayer hatte nur wenig an Bord geschlafen. Das Wetter war schlecht und der Flug entsprechend unruhig gewesen. Nasskalter Nebel hing über Berlin und kroch ihm in die Glieder, als er in den bereitstehenden Regierungswagen einstieg.

Im Bundeskanzleramt herrschte Krisenstimmung. Der Verteidigungsminister begrüßte ihn. Ebenso wie die anwesenden Staatssekretäre, Ministerialbeamten und ranghohen Offiziere vom Einsatzführungskommando in Potsdam machte auch er nicht den Eindruck, als hätte er viel geschlafen in der vergangenen Nacht. Schatten lagen unter seinen Augen, und sein Auftreten ließ die sonst übliche Dynamik vermissen.

»Ihre Nachricht ist eingeschlagen wie eine Bombe«, bemerkte er, als er Mayer die Hand schüttelte. »Aber wir haben eine erste Spur. Technische Experten der Bundeswehr und des Bundesnachrichtendienstes haben die Aufnahmen ausgewertet, die Sie uns geschickt haben. Und die Spur, so ungern ich es sage, führt nach Hamburg.«

»Die Larenz-Werke«, folgerte Mayer sofort und verzog schmerzlich das Gesicht. Der Konzern war einer der größten deutschen Investoren in Afghanistan, das Flaggschiff der deutschen Wirtschaft. Vor wenigen Wochen erst hatte die Rüstungsfirma wegen angeblicher Schmiergeldzahlungen an afghanische Regierungsmitglieder die Schlagzeilen beherrscht. Die Vorwürfe hatten sich als haltlos erwiesen, lanciert vermutlich von konkurrierenden Unternehmen, dennoch blieb immer ein Rest von Misstrauen in der öffentlichen Wahrnehmung.

»Die Larenz-Werke, ja, leider«, bestätigte der Minister mit einem Seufzen. »Erst der Korruptionsskandal und jetzt auch noch illegale Waffengeschäfte. Und das alles zu einem Zeitpunkt, der unglücklicher nicht sein könnte.«

Mayer wusste, worauf der Verteidigungsminister anspielte. In wenigen Wochen würde Deutschland die sechsmonatige Ratspräsidentschaft der EU übernehmen. Die Agenda der Kanzlerin und des Auswärtigen Amts für diese Zeit war anspruchsvoll: Friedensgespräche im Nahen Osten und eine neue Strategie für Afghanistan standen ganz oben. Einen Skandal um illegale Waffenexporte eines der größten deutschen Industrieunternehmen war sicher das Letzte, was sie zur Unterstützung dieser heiklen Missionen brauchten.

»Wer ist bereits informiert?«, wollte Mayer wissen.

»Die Kanzlerin natürlich und die betroffenen Minister des Innen- und Wirtschaftsministeriums sowie der Herr Kollege vom Werderschen Markt.« Der Verteidigungsminister warf einen Blick auf seine Uhr. »Ich treffe mich in einer Dreiviertelstunde mit ihnen.« Er sah wieder zu Mayer. »Es wird einen gemeinsamen Krisenstab des Wirtschafts- und Verteidigungsministeriums geben. Wir würden es begrüßen, wenn Sie Hamburg übernehmen. Sie werden als Vertreter der Ministerien auftreten. Sie haben das nötige diplomatische Geschick für die Gespräche mit den Vorstands- und Aufsichtsratsmitgliedern sowie für die Organisation und Leitung der Untersuchung gegen die Larenz-Werke. Stellen Sie sich ein Team zusammen.«

Mayer räusperte sich. »Ich war darauf eingestellt, umgehend wieder nach Kabul zu fliegen. Die Ermittlungen dort …«
»Können auch von Ihren Mitarbeitern fortgeführt werden«, unterbrach ihn der Minister. »Wir brauchen Sie hier. Ich habe mit Ihrem Vorgesetzten gesprochen, er befürwortet diese Strategie.« Er wandte sich ab.
»Wann ist das entschieden worden?«, wollte Mayer wissen, der das Gespräch noch nicht als beendet ansah. Er schätzte es nicht, ohne sein Wissen hin- und hergeschoben zu werden wie eine Schachfigur.
Der Minister blieb stehen. »Heute Nacht«, erwiderte er, irritiert von Mayers Hartnäckigkeit. »Sie waren schon in der Luft, deswegen konnten wir Sie nicht mehr über die geänderten Pläne informieren.«
»Ist die Staatsanwaltschaft Hamburg in Kenntnis gesetzt worden?«
»Die Hamburger warten nur auf unseren Anruf, um die Beamten des LKA rauszuschicken. Der gerichtliche Beschluss liegt bereits vor.«
»Das heißt, sie sind noch nicht vor Ort?«, entfuhr es Mayer.
Der Minister strich sich in einer fahrigen Geste, die mehr als alles andere seine Anspannung verriet, über das angegraute Haar. »Wir halten uns auf speziellen Wunsch des Kanzleramtes noch zurück«, erklärte er.
Mayer wusste, dass es sinnlos war, diese Entscheidung in Frage zu stellen. Gerwin Bender, der Vorstandsvorsitzende der Larenz-Werke, hatte beste Verbindungen in die höchsten Kreise der Politik. Jetzt zahlten sie sich anscheinend für ihn aus.

Ein vertrautes Gesicht erwartete Mayer auf dem Hamburger Flughafen, als er knapp zwei Stunden später dort eintraf. »Hi, Chef«, begrüßte Florian Wetzel ihn mit einem breiten Grinsen. Wie immer schlotterte eine viel zu weite Jeans um seine dünnen Beine, die Hände hatte er in die Taschen eines schwarzen Kapuzenshirts geschoben. »Trotz der widrigen Umstände freue ich mich, Sie zu sehen.« Das Grinsen wurde noch breiter. »Wenn ich das so sagen darf.«

»Ich freue mich auch, Florian. Seit wann sind Sie hier?«

»Ich hab heute Morgen einen der ersten Flüge von München nach Hamburg genommen.« Vertrauter Schalk blitzte in Wetzels Augen unter seinem wirren Haarschopf auf. »Und seither weder Kosten noch Mühen gescheut, um Ihre Ankunft vorzubereiten.« Mayer schüttelte lächelnd den Kopf. Sein jüngerer Kollege hatte sich in den letzten anderthalb Jahren nicht verändert.

»Termine?«, fragte Mayer.

»Wir werden bei der Staatsanwaltschaft Hamburg erwartet. Wir fahren direkt hin.«

* * *

Hamburg, Deutschland

Gerwin Bender legte den Telefonhörer auf. Lange, sehr lange saß er reglos auf seinem Lederstuhl und starrte vor sich hin. Die Stimme seines Anrufers klang ihm noch im Ohr. »Es knallt. Es knallt gewaltig. Die Ministerien haben einen Krisenstab gebildet, und die Minister tagen bereits seit zwei Stunden hinter verschlossenen Türen. Die Kanzlerin ist vor zwanzig Minuten dazugekommen. Sie hat ihren Staatsbesuch in Paris abgebrochen.«

Sie würden eine Untersuchung einleiten. Es war bereits jemand unterwegs von Berlin nach Hamburg. Er lehnte sich auf seinem Stuhl zurück und schloss die Augen. Durch das geöffnete Fenster drangen vom Werftgelände Geräusche herein: das Flexen von Metall, das Kreischen der Sägen, das monotone Schlagen auf Bolzen.

Für einen Moment war er versucht, alles hinzuschmeißen, des Kämpfens müde, aber Gerwin Bender hatte noch nie in seinem Leben aufgegeben. Widerstände waren da, um an ihnen zu wachsen. Auf diese Weise hatte er die Larenz-Werke in den vergangenen zehn Jahren zu einem der führenden Unternehmen nicht nur in Deutschland, sondern auch in Europa gemacht.

Das erneute Klingeln des Telefons im Vorzimmer schreckte Bender aus seinen Gedanken. Kurzerhand griff er selbst zum Telefon. Der Justiziar des Unternehmens war ebenfalls längst im Büro. »Andreas, wir haben ein Problem.«

Keine zwei Minuten später stand Andreas Vombrook ihm gegenüber, ein Mann Anfang vierzig, mit leichtem Bauchansatz und bereits lichter werdendem Haar, der seit nunmehr fünf Jahren dabei war und eine glänzende Reputation in der Branche besaß. »Wenn sich herausstellt, dass an der Sache wirklich etwas dran ist, dann bricht uns das das Genick«, sagte Vombrook. »Wo sind die übrigen Vorstandsmitglieder?«

»Vieth ist noch in Zürich und Thordsen in Ankara. Frau Claus hat sie bereits informiert. Die anderen vier müssten gleich hier sein.«

Vombrook sah angestrengt aus dem Fenster. »Wir müssen damit rechnen, dass die Staatsanwaltschaft und das LKA jeden Moment hier auftauchen. Weißt du, wen sie aus Berlin herschicken?«

Bender schüttelte den Kopf. »Können wir irgendetwas tun?«

»Ich fürchte nicht. Wir haben nicht den geringsten Anhaltspunkt«, erwiderte Vombrook und ließ sich in einen der wuchtigen Sessel vor Benders Schreibtisch fallen. Er stützte den Kopf in die Hände. »Es gibt vielleicht eine Möglichkeit«, sagte er schließlich. »Hol Kurt Meisenberg ins Boot.«
Bender stand auf. »Das können wir nicht machen. Er ist im Aufsichtsrat und einer meiner engsten Freunde.«
»Darauf kannst du jetzt keine Rücksicht nehmen.«

* * *

Hamburg, Deutschland

Valerie Weymann war auf dem Weg in die Kanzlei, als der Anruf ihres Seniorpartners sie erreichte. »Valerie, ich fahre gerade zu den Larenz-Werken. Ich brauche dich dort. Komm bitte sofort.«
Meisenberg klang aufgeregt. Außer Atem. Das war mehr als ungewöhnlich. »Kurt, ist alles in Ordnung?«
»Ja, natürlich«, erwiderte er ungeduldig. »Du hast mir keine Antwort gegeben.«
»Ich habe um elf ein Gespräch mit Mandanten …«
»Sag es ab.«
Valerie starrte auf ihr Telefon und begriff, dass es sich entgegen Meisenbergs Versicherung um einen Notfall handeln musste, unter normalen Umständen würde er niemals einen Termin stornieren.
»In Ordnung«, erwiderte sie gedehnt. Sie gab die Adresse in ihr Navigationssystem ein. »In zwanzig Minuten bin ich da«, erklärte sie dann. »Wo finde ich dich?«

»Im Büro des Vorstandsvorsitzenden.«
Meisenberg beendete die Verbindung ohne ein weiteres Wort.

Die Larenz-Werke waren eines der ältesten Industrieunternehmen der Hansestadt, doch das Firmengebäude, auf das Valerie zufuhr, war neu. Einer dieser modernen Glaspaläste direkt am Wasser. Die danebenliegenden Docks, in denen gearbeitet wurde, waren durch große Aufbauten vor neugierigen Blicken geschützt. Sie meinte sich zu erinnern, dass der Konzern vor kurzem einen nicht unerheblichen Auftrag über den Bau von U-Booten für die türkische Marine erhalten hatte. Vor einigen Jahren hatte es einen heftigen Kampf innerhalb der Hamburger Bürgerschaft gegeben, weil der Sitz der Firmenzentrale nach München verlegt werden sollte, wo der größte deutsche Produktionsstandort für die Rüstungsgüter des Konzerns lag, die nicht maritim ausgerichtet waren. Im Gegenzug hatte der Hamburger Senat den Larenz-Werken Zugeständnisse für den Standort Hamburg gemacht, die insbesondere die Grünen im Nachhinein viele Wählerstimmen gekostet hatten. Die deutsche Wirtschaft aber besaß eine neue Galionsfigur und kürte Gerwin Bender zum Manager des Jahres. Valerie kannte ihn flüchtig. Meisenberg hatte sie einander vor zwei Jahren auf dem Juristenball im Hotel Atlantic vorgestellt.
Als sie kurz darauf sein Büro betrat, kam Bender mit ausgestreckten Händen auf sie zu. Im Gegensatz zu Meisenberg sah man ihm nicht an, dass er bereits über sechzig war. Groß, schlank und von ausgesprochener Vitalität entsprach er perfekt dem Klischee des erfolgreichen Wirtschaftsmannes.
»Frau Weymann«, begrüßte er sie mit einem offenen Lächeln. »Ich freue mich, Sie zu sehen.«
Er stellte sie den übrigen Vorstandsmitgliedern vor. Andreas

Vombrook war der Einzige, den sie persönlich kannte. Er saß mit Meisenberg zusammen und stand wie alle anderen kurz auf, um ihr die Hand zu schütteln. »Valerie, schön, dass du da bist.«

Sie nickte zurückhaltend. »Worum geht es?«

»Um den Vorwurf des illegalen Waffenhandels und die mögliche Verletzung von Embargos. Bei den jüngsten Anschlägen in Afghanistan sind deutsche Soldaten mit Waffen aus unserem Haus getötet worden.«

Vombrooks sachlicher Zusammenfassung folgte eine unangenehme, lähmende Stille. Alle starrten vor sich hin. Natürlich wussten die anwesenden Vorstandsmitglieder längst, worum es ging, aber es war, als ob die knappen Worte des Justiziars es ihnen noch einmal in aller Deutlichkeit vor Augen führten.

»Das ist eine schwere Anschuldigung«, sagte Valerie, während sie am Konferenztisch Platz nahm. Ihre leise Stimme schien in der Stille zu dröhnen. »Wissen Sie schon …«

»Wir tappen völlig im Dunkeln«, fiel Vombrook ihr ins Wort, der ahnte, worauf sie hinauswollte. »Aber wir sind uns einig, dass wir in diesem Fall kompetente juristische Hilfe zur Unterstützung unserer eigenen Abteilung von außen hinzuziehen wollen. Wir rechnen jeden Moment mit dem Eintreffen der Staatsanwaltschaft und des LKA.«

Gerwin Bender räusperte sich. »Dr. Meisenberg hat uns versichert, dass Sie genau die fachliche Kompetenz besitzen, die wir jetzt brauchen.«

Valerie warf Meisenberg einen fragenden Blick zu, doch ihr untersetzter Seniorpartner verzog keine Miene.

»Wir sehen uns einer großangelegten Schmutzkampagne ausgesetzt«, fuhr Bender mit fester Stimme fort.

»So wie bei den Korruptionsvorwürfen?«, fragte Valerie. Sie hatte die Berichterstattung in den Medien verfolgt. Alles wies darauf hin, dass die Informationen über die vermeintlichen Schmiergeldzahlungen der Larenz-Werke an die afghanische Regierung von den Amerikanern lanciert worden waren.

Bender nickte.

Valerie war skeptisch. »Die Behörden würden nicht in dieser Weise reagieren, wenn ihnen nicht stichhaltige Beweise vorliegen würden«, gab sie zu bedenken.

»Stichhaltige Beweise hat es auch bei den Korruptionsvorwürfen gegeben. Sie haben jedoch bei genauerer Überprüfung überraschend schnell an Substanz verloren.« Bender stand von dem Konferenztisch auf, ging zu seinem Schreibtisch und nahm eine Mappe auf. »Wir konnten alles widerlegen. Das Schlimme ist, dass dennoch immer etwas haften bleibt. Das Image hat Kratzer bekommen. Und der Vorfall wird wieder zur Sprache kommen, wenn jetzt neue Vorwürfe auf den Tisch kommen.«

Auch ohne dass er es explizit aussprach, begriff Valerie, dass nicht nur die Glaubwürdigkeit, sondern auch die Existenz der Larenz-Werke auf dem Spiel stand, wenn sich die Anschuldigungen bestätigen sollten. Vor allem aber Gerwin Benders Karriere. Er war der Motor dieses Unternehmens, und es war nicht auszuschließen, dass es Kreise gab, denen seine Machtposition und die dazugehörige Stimme, die er nicht nur innerhalb des Konzerns, sondern in der gesamten deutschen Wirtschaftswelt besaß, längst ein Dorn im Auge war.

»Es ist ein Angriff«, meldete sich Meisenberg erstmals zu Wort. Ihr Seniorpartner konnte sich der ungeteilten Aufmerksamkeit aller Anwesenden sicher sein. »Und es ist durchaus möglich, dass dieser Angriff aus der Regierung kommt.« Er war nicht nur ein brillanter Anwalt, sondern vor allem eine Koryphäe für hochkomplizierte wirtschaftliche und politische Beziehungsgeflechte. Valerie wusste, dass er seit Jahrzehnten eine Vielzahl von Quellen in Berlin liebevoll pflegte, über die niemand sonst in diesem Raum verfügte. Nicht einmal Bender, der ansonsten exzellente Verbindungen in die Politik besaß.

Ein aufgeregtes Raunen war die Antwort auf Meisenbergs kühne Behauptung. Einzig Gerwin Bender verzog keine Miene. In zwei Jahren würde er als Vorstandsvorsitzender ausscheiden, und Valerie wusste von Meisenberg, dass Bender mit einem Sprung in die Politik liebäugelte. Eine solche Affäre, wie sie sich gerade anbahnte, würde Benders Ambitionen im Keim ersticken.

»Wenn wir tatsächlich von einem Angriff ausgehen«, sagte er jetzt, »dürfen wir nicht ausschließen, dass er auch rein wirtschaftlich motiviert sein könnte und von ganz anderer Seite kommt.«

»Von den Amerikanern.« Andreas Vombrook zog ein nachdenkliches Gesicht. »Oder den Briten. Es gab in beiden Staaten eine Menge böses Blut, weil wir den Auftrag für die Ausrüstung der afghanischen Sicherheitskräfte für die nächsten vier Jahre erhalten haben. Wir nehmen an, dass von dort auch die Korruptionsvorwürfe gegen uns lanciert wurden, aber wir können nichts beweisen«, fügte er an Valerie gewandt hinzu.

Valerie runzelte die Stirn. Es war alles reine Spekulation. »Können wir ausschließen, dass jemand innerhalb des Konzerns tatsächlich unter der Hand Geschäfte mit den Taliban gemacht hat?«, fragte sie.

Kühle Blicke streiften sie. Es war Bender selbst, der das erneute, unangenehme Schweigen durchbrach. »Nein, das können wir natürlich nicht ausschließen«, sagte er, »und daher ist es wichtig, dass jemand einen Blick von außen auf die Situation wirft. Sind Sie im Team, Frau Weymann?«

Der Funke sprang letztlich über, und Valerie schüttelte ihre Unentschlossenheit ab. »Ja, ich denke, ich bin dabei.«
»Die erste gute Nachricht heute«, erwiderte Bender mit einem Lächeln und reichte die Mappe, die er von seinem Schreibtisch genommen hatte, an den Justiziar weiter. »Herr Vombrook wird mit Ihnen das Vertragliche besprechen.«
Meisenberg stemmte seinen massigen Körper aus dem Stuhl, trat zu ihr und klopfte ihr in seiner bisweilen väterlichen Art im Vorbeigehen auf die Schulter. Als sie später zusammen mit ihm und Bender vom Konferenzraum aus beobachtete, wie die Fahrzeuge des Landeskriminalamtes und der Staatsanwaltschaft auf das Firmengelände fuhren, durchschaute sie das Spiel ihres Seniorpartners. Sie knöpfte sich gerade die dunkelgraue Jacke ihres Kostüms zu und überprüfte den Sitz ihres hochgesteckten Haars, als ihre Hände mitten in der Bewegung erstarrten und ihr das Blut aus dem Gesicht wich. Sie meinte, jeder im Raum müsse das harte Knirschen ihrer Zähne hören. Ein flüchtiger Blick auf den hochgewachsenen, dunkelhaarigen Mann, der dort unten aus einem der Wagen stieg, genügte: Eric Mayer. Sie hätte ihn überall wiedererkannt. Mit wutblitzenden Augen wandte sie sich zu Meisenberg. Nie hätte sie gedacht, dass er seine Intrigen einmal gegen sie ausspielen würde. »Fachliche Kompetenz, ja?«, zischte sie, so dass nur er es hören konnte. »In dem Moment, in dem du erfahren hast, dass *er* kommen würde, hast du mich angerufen. Du nutzt meine Kontakte schamlos aus, mehr nicht.«
Meisenberg wich nicht aus. »Es tut mir leid, Valerie«, sagte er zu ihrer Überraschung. »Ich hatte keine Wahl.«

* * *

Schwäbische Alb, Deutschland

Deutschland.
Allein schon der Gedanke, der Klang fühlte sich fremd an.
Katja Rittmer atmete die nebelfeuchte Luft des frühen Morgens ein und beobachtete, wie die Sonne durch die Wolken brach und die weißen Blüten des Obstbaumes an der Wegkreuzung vor ihr zum Leuchten brachte. Darunter glänzte das Dach des Marterls vor Feuchtigkeit. Der Stein der Marienfigur war verwittert, viel mehr noch als bei ihrem letzten Besuch. Katja seufzte unwillkürlich.
In Kundus brannte die Sonne um diese Jahreszeit schon unerbittlich, Sandstürme fegten über die Ebene, und die Gebirge verloren sich im Dunst. Katja meinte das Rumpeln der gepanzerten Fahrzeuge zu hören, die von einer Patrouillenfahrt ins Feldlager zurückkehrten, und das Klopfen eines sich nähernden Hubschraubers, aber es war nur ein Traktor, der über den Feldweg langsam auf sie zufuhr. Statt in die müden, staubbedeckten Gesichter der Soldaten blickte sie in das wettergegerbte Gesicht eines alten Landwirts. Sie war in Deutschland, und es fühlte sich nicht gut an.
Jenseits der Wegkreuzung führte die Straße zurück ins Dorf. Katja konnte die roten und braunen Ziegel der Dächer zwischen den Kronen der Bäume sehen und die Enge förmlich spüren, die das Denken der Menschen dort beherrschte. Sie spiegelte sich in den sauberen kleinen Äckern und gekehrten Gassen wider, dem Geläut der Glocken von der nahen Abtei und den Blicken der Mutter, die nicht wagte, zu fragen. Die sie nur ansah und sagte: »Du hast dich verändert.« Und diese vier Worte wie einen Vorwurf klingen ließ. Sie konnten nicht miteinander reden. Nicht über Afghanistan. Nicht über den Krieg. Nicht über Chris. Über ihn am allerwenigsten.

Sie war bei ihm gewesen. Als er aufgewacht war im Zentralkrankenhaus der Bundeswehr in Koblenz, wohin sie alle Verletzten brachten, die aus dem Ausland kamen. Er hatte sie genau so lange angelächelt, bis sich die Erinnerung in sein benebeltes Hirn gedrängt hatte. Dann hatte er intuitiv versucht, seine Beine zu bewegen, die nicht mehr da waren, und sein Lächeln hatte sich in einen Ausdruck des Entsetzens verwandelt, den sie für den Rest ihres Lebens nicht vergessen würde. Das Einzige, was er zu ihr gesagt hatte, war: »Warum habt ihr mich nicht sterben lassen?« Danach hatte er sich geweigert, auch nur ein weiteres Wort mit ihr zu wechseln. Er wollte nicht essen und nicht trinken. Der Arzt hatte ihr erklärt, dass es vorübergehen würde, aber sie glaubte nicht daran. Sie kannte Chris.

Behutsam ließ sie ihre Finger über den rauhen Stein der Marienfigur gleiten und spürte den sich auflösenden Gesichtszügen nach, ihr Herz ein schwerer, schmerzender Klumpen in ihrer Brust. Das verwitterte Gesicht der Maria, in dem die sanfte Güte und das milde Lächeln nur noch Erinnerung waren, erschien ihr mit einem Mal wie eine Metapher auf ihr eigenes Leben, das so unwiderruflich in Trümmer gebombt worden war von den Taliban. Sie war nicht das erste Mal in einer solchen Situation. Zurück auf null. Diesmal hatte sie jedoch Pläne gehabt. Das erste Mal in ihrem Leben. Und Chris war Teil dieser Pläne gewesen. In zwei Monaten wäre ihre Dienstzeit in Afghanistan abgelaufen, und auch, wenn sie es sich nicht hatte eingestehen wollen, wusste sie, dass es höchste Zeit gewesen war. Chris war bei ihr gewesen, als die Alpträume und Anfälle erneut begonnen hatten, als Schlaf keine Erholung mehr war, sondern zur Bedrohung wurde. »Du musst hier raus, Baby«, hatte er gesagt und sie wie einen Säugling im Arm gehalten, bis das Zittern verebbte. Sie hatte seine schweigende Ablehnung im Krankenhaus nur schwer ertragen, dennoch hatte sie sie ausgehalten. Jetzt würde sie für ihn da sein. Er würde die nächsten Monate in Koblenz verbringen, danach in einer Reha-Klinik wieder Laufen lernen. Auf Krücken. Wie sie, wie alle deutschen Soldaten, die in Afghanistan ausharrten, kämpften und jeden Tag aufs Neue ihr Leben riskierten, war er betrogen worden.

Die Sonne löste die Nebelreste auf, trocknete das Dach des Marterls und brachte den hellen Stein der Figur zum Leuchten. Katja würde nicht mehr zurückkehren in das Land am Hindukusch. Das hatte ein hastig einberufenes militärisches Gremium des Einsatzführungskommandos in Potsdam beschlossen und ihr durch einen ihrer Offiziere mitteilen lassen. »Die schriftliche Begründung erhalten Sie in den nächsten Tagen«, hatte er unbeteiligt erklärt. Sie war zunächst freigestellt bei fortlaufenden Bezügen. Aus dem Verkehr gezogen. Sie hatte geahnt, dass es passieren würde, und hatte vorgesorgt. Sie würde sich nicht aufs Abstellgleis schieben lassen. Sie würde herausfinden, wer hinter der deutschen Waffenlieferung steckte. Es war das Einzige, das sie noch antrieb. Sie würde herausfinden, wer verantwortlich war für all die toten und verletzten Kameraden. Noch in Mazar-i-Sharif hatte sie den Kontakt zu den Amerikanern gesucht, die dort im deutschen Feldlager stationiert waren. Sie hatte ein vertrauliches Gespräch auf Augenhöhe mit dem Kommandanten der Special Forces geführt. Sie kannten sich, nicht erst aus Afghanistan. Er hatte die weiteren Kontakte hergestellt, und dann war alles sehr schnell gegangen. Beinahe überstürzt hatte sie knapp zwölf Stunden später das Land verlassen. Um dann am Ende einem deutschen Geschäftsmann in einem Züricher Hotel gegenüberzusitzen, der genau die Informationen besaß, die sie brauchte, und dessen Leben genau aus diesem Grund nicht mehr sicher war.

Wortlos hatte dieser die Projektile, die sie mitgebracht hatte, im Licht gedreht. »Woher haben Sie die?«
»Aus meiner Schulter«, hatte sie geantwortet, und er hatte sie mit neuem Interesse betrachtet. »Wie lange waren Sie in Afghanistan?«
»Zweimal anderthalb Jahre.«
Erstaunlicherweise sprachen sie sofort eine Sprache, was nur einen Schluss zuließ: Er kannte das Land, wusste, wie es sich anfühlte, keinen Schritt, keine Fahrt ohne das Risiko zu machen, einem Attentat zum Opfer zu fallen. »Wie oft waren Sie dort?«, fragte sie.
»Mehrfach«, erwiderte er knapp. »Vielleicht zu oft.«
Er wusste, worauf er sich einließ und welche Gefahr sein Handeln barg. Er lehnte den Schutz, den sie im Auftrag der Amerikaner für ihn übernehmen und der ihr einige wichtige Türen öffnen sollte, nicht ab. »Haben Sie schon mal als Personenschützer gearbeitet?«, wollte er lediglich wissen.
Sie hatte genickt.
Er war sehr bestimmt. »Ich mache mir Sorgen um meine Familie«, hatte er eingestanden. »Meine Frau … sie ist schwanger.« Katja erfuhr, dass es seiner Frau in den letzten Monaten der Schwangerschaft nicht gutging. Dass er Angst um sie und das ungeborene Kind hatte. Dass sie angeblich bereits eine Fehlgeburt hinter sich hatte. »Sie darf sich nicht aufregen«, betonte er.
»Warum haben Sie sich unter diesen Umständen zu diesem Schritt entschlossen?«, wollte sie wissen.
Über den Tisch hinweg sah er sie an. »Vielleicht erzähle ich es Ihnen irgendwann.« Er lächelte nicht bei diesen Worten. Er hatte nicht einmal zur Begrüßung gelächelt.
Katja trat von dem Marterl an der Wegkreuzung zurück und warf einen letzten Blick auf die Marienfigur. Sie hatte diese

Figur schon als Kind geliebt und ihr ihre Sorgen und Nöte anvertraut. Diesmal war sie unfähig, ihre Gedanken und Ängste in Worte zu fassen. Nachdem sie aus dem Feldlazarett entlassen worden war und Chris im Krankenhaus besucht hatte, war alles in ihr verstummt. Sie wanderte wie paralysiert durch ihr eigenes Leben und war zu einer Beobachterin ihrer selbst geworden. Mehr als alles andere fürchtete sie den Moment, in dem sich diese Distanz auflösen würde.

* * *

Hamburg, Deutschland

Eric Mayer betrachtete nachdenklich die kühne Konstruktion aus Glas und Stahl, die sich vor ihm in den Himmel reckte. »Die Larenz-Werke haben sich den Neubau ihrer Zentrale einiges kosten lassen«, bemerkte Oliver Schaar, der leitende Staatsanwalt, der mit Mayer im selben Wagen gefahren war. »Bender hat sich hier ein Denkmal gesetzt, heißt es.« Mayer warf dem für seine Position noch recht jungen Mann einen flüchtigen Seitenblick zu. Er war der typische Karrieretyp, vermutlich aus einer der ersten Familien der Stadt. Es war anzunehmen, dass die Staatsanwaltschaft für ihn nur eine kurze Station auf seiner Erfolgsleiter war.

Sobald sie das Gebäude betraten, spürten sie die Anspannung. Nervöse Blicke streiften sie. An der Rezeption griff eine der jungen Damen, die dort saß, sofort zum Telefon.
»Wie schön, dass wir bereits erwartet werden«, bemerkte Wetzel spöttisch, der ebenfalls mit von der Partie war. »Ir-

gendjemand in Berlin hat sich diese Information sicher gut bezahlen lassen.«
Mayer war nicht überrascht. Er kannte Gerwin Bender gut genug, um zu wissen, dass sie eine harte Nuss zu knacken hatten. Deswegen war er schließlich hier.
Der Aufzug brachte sie in den dritten Stock und gab den Blick frei auf eloxiertes Metall, getönte Scheiben und einen Teppichboden, der jedes Geräusch schluckte. Am Ende des breiten Flurs standen die Flügeltüren eines Konferenzraums weit offen. Wie es schien, war der gesamte Vorstand dort versammelt.
Wetzel entfuhr beim Betreten ein überraschtes »Ach, was!«.
Mayer folgte dem Blick seines jüngeren Mitarbeiters und erlebte, wie sich anderthalb Jahre auf ein Nichts reduzierten, als sich die einzige Frau in der Männerriege zu ihnen umdrehte.
Da war wieder jener Raum auf dem Flughafen, wo sie sich das erste Mal begegnet waren. *Ich bin Anwältin, Herr Mayer. Ich kenne meine Rechte.* Ein trotzig aufgeworfener Mund und vor Wut gerötete Wangen. Er wusste nicht, warum sich von allen Bildern gerade jenes in sein Gedächtnis eingebrannt hatte.
Ein gewisser Trotz lag auch jetzt in Valerie Weymanns Haltung, der Art, wie sie ihre Schultern hielt und den Kopf. Als sich ihre Blicke begegneten, verlor sich dieser Eindruck jedoch. Ein Lächeln huschte über ihre Züge.
»Valerie, was für eine Überraschung, dich zu sehen!«, sagte er.
Bei ihrem Abschied vor achtzehn Monaten waren sie formlos zum Du übergegangen.
Ihr Lächeln vertiefte sich. »Ehrlich gesagt, habe ich auch nicht mit dir gerechnet, Eric.«
Er betrachtete sie eingehend. Es schien ganz so, als hätte die Zeit die Spuren getilgt: die Schatten, die Angst. Er nahm es mit Erleichterung zur Kenntnis.

»Wie ich sehe, kennen Sie sich bereits.« Gerwin Bender war unbemerkt zu ihnen getreten. Er streckte Mayer die Hand entgegen. »Keine schönen Umstände, unter denen wir uns wiedertreffen«, bemerkte er. »Ich bin erschüttert von dem Verdacht, der gegen unseren Konzern im Raum steht. Wir werden selbstverständlich alles tun, um die Aufklärung zu unterstützen.« Er gab sich gelassen, aber Mayer ließ sich nicht täuschen. Bender war ein alter Fuchs, der schon einige Krisen gemeistert hatte.

Die Flügeltüren standen noch immer offen, und am Ende des Flurs stieg ein attraktiver dunkelblonder Mann aus dem Fahrstuhl, der eilig auf sie zuging. Mayer hatte Milan Vieth in der Runde der Vorstandsmitglieder schon vermisst. Auch Bender bemerkte ihn jetzt.

»Milan, gut, dass du so schnell kommen konntest«, begrüßte er ihn. Milan Vieth leitete das operative Geschäft der Larenz-Werke und war maßgeblich für das Zustandekommen des Geschäfts mit der afghanischen Regierung verantwortlich. Mayer hatte ihn in Afghanistan als einen sympathischen und ruhigen Mann mit großer Fachkompetenz kennengelernt, dem im Gegensatz zu Bender jeglicher Hang zur öffentlichen Darstellung fehlte.

Vieth nickte Bender und Mayer zu, dann begrüßte er Valerie Weymann, die er augenscheinlich recht gut kannte. Die beiden wechselten ein paar Worte, zu schnell und zu leise, als dass ein Außenstehender etwas verstehen konnte. Aber Mayer bemerkte die Veränderung im Gesichtsausdruck der Anwältin, die plötzliche Anspannung. Was erzählte Vieth ihr? Sie zog einen Organizer aus der Tasche. Offensichtlich sprachen sie einen Termin ab, um sich außerhalb der Firma zu treffen.

»Soll ich mich drum kümmern?«, hörte Mayer Wetzels leise Stimme neben sich.

Mayer seufzte. »Im Grunde müssen wir jedem von ihnen einen Schatten anhängen. Ich traue keinem unserer Vorstandsfreunde weiter als auf Sichtlänge.«
Wetzel grinste. »Ich leite das in die Wege.«
»Geben Sie es an den Bereichsleiter des LKA weiter. Sie sollen das volle Programm fahren. Inklusive Telefonüberwachung, E-Mail-Verkehr etc.«
»Das wird wieder Ärger mit den Datenfuzzies geben«, bemerkte Wetzel trocken.
Mayer warf seinem Mitarbeiter einen halb amüsierten, halb ärgerlichen Blick zu. »Es wird noch mehr Ärger geben, wenn uns aufgrund mangelnder Sorgfalt etwas durch die Finger rutscht«, antwortete er. »Und lassen Sie sich auf keinen Fall einspannen. Ich brauche Sie hier in der EDV.«
Ein sardonisches Grinsen legte sich über Wetzels breites Gesicht. »Das, Chef, gibt noch mehr Ärger mit den Jungs vom Datenschutz.«
»Das nehme ich gern in Kauf«, erwiderte Mayer, der vorbehaltlos auf das Talent seines jüngeren Kollegen setzte. Florian Wetzel war ein begnadeter Hacker.
Mayer warf einen Blick auf seine Uhr und gab Oliver Schaar, dem Staatsanwalt, ein Zeichen, dass sie anfangen wollten. Während er zuhörte, wie dieser ihnen das Prozedere erklärte, beobachtete Mayer Vieth aus dem Augenwinkel. Nach seinem vertraulichen Gespräch mit Valerie Weymann hatte er sich einen Kaffee eingeschenkt. Seine Silhouette zeichnete sich dunkel vor dem hohen Fenster ab, vor dem er Platz genommen hatte.
»Er ist gerade aus Zürich gekommen«, flüsterte Wetzel Mayer zu, der sich neben seinen Chef gesetzt hatte und seinen Blick verfolgte.
»Was hat er da gemacht?«

»Sich mit einem künftigen Kunden getroffen, einem der Scheichs vom Golf.«
»In Zürich?«
Wetzel zuckte mit den Schultern. »Warum nicht?«
»Ich möchte, dass das Observationsteam auf ihn ein besonderes Auge hat.«

Schaar hatte seine Teams bereits eingeteilt. Der Konferenzraum leerte sich. »Das werden lange Tage werden«, bemerkte der Staatsanwalt gegenüber Mayer. »Aber die Kooperationsbereitschaft ist erfreulicherweise vorhanden.«
»Warten wir es ab«, dämpfte Mayer Schaars Erwartungen. »Diese Einstellung kann erstaunlich schnell ins Gegenteil umschlagen.«
Schaar sah ihn irritiert an, als erwarte er weitere Erklärungen. Als sie ausblieben, wirkte er beleidigt, hatte sich aber schnell wieder im Griff. Mayer hätte gern auf den jungen Juristen verzichtet, aber von Rechts wegen brauchten sie einen Vertreter der Staatsanwaltschaft, der die Ermittlungen begleitete. Schaar war sehr ambitioniert. Und dieser Fall bot ihm Gelegenheit, sich über die Grenzen Hamburgs hinaus zu profilieren. Schlagzeilen zu machen. Mayer würde ihn im Auge behalten müssen.

Mayer blieb allein zurück im Konferenzraum. Nach der Aufregung und allgemeinen Anspannung war er dankbar für einen Moment Ruhe. Er war seit nahezu vierundzwanzig Stunden auf den Beinen. Kabul, Berlin, Hamburg – mehr als fünftausend Flugkilometer lagen hinter ihm. Dutzende Gespräche, noch mehr Telefonate. Er schenkte sich einen Kaffee ein und setzte sich wieder an den leeren Konferenztisch. Er musste den Krisenstab in Berlin informieren. Sie warteten dort auf Neuigkeiten. Die Bestätigung, dass alles glattlief. Doch er ließ seinen Blackberry in seiner Tasche. Nur fünf Minuten.

Sie waren ihm nicht vergönnt.

Der Teppich verschluckte Valerie Weymanns Schritte, so dass er sie erst bemerkte, als sie fast vor ihm stand. »Du bist müde«, sagte sie. »Wann hast du das letzte Mal geschlafen?«

Mayer lächelte.

»Ich wollte dich nicht stören«, fügte sie eilig hinzu. »Ich habe hier nur etwas liegen lassen.«

»Hast du einen Moment Zeit?«, fragte er. »Jetzt, wo du schon einmal da bist?«

Sie zögerte.

»Ich wollte mit dir über Milan Vieth sprechen. Du kennst ihn näher.«

Sie setzte sich ihm gegenüber an den Tisch. »Wir haben zusammen studiert.«

Er sah sie abwartend an.

»Wir sind recht gut befreundet«, gab sie schließlich zu.

»Warum triffst du dich mit ihm?«

Sie runzelte die Stirn, wollte widersprechen, überlegte es sich dann aber anders. »Du hast uns beobachtet«, stellte sie fest.

»Ich mache nur meinen Job«, erwiderte er.

»Und ich meinen«, konterte sie. Es klang wie eine Rechtfertigung.

* * *

Hamburg, Deutschland

Gerwin Bender beobachtete Valerie Weymann. Es war ein geschickter Schachzug Meisenbergs gewesen, sie ins Spiel zu bringen. »Sie besitzt die nötigen Verbindungen, die wir jetzt brauchen«, hatte sein langjähriger Freund ihm versichert. Bender war skeptisch gewesen, doch Meisenberg hatte, wie schon oft, den richtigen Riecher gehabt. Valerie Weymann interessierte sich nicht für die Chance, sich mit einem spektakulären Fall wie diesem ins Licht der Öffentlichkeit zu rücken. In ihren Augen lag nicht das begehrliche Leuchten, das Bender bei Oliver Schaar, dem Vertreter der Hamburger Justiz, gesehen hatte. Der Fall an sich reizte sie, forderte sie heraus. Die Fragen, die sie stellte, offenbarten es. Bender hatte sie nicht aus den Augen gelassen, während sie mit Eric Mayer, mit Vombrook und Vieth sprach. Sie kannte sie alle. Und jeder Einzelne von ihnen schätzte sie. Was ihn überrascht hatte, denn in seinen Augen war sie keine Frau, die es einem Mann leichtmachte, dafür war sie zu kühl, zu analytisch. Doch Bender wusste, dass seine Meinung über Valerie Weymann irrelevant war. Er lächelte in sich hinein. Das Entscheidende war, dass sie Eric Mayer kannte. Mehr als nur flüchtig. Bender hätte zu gern gewusst, was die beiden verband. Meisenberg hatte auf seine Frage nur gelächelt, wie immer, wenn er etwas nicht preisgeben wollte. »Machen wir es uns zunutze«, hatte er lediglich bemerkt.

Bender rieb sich müde die Schläfen. All das änderte nichts daran, dass er sich wie eine Geisel in seiner eigenen Firma fühlte. Überall krochen Mayers Leute herum, schnüffelten, stöberten und machten einen geregelten Arbeitsablauf nahezu unmöglich. In der Belegschaft kursierten erste besorgniserregende Gerüchte. Auf einer hastig einberufenen Betriebsversammlung war es Benders Aufgabe gewesen, eine plausible Erklärung zu liefern und Zuversicht zu verbreiten. Doch wie leicht konnte trotzdem etwas durchsickern. Und dann hatte ihn vor einer Stunde der Anruf eines guten Freundes aus Regierungskreisen in den USA erreicht, der von »bislang unbestätigten Gerüchten aus Geheimdienstkreisen« gesprochen hatte, die schnell an Substanz gewannen. Seither hatte Bender keine ruhige Minute mehr gehabt. Er musste befürchten, dass die amerikanischen Medien bereits an der Geschichte dran waren.

»Wir müssen die Öffentlichkeit informieren, bevor es andere tun«, sagte er deshalb am Abend zu Andreas Vombrook und Valerie Weymann, die sich mit ihm in seinem Büro trafen, nachdem alle anderen schon gegangen waren. Lediglich die Mitarbeiter der Regierung und der Staatsanwaltschaft arbeiteten noch immer. Bender war sich sicher, am nächsten Morgen vor dem Werkstor über die ersten Reporter zu stolpern. »Wir brauchen etwas für die Presse, um sie ruhigzustellen.«

»Ich habe schon darüber nachgedacht«, sagte Valerie Weymann. »Das Beste wäre, dicht an der Wahrheit zu bleiben, ohne viel preiszugeben.«

Vombrook kommentierte ihre Worte mit einem säuerlichen Lachen. »Ein interessanter Spagat, Valerie. Wie willst du das hinkriegen?«

Statt einer Antwort zog sie eine fertige Pressemitteilung aus ihrer Laptop-Tasche und reichte sie Bender. »Sie sollten diese Zeilen umgehend an die wichtigsten Medien rausgeben und für morgen Vormittag zu einer Pressekonferenz einladen.«

Bender überflog die knappe Mitteilung. Sie enthielt alles und gleichzeitig nichts. Wortlos reichte er sie an Vombrook weiter.

»Das ist perfekt«, erwiderte dieser, seine Stimme frei von jedem Sarkasmus, der eben noch darin gelegen hatte.

Valerie warf einen Blick auf ihre Uhr. »Meine Herren, Sie müssen mich jetzt entschuldigen. Ich habe noch eine Verabredung.«
»Beeindruckend«, bemerkte Vombrook, nachdem die Tür hinter ihr ins Schloss gefallen war.
Bender nickte, die Pressemitteilung noch immer in der Hand. Er hielt nicht viel von Frauen in Vorstandsetagen. Wenn er sich Valerie Weymanns Auftreten vor Augen hielt, wusste er, warum.

* * *

Hamburg, Deutschland

Die Tapas-Bar war überfüllt, selbst zu dieser späten Stunde noch, der Geräuschpegel entsprechend hoch. Milan war noch nicht da. Valerie bestellte ein Glas Weißwein, während sie auf ihn wartete.
»Ich brauche deine Hilfe, Valerie«, hatte er gesagt, als sie sich im Konferenzraum der Larenz-Werke begrüßt hatten. Sie hatte sich gefragt, ob seine Bitte geplant oder einer spontanen Idee entsprungen war. Milan war überrascht gewesen, sie zu sehen. Er hatte es nicht gezeigt, aber sie kannte ihn gut und vor allem lange genug, um sich dessen sicher zu sein. An der Universität war er einer ihrer attraktivsten Kommilitonen gewesen. Sein Studium hatte er sich damit finanziert, dass er nebenbei als Model gejobbt hatte. Damals hätte sie nie gedacht, dass er es als der Außenseiter, der er war, bis in die Vorstandsetage schaffen würde. Diese Posten waren einem bestimmten Kreis von Bewerbern vorbehalten, zu denen er

schon aufgrund seiner fehlenden familiären Verbindungen nicht gehörte. Aber er war ambitioniert gewesen. Und sein Erfolg gab ihm letztlich recht.
»Worum geht es?«, hatte sie ihn gefragt.
»Ich würde gern unter vier Augen mit dir darüber reden. Können wir uns nachher kurz treffen?«
Die Tapas-Bar war sein Vorschlag gewesen. Hatte er gewusst, wie voll es hier sein würde? Sie plazierte sich so, dass sie die Eingangstür sehen konnte, und warf einen Blick auf ihre Uhr. Milan war normalerweise extrem pünktlich. An sich hatte sie erwartet, dass er bereits da sein würde.
Nach einer Viertelstunde beschloss sie, ihn anzurufen. Zu ihrem Ärger stellte sie jedoch fest, dass sie nur seine Firmendurchwahl und seine Privatnummer, nicht aber seine Handynummer dabeihatte. Sie wählte die Firmendurchwahl, in der Hoffnung, dass er sein Telefon weitergeleitet hatte, erreichte aber nur eine Mailbox. Das erste Gefühl des Ärgers wich Besorgnis. War etwas passiert? Sie erinnerte sich plötzlich, dass Sibylle in den letzten Wochen ihrer Schwangerschaft war. Nach kurzem Zögern wählte Valerie Milans Privatnummer. Ebenfalls der Anrufbeantworter. Resigniert ließ sie ihr Smartphone zurück in die Tasche gleiten, bezahlte ihren Wein und verließ die Bar.
Draußen war es bereits dunkel. Es war ein milder Frühlingsabend, ein Hauch von Sommer lag in der Luft. Die Straßen in der Hamburger Innenstadt waren wie immer nach Geschäftsschluss verwaist, und das Geräusch ihrer klappernden Absätze hallte in der Stille von den Häuserwänden zurück. Die Bar lag nur wenige Gehminuten von dem Gebäude entfernt, in dem Valerie zusammen mit Kurt Meisenberg ihre Kanzlei hatte. Sie schritt schnell aus, verärgert darüber, dass Milan sie versetzt hatte. Seine Bitte um ein Treffen hatte so dring-

lich geklungen, dass sie sofort zugesagt hatte, obwohl sie ursprünglich etwas anderes vorgehabt hatte.
Als sie das Kanzleigebäude an der Binnenalster erreichte, nahm sie kurz entschlossen den Fahrstuhl und fuhr in den dritten Stock statt in die Tiefgarage. Um diese Uhrzeit war niemand mehr im Büro. Die Räume lagen dunkel und verlassen, und so wäre sie fast über das gepolsterte Kuvert gestolpert, das gleich hinter der Empfangstür auf dem Fußboden lag. Jemand musste es nach Büroschluss durch den Briefschlitz geworfen haben. Sie drückte den Lichtschalter. Es war von einem privaten Kurierdienst geliefert worden, wie sie an der aufgeklebten Banderole erkennen konnte. Ein Absender war nicht darauf. Und es war an sie adressiert. Sie nahm den Umschlag mit in ihr Büro, legte ihn auf ihren Schreibtisch und sah zunächst flüchtig die Post durch, die ihre Assistentin dort für sie bereits vorsortiert abgelegt hatte. Es war nichts dabei, was ihre sofortige Aufmerksamkeit erforderte, deshalb nahm sie den Umschlag auf und wog ihn in ihrer Hand. Als sie ihn öffnete, fiel ihr ein USB-Stick und eine kurze, handgeschriebene Mitteilung entgegen. *Bitte verwahre den Stick für mich vorübergehend. Danke, Milan.*
Sie starrte nachdenklich auf die, wie es schien, in Hast geschriebenen Worte und wog den Stick in ihrer Hand. Dann blätterte sie in ihrem Telefonverzeichnis und tippte Milans Handynummer in ihr Bürotelefon. Doch auch hier erreichte sie nur die Mailbox.
In ihrem Kopf wirbelten die Eindrücke dieses seltsamen Tages durcheinander. Von Meisenbergs Anruf am Morgen über die unerwartete Begegnung mit Eric Mayer bis zu Milans Nichterscheinen und der Kuriersendung. Sie hatte den Tresor schon geöffnet, den Meisenberg eigens für besonders sensible Mandantenunterlagen angeschafft hatte, nachdem vor einem

halben Jahr in die Kanzlei eingebrochen worden war, als sie es sich doch anders überlegte und die schwere Tür wieder ins Schloss schob. Sie schaltete den Papierschredder ein und beobachtete, wie Milans Mitteilung langsam darin verschwand. Den USB-Stick ließ sie in ihre Jackentasche gleiten.

Fünf Minuten später saß sie bereits in ihrem BMW und betätigte das Tor der Tiefgarage. Zu ihrem Ärger musste sie feststellen, dass eine große dunkle Limousine die Ausfahrt versperrte. Entnervt lehnte sie den Kopf gegen die Lehne und schloss kurz die Augen, bevor sie die Tür öffnete. Im selben Moment löste sich eine Gestalt aus dem Schatten der Limousine und schritt eilig auf sie zu. Hastig zog sie ihre Tür wieder zu und drückte den Knopf für die Zentralverriegelung.

»Frau Weymann?« Sie blickte in das Gesicht eines Bundesbeamten, wie sie sehr schnell an dem Ausweis feststellen konnte, den er gegen das Glas drückte. »Bitte steigen Sie aus.«

Ihre spontane Reaktion war Ablehnung. »Was immer Sie von mir wollen«, sagte sie, ohne das Fenster oder die Tür zu öffnen. »Rufen Sie mich morgen früh an.«

»Valerie?«

Eric Mayer schob sich in ihr Blickfeld.

Valerie ließ die Hände vom Lenkrad in ihren Schoß sinken. »Schläfst du nie?«, fragte sie nur und betätigte den elektrischen Fensteröffner.

»Ich muss mit dir reden.«

»Hat das nicht Zeit bis morgen?«

»Nein.«

Ein Van der Landespolizei parkte nur wenige Meter weiter auf der Straße. Mit ungutem Gefühl stieg Valerie ein.

Mayer zog die Tür hinter ihnen zu. Ein weiterer Beamter, den sie nicht kannte, war im Wagen.

»Dein Treffen mit Milan Vieth ist geplatzt«, sagte Mayer.

Valerie nickte müde. »Ihr überwacht ihn also. Wo ist er?«

Mayer ging nicht auf ihre Frage ein. »Hat er dir etwas geschickt?«, fragte er stattdessen.

Valeries Finger schlossen sich so fest um den USB-Stick in ihrer Tasche, dass die Kanten in ihre Handfläche schnitten. »Nein, das hat er nicht«, erwiderte sie mit erzwungener Ruhe.

Mayer sah sie nachdenklich an, sagte aber nichts weiter. »Sei vorsichtig, Valerie«, bemerkte er schließlich, und in seiner Stimme lag ein warnender Unterton. »Du bewegst dich auf *sehr* gefährlichem Terrain.«

»Willst du mir drohen?«, fragte sie. Ihr Herz klopfte ihr bis zum Hals. »Nichts liegt mir ferner«, erwiderte er ernst. »Wir haben vor einer Stunde Milan Vieths Leiche geborgen.«

Valerie brach der Schweiß aus, und für einen Moment meinte sie, sie müsse sich übergeben. »Milan … ist tot?«, stieß sie mühsam hervor. »Wie … ich meine, was …?«

»Wir haben die Nachricht über seinen Tod erhalten, kurz nachdem wir herausgefunden haben, dass er es war, der für die illegalen Geschäfte der Larenz-Werke mit den Taliban verantwortlich ist.«

Milan hatte Geschäfte mit den Taliban gemacht? Das war unmöglich. Fassungslos schüttelte Valerie den Kopf. »Milan steckt dahinter? Das kann ich nicht glauben …«

Sie unterbrach sich, riss sich zusammen, als sie sich bewusst wurde, dass Mayer sie aufmerksam beobachtete. Jede Information, die sie in ihrem ersten Entsetzen preisgab, würde er verwenden. Sie kannte ihn.

Sie richtete sich in ihrem Sitz auf. »Warum Milan? Ich glaube das nicht. Ich kenne ihn.«

»Wir haben stichhaltige Beweise.«
»Und die wären?«
Er schwieg. Natürlich würde er ihr nichts erzählen. Sie arbeiteten nicht für dieselbe Seite. Sie würde Informationen bekommen, vielleicht schon am nächsten Tag, aber sie würden gefiltert sein, ausgewählt. Tauglich für die Öffentlichkeit. Das war nicht das, was sie wollte.
»Wie ist es passiert?«, fragte sie.
»Ein Verkehrsunfall.« So wie er es sagte und sie dabei ansah, klang es nicht, als hielte er diesen Unfall für zufällig.

Ihr Herz klopfte noch immer viel zu schnell, und ihre Hände zitterten, als sie wieder in ihrem Auto saß und den Schlüssel im Zündschloss drehte. Der kurze Weg nach Winterhude erschien ihr an diesem Abend endlos.
»Was ist passiert?«, fragte Marc, als sie endlich nach Hause kam. »Du bist spät und siehst aus, als wäre dir unterwegs der Leibhaftige begegnet.«
»Ich hatte keinen guten Tag«, antwortete sie und wich dem Blick ihres Mannes aus. Es war eine schamlose Untertreibung.

* * *

Hamburg, Deutschland

Langsam sank Katja an der Hauswand in sich zusammen und barg den Kopf in ihren Händen. Ihr Herz raste von dem schnellen Lauf. Ihr Atem kam stoßweise. Auf der Straße heulten Martinshörner. Der Strahl des Blaulichts drang bis in den Hinterhof. Überall war Blut. Auf ihrer Kleidung und ihren nackten Armen. Dunkle Tropfen in dem Sand zu ihren Füßen. Sie kämpfte gegen den Schwindel an, der sie überkam. Sie durfte nicht ohnmächtig werden. Sie musste weiter. Fort. Sie hob den Kopf. Die Konturen der Häuser verschwammen in der Dunkelheit, lösten sich auf. Gleich darauf blinzelte sie in das tanzende Licht von Taschenlampen, hörte Schritte und Stimmen. Sie tastete nach ihrer Waffe, griff ins Leere, realisierte wieder, wo sie war, und hielt den Atem an. Doch es war zu spät. Einer der Lichtkegel traf ihr Gesicht. Sie rappelte sich auf, wollte fliehen.

»Bleiben Sie stehen, Polizei!«

Schützend hob sie die Hände vors Gesicht.

17. Mai

Hamburg, Deutschland

»Erste Obduktionsergebnisse ergeben, dass Vieths Tod nicht Folge des Unfalls war, bei dem der Wagen gegen einen Baum prallte«, berichtete Wetzel, als er in das Büro trat, das Eric Mayer im Polizeipräsidium für die Dauer ihres Aufenthalts in Hamburg zur Verfügung gestellt worden war. »In seinem Blut waren Spuren einer Substanz, die auf ein Nervengift schließen lassen, das zur Lähmung der Atemfunktion führt.«

Mayer runzelte die Stirn. »Es sollte wie Selbstmord aussehen.«

Wetzel nickte. »Unter normalen Umständen baut sich die Substanz so schnell ab, dass sie schon nach kurzer Zeit nicht mehr nachweisbar ist. Vieth hatte jedoch aufgrund einer Infektion Medikamente geschluckt, die den Prozess verlangsamt haben.«

»Wie ist das Gift injiziert worden?«

»Mit einer Impfpistole. Kann im Vorbeigehen passiert sein. Vieth muss es noch nicht einmal bemerkt haben.«

»War Katja Rittmer zum Zeitpunkt des Unfalls im Wagen?«

»Das Blut auf dem Armaturenbrett und der Windschutzscheibe war sowohl von Vieth als auch von ihr.«

Mayer lehnte sich müde zurück und fuhr sich mit der Hand über die Augen. Er hatte mit allem gerechnet, aber nicht mit

Katja. Zusammen mit Vieth. Dabei kannte er sie, hätte vorhersehen müssen, dass sie auf eigene Faust ermitteln würde, sich einmischen. Eine Rückfrage beim Einsatzführungskommando in Potsdam hatte ergeben, dass sie vom Dienst freigestellt und ein Verfahren gegen sie eingeleitet worden war. Genaueres wollte man nicht mitteilen. Wie war sie an Vieth herangekommen, und was suchte sie in Hamburg? Hatte sie den Manager der Larenz-Werke getötet? Ohne ein weiteres Wort stand Mayer auf und verließ das Büro.

Katja Rittmer saß immer noch im Verhörraum, in den sie nach einer notdürftigen medizinischen Versorgung gebracht worden war.

»Warum bist du hier?«, fragte er sie.

Sie sah starr an ihm vorbei. Sie trug Handschellen, ihre Hände lagen reglos in ihrem Schoß. Über ihrem rechten Auge zog sich eine Platzwunde diagonal bis unter den Haaransatz. Ihre blonden Locken klebten an ihrem Kopf, verschmiert von Blut und Dreck.

»Du stehst unter Mordverdacht, Katja.«

Langsam, wie in Zeitlupe, wandte sie den Kopf und erwiderte seinen Blick. Sie verzog keine Miene. Er beugte sich vor, über den Tisch, der sie trennte, stützte seine Hände darauf und brachte sein Gesicht dicht an das ihre. »Wir haben heute Nacht Beweise dafür gefunden, dass Milan Vieth verantwortlich war für die Waffengeschäfte mit den Taliban«, sagte er sehr leise. »Kurz darauf finden wir ihn tot in seinem Wagen. Ein gut inszenierter Unfall. Und dann tauchst du in der Nähe des Tatorts auf, über und über mit seinem Blut bedeckt.« Er beugte sich noch näher zu ihr. »Ich will wissen, was passiert ist und für wen du arbeitest.«

Schweigend erwiderte sie seinen Blick. Das einzige Zeichen

ihrer Anspannung war das kaum merkbare Spiel ihrer Kiefermuskeln.

Oliver Schaar erwartete ihn bereits im Nebenraum. »Was meinen Sie?«, fragte er.

»Führen Sie sie dem Haftrichter vor«, antwortete Mayer lediglich.

»Glauben Sie, dass sie unter dem Eindruck der Untersuchungshaft ihren Widerstand aufgibt?«

»Nein, aber wir müssen sie eine Weile aus dem Verkehr ziehen.«

Schaar sah ihn fragend an.

»Katja Rittmer war in Afghanistan.«

Mayer konnte beobachten, wie Schaar eins und eins zusammenzählte. »Sie weiß Bescheid«, konstatierte der Staatsanwalt.

Mayer nickte. »Aber sie konnte nicht wissen, dass Vieth verantwortlich war. Wir müssen herausfinden, wie sie an die Information gekommen ist.«

»Glauben Sie, dass Rittmer im Auftrag gehandelt hat?«

»Ich weiß es nicht.« Mayer räusperte sich. »Ich habe den Krisenstab in Berlin bereits über Vieths Tod informiert. Es wurde der ausdrückliche Wunsch geäußert, dass wir den Vorfall offiziell als Selbstmord behandeln.«

Schaar sah ihn ungläubig an. »Auch gegenüber der Familie?«

»Auch gegenüber der Familie.«

»Aber …«

»Meine Behörde hat bereits alles vorbereitet«, Mayer ließ den Staatsanwalt gar nicht erst zu Wort kommen. »Ich werde seine Frau nachher persönlich aufsuchen und ihr den Abschiedsbrief ihres Mannes überbringen.« Er sah Schaar ernst an. »Ich vertraue darauf, dass Sie einen Haftrichter finden, der

sich in Bezug auf Katja Rittmer kooperativ zeigt. Wir können keine weiteren Komplikationen brauchen.«
Schaar zog eine Braue hoch. »Ein findiger Anwalt hätte sie unter Umständen sehr schnell wieder auf freiem Fuß«, gab er zu bedenken. »Wir haben nur Indizienbeweise gegen sie. Vieths Blut auf ihrer Kleidung. Die Nähe zum Unfallort …«
»Dann sollten Sie sehr genau darauf achten, dass kein solcher Anwalt auch nur in ihre Nähe kommt«, bemerkte Mayer kühl.
Schaar sah ihn nachdenklich an. Dann nickte er langsam. »Ich verstehe«, sagte er schließlich. Durch das Fenster beobachtete Mayer, wie zwei Beamte der Landespolizei den Verhörraum betraten. Katja Rittmer verzog keine Miene und folgte ihnen widerstandslos. Doch im letzten Moment, bevor sie den Raum verließ, sah sie flüchtig zu der verspiegelten Scheibe hinüber. Eine unmerkliche Bewegung ihres Kopfes. Sie konnte ihn nicht sehen, dennoch hatte Mayer das Gefühl, dass ihr Blick ihn traf.

* * *

Sibylle Vieths Augen schienen zu groß für ihr schmales, blasses Gesicht zu sein, sie selbst viel zu zerbrechlich für ihre fortgeschrittene Schwangerschaft. Lange Zeit war es sehr still in dem großen Wohnzimmer, dessen Fensterfront Aussicht auf einen parkähnlichen Garten gewährten. Mayer wartete geduldig. Es war nicht das erste Mal, dass er eine solche Situation aushalten musste.
»Mein Mann soll sich umgebracht haben?«, fragte sie schließlich tonlos. »Milan?«
»Es tut mir wirklich leid, Ihnen diese Nachricht überbringen zu müssen«, wiederholte Mayer.

Ihre Hände umschlossen schützend ihren gewölbten Bauch. Ungläubig starrte sie Mayer an, schüttelte den Kopf. »Nein«, stieß sie hervor. »Nein, ich glaube das einfach nicht! Milan würde nie …« Sie brach ab, kämpfte mit den Tränen. »Wann … ist es passiert?«, fragte sie schließlich mit bebender Stimme.
»Laut Obduktionsbefund zwischen 20 und 21 Uhr.« Mayer räusperte sich. »Haben Sie sich nicht gefragt, warum Ihr Mann nicht nach Hause gekommen ist?«
»Nach Hause?«, wiederholte sie matt und runzelte die Stirn. »Milan wollte gestern Abend nicht nach Hause kommen, er wollte nach Berlin fahren, sich heute Morgen mit Rudolf treffen …« Sie brach ab.
»Rudolf?«
Sie sah zu Mayer, plötzlich angespannt. »Rudolf Hagedorn.« Schwerfällig stand sie auf. »Ich muss ihn anrufen.«
Mayer hielt sie zurück. »Wir werden das für Sie erledigen, bitte, setzen Sie sich wieder. Ich habe noch etwas für Sie.« Wortlos zog Mayer den Brief aus der Innentasche seines Jacketts und reichte ihn ihr, ohne sich seine Überraschung anmerken zu lassen. Hagedorn war einer der beiden parlamentarischen Staatssekretäre im Verteidigungsministerium. Vor nicht einmal drei Wochen hatte Mayer ihn in Afghanistan bei dem Besuch der Feldlager in Kundus und Mazar-i-Sharif begleitet. Vieth war ebenfalls zu der Zeit in Afghanistan gewesen. Welche Verbindung gab es zwischen Hagedorn und Vieth?
»Der Umschlag ist offen«, unterbrach Sibylles zitternde Stimme seine Gedanken.
Er räusperte sich. »Wir haben ihn geöffnet. Wir müssen das tun.«
Wieder traf ihn ihr Blick aus diesen viel zu großen Augen. »Dann wissen Sie ja bereits, was drinsteht.«

Er nickte.

Sie presste die Lippen aufeinander und legte den Brief auf den Couchtisch. Eine leichte, behutsame Bewegung, die Mayer ungewollt traf. »Frau Vieth, Ihr Mann ...« Er räusperte sich erneut. »Er war in illegale Geschäfte verwickelt. Aus diesem Grund ist es nötig, dass Mitarbeiter der Hamburger Staatsanwaltschaft heute noch Ihr Haus durchsuchen ...«

Sie reagierte nicht, und er fragte sich, ob sie ihn überhaupt gehört hatte.

»Frau Vieth ...?«

»Ich habe Sie verstanden, Herr ...«

»Mayer. Eric Mayer.«

Seine Karte lag unberührt auf dem Tisch. Neben dem Brief.

»Mayer. Richtig.« Mühsam stand sie auf, eine Hand im Rücken, wie um die Last ihres Bauches auszugleichen. »Sie müssen mich entschuldigen. Ich muss mich einen Moment hinlegen.«

»Kann ich etwas für Sie tun?«, fragte er. »Jemanden anrufen?«

Sie war schon an der Tür zum Flur. »Nein. Ich möchte jetzt allein sein. Wenigstens einen Augenblick.«

Mayer folgte ihr. »Frau Vieth, ich möchte Sie in diesem Zustand nicht allein lassen.«

Sie wandte sich zu ihm um, ein unerwartet wütendes Blitzen in den Augen, doch bevor sie etwas sagen konnte, klingelte es an der Tür, und es war, als ob dieses kurze summende Geräusch jegliche Kraft aus ihrem Körper zog. Mit einem Schluchzen sackte sie in sich zusammen. Mayer konnte sie gerade noch auffangen und auf die Treppe setzen. Dann öffnete er. Vor ihm stand Valerie Weymann.

***

Als Gerwin Bender in den eigens für Pressekonferenzen und öffentliche Veranstaltungen eingerichteten Saal in der Firmenzentrale im Hamburger Hafen trat und in die Gesichter der Pressevertreter blickte, die dort auf ihn warteten, fragte er sich, wie weit sie wohl gehen würden mit ihren Fragen. Wie groß ihre Gier war, sich zu profilieren. Wie auf Knopfdruck setzte er ein souveränes Lächeln auf und nahm zwischen den ausgewählten Mitgliedern des Vorstandes Platz. Er spürte Vombrooks Nervosität. Der Justiziar saß neben ihm, steif wie ein Brett. Andreas war durch und durch Jurist und alles andere als gewandt, wenn es darum ging, die Arbeit des Konzerns der Öffentlichkeit zu präsentieren, aber letztlich war das auch nicht seine Aufgabe. Wie die anderen Vorstandsmitglieder diente er an diesem Morgen lediglich als Staffage. Bender würde antworten, erklären, dementieren und beschwichtigen. Der öffentliche Auftritt war seine große Stärke.

Er warf einen flüchtigen Blick zu seinen unauffällig plazierten Sicherheitsleuten. Seit er auf einer Veranstaltung von einem wütenden Aktivisten mit einem roten Farbbeutel beworfen worden war, der danach auch noch unerkannt entkommen konnte, hatte er die Sicherheitsabteilung verstärken lassen. Wenigstens vier gut ausgebildete Männer waren bei jedem öffentlichen Auftritt um ihn und schirmten ihn ab.

Bender klopfte gegen das Mikrofon.

Alle Augen richteten sich auf ihn, Schweigen breitete sich im Raum aus. Es waren mehr Leute als sonst anwesend. Er räusperte sich, begrüßte die Anwesenden, bedankte sich für ihr Kommen. Sie hatten die Pressemappen bereits erhalten, wussten, worum es ging. »Wir gehen dem Verdacht eines sehr bedauerlichen und mit dem Rechtsverständnis unseres Hauses und dieses Landes nicht zu vereinbarenden Vorfalls nach.« Er suchte bei diesen Worten den Blickkontakt mit den wichtigsten Pressevertretern. »Wir haben die zuständigen Behörden bereits informiert und arbeiten an einer vollständigen und lückenlosen Aufklärung. Sie haben unsere Pressemitteilung gelesen. Bitte stellen Sie Ihre Fragen.«

»Ihrer Mitteilung entnehme ich, dass ein Mitarbeiter oder eine Gruppe von Mitarbeitern verdächtigt wird, in die Planung von illegalen Waffengeschäften mit den Taliban verwickelt zu sein. Eine schwere Anschuldigung. Wie groß ist das Ausmaß? Gibt es schon Zahlen?«, fragte eine zierliche dunkelhaarige Frau in der ersten Reihe. Bender kannte sie. Sie war angestellt bei einer der führenden Zeitungen der Stadt.

»Wie Sie richtig erwähnen, haben wir es mit einem Verdacht zu tun. Wir gehen momentan der Frage nach, wie begründet er ist. Noch haben wir Hoffnung, dass sich alles harmlos aufklären lässt. Sicher haben Sie Verständnis dafür, dass ich Ihnen aufgrund der laufenden Ermittlungen keine detaillierten Auskünfte geben kann.«

»Gibt es schon Erkenntnisse über mögliche Verbindungsleute in Afghanistan?«, wollte ein untersetzter älterer Agenturjournalist wissen.

»Wir stehen ganz am Anfang der Untersuchungen. Sie müssen das so sehen …« Bender appellierte an das Verständnis und verwies darauf, wie offensiv die Larenz-Werke mit der Situation umgingen. »Wir suchen ganz bewusst die Öffentlichkeit, wie Sie anlässlich dieser Pressekonferenz erkennen können.«

»Wird diese Krise Auswirkungen auf den Börsengang der Larenz-Werke haben?«, erreichte ihn eine Frage aus dem hinteren Drittel des Raums.

»Der Vorfall wird den Börsengang der Larenz-Werke nicht

beeinflussen.« Bender beobachtete, wie die zierliche Dunkelhaarige in der ersten Reihe den Begriff »Larenz-Krise« in Druckbuchstaben auf ihren Unterlagen notierte und einen Kreis darum zog. »Das Unternehmen ist solide aufgestellt. Wir konnten unsere Gewinne vor Steuern im vergangenen Jahr trotz der schwierigen wirtschaftlichen Weltlage um weitere fünf Prozent steigern …«

»Was geschieht mit den betroffenen Mitarbeitern?«

»Wenn sich der Verdacht gegen sie erhärtet, wird es selbstverständlich Konsequenzen geben. Aber so weit sind wir noch nicht.«

»Ist die Staatsanwaltschaft eingeschaltet?«

»Wie ich bereits sagte, arbeiten wir eng mit den zuständigen Behörden zusammen.«

Mobiltelefone summten, erste Nachrichten wurden weitergegeben.

»Ich erfahre gerade aus Berlin, dass es von Seiten der Regierung keine Stellungnahme gibt«, meldete sich ein noch recht junger Mann mit schwarzer Hornbrille zu Wort. »Das lässt darauf schließen …«

»Wir haben darum gebeten, als Erste die Presse informieren zu dürfen, und wir sind noch dabei«, bemerkte Bender und konnte nicht vermeiden, dass sich eine leichte Schärfe in seinen Ton schlich. »Selbstverständlich sind die zuständigen Ministerien informiert. Im Anschluss an diese Konferenz werde ich mich persönlich mit den Regierungsvertretern treffen.« Er erhob sich. »Deshalb werden Sie sicher verstehen, dass die Zeit drängt, meine Damen und Herren.« Er nickte lächelnd in die Runde. »Wenn Sie weitere Fragen haben, ist unsere Presseabteilung jederzeit für Sie da.«

Bender verließ den Raum, ohne sich noch einmal umzublicken. Sobald sich die Tür hinter ihnen geschlossen hatte, nickte Vombrook ihm anerkennend zu. »Souveräne Vorstellung, Gerwin.«

Dafür habt ihr mich, wollte Bender sagen. Aber er schwieg. Niemand wusste von dem Zettel zwischen seinen Unterlagen. Der kurzen nüchternen Mitteilung, dass sein Stellvertreter Milan Vieth sich am Vorabend das Leben genommen hatte. Er hatte die Nachricht nahezu gleichzeitig mit Beginn der Pressekonferenz erhalten. Zu spät, um abzusagen. Er war heilfroh, den Pressevertretern den Rücken kehren zu können, bevor sie davon erfuhren. Die Nachricht würde einschlagen wie eine Bombe.

* * *

Hamburg, Deutschland

»Wir brauchen einen Arzt«, sagte Mayer.

Sibylle Vieth kam langsam wieder zu sich. Mühelos hatte er sie auf die Couch im Wohnzimmer getragen und behutsam hingelegt, eine Zurückhaltung und Vorsicht in seinen Bewegungen, die Valerie berührte. »Ich rufe einen Krankenwagen«, sagte sie.

»Das … das ist nicht nötig«, wehrte Sibylle schwach ab.

Valerie strich ihr das halblange blonde Haar aus dem Gesicht, spürte, wie die Finger der Schwangeren sich fest um ihre andere Hand schlossen. Wie Sibylle versuchte, ihren Atem zu kontrollieren, ihre Gefühle, dennoch füllten schließlich Tränen ihre Augen. »Ich wusste, dass es passieren würde«, flüsterte sie und wandte den Kopf ab. Sie weinte still, ihr Körper krümmte sich in ihrem Schmerz. Valerie sah hilfesuchend zu Mayer. Er war ans Fenster getreten und telefonierte leise. Sie hoffte, dass er trotz Sibylles Widerspruch einen Krankenwagen oder einen Arzt bestellte.

Gemeinsam beobachteten sie wenig später, wie die hochschwangere Frau auf einer Trage zu dem wartenden Fahrzeug gebracht wurde.

»Hat Frau Vieth Verwandte, die wir informieren können?«, wollte Mayer wissen.

»So gut kenne ich sie nicht«, gestand Valerie. Sie dachte nach. »Ich glaube, sie hat eine Schwester, die auch in Hamburg lebt«, fügte sie nach einer Weile hinzu.

»Weißt du, wie sie heißt?«

»Nein, tut mir leid.«

Mayer wandte sich zurück zum Haus. »Vielleicht finden wir ein Adressbuch.«

Es lag neben dem Telefon. Sie blätterten es gemeinsam durch, doch die Namen sagten Valerie wenig. Schließlich zog Mayer seinen Blackberry aus der Tasche und gab eine Nummer ein. »Florian, finden Sie bitte raus, ob Sibylle Vieth in Hamburg nähere Verwandte hat, und schicken Sie jemanden hin. Frau Vieth wird gerade ins Heidberg-Krankenhaus gebracht. Informieren Sie mich per SMS, ob Sie Erfolg hatten. Ich bleibe hier, bis die Mitarbeiter der Staatsanwaltschaft eingetroffen sind.« Dann wandte er sich zu Valerie und maß sie mit einem langen, nachdenklichen Blick. »Warum bist du hier?«

Die Unmittelbarkeit, mit der er ihr diese Frage stellte, rüttelte sie auf, erinnerte sie daran, dass sie sich auf gefährlichem Pflaster bewegte, wenn sie sich auf eine Konfrontation mit ihm einließ. Was konnte sie ihm erzählen? Sicher nicht, dass Meisenberg sie mit der Nachricht von Milans Tod mehr oder weniger aus dem Bett geklingelt und gebeten hatte, sofort rauszufahren, um aus seinem Arbeitszimmer verschiedene Akten zu sichern, bevor die Polizei auftauchte. »Wie kann ich das einfach tun?«, hatte sie ihren Seniorpartner empört gefragt. »Du kennst Sibylle Vieth besser als jeder andere von uns«, hatte er lediglich geantwortet. »Du findest einen Weg.«

Milans Arbeitszimmer lag am anderen Ende des Flurs, die Tür war nur angelehnt. Jeden Moment konnten die Mitarbeiter der Staatsanwaltschaft eintreffen. »Milan Vieth hat sich nicht umgebracht. Das weißt du ebenso gut wie ich«, sagte sie herausfordernd zu Mayer und spielte damit den einzigen Trumpf aus, den sie hatte. »Warum mutest du seiner Frau diesen zusätzlichen Schmerz zu? Muss sie wirklich in dem Glauben weiterleben, er hätte sie im Stich gelassen?«

Mayer ließ sich durch ihre Provokation nicht aus der Ruhe bringen. »Das ist eine kühne Behauptung«, bemerkte er lediglich. »Wie kommst du dazu?«

»Ich arbeite derzeit für den Vorstand der Larenz-Werke in beratender Funktion«, erinnerte sie ihn. »Das sichert mir ersten Zugang zu Informationen.« Sie dachte an ihr Telefongespräch mit Meisenberg. Er war ebenso entsetzt gewesen wie sie, als er erfahren hatte, dass Milan derjenige gewesen sein sollte, der die Larenz-Werke in die Krise gezogen hatte. ›Das ist völliger Irrsinn‹, hatte er behauptet. ›Ebenso wie dieses Gerede von einem Selbstmord.‹

»Mir ist klar, dass Vieths Selbstmord vor allem dir und deinen Auftraggebern sehr gelegen kommt«, sagte sie nun zu Mayer. »Ihr müsstet unangenehme internationale und politische Geflechte erklären, wenn ihr zugebt, dass es sich um Mord handelt. Ist es nicht so?«

Mayer ging nicht auf ihre Frage ein, zog nur eine Augenbraue

hoch. »Eins verstehe ich nicht, Valerie, warum engagierst ausgerechnet du dich für einen Konzern, der in illegale Waffengeschäfte verstrickt ist? Das passt nicht zu dir.«
Sie schluckte. »Ich helfe lediglich einem Freund.«
Eine unangenehme Stille folgte ihren Worten.
»Das hat dich schon einmal in eklatante Schwierigkeiten gebracht«, bemerkte Mayer nach einer Weile.
Sie versuchte die Nervosität zu ignorieren, die sein Blick und seine Nähe ungewollt in ihr auslösten. »Ich weiß, was ich tue«, erwiderte sie mit fester Stimme.
Auf der Straße fuhren zwei Fahrzeuge vor. Die Mitarbeiter der Staatsanwaltschaft. Valerie griff nach ihrer Tasche. Sie vermied es, noch einen Blick in Richtung des Arbeitszimmers zu werfen.
»Warte«, bat Mayer.
Sie sah ihn fragend an.
»Ich bin voraussichtlich nur noch heute in Hamburg.«
»Nur noch heute«, wiederholte sie. »Das heißt, wir sehen uns nicht mehr …«
»Wahrscheinlich nicht, nein.«
Draußen auf der Straße stiegen die Angestellten der Hamburger Justiz aus ihren Fahrzeugen.
»Das kommt … überraschend«, sagte Valerie zögerlich. »Ich hatte gedacht …« Sie suchte nach den richtigen Worten, während sie beobachtete, wie die Männer auf das Haus zueilten.
»Wir hätten mehr Zeit?«, half Mayer.
Das dezente Summen der Türklingel ertönte.
»Es wäre schön gewesen.«
Seine Hand lag schon auf der Klinke, aber er öffnete nicht. Ihre Blicke trafen sich. »Wir könnten heute Abend zusammen essen gehen«, sagte er ruhig.

Es klingelte erneut.
Valerie lächelte. »Ja, vielleicht sollten wir das einfach tun.«

* * *

Sibylle Vieth lag in einem Einzelzimmer auf der Entbindungsstation und starrte aus dem Fenster. Aus dem Nachbarraum war das Geschrei eines Säuglings zu hören, vom Flur Stimmen, ein Lachen. Valerie zog hastig die Tür zu. »Wie geht es dir?«, fragte sie leise.
Im hellen Sonnenlicht, das durch das große Fenster fiel, wirkte Sibylle noch blasser, noch fragiler. »Ich habe ein Beruhigungsmittel bekommen«, erwiderte sie, und ihre Hand glitt wie von selbst über ihren Bauch. »Nichts, was dem Baby schadet …«
»Das ist sicher das Beste für euch beide«, beeilte sich Valerie zu versichern.
»Ja … wahrscheinlich«, antwortete Sibylle abwesend. »Ich darf jetzt, wo Milan nicht mehr da ist, nicht auch noch das Kind verlieren.« Aus ihren großen dunklen Augen sprach eine solche Traurigkeit, dass es Valerie beinahe das Herz zerriss. Sie nahm Sibylles Hand in die ihre und suchte vergeblich nach tröstenden Worten. Gleichzeitig erinnerte sie sich, wie unbändig sich Milan auf das Kind gefreut hatte. »Milan hat sich nicht umgebracht«, sagte sie ruhig. »Er hätte dich nie allein gelassen.«
»Ja, ich weiß«, antwortete Sibylle zu ihrer Überraschung.
»Du weißt …? Woher?«
»Er hat mir alles erzählt, als er aus Zürich zurückgekommen ist.« Mühsam setzte sich die schwangere Frau in ihrem Bett auf. »Wir müssen reden, Valerie. Ich brauche deine Hilfe.«

* * *

Hamburg, Deutschland

Katja Rittmer drückte ihren Kopf gegen die Gitterstäbe vor dem Fenster ihrer Zelle, bis der Schmerz sie zurückholte. Bis das Zittern nachließ und sich die Bilder auflösten. Sie wusste, dass sie beobachtet wurde, dass sie nur nach einem plausiblen Grund suchten, sie in eine psychiatrische Anstalt einzuliefern. Mundtot und fort. Langsam atmete sie ein und aus. Vor langer Zeit schon hatte sie gelernt, ihren Körper über den Rhythmus ihres Atems zu kontrollieren. Schmerz, Hunger und vor allem Angst aufzulösen und das Bewusstsein in einen Zustand der Klarheit zu bringen, der die volle Konzentration auf das Wesentliche zuließ.

Milan Vieth war tot.

Sie hatte ihn nicht schützen können. Sie hatte versagt. Aber deswegen war sie nicht hier. Sie erinnerte sich an seinen Gesichtsausdruck, als er starb. Als ihm bewusst wurde, dass es vorbei war. Er hatte dagegen gekämpft. Nicht aus Angst vor dem Tod, dem Endgültigen, sondern in dem Bewusstsein, dass er nicht gehen konnte, durfte, weil seine Aufgabe nicht vollendet war.

Sibylle wusste, dass Katja bei ihm gewesen, dass sie zusammen unterwegs gewesen waren. Sie würde die richtigen Fragen stellen, sobald sie den ersten Schock überwunden hatte und wieder mehr wahrnehmen konnte als nur den Schmerz. Bei diesem Gedanken fragte sich Katja unwillkürlich, ob sich Milan Vieth der tatsächlichen Stärke bewusst gewesen war, die sich hinter dem zerbrechlichen Äußeren seiner Frau verbarg.

Draußen auf der Straße rauschte der Verkehr vorbei. Reifen quietschten, Hupen, das Zischen einer hydraulischen Lkw-Bremse. Zwei Frauen mit einem Kinderwagen überquerten die Kreuzung, die in strahlendem Sonnenlicht lag. Es war eine

Welt, die Katja fast greifen konnte, so nah war sie und gleichzeitig so unerreichbar, als blicke sie in ein anderes Universum, getrennt durch eine unsichtbare, unüberbrückbare Barriere. Sie beobachtete diese Welt, seit sich am Morgen die Tür ihrer Zelle im vierten Stock des Hamburger Untersuchungsgefängnisses hinter ihr geschlossen hatte. Und sie wurde nicht müde, darüber nachzudenken, wie sie diese Barriere überwinden konnte.

Das Geräusch von Metall auf Metall schreckte sie aus ihren Gedanken. Das leise Ächzen ihrer Zellentür, die auf den Gefängnisgang aufschwang. Katja drehte sich nicht um.

»Frau Rittmer, kommen Sie bitte mit.«

Handschellen schnappten um ihre Handgelenke. Sie fragte sich, was Eric über sie erzählt hatte. Es schien beinahe, als hätten sie Angst vor ihr. Es war lächerlich.

Sie brachten sie in einen Besucherraum. Eine Frau erwartete sie dort. Sie trug ihr langes dunkles Haar sorgfältig aufgesteckt, ihr Kostüm war von klassischem Schnitt.

»Wir haben wenig Zeit«, begrüßte sie sie. »Ich bin Anwältin und werde Ihnen helfen, schnellstmöglich freizukommen.«

Sie öffnete ihre Tasche und zog einige Unterlagen heraus. Katja betrachtete die schlanke Frau fasziniert. Nach mehr als zehn Jahren im Einsatz an den verschiedensten Fronten erkannte sie einen Kämpfer, wenn sie ihn sah.

»Sibylle Vieth hat mich beauftragt, Kontakt mit Ihnen aufzunehmen«, fuhr die Frau fort. »Mein Name ist Valerie Weymann.«

Katja setzte sich langsam. Sie hatte von ihr gehört. Sie wusste nicht, in welchem Zusammenhang, aber …

»Ich brauche Ihre Unterschrift für die Prozessvollmacht.«

Valerie Weymann schob ungerührt von Katjas Schweigen die Unterlagen und einen Kugelschreiber über den Tisch.

Die Buchstaben tanzten vor Katjas Augen, als sie den Stift in die Hand nahm. »Wie … geht es Frau Vieth?«, fragte sie und war überrascht, wie rauh ihre Stimme klang. Sie hatte seit dem Unfall kein Wort mehr gesprochen.

»Den Umständen entsprechend«, erwiderte Valerie Weymann. »Sie ist im Krankenhaus.«

»Und das Kind?«

»Alles in Ordnung.«

Katja schob die unterschriebenen Papiere zurück. Die Anwältin verstaute sie in ihrer Tasche, setzte sich ihr gegenüber und faltete die Hände ineinander. »Sibylle Vieth hat mir erzählt, dass Sie von der amerikanischen Regierung als Personenschützerin für Milan Vieth empfohlen worden sind.«

Katja nickte nur kurz und ignorierte die Frage, die sich hinter den Worten der Anwältin verbarg.

Valerie Weymann räusperte sich. »Sie waren im Wagen, als er starb.«

Wieder nickte Katja.

»Was genau ist passiert?«

Katja erzählte mit knappen Worten von Vieths plötzlicher Benommenheit, wie der Wagen außer Kontrolle geriet und gegen einen Baum prallte.

»War Milan sofort tot?«

»Nein …«

»Hat er noch etwas gesagt?«

Katja sah auf ihre Hände. Milan Vieth hatte keinen einfachen Tod gehabt. Aber das ging nur sie und ihn etwas an. Niemand würde je davon erfahren. Sie spürte Valerie Weymanns Blick auf sich. »Ich kann nur mit Ihnen arbeiten, wenn Sie ehrlich zu mir sind«, sagte die Anwältin.

»Ich weiß«, erwiderte Katja. »Aber es gibt nichts mehr zu sagen.«

Valerie stand auf. »Ich habe gleich im Anschluss an unser

Gespräch einen Termin mit dem Richter. Wenn alles gutgeht, sind Sie heute Abend wieder auf freiem Fuß.«
»Und was macht Sie so sicher, dass er mich gehen lässt?«
Diesmal war es Valerie, die eine Antwort schuldig blieb. Schweigend zog sie eine Visitenkarte aus der Tasche ihres Jacketts. »Rufen Sie mich an, sobald Sie draußen sind. Wir haben eine Menge zu besprechen.«

* * *

Hamburg, Deutschland

Die SMS erreichte Eric Mayer auf dem Weg ins Polizeipräsidium. »Rudolf Hagedorn hat sich umgebracht. Vermutlich gibt es eine Verbindung zu Vieth.« Mayer starrte fassungslos auf die Zeilen. Nach seinem Besuch bei Sibylle Vieth hatte er mehrmals vergeblich versucht, den Staatssekretär des Verteidigungsministeriums zu erreichen …
Hinter Mayer hupte es. Irritiert sah er auf. Die Ampel vor ihm war auf Grün umgesprungen. Er gab Gas und wählte gleichzeitig die Nummer seines Vorgesetzten in Berlin. »Sind Sie ganz sicher, dass es sich um Selbstmord handelt?«, fragte Mayer.
»Ich weiß, warum Sie fragen«, erwiderte dieser. »Aber wir haben die interne Mitteilung über Vieths Tod auf Hagedorns Schreibtisch gefunden und Hagedorn keine fünf Meter weiter im Nebenraum.«
»Ist das nicht ein bisschen zu offensichtlich?«
»War uns auch erst suspekt, es handelt sich jedoch eindeutig um eine Affekthandlung.« Sein Vorgesetzter räusperte

sich. »Er hat sich erschossen. Es gibt keine Zeugen. Niemand außer uns hat die Leiche gesehen. Die offizielle Darstellung wird auf Herzinfarkt lauten.«

»Wie wollen Sie das der Familie erklären?«

»Das ist das einzig Erfreuliche. Hagedorn hatte keine Familie, auf die wir Rücksicht nehmen müssen. Aber wir sind extrem unter Druck. Wenn die Opposition oder die Presse Wind von der Sache bekommt ...«

Der Rücktritt des Verteidigungsministers wäre in diesem Fall unvermeidlich. Und das würde die Regierung in eine Krise stürzen, der sie in der jetzigen Situation nicht gewachsen war. Nicht nach allem, was bereits geschehen war.

»Wir haben in Hamburg sämtliches verfügbare Material gesichert«, sagte Mayer.

»Wir brauchen Sie so bald wie möglich hier in Berlin.«

»Ich weiß.«

Die Auswertung der Unterlagen, die sie aus Vieths Privathaus mitgenommen hatten, und der Abgleich mit den Dateien und Akten der Larenz-Werke würde noch einige Zeit in Anspruch nehmen, aber Mayer wusste, dass er diese Arbeit guten Gewissens Florian Wetzel überlassen konnte. Als er im Polizeipräsidium ankam, erwartete ihn allerdings die nächste Hiobsbotschaft.

»Katja Rittmer ist vor einer halben Stunde aus der Untersuchungshaft entlassen worden«, teilte sein jüngerer Kollege ihm mit. »Ich hab versucht, Sie zu erreichen, aber Ihr Telefon war dauernd besetzt.«

Wetzel trat unwillkürlich einen Schritt zurück, als er bemerkte, welche Wirkung diese Nachricht auf Mayer hatte. »Finden Sie raus, wo Oliver Schaar steckt, und stellen Sie eine Verbindung zu ihm her«, befahl Mayer mit vor Zorn bebender Stimme. Wetzel beeilte sich, das Büro zu verlassen, und Mayer unterdrückte den Impuls, die Tür hinter ihm zuzuschlagen. Es war, als ob jede erfolgreiche Beseitigung eines Hindernisses auf ihrer Strecke ihnen nur eine weitere Baustelle offenbarte.

* * *

»Das liegt daran, dass ihr den falschen Ansatz verfolgt«, bemerkte Valerie Weymann wenige Stunden später kühl, als Mayer ihr in einem kleinen französischen Restaurant gegenübersaß, und auf ihre Frage, wie er denn mit seinen Ermittlungen vorankomme, nur sehr ausweichend geantwortet hatte. Sie wusste das wohl einzuordnen.

»Welchen Ansatz sollten wir denn deiner Meinung nach verfolgen?«, gab er ebenso kühl zurück. Nachdem er erfahren hatte, dass sie es gewesen war, die Katja Rittmer aus der Untersuchungshaft geholt hatte, war er versucht gewesen, ihre Verabredung zum Essen abzusagen, hatte sich im letzten Moment dann aber doch eines Besseren besonnen.

»Wenn du ehrlich bist, hast du genauso wie ich deine Zweifel, dass Milan Vieth wirklich hinter den Geschäften mit den Taliban steht«, sagte sie.

Die Sicherheit in ihrer Stimme überraschte ihn. »Wie kommst du darauf?«

»Es geht dir doch in erster Linie darum, die Larenz-Werke möglichst unbeschadet durch dieses Unwetter hindurchzumanövrieren und damit auch Schaden von der Regierung abzuwenden«, konstatierte sie. »Die tatsächliche Aufklärung des Falles scheint mir eher nebensächlich zu sein.«

»Wir haben stichhaltige Beweise, dass Vieth involviert war.«

»Was wäre, wenn ich das Gegenteil beweisen könnte?«

Mayer dachte an die eindeutige E-Mail-Korrespondenz, die die Computerexperten des LKA auf Vieths Computer aufwendig decodiert hatten, und an die Verbindungsdaten seines privaten Handys, die sie von seiner Telefongesellschaft erhalten hatten. Es gab keinen Zweifel an Vieths Schuld. Wie wollte Valerie da das Gegenteil beweisen?

»Was wäre, wenn ich behaupte, dass er mit der ganzen Waffenschieberei nichts zu tun hatte«, sagte sie herausfordernd, »wohl aber aufgedeckt hat, wer tatsächlich dahintersteckt?«

Mayer betrachtete sie aufmerksam. »Was hast du in der Hand, Valerie?« War es Milan Vieth doch gelungen, Valerie vor seinem Tod Informationen zuzuspielen? Sie hatte es bislang vehement abgestritten.

Jetzt schürzte sie ihre Lippen.

»Spiel nicht mit mir«, warnte er.

»Es reicht bislang nicht aus, was ich habe«, gestand sie. »Aber ich bleibe dran.«

Halt dich raus, wollte er sagen. Das ist eine Nummer zu groß für dich. Wir haben bereits zwei Tote. Doch er schwieg. »Warum erzählst du mir das alles?«, fragte er stattdessen.

»Ich hatte heute Nachmittag ein langes Gespräch mit Katja Rittmer.«

Er seufzte unwillkürlich. »Valerie ...«

»Katja Rittmer ist unschuldig«, fiel sie ihm ins Wort. »Sie hat Milan Vieth nicht getötet.«

»Das weiß ich. Ich hatte einen anderen Grund für ihre Verhaftung.«

»Den du mir vermutlich nicht mitteilen wirst.«

»Vermutlich nicht«, erwiderte er.

Es gelang ihnen nicht, die Spannung, die sich zwischen ihnen aufgebaut hatte, im Verlauf des Abends aufzulösen. Sie konnten einfach nicht aufhören, einander abzutasten und zu sondieren, und so war er sowohl erleichtert als auch wehmütig,

als er die Rechnung begleichen konnte und sie das Lokal verließen.
»Ich wünschte, ich wäre eine angenehmere Gesellschaft gewesen«, sagte er, als sie sich auf der Straße gegenüberstanden. Das Licht der Laternen fiel durch das Laub der Bäume und warf harte Schatten auf Valeries Gesicht. Es hob die kleinen Fältchen um ihre Augen hervor, und bei diesem Anblick erinnerte er sich, was diese Augen gesehen und die Frau vor ihm erlebt hatte, wie viel Kraft und Disziplin es sie gekostet haben musste, in ihren Alltag zurückzufinden. Trotz allem einfach weiterzumachen. »Vielleicht sollten wir endlich aufhören, miteinander zu streiten«, bemerkte er versöhnlich.
Sie lächelte, und plötzlich, ganz unerwartet war sie da, die Leichtigkeit, die er zwischen ihnen vermisst hatte.
»Wann reist du ab?«, fragte sie.
»Morgen früh.«
»Morgen früh schon.« Schweigend sahen sie einander an, den unvermeidlichen Abschied hinauszögernd. »Es war schön, dich wiederzusehen«, fügte sie schließlich hinzu.
»Ja«, bestätigte er. »Wir hatten nur zu wenig Zeit.«
Er sah den Rücklichtern ihres Wagens nach, bis sie in der Dunkelheit verschwunden waren. In Gedanken versunken ging er zu seinem eigenen Fahrzeug. Er warf noch einen letzten Blick in die Richtung, in die Valerie davongefahren war, bevor er die Fernbedienung für die Zentralverriegelung betätigte. In diesem Moment bohrte sich etwas Hartes in seinen Rücken. Der Lauf eines Revolvers. Er hielt den Atem an.
»Mach jetzt keinen Fehler, Eric«, sagte Katja Rittmer. In ihrer Stimme lag eine gefährliche Ruhe. Langsam, ganz langsam drehte Eric Mayer sich um.

* * *

Hamburg, Deutschland

»Die Beerdigung von Milan Vieth findet mit Rücksicht auf den Zustand seiner Frau bereits morgen Mittag statt«, berichtete Matthias Richter, der Leiter der Sicherheitsabteilung der Larenz-Werke. »Sie wird direkt aus dem Krankenhaus hingehen.«

Gerwin Bender blickte gespannt in das Gesicht des ehemaligen BKA-Mannes, den er vor gut zwei Jahren aus dem öffentlichen Dienst abgeworben hatte. »Was ist mit den Daten?«, fragte er.

»Nichts«, erwiderte Richter zu seiner Enttäuschung. »Wir haben das ganze Haus auf den Kopf gestellt.«

Bender stand auf. »Sie müssen etwas übersehen haben. Stellen Sie mehr Personal dafür ab, wenn nötig. Der USB-Stick muss sich in ihrem Besitz befinden.«

»Vieth könnte ihn genauso gut in einem Schließfach deponiert haben oder bei einem Anwalt«, gab Richter zu bedenken.

»Das mag sein, aber wer auch immer den Stick hat, wird Kontakt aufnehmen mit Sibylle Vieth. Die Informationen darauf sind Gold wert.« Bender warf einen Blick auf den Zwischenbericht, den Richter geschrieben hatte. Der erste Schock über den Tod seines Stellvertreters machte allmählich einem neuen Entsetzen Platz: Es kristallisierte sich heraus, dass Milan Vieth für den Fall seines plötzlichen Ablebens sehr gut vorgesorgt hatte, indem er sensible Firmendaten kopiert und außer Haus geschafft hatte. Anscheinend war Milan davon ausgegangen, dass Bender für die Rückgabe der Daten nahezu jeden Preis zahlen würde, um den anstehenden Börsengang der Larenz-Werke nicht zu gefährden. Aber Bender plante nicht, sich oder den Konzern auf diese Weise benutzen zu lassen.

Die Protokolle aus der EDV-Abteilung bestätigten, dass Milan die entsprechenden Files zuletzt kurz vor seinem Tod bearbeitet hatte. Jetzt, wo alles zu spät war, zählten diese Protokolle zumindest als Beweis für Vieths Schuld. Bender unterdrückte ein Seufzen. Ausgerechnet Milan. Er hatte ihn anders eingeschätzt, aufgebaut als seinen Nachfolger, und sie waren ein gutes Team gewesen, bis Milan beschlossen hatte, seinen eigenen Weg zu gehen. Bender legte Richters Bericht auf seinen Schreibtisch. Hätte er verhindern können, was passiert war? War er nicht aufmerksam genug gewesen?

Richter räusperte sich dezent. »Ich habe inzwischen die Mitarbeiter ausgewählt, die Sie nach Afghanistan begleiten werden«, fuhr er fort, als er sich Benders Aufmerksamkeit versichert hatte. Es war ihm anzumerken, dass er das Gespräch beenden wollte. Er war ein erstklassiger Mann, der die Sicherheitsabteilung zu Benders vollster Zufriedenheit von Grund auf neu organisiert hatte, bei Einmischung in seine Arbeit bisweilen jedoch empfindlich reagierte. »Es handelt sich um vier Männer mit langjähriger Auslandserfahrung«, informierte ihn der Sicherheitschef. »Ich möchte Sie bitten, sich im Zweifelsfalle ihrem Urteil zu beugen. Das Auswärtige Amt wird für die weitere Sicherheit vor Ort sorgen. Ich habe die Kontakte bereits hergestellt und Ihre Reisedaten und Termine weitergegeben.« Er reichte Bender eine Mappe. »Hier finden Sie alle nötigen Unterlagen.«

Bender nahm sie dankend entgegen. »Ich bin mir sicher, dass Sie wie immer alles perfekt vorbereitet haben.« Er wusste, dass Richter ihn gern persönlich auf der Reise begleitet hätte. Der Sicherheitschef hatte es mehrfach erwähnt, Bender hatte jedoch gute Gründe, diesen Wunsch zu ignorieren. Mit Richter an seiner Seite würde er keinen Schritt unbeobachtet machen können. Der Mann nahm seine Arbeit sehr ernst.

Nachdem Richter sein Büro verlassen hatte, trat Bender ans Fenster und blickte lange über die Hafenanlagen. Die Sonne spiegelte sich auf dem Wasser, im Hintergrund hörte er durch das halb geöffnete Fenster das Scheppern der Kräne und das monotone Klopfen eines Hammers auf Metall.

Morgen würde er auf die Beerdigung gehen. Es würde ein Spießrutenlaufen vor der Presse werden. Seit der Pressekonferenz stand das Telefon in der PR-Abteilung des Konzerns nicht mehr still. Auf Anraten von Vombrook und Weymann hatten sie nach Bekanntwerden von Milans Selbstmord nur eine knappe Bestätigung rausgegeben, aber die Medien gierten nach mehr. Zahlreiche Interview-Anfragen waren eingegangen. Die Afghanistan-Reise war eine Flucht nach vorn. Die Idee des externen PR-Beraters. ›Mit positiven Schlagzeilen ablenken‹, lautete sein Credo. ›Die Larenz-Werke sind einer der größten deutschen Investoren in Afghanistan. Zeigen Sie, was Ihr Unternehmen dort alles leistet. Treffen Sie sich mit Regierungsvertretern. Machen Sie deutlich, wie dieses Engagement Arbeitsplätze in Deutschland sichert.‹ Bender hatte sich daraufhin persönlich mit dem Kanzleramt in Verbindung gesetzt und sich der Unterstützung von höchster Stelle für seine Mission versichert. So war es gelungen, selbst in der kurzen Zeit eine anspruchsvolle Agenda zusammenzustellen, die auch einen Besuch auf einem amerikanischen Stützpunkt vorsah. Darauf hätte Bender gern verzichtet, doch Berlin hatte darauf bestanden. »Nach der verheerenden Berichterstattung in den amerikanischen Medien müssen wir demonstrieren, dass vor Ort absolute Einigkeit herrscht und wir dieselben Ziele verfolgen«, hatte es aus dem Kanzleramt geheißen. Bender wusste, dass er derzeit nicht in der Position war, eine solche Forderung abzuschlagen. Er würde seine Schuld abtragen. Nach Milans Beerdigung würde er von Berlin aus mit einem Regierungsflugzeug und Unterstützung der Regierung an den Hindukusch fliegen. Eine heikle Mission.

* * *

Hamburg, Deutschland

In den vergangenen zwei Tagen hatte Valerie kaum Gelegenheit gehabt, über ihr unverhofftes Wiedersehen mit Eric Mayer nachzudenken. Anderthalb Jahre hatten nicht genügt, die Nähe zwischen ihnen aufzulösen, die Vertrautheit, die gewachsen war aus ihren gemeinsamen Erlebnissen. Er wusste mehr als jeder andere über sie. Selbst als Marc, ihr Mann. Eric Mayer hatte sie gesehen, schutzlos und zerstört. Der BND-Agent hatte sein Leben für sie aufs Spiel gesetzt. Sie hatte oft an ihn gedacht in den vergangenen achtzehn Monaten. Sich gefragt, wo er war, was er machte. ›Ich war ein Jahr in Damaskus‹, hatte er erzählt, als sie ihm diese Frage endlich hatte stellen können. Die vergangenen sechs Monate hatte er in Afghanistan verbracht, und das wenige, was er über seine Arbeit preisgab, genügte, um zu verstehen, dass er ganz oben mitmischte und dass er immer noch sein Leben riskierte. ›Das ist mein Job‹, hatte er einmal zu ihr gesagt. Damals.

Natürlich hatte auch er Fragen. Diese eine Frage, von der sie wusste, dass sie kommen würde, kommen musste, und die sie gefürchtet hatte. Er hatte sich Zeit gelassen, fast den halben Abend. Doch dann hatte er sie über den Rand seines Weinglases hinweg fixiert: »Und wie geht es dir?«

»Mir geht es gut. Es ist alles in Ordnung.« Es war ihr gelungen, die beiden Sätze ohne Zittern, ohne Stolpern zu artikulieren. Aber sie sah ihm an, dass er ihr diese Lüge nicht abnahm. Es ging ihr nicht gut, seit er da war. Er löste eine Flut von Erinnerungen aus.

Wir hatten nur zu wenig Zeit. Es war immer zu wenig Zeit. Bedauern hatte in seinen dunklen Augen gelegen bei ihrem Abschied. Ehrliches Bedauern. Als sie daran dachte, schlossen sich ihre Finger fester um das Lenkrad ihres Wagens.

* * *

Kabul, Afghanistan

Don Martinez starrte aus dem Fenster der von Mauern und NATO-Draht umgebenen amerikanischen Botschaft auf die Straße, die gepflastert war mit gelben Taxis. Auf der gegenüberliegenden Verkehrsinsel versuchte ein afghanischer Polizist in der gleißenden Sonne den Verkehr zu regeln, der hier vor allem vom leistungsstärkeren Motor bestimmt wurde. Im Hintergrund sah der CIA-Agent die braunen Halden des Vorgebirges. Alles was dahinterlag, verbarg sich im Dunst, der ewig über dieser Stadt zu hängen schien. Ein Dunst aus Staub, Abgasen und dem Qualm der Holzfeuer, die selbst jetzt im Frühjahr noch die ganze Nacht brannten, wenn die Temperaturen immer wieder in die Nähe des Gefrierpunktes sanken. Männer in sandfarbenen Kaftanen eilten zwischen den Fahrzeugen hindurch. Am Straßenrand saßen zwei verhüllte Frauen wie leuchtende hellblaue Geister. Ein gepanzertes Fahrzeug fuhr vorbei. Soldaten mit Maschinenpistolen. Ein völlig überladener Eselskarren.

Martinez wandte sich ab. Kabul war ein verdammtes Dreckloch. Das ganze Land ein Grab für verlorene Hoffnungen. Jetzt, wo er hier war, fragte er sich, welcher Teufel ihn geritten hatte, sich auf diesen Auftrag einzulassen.

Die Tür öffnete sich. »Hallo, Don, schön, dass Sie da sind. Hatten Sie einen guten Flug?«

Martinez erwiderte das joviale Lächeln des Botschaftssekretärs nicht und ignorierte auch die zur Begrüßung ausgestreckte Hand. Er nickte nur kurz, dann schulterte er seinen Rucksack. Er hatte seit mehr als vierundzwanzig Stunden nicht geschlafen. Das Letzte, was er jetzt brauchte, war sinnloser Smalltalk.

»Zeigen Sie mir einfach mein Zimmer«, sagte er und bemerkte, wie der Sekretär unter seinem kühlen Blick nervös zuckte, wie die aufgesetzte Fassade bröckelte. Niemand traf gern auf einen Verhörspezialisten der CIA. Und schon gar nicht auf einen von Martinez' Ruf. »Und bringen Sie mir alle Unterlagen, die ich brauche«, fügte er hinzu. Der Sekretär eilte zur Tür hinaus. Martinez folgte ihm schweigend. Er würde seinen Job erledigen und dieses Land so schnell wie möglich wieder verlassen.

* * *

Hamburg, Deutschland

»Komm nicht auf dumme Gedanken, Eric!«, drohte Katja. Mit beiden Händen hielt sie den Revolver auf ihn gerichtet. »Gib mir deine Waffe!«

Er rührte sich nicht, musterte sie nur aus leicht zusammengekniffenen Augen. Er hatte nichts von seiner Gefährlichkeit verloren, das wurde ihr in diesem Moment bewusst. Ganz im Gegenteil. Die kleinste Unaufmerksamkeit ihrerseits würde ihm genügen.

»Deine Waffe, Eric«, wiederholte sie leise.

Endlich griff er mit der Hand unter sein Jackett, zog die Waffe heraus und legte sie vor sich auf den Boden. Trat einen Schritt zurück.

»Jetzt zum Wagen«, befahl Katja erleichtert.

Der SUV stand nur wenige Meter weiter am Straßenrand. Langsam, viel zu langsam bewegte er sich darauf zu. Sie hob seine Waffe vom Boden auf und steckte sie sich hinten in den Bund ihrer Hose. Seine Finger umschlossen den Türgriff. Sie machte einen Schritt auf ihn zu, achtete darauf, außerhalb seiner Reichweite zu bleiben. Gleichzeitig mit ihm öffnete sie die Tür und setzte sich hinter ihn auf die Rückbank. Drückte ihm den Lauf ihrer Waffe in den Nacken. »Fahr!«

Er ließ den Motor an, lenkte den Wagen aus der Parklücke und fuhr die Straße hinunter. In dieselbe Richtung, in die Valerie Weymann verschwunden war. Sie erreichten das Hotel in weniger als fünf Minuten. Auf ihr Geheiß fuhr er in die Tiefgarage und parkte neben dem Aufgang zum Fahrstuhl. Behutsam löste sie sich aus ihrer verkrampften Sitzhaltung und streckte ihre Beine.

Sie stiegen aus. Mayer bewegte sich vorsichtig. Sie ließ sich von seiner vermeintlichen Kooperationsbereitschaft nicht täuschen. Jede Faser ihres Körpers war gespannt.

»Du weißt, wo es hingeht«, sagte sie nur. Er ging auf den Fahrstuhl zu und drückte die Taste. Die Tür öffnete sich. Erneut presste sie Eric ihre Waffe in den Rücken. »Keine Tricks«, flüsterte sie, als ein weiteres Paar auf sie zugeeilt kam und mit ihnen zusammen in den Aufzug stieg. Die beiden nickten ihnen lächelnd zu und setzten ihre rasante Unterhaltung auf Italienisch fort. »Wenn du irgendetwas versuchst, erschieße ich auch die beiden, nicht nur dich«, warnte Katja. Eric verzog keine Miene.

Erst als die Tür des Hotelzimmers hinter ihnen ins Schloss gefallen war, sah er sie an, und die Kälte in seinem Blick erschreckte selbst sie. »Was willst du von mir, Katja?«

Sie zwang sich zur Ruhe. Sie hatte die Waffe. Sie hatte die Kontrolle.

»Weißt du noch, wie wir früher über die Mitarbeiter des BND geredet haben, Eric?«

Er antwortete nicht.

»Wir haben ihnen nicht vertraut, weil sie nie ehrlich zu uns waren, weil sie uns benutzt haben, um ihre eigenen Ziele durchzusetzen.« Ihr Zeigefinger legte sich fester um den Hahn der Waffe. Sie spürte Mayers Anspannung. Er registrierte jede noch so kleine Bewegung von ihr. »Ich lasse mich von dir nicht benutzen, Eric. Wenn du dich nicht eingemischt hättest, wäre Milan Vieth noch am Leben.«

»Vielleicht wäre er das«, erwiderte Eric zu ihrer Überraschung. »Aber was hätte das geändert? Hätte es deine Kameraden wieder lebendig gemacht, Chris unversehrt?«

»Lass Chris da raus«, stieß sie hervor.

»Es geht hier um Politik, Katja«, fuhr er fort. »Wir sind nur Rädchen in diesem Getriebe, das auf so viele Weise weltweit ineinander verzahnt ist, dass es wohl kaum jemanden gibt, der all diese Verknüpfungen wirklich noch durchschaut.«

»Ich habe kein Verlangen danach, sie zu durchschauen oder zu verstehen. Ich will nur, dass die Menschen in diesem Land erfahren, was geschieht. In Afghanistan und anderswo in der Welt. Deutsche Soldaten kämpfen und sterben längst nicht mehr, um der Bevölkerung ein menschenwürdiges Dasein zu ermöglichen, sondern um die verdammten Wirtschaftsinteressen dieses Landes zu schützen, und dann werden sie auch noch mit unseren eigenen Waffen getötet!«

»Es hat andere, größere als dich gegeben, die das Aussprechen dieser Wahrheit schon zu Fall gebracht hat.«

Sie schnaubte verächtlich. »Hast du in den vergangenen Tagen keine Zeitungen gelesen? Sie sind voll mit der sogenannten Larenz-Krise, mit illegalen Waffengeschäften und endlich auch einmal mit Bildern von unseren Soldaten, die …«

»Wie lange, glaubst du, bleibt das Interesse bestehen?«, fiel er ihr ins Wort. »Der nächste Skandal lauert doch bereits hinter der nächsten Ecke, und selbst wenn er noch so banal sein sollte, werden die Medien ihn hochkochen, und kein Mensch spricht mehr über Afghanistan. Alles, was geschehen ist, wird genauso schnell wieder aus dem Bewusstsein der Bevölkerung verschwunden sein, wie es dorthin gekommen ist. Nämlich über Nacht.«

»Dann muss eben jemand dafür sorgen, dass es im Bewusstsein bleibt«, sagte sie.

* * *

Hamburg, Deutschland

Ohne Katja aus den Augen zu lassen, sah Eric Mayer sich unauffällig in seinem Hotelzimmer um. Sein Koffer stand unausgepackt in der Ecke. Sein Laptop mit allen wichtigen Daten war im Safe des Zimmers verborgen. Er fragte sich, wie sie so schnell herausgefunden hatte, wo er untergebracht war. Anscheinend war sie noch immer gut vernetzt.

»Für wen arbeitest du?« Er hatte ihr diese Frage schon einmal gestellt.

Sie maß ihn kühl, und er sah deutlich die Spuren von Müdigkeit und Anspannung in ihrem Gesicht. Das leichte Zittern ihrer Hände, mit denen sie den Revolver fest umschlossen auf ihn gerichtet hielt. »Ich habe dir vertraut, als ich dir die Projektile gezeigt habe«, sagte sie. »Aber du gehörst längst zu ihnen. Ich hätte es wissen müssen.«

»Wir machen alle unseren Job, Katja. Jeder auf seine Weise.« Er trat einen Schritt auf sie zu.

»Bleib stehen, Eric«, warnte sie.

Ein weiterer Schritt.

Der Schuss schlug knapp neben seinen Füßen im Boden ein. Der Schalldämpfer verschluckte beinahe jedes Geräusch. Teppichfetzen flogen auf. Ein zweiter Schuss folgte unmittelbar. Mayer hob abwehrend die Hände. »Okay«, sagte er leise. »Ganz ruhig.«

Katja atmete schnell, den Lauf der Pistole auf seine Körpermitte gerichtet. Noch einmal würde sie nicht danebenschießen, das versprach ihr Blick.

Mayer überlegte nicht lange, deutete einen weiteren Schritt an, ließ sich jedoch zu Boden fallen und hechtete nach Katjas Beinen. Der Schuss ging nur Zentimeter über ihn hinweg. Das große Fenster hinter ihm zerbarst mit einem Krachen, was Katja genau für den Augenblick paralysierte, den er brauchte, um sie zu überwältigen. Mit einer einzigen schnellen Bewegung entriss er ihr den Revolver und sicherte ihn. Katja wich zurück, ihr ungläubiger Blick flog von der Waffe zu ihm.

Im Hotel wurde ein Alarm ausgelöst, gleich darauf hörte er Schritte auf dem Flur. »Es ist alles in Ordnung«, versicherte

Mayer, als er die Tür öffnete und in das Gesicht eines Sicherheitsmitarbeiters des Hotels blickte. Er hielt dem Mann seinen Dienstausweis unter die Nase, während dieser versuchte, an ihm vorbei einen Blick in das Zimmer zu werfen.

»Es ist alles in Ordnung«, wiederholte Mayer ruhig. »Sie können wieder gehen.«

Der Sicherheitsmitarbeiter maß ihn von oben bis unten, nickte schließlich und trat einen Schritt zurück. Er würde die Polizei rufen. Das war Mayer klar, als er die Tür fest ins Schloss drückte. Katja saß zusammengekauert an der Wand, den Kopf in den Händen verborgen. Er hockte sich vor sie, zwang sie, ihn anzusehen. »Wir müssen reden«, sagte er. »Aber nicht hier. In welchem Hotel wohnst du?«

»Im Elysee«, murmelte sie.

Es war ganz in der Nähe. Er stand auf und reichte ihr eine Hand. Zögernd griff sie danach. Sie zitterte am ganzen Körper. Mayer nahm seinen Laptop aus dem Safe und sein Gepäck. »Los, verschwinden wir.«

Als sie im Auto saßen, rief er Wetzel an, der noch im Polizeipräsidium war. »Es wird ein paar Fragen geben, zu einem Vorfall in meinem Hotelzimmer.« Mit wenigen Worten setzte er seinen jüngeren Kollegen darüber ins Bild, was geschehen war. »Kümmern Sie sich bitte darum und übernehmen Sie die Kosten. Ich will kein Aufsehen. Wenn es Probleme gibt, erreichen Sie mich übers Handy.«

Wie ein Schlafwandler schritt Katja vor ihm den Hotelflur des Elysee hinunter und steckte schließlich ihre Karte in das Lesegerät an ihrer Zimmertür. Sie drückte die Tür auf und trat vor ihm in den dunklen Raum. Als Mayer das Licht einschalten wollte, blieb es dunkel.

»Ich habe die Glühbirnen rausgedreht«, erklärte sie.

Mayer stellte sein Gepäck ab. Sie stand am Fenster und spähte durch den Vorhang auf die Straße. Vorsichtig legte er seine Hand auf ihre Schulter. Ihr Körper spannte sich bei der Berührung reflexartig an. »Seit wann geht das schon so, Katja?«
Sie wandte sich um, ihre Blicke begegneten sich im Halbdunkel. Sie schluckte. »Ich hätte dich fast getötet«, sagte sie leise. »Das wollte ich nicht.« Tränen flossen über ihre Wangen. Sie rang um Fassung.
»Wie lange schon, Katja?«, wiederholte er seine Frage.
Sie fuhr sich mit der Hand über die Augen. Eine fahrige, unsichere Geste. »Ich weiß es nicht.«
Sie war völlig übermüdet. Ihr Anblick schmerzte ihn, denn er erkannte die Symptome: Aggression, Paranoia, Schlaflosigkeit.
»Du brauchst Hilfe«, stellte er fest. »Die Bundeswehr hat ein neues Trauma-Therapiezentrum in Berlin eingerichtet. Die Psychologen dort …« Er beendete den Satz nicht, da er merkte, dass sie ihm nicht zuhörte.
Die roten Leuchtziffern auf dem Wecker auf ihrem Nachttisch zeigten 23:56 Uhr. In gut achtzehn Stunden würde er wieder auf dem Weg nach Kabul sein. Zusammen mit Gerwin Bender. Zu wenig Zeit, um etwas zu tun. Es holte ihn immer wieder ein.
Er legte einen Arm um sie, führte sie vom Fenster weg. »Du solltest ein paar Stunden schlafen.«
Sie sah ihn an. »Bleibst du hier?«
Katja war nie der zarte, verletzliche Typ gewesen. Als eine der wenigen Soldatinnen, als einzige Frau innerhalb der Elite-Einheit, hatte sie sich behaupten müssen, hatte sich ihren Platz erkämpft, indem sie härter und unnachgiebiger war als ihre männlichen Kollegen. Vielleicht berührte ihn ihre jetzt gezeigte Schwäche deshalb umso mehr.

»Ja«, versprach er, »ich bleibe.« Er wusste, dass er damit gegen alle Regeln verstieß. Doch das hatte er bereits getan, als er sie aus seinem Hotel hierhergebracht hatte.
Sie ging ins Bad, und er nutzte die Zeit, um Wetzel erneut anzurufen. »Alles geregelt und aufgeräumt, Chef«, versicherte dieser ihm.
»Gut, dann sehen wir uns morgen früh.«

18. Mai

Sie trafen sich in der Kantine des Präsidiums. »So wirklich ausgeschlafen sehen Sie nicht aus«, begrüßte ihn sein jüngerer Kollege und betrachtete ihn unter seinem ungekämmten Schopf hervor neugierig. Mayer ahnte, dass Wetzel eine Menge darum gegeben hätte zu erfahren, wo sein Chef die Nacht verbracht hatte, aber der junge Mann wagte nicht zu fragen.
»Ihre Maschine nach Berlin geht in einer guten Stunde«, fuhr Wetzel fort. »Bevor Sie nach Kabul weiterfliegen, haben Sie noch einen Termin mit dem Krisenstab.«
Mayer überflog den E-Mail-Ausdruck, den Wetzel ihm reichte, und legte ihn dann zusammengefaltet neben seinen Teller. »Ich möchte Sie bitten, ein zuverlässiges und erfahrenes Observationsteam auf Katja Rittmer anzusetzen«, sagte er dann. »Schließen Sie sich mit dem BKA kurz.«
Wetzel räusperte sich. »Ich will Ihre Entscheidung nicht kritisieren, Chef, aber wäre es, nach allem, was vorgefallen ist, nicht besser, die Frau wieder in Gewahrsam zu nehmen?«
»Ich bin mir durchaus bewusst, welches Risiko wir eingehen«, erwiderte Mayer. »Aber wenn wir sie festsetzen, werden wir nie erfahren, für wen sie arbeitet.«
»Das ist natürlich ein Argument.« Wetzel klang nicht überzeugt.
»Nehmen Sie Kontakt mit Valerie Weymann auf«, fuhr Mayer unbeirrt fort. »Sie vertritt Katja Rittmer. Klären Sie sie über den Zustand ihrer Mandantin auf.«
Wetzel nickte.

»Ich erwarte bei meiner Rückkehr eine lückenlose Aufstellung von Katja Rittmers beruflichen und privaten Stationen in den letzten acht Jahren«, fügte Mayer hinzu.
Wetzel seufzte. »Das klingt nach Arbeit. Aber wenn Sie weg sind, komme ich wenigstens wieder zum Schlafen.«
Mayer betrachtete den jungen Mann in dem schwarzen Kapuzenshirt kopfschüttelnd. »Irgendwann wird Ihr loses Mundwerk Sie in ziemliche Schwierigkeiten bringen.«
Wetzel grinste. »Ist das eine Drohung, Chef, oder ein Versprechen?«

* * *

Hamburg, Deutschland

Valerie saß mit Marc noch beim Frühstück, als es an der Haustür klingelte. Marc warf einen irritierten Blick auf seine Uhr, sagte aber nichts. Es war kurz vor neun. Sie hörten, wie Janine öffnete, gleich darauf erschien die junge Haushälterin im Esszimmer.
»Frau Weymann, Florian Wetzel für Sie.« Sie reichte Valerie eine Visitenkarte.
Valerie ließ ihre Kaffeetasse sinken, Schweiß brach ihr aus, und ihr Herz schlug mit einem Mal schneller. Marc bemerkte ihre plötzliche Blässe, nahm Janine die Karte aus der Hand und fragte ruhig: »Worum geht es?«
»Um eine Mandantin Ihrer Frau – Katja Rittmer.«
Valerie atmete durch. »Die Larenz-Sache«, erklärte sie auf Marcs fragenden Blick hin. Der Moment der Panik war vorbei. »Frau Rittmer war mit Milan im Wagen, als er ver-

unglückte.« Sie nickte Janine zu. »Bitten Sie Herrn Wetzel herein und bringen Sie noch eine Tasse.«
Sie hatte Florian Wetzel schon während der Untersuchung im Hauptsitz der Larenz-Werke getroffen. Als er das Zimmer betrat, stand sie auf und schüttelte ihm die Hand. »Sie kennen meinen Mann?«, fragte sie. Ein flüchtiger Blickaustausch zwischen den Männern, ein Nicken. Janine kam herein und stellte eine weitere Tasse auf den Tisch.
Valerie machte eine einladende Geste. »Setzen Sie sich doch zu uns.«
Wetzel räusperte sich. »Ich würde eigentlich gern mit Ihnen allein sprechen, Frau Weymann.«
»Kein Problem«, bemerkte Marc, bevor Valerie antworten konnte, und leerte seine Tasse in einem Zug. »Ich werde in der Reederei erwartet.« Er beugte sich zu seiner Frau und berührte mit den Lippen flüchtig ihre Wange. »Wir sehen uns nachher auf der Beerdigung.« Valerie schaute ihm nach, als er aus dem Zimmer ging. Sonnenlicht streifte sein Haar und offenbarte erste graue Strähnen darin. Die letzten beiden Jahre in der Reederei waren nicht leicht gewesen, und Marc hatte als Eigner und Vorstandsvorsitzender hart gegen die Flaute in der Branche gekämpft. Das hatte seine Spuren hinterlassen.
Wetzel setzte sich und lächelte entschuldigend. »Tut mir leid, dass ich so früh störe.«
»Was kann ich für Sie tun?«, fragte Valerie.
»Wir haben allen Grund zu der Annahme, dass Katja Rittmer aufgrund ihrer Kriegserlebnisse an einem posttraumatischen Belastungssyndrom leidet. Sie braucht dringend psychologische Hilfe.«
Valerie zog eine Braue hoch. »Ist etwas passiert?«
Wieder räusperte sich Wetzel. »Es gab einen … sagen wir … internen Zwischenfall.«

Valerie wartete.
»Mehr kann … darf ich Ihnen dazu nicht sagen.«
»Und was soll ich Ihrer Meinung nach jetzt tun?«, fragte sie.
»Das ist Ihre Entscheidung«, erwiderte Wetzel. »Mein Chef wollte, dass Sie informiert sind, und ich hielt es für besser, es Ihnen persönlich zu sagen.« Er stand auf, anscheinend erleichtert, diese Aufgabe hinter sich gebracht zu haben. Seine Tasse stand unberührt vor ihm.
»Keinen Kaffee?«, fragte Valerie.
Wetzel schüttelte den Kopf. »Ich muss wieder gehen.« Und dann war er auch schon fort. Valerie hörte, wie die Haustür ins Schloss fiel, und lächelte im Nachhinein über seine Schüchternheit. Sie fragte sich, warum er sie nicht einfach angerufen hatte.
Augenblicke später kam Janine, um abzudecken. Seit Valeries Töchter im Internat waren, fragte sie sich, ob sie tatsächlich noch eine Vollzeit-Hausangestellte brauchten, aber Janine war nun seit zehn Jahren bei ihnen und nach allem, was sie gemeinsam erlebt hatten, so sehr Teil der Familie geworden, dass Valerie eine Kündigung wie ein Verrat vorgekommen wäre. Zudem würden Leonie und Sophie es ihren Eltern nie verzeihen, wenn sie während der Ferien nach Hause kommen würden und Janine nicht mehr da wäre.
Valerie stand auf und sah in den Garten ihrer alten, am Leinpfad in Hamburg-Winterhude gelegenen Villa hinaus, in dem die ersten Pfingstrosen gerade ihre üppigen Blüten öffneten, während sie abwesend dem Geklapper des Geschirrs lauschte und über das nachdachte, was sie soeben erfahren hatte. Nachdem die Einsätze für die Soldaten in Afghanistan vor gut einem Jahr immer härter und gefährlicher geworden waren, hatte die Thematik rund um das posttraumatische Belastungssyndrom, kurz PTBS, eine ganze Zeit die Medien beherrscht.

Kräftige junge Männer, trainierte Soldaten, die sich in zitternde Wracks verwandelten, sobald irgendwo eine Autotür zuschlug. Die ihre Familien verließen, sich verkrochen, den Anblick rohen Fleisches nicht mehr ertrugen, die sich ihrer Schwäche schämten und sie deswegen nicht eingestanden, die die Flucht in Drogen oder Alkohol suchten oder zurück in den Krieg gingen, der ihre Seelen zerfraß. Die Amerikaner lebten mit dieser Problematik seit Jahrzehnten: Veteranen aus Korea, Vietnam und jetzt auch dem Irak und Afghanistan. Seelische Krüppel, zurückgekehrt aus einem Krieg, den niemand wollte, fallengelassen, vergessen, an den Rand einer Gesellschaft gedrängt, die ihnen mit Hilflosigkeit und Ignoranz begegnete. Die Deutschen wussten längst nicht mehr, was es bedeutete, mit solchen Kriegsveteranen zu leben. Welche Gefahren es barg.

Valerie hatte die Diskussionen und Debatten verfolgt, den fast überstürzten Bau von Traumakliniken, die wenigen Beteiligten gehört, die sich öffentlich geäußert hatten, und begriffen, wie viel Glück im Unglück sie selbst gehabt hatte. PTBS war für sie kein Fremdwort. Seit anderthalb Jahren kämpfte sie gegen die Dunkelheit, die drei Wochen Folter und Missbrauch in ihr zurückgelassen hatten. Nach ihrer Rückkehr aus Rumänien war sie gezwungen gewesen, sich jedes entsetzliche Detail ihrer Entführung und ihres Aufenthaltes in dem geheimen Gefängnis der CIA ins Gedächtnis zurückzurufen, damit der Mann, der dafür verantwortlich gewesen war, auch wirklich zur Verantwortung gezogen werden konnte. Der Mann, der Noor al Almawi getötet hatte. Der Verlust ihrer besten Freundin schmerzte Valerie noch immer. Der Gedanke an sie war unauslöschlich mit ihrer letzten Begegnung im Foltergefängnis der Amerikaner in Rumänien verbunden. Mit Valeries eigener Verhaftung auf dem Hamburger Flughafen, mit der alles begonnen hatte. Mit Eric Mayer, dem sie letztlich ihr Leben verdankte. Und mit Don Martinez. Sie schloss die Augen und atmete gegen die plötzliche Beklemmung an. Sie hatte sich ihren Ängsten stellen müssen, und das hatte sie letztlich gerettet. Doch manchmal, an Tagen wie diesem, wenn sie allein schon bei der Nennung eines Namens einen Schweißausbruch bekam, wusste sie, dass ihr Kampf andauerte, dass sie noch immer einen Feldzug führte gegen die Dämonen in ihrem Kopf. Was hatte Katja Rittmer erlebt, welche Geister, welche Bilder quälten sie?

Valerie stellte sich diese Fragen erneut, als sie Katja auf Milan Vieths Beerdigung erblickte. Die Soldatin stand ein Stück entfernt vom eigentlichen Geschehen zwischen den alten Friedhofsbäumen und betrachtete misstrauisch die Umgebung.
Es war eine kurze Zeremonie, von der nur Bruchstücke in Valeries Erinnerung haften blieben: Milans Name auf einem Grabstein. Menschen, die mit leisen Worten ihr Mitgefühl ausdrückten. Und über allem weicher, milder Frühlingswind, das Jubilieren der Vögel, aufbrechende Knospen. Sibylle und Milan gehörten keiner Kirche oder Glaubensgemeinschaft an. Ein Freund der Familie hielt die Trauerrede am offenen Grab, später würden einige besonders enge Freunde Sibylle nach Hause begleiten. Valerie fragte sich, wie es sein musste, in ein Haus zurückzukehren, das so voller Erinnerungen war, dass es einem die Luft abschnürte. Am schlimmsten sei das Erwachen, hatte Sibylle ihr im Krankenhaus gestanden. Schlaf war Vergessen, war Geborgenheit, war Traum. Doch der Morgen brachte aufs Neue das Bewusstsein des endgültigen Verlustes, gefolgt von der grauen Leere, mit der sich das Leben mit einem Mal ausdehnte. »Das Kind ist ihre Rettung«,

hatte Meisenberg gesagt, als Valerie ihm davon erzählt hatte. »Wollen wir nur hoffen, dass sie es nicht verliert.«

Nach der Zeremonie stand Katja Rittmer plötzlich neben Valerie. »Haben Sie Zeit?«, fragte sie, während ihr Blick unaufhörlich über die Menschen in ihrer näheren Umgebung strich. Keine Begrüßung, kein Smalltalk.

Valerie überlegte nicht lange. »Ja, natürlich. Kommen Sie.« Sie sah sich nach Marc um, der mit Meisenberg und einem Vertreter des Hamburger Senats zusammenstand, und gab ihm ein Zeichen, bevor sie mit Katja davonging.

»Ich brauche Ihre Hilfe«, sagte diese und zog ein Päckchen Zigaretten aus der Brusttasche ihrer alten Armeejacke. Sie bot Valerie eine an, die dankend ablehnte und beobachtete, wie die große blonde Frau den Rauch tief einatmete.

Sie setzten sich auf eine Bank in einem der Seitenwege. Ein verwitterter Engel blickte von einer der Grabstellen auf sie herab, und Valerie bemerkte, wie Katjas Blick daran hängenblieb, wie sich ihre Züge einen Atemzug lang glätteten und ihr den Ausdruck der jungen, unbeschwerten Frau verliehen, die sie vielleicht einmal gewesen war.

»Sie sagten, Sie brauchen meine Hilfe«, bemerkte Valerie.

Die Härte kehrte zurück in Katjas Züge. »Die Bundeswehr macht mich für den Tod eines Soldaten meiner Einheit in Afghanistan verantwortlich. Es wird zu einem Verfahren kommen. Ich brauche einen Anwalt.«

Es hat einen internen Zwischenfall gegeben. War es das, wovon Wetzel gesprochen hatte? Valerie räusperte sich. »Ich bin keine Strafverteidigerin.«

»Das weiß ich.« Katja Rittmer setzte sich auf und lehnte sich etwas vor. »Aber Sie sind eine außergewöhnliche Anwältin. Und Sie haben Erfahrung mit posttraumatischen Belastungsstörungen. Ich meine, nicht nur klinisch.« Katja fixierte sie scharf. »Sie wissen sehr genau, was es heißt, mit einer solchen Störung zu leben.«

Valerie schürzte die Lippen. Woher hatte Katja diese Information? »Wie ist es zum Tod des Mannes gekommen?«, fragte sie konsterniert.

Katja senkte den Blick. Und Valerie wartete, während die Frau neben ihr ihre Zigarette ausdrückte. Zeit gewann. »Es war nach einem Gefecht«, begann Katja schließlich, ihre rauchige Stimme bar jeglicher Emotion. »Ich war mir sicher, dass er im Sterben lag. Eine Granate hatte seine Bauchdecke zerfetzt. Ich habe ihm Morphium gegeben, um ihm das Sterben zu erleichtern. Angeblich war die Dosis zu hoch.«

Valerie hatte sich gefragt, welche Bilder Katja quälen mochten. Welche Geister in ihrem Kopf spukten. »Ich nehme an, das ist nicht das erste Mal, das Sie sich in einer solchen Situation befanden«, bemerkte sie.

Katja ließ das Feuerzeug durch ihre Finger tanzen, das so zierlich wirkte in ihren kräftigen Händen, die vermutlich ebenso häufig ein Gewehr hielten.

»Haben Sie schon einmal mit Psychologen über diese Erlebnisse gesprochen?«, fragte sie.

Das Feuerzeug hörte auf zu tanzen. Katja schwieg beharrlich, so dass Valerie schon glaubte, sie würde sich auch zu dieser Frage nicht äußern. »Ich habe vor drei Jahren eine Therapie begonnen«, erwiderte die Ex-Soldatin schließlich.

Eine Therapie, die sie abgebrochen hatte, weil die behandelnden Psychologen ständig gewechselt hatten.

»Sind Sie bereit, es erneut zu versuchen?«, fragte Valerie.

Katjas Mund wurde schmal. »Ich lass mich nicht erpressen.«

»Ich auch nicht«, erwiderte Valerie ruhig.

Etwas Undefinierbares huschte durch das lichte Blau von Katjas Augen. »Es gibt eine Warteliste.«

»Es gibt die Möglichkeit, eine solche Warteliste zu umgehen«, bemerkte Valerie vorsichtig.
»Sie kennen sich aus.«
»Deswegen sind Sie zu mir gekommen, oder?«
Erneutes Schweigen.
Auf dem Hauptweg fuhr ein Auto vorbei. Auf dem Rücksitz erkannte Valerie Sibylles schwarzgekleidete Gestalt. Sie hatte den Kopf zurückgelehnt und die Augen geschlossen.
»Sie haben bei der Bundeswehr eine medizinische Ausbildung durchlaufen, war es nicht so?«, fragte Valerie.
»Ich war Sanitätsfeldwebel, bevor ich zum KSK gekommen bin.«
KSK. Die Einheit der Elitesoldaten war nicht groß. Eine eingeschworene Männertruppe. Wie hatte Katja dort Zugang gefunden? Wie gut hatte sie Eric Mayer gekannt? Hatten sie zusammen gearbeitet?
»Ich wusste nicht, dass es beim KSK auch Frauen gibt«, bemerkte Valerie vorsichtig.
Katja sah sie nur an. Antwortete nicht.
»Was war Ihre Aufgabe beim Kommando Spezialkräfte?«
»Sanitätsspezialist, Fallschirmspezialzug. Wir werden je nach Bedarf überall eingesetzt.« Katjas Stimme klang abschließend, und Valerie war klar, dass sie keine weiteren Informationen bekommen würde. Die Elitesoldaten waren zu absolutem Stillschweigen über ihre Einsätze verpflichtet.
»Das heißt, dass Sie durchaus in der Lage waren, zu beurteilen, ob der Mann im Sterben lag oder nicht«, stellte Valerie fest.
»Deshalb brauche ich Ihre Hilfe«, erwiderte Katja. »Werden Sie mich nun vertreten, ja oder nein?«
Valerie nickte langsam. »Ja, ich denke, das werde ich.«
Katja Rittmer lächelte das erste Mal seit ihrer Begegnung an

diesem Morgen. Später würde sich Valerie an genau diese Situation erinnern, und sie würde sich fragen, ob sie etwas hätte ändern können, wenn sie aufmerksamer gewesen wäre. Mehr auf die feinen Untertöne und Nuancen geachtet hätte in Katjas Worten und Gesten. Sie waren alle so ahnungslos.

19. Mai

Kabul, Afghanistan

Gerwin Bender lauschte auf das gleichmäßige Dröhnen der Flugzeugmotoren und betrachtete aus halb geschlossenen Augen seine Mitreisenden. Der überraschende Tod des Staatssekretärs aus dem Verteidigungsministerium hatte sie gezwungen, ihre Pläne kurzfristig zu ändern. Hagedorn hatte die Reise begleiten wollen, an seiner Stelle war jetzt eine Delegation aus dem Wirtschaftsministerium mit an Bord. Die gesamte Mission erhielt so einen leicht veränderten Schwerpunkt, was Bender sehr entgegenkam.

Nachdem nun auch offiziell über die unglaublichen Bodenschätze Afghanistans gesprochen wurde, hatte sich die bisher noch gezeigte Zurückhaltung der internationalen Staatengemeinschaft komplett verloren. Allen voran strömten die Chinesen ins Land und versuchten, lukrative Verträge mit den Stammesfürsten der einzelnen Regionen für den Abbau abzuschließen: Eisenerz, Gas, Öl, Kupfer und vor allem Lithium, das Gold der Zukunft. Aber auch deutsche Firmen kämpften um ihren Anteil. Lange bevor die Medien das Thema aufgegriffen hatten, hatte es mit Vertretern der Wirtschaft und der Politik Gespräche gegeben, wie sich Deutschland seinen Anteil an diesen wichtigen Ressourcen sichern könnte. Nicht zuletzt deswegen war die Bundeswehr gegen alle Widerstände nach wie vor vor Ort, obwohl der gesamte

Einsatz immer mehr zum Desaster wurde. Sie erfüllten ihre Verpflichtungen gegenüber den Amerikanern und erhielten auf diese Weise ihr Stück vom Kuchen. Auch Bender hatte lange überlegt, ob sich im Bereich der Rohstoffförderung für die Larenz-Werke ein zukunftsfähiges Geschäftsfeld etablieren ließ, sich dann aber in Abstimmung mit seinen Vorstandskollegen dagegen entschieden. Die Erschließung und Förderung der Bodenschätze erforderte einen immensen Ausbau der Infrastruktur des Landes. Wenn sie es geschickt anstellten, konnten sie sich damit ein von den Börsen und dem Weltmarkt unabhängiges Segment sichern, das dem Konzern auf Jahre hin lukrative Einnahmen in Milliardenhöhe einbringen würde. Milan Vieth hatte in dieser Hinsicht bereits einiges in die Wege geleitet in den vergangenen Monaten. Hatte hinter den Kulissen unzählige Gespräche geführt. Darauf aufbauend, hoffte Bender, sich bei dem aktuellen Besuch selbst ein Bild machen und die Verhandlungen vorantreiben zu können.
Er blickte auf Vombrook, der ihm gegenübersaß, das *Handelsblatt* auf den Knien, den Blick aus dem Fenster gerichtet, wo Wolkenberge das Licht des frühen Morgens widerspiegelten. Es war nicht leicht gewesen, Andreas dazu zu überreden, ihn zu begleiten. Der Justiziar war kein Mann fürs große Abenteuer und Afghanistan ein wildes Schreckgespenst für ihn. Es gab jedoch ein Kabul, das Vombrooks Vorstellungen vom Leben in einer zivilisierten Welt sehr nahekam, ein reiches Kabul, das im Aufbruch begriffen war und jenseits der Basare und staubigen Straßen, der Stammesfehden und Militärlager Brücken in die alte Welt suchte und somit Anschluss an die Zukunft. Das war der Schnittpunkt, an dem sie ansetzen mussten. Er war sich sicher, dass Vombrook mit seiner konservativen Art durchaus der richtige Mann dafür war.
Plötzliches Gelächter riss Bender aus seinen Gedanken. Es

kam aus dem hinteren Teil der Maschine, dort, wo die Gruppe ausgewählter Journalisten saß, die sie auf der Reise begleiteten. Als Bender sich unauffällig reckte, um zu sehen, was der Grund für die spontane Erheiterung war, begegnete er Eric Mayers Blick, der seinen Platz nur wenige Reihen hinter ihm hatte. Bender zwang sich zu einem flüchtigen Lächeln, das ebenso sparsam erwidert wurde. Er hatte nicht gewusst, dass Mayer als oberster Sicherheitsbeamter die Reise begleiten würde. Es hatte Bender maßlos geärgert, dass all seine Kontakte diesbezüglich versagt hatten. Niemand hatte ihn gewarnt, dass der BND-Mann mit von der Partie sein würde. Diese Personalentscheidung musste sehr kurzfristig gefallen sein. Dank seiner langjährigen guten Beziehungen in die Politik war es Bender gelungen, einiges über Mayer zu erfahren, während dieser die Untersuchung gegen die Larenz-Werke in Hamburg leitete. Er war ein Spezialist beim Bundesnachrichtendienst und stand nicht, wie angenommen, im Dienst des Wirtschaftsministeriums. Der Mann war zu hochkarätig, um lediglich die Sicherheit ihrer Delegation zu gewährleisten. Er besaß langjährige Auslandserfahrungen, insbesondere auch in Afghanistan. Mayers Anwesenheit verhieß nichts Gutes, und Bender war lange genug im Geschäft, um zu wissen, dass er trotz oder gerade aufgrund seiner Position als Vorstandsvorsitzender der Larenz-Werke das Ziel einer ausgeklügelten politischen Intrige sein könnte.
Die Lautsprecher knackten, der Kapitän wies darauf hin, dass sie ihre Flughöhe verlassen hatten und in den Landeanflug übergingen. Die Nachricht löste Bewegung unter den Passagieren aus. Vombrook war nicht der Einzige an Bord, der das Land zum ersten Mal besuchte. Der Justiziar faltete seine Zeitung zusammen und legte sie auf den freien Platz neben sich, sah angespannt aus dem Fenster und nestelte an seinem

Sicherheitsgurt. Keine zehn Minuten später setzte die Maschine auf. Militärfahrzeuge warteten am Flughafengebäude. Soldaten warfen lange, schmale Schatten auf den heißen Asphalt. Das Erste, was Bender wahrnahm, als er auf die Gangway hinaustrat, war ein Lichtblitz irgendwo über der Stadt, gefolgt von dem entfernten Donner einer Explosion.

* * *

Kabul, Afghanistan

Don Martinez rückte seine Sonnenbrille zurecht, als er aus dem Geländewagen stieg. Der Kabul International Airport erhob sich vor ihm in einen wolkenlosen Himmel. Die Betonstreben in der Glasfassade leuchteten weiß und hellblau in der Sonne und täuschten zusammen mit einer staubigen Palme einen Hauch nicht vorhandener südländischer Leichtigkeit vor. Vor ein paar Tagen erst war auf der Straße zum Flughafen eine Autobombe explodiert und hatte fünf Menschen in den Tod gerissen. Das ausgebrannte Wrack lag noch am Straßenrand. Martinez passierte die Kontrollen im militärischen Teil des Flughafens und schritt zügig durch das Terminal. Drei Flugzeuge standen in Parkposition, ein viertes landete soeben auf der hinteren Bahn. Martinez beobachtete, wie die Boeing 737 auf einen freien Platz hinter dem Gebäude rollte und schließlich zum Stehen kam. Flughafenmitarbeiter schoben eine Gangway an die Tür. Eingerahmt von zwei Bodyguards, die mit wachem Blick die Umgebung scannten, stieg der Mann die Treppe hinunter, für den Martinez eigens aus dem Jemen angereist war: Senator James Reynolds. Über seinem Hemd trug Reynolds eine schusssichere Weste. Selbst aus der Entfernung konnte Martinez die Nervosität des Mannes spüren. Wie eine Wolke waberte sie um ihn und offenbarte sich in jeder seiner Bewegungen, jedem seiner unsicheren Blicke. Martinez runzelte die Stirn. James Reynolds verhieß Schwierigkeiten.

Dem Senator folgte die übliche Entourage aus überwiegend farblosen Mitarbeitern, darunter eine langbeinige Blondine, die Martinez zu einem flüchtigen Lächeln verleitete. Zumindest hatte der Senator Geschmack. Das änderte jedoch nichts an der Situation, die verfahren genug war. Martinez hasste es, das Kindermädchen zu spielen. Doch nach dem plötzlichen Verschwinden seines Kollegen Burroughs vor anderthalb Jahren in Deutschland war er als einer der wenigen verbliebenen Agenten mit ausreichender Erfahrung im Nahen und Mittleren Osten immer häufiger gezwungen, Einsätze wie diesen zu übernehmen. Das hatte nicht nur ein Überdenken seiner langjährigen Kommunikationsgewohnheiten erfordert.

»Mr. Reynolds«, begrüßte er den grauhaarigen Mann im Flughafengebäude.

James Reynolds' nervöser Blick irrte um Martinez herum. »Sind Sie allein gekommen?«

»Die Wagen stehen draußen, Senator«, erwiderte Martinez, ohne die Miene zu verziehen. »Wir werden in zwei Gruppen fahren. Folgen Sie mir bitte.«

Reynolds atmete erleichtert auf, als er sah, dass der Geländewagen, der sie in das Zentrum von Kabul bringen sollte, von zwei Militärfahrzeugen eskortiert wurde, dann winkte er die Blondine zu sich, die sich von einem der anderen Mitarbeiter einen Aktenkoffer geben ließ und mit langen Schritten auf den Wagen zueilte. Beim Einsteigen blieb ihr Blick an Martinez hängen. »Wir sind uns noch nicht vorgestellt worden.«

»Martinez«, antwortete er kurz, schloss die Tür und nahm ohne ein weiteres Wort neben dem Fahrer Platz.
Die Fahrt in die Stadt dauerte wie üblich viel zu lange. Der Verkehr war ein einziges Chaos, und Reynolds erkundigte sich mehr als einmal nervös, ob alles in Ordnung wäre. Er war Vorsitzender eines Ausschusses im Senat, der sich mit der Vergabe von Aufträgen für die Versorgung der Truppen in Afghanistan beschäftigte. Er war nicht freiwillig hier. Tatsächlich handelte es sich um eine von höchster Stelle angeordnete Strafmission. Reynolds hatte Scheiße gebaut. Gelder an die falschen Leute gezahlt. Und sich dabei selbst ein paar Dollar in die Taschen gesteckt. Es war immer das Gleiche. Sie waren alle gierig, viel zu gierig, nach dem schmutzigen Geld, das es in Afghanistan zu verdienen gab. Alles, von den Cornflakes für das Frühstück der Soldaten bis zu Munition und Waffen, musste mangels Schienennetz mit Lkw-Konvois durch das Land gebracht werden. Nicht immer erreichten die Ladungen ihr Ziel, selbst wenn horrende Summen an Schutzgeldern an die Warlords der einzelnen Stammesgebiete für die Sicherheit der Straßen gezahlt wurden. Diesen Umstand hatte sich Reynolds zunutze gemacht. Dummerweise hatte er einen Konvoi zu viel verschwinden lassen, darunter ausgerechnet eine Ladung mit Waffen und Munition aus Deutschland.
Niemand wusste angeblich, wie diese verdammten deutschen Gewehre und Panzerfäuste auf den Lkw gekommen waren. Sie hatten versucht, den Vorfall zu vertuschen, doch dann waren vor einer Woche deutsche Soldaten in einen Hinterhalt geraten und mit ebendiesen Waffen beschossen worden. Noch ahnten die Deutschen nicht, dass ein skrupelloser Senator aus Michigan mitverantwortlich war für den Tod ihrer Helden. Die Kollegen in Langley hatten ganze Arbeit geleistet, dass nichts nach außen drang. Die Frage war nur, wie lange das gutging. Marti-

nez klang noch die erregte Stimme des Agenten aus dem Headquarter im Ohr, der ihn in Sanaa mitten in der Nacht aus dem Schlaf geklingelt hatte. »Wir sitzen auf einem diplomatischen Pulverfass, das jeden Moment hochgehen kann«, hatte er Martinez beschworen. »Wir brauchen Sie sofort in Kabul. Sie müssen die Mittelsmänner des Geschäfts finden.«

Reynolds' Mitarbeiterin hinter ihm räusperte sich. »Mr. Martinez?«

Martinez drehte sich um. Sie starrte eindringlich auf die Gläser seiner Sonnenbrille. »Haben Sie etwas zu trinken im Wagen?«, fragte sie.

»Tut mir leid, Madam«, verneinte er, »aber wir sind gleich da.« Er wies auf das Botschaftsgebäude, das in diesem Moment zwischen den Bäumen, die die Straße säumten, vor ihnen auftauchte, und fragte sich, welche Rolle sie in dieser Farce spielte. Sie war noch recht jung, aber in ihren Augen lag bereits jener harte Blick, den er schon öfter bei Frauen bemerkt hatte, die sich länger im Dunstkreis der Politik bewegten. In welcher Beziehung stand sie zu Reynolds, der mindestens doppelt so alt war wie sie? Martinez streifte den Senator mit einem unauffälligen Blick. Reynolds war einer dieser verweichlichten Typen mit schwammiger Kinnpartie, wie sie seit Generationen zuhauf die Eliteuniversitäten der Staaten verließen. Bei einem Verhör würde er wimmernd zusammenbrechen, bevor überhaupt die erste Frage gestellt war. Nur dank seines einflussreichen Familiennamens und dem entsprechenden Bankkonto hatte Reynolds es zu dieser Position gebracht.

Das Fahrzeug bog auf das Gelände der US-Botschaft ein, und Martinez konnte beobachten, wie der Senator auf dem amerikanischen Boden schlagartig seine Selbstsicherheit zurückgewann. Geschützt von NATO-Draht und Soldaten entledigte er sich mit gut inszenierter Lässigkeit seiner schusssicheren

Weste und begegnete dem Botschafter Samuel Jespers mit einem jovialen Lächeln. Lediglich die dunklen Schweißflecken unter seinen Achseln straften seine Show Lügen. Jespers und Reynolds kannten sich, begrüßten sich mit Vornamen. Martinez folgte der Abordnung ins Gebäude, wobei er sehr genau darauf achtete, Reynolds' blonder Begleitung nicht zu nah zu kommen.

Das Briefing war kurz, die Agenda für die nächsten drei Tage bekannt. Martinez hatte aus Gründen der Sicherheit auf einigen kleinen Änderungen bestanden, die niemand weiter diskutierte. Der Botschafter hielt Martinez jedoch zurück, als die anderen den Raum verließen. »Wir haben soeben erfahren, dass die Delegation der Deutschen heute Morgen ebenfalls in Kabul eingetroffen ist.«

»Wer ist alles mit von der Partie?«, wollte Martinez wissen.

»Vertreter des Wirtschaftsministeriums, Journalisten und der CEO der Larenz-Werke, Gerwin Bender.«

»Ich nehme an, es gibt eine offizielle Reiseroute.«

Jespers reichte ihm eine Mappe. »Unser Kontakt in Deutschland hat gute Arbeit geleistet.«

Martinez überflog Unterlagen. »Können wir uns auf Reynolds verlassen?«, fragte er dann mit einem Blick auf den Senator, der im Vorraum mit zwei seiner Mitarbeiter sprach.

»James Reynolds kann es sich nicht erlauben, noch einen Fehler zu machen«, bemerkte Jespers vielsagend und lächelte.

Martinez hoffte nur, dass sich der Botschafter nicht irrte.

* * *

Katja faltete die Briefe, die vor ihr auf dem Hotelbett lagen und steckte sie zurück in das braune Kuvert, in dem ihre Mutter ihr die Post nach Hamburg nachgeschickt hatte, fuhr mit dem Finger über die akkurate Schrift, ihren eigenen Namen, und fragte sich, was ihre Mutter wohl empfand, wenn sie ihn schrieb. Ob sie dabei an früher dachte? An Sonnenlicht, das auf einen alten blankgescheuerten Holztisch fiel, an Aprikosenkerne und Häute, die sich auf einer zerknitterten Zeitung türmten. Katja sah die vom Saft der Früchte braungefärbten Hände ihrer Mutter. Die kurzen kräftigen Finger, die ihr Leben lang nichts anderes getan hatten, als zu arbeiten. Und sie hörte die Stimme der Großmutter, die wieder einmal von früher erzählte, vom Krieg, vom Aufräumen und vom Neubeginn, die Hand in den Rücken gestemmt, während sie mit der anderen einen Holzlöffel hielt und in dem großen Emailletopf die Marmelade rührte. Auch als Katja schon längst erwachsen und dem Haushalt der beiden Frauen entwachsen war, stiegen diese Bilder noch in ihr auf, ausgelöst durch den Geruch und Geschmack von Aprikosenmarmelade – oder dem Gedanken an ihre Mutter.

Sie war glücklich gewesen auf dem alten Hof in der Alb in der Obhut der beiden Frauen, zwischen den Tieren im Stall und im geschützten Garten hinter dem Haus. Doch die Idylle hatte Risse bekommen, schwarze, faulige Flecken, die sich ausbreiteten und das feine Gewebe des Glücks auflösten. Die Frauen konnten die Spannung nicht länger vor ihr verbergen, die stetig zwischen ihnen wuchs. Nachts wachte sie auf und hörte sie streiten. Sie hatte sich rausgeschlichen und vor die Tür gekauert. Bei der Erinnerung strich sie unwillkürlich über ihre Füße, die damals vor Kälte ganz erstarrt waren, so lange hatte sie auf nackten Sohlen auf dem alten Steinboden gestanden, in der Hoffnung, dass dieser Schmerz alles andere auslöschen würde, wenn sie ihn nur lange genug ertrug. Eine jener Nächte hatte alle kindliche Unschuld und mit ihr das unbeschwerte Gefühl, eins zu sein mit der Welt, für immer zerstört. Geblieben war eine kalte Leere, das Bewusstsein, dass alles, was ihr diese beiden Frauen entgegenbrachten, nicht echt, nicht wahrhaftig sein konnte. Der Platz, den sie bislang in ihrem Leben eingenommen hatte, hatte seine Selbstverständlichkeit verloren, und es gab niemanden, mit dem sie darüber hätte sprechen können. Damals nicht, nicht in den Jahren, die folgten, und selbst heute nicht. Es war ein Geheimnis, das sie erst viele Jahre später in vollem Ausmaß verstanden hatte. Als sie während der Balkankriege als Sanitätsfeldwebel auf von Soldaten und Milizionären vergewaltigte Frauen traf, in ihre Augen und auf deren Neugeborene blickte, in ärmlichsten Umständen, verlassen von den Familien, begann sie zu begreifen. Aber da war es bereits zu spät, das zerrissene Band zu flicken. Zu weit hatten sie sich voneinander entfernt.

Weder ihre Mutter noch ihre Großmutter hatten erkannt, dass sie in jener einen schrecklichen Nacht erfahren hatte, was sie war. Welches Leid ihr Dasein über ihre Mutter gebracht hatte, die zu fest in ihrem Glauben verankert war, um dieses ungewollte Kind letztlich nicht doch zu lieben.

Vielleicht hatten sie es geahnt. Vielleicht hatten sie Katjas Rückzug, ihre plötzliche Schweigsamkeit aber auch nur ihrem Alter zugeschrieben, dem Finden des eigenen Ichs. Es war so viel leichter gewesen, als der Wahrheit in das hässliche Gesicht zu sehen.

Katja griff nach der Wasserflasche, die neben dem Bett stand, und trank in langen, durstigen Schlucken. Das Plastik knackte

zwischen ihren Fingern, als sie die leere Flasche zerdrückte, den Kopf zurücksinken ließ auf das Kissen, die Decke ihres Hotelzimmers anstarrte und den Lichtschein verfolgte, der von einem langsam vorbeifahrenden Auto geworfen wurde.
Sie hatte ihren Vater nie gesucht. Nie nachgefragt, ob er für das Verbrechen an ihrer Mutter verurteilt worden war. Gesühnt hatte. Oder ob er einfach weitergelebt hatte. Unerkannt. Unbehelligt. Sie wusste nur, er war Soldat gewesen. Sie hatte Soldaten getötet. Im Kosovo. In Somalia. Im Irak. Und in Afghanistan die Taliban. Während ihrer ersten Einsätze hatte sie dabei noch an ihren Vater gedacht. Ihren Gegnern das Gesicht gegeben, das sie nie gesehen hatte. Es hatte das Töten möglich gemacht. Doch schon bald hatte sich dieser Drang verloren. Sie hatte ihr Trauma abgearbeitet, nur um es durch ein neues zu ersetzen.
Sie war nicht vorbereitet gewesen auf Minenfelder und Selbstmordattentäter, auf zerfetzte Kinderleichen, sterbende Kameraden und vor allem nicht auf die Angst als ständigen und oftmals einzigen Begleiter. Die Angst hatte sie wachsam und vorsichtig gemacht. Doch wie sehr sie gleichzeitig zu einem Teil von ihr geworden war, wie sehr sie ihre Persönlichkeit verändert hatte, hatte sie erst während eines Heimaturlaubs erfahren. Im Supermarkt an der Kasse hatte sie drei Menschen zu Boden gerissen, weil sie geglaubt hatte, dass sich ein Attentäter in einer Regalreihe hinter ihnen versteckt hielt. Das Schlimmste war das Entsetzen in den Gesichtern der Menschen gewesen, als sie mit gezogener Waffe die Umgebung gesichert hatte. Die Leute waren vor ihr zurückgewichen und hatten sie angestarrt, als wäre *sie* der Attentäter. Sie hatte eine Anzeige bekommen wegen Hausfriedensbruchs und des unerlaubten Tragens einer Waffe in der Öffentlichkeit. Darauf hatte sie ihren Urlaub abgebrochen und war zurück in den

Krieg gegangen. Dort funktionierte sie. Dort waren ihre Kameraden, die sie verstanden. Dort wurde sie gebraucht und konnte so verdrängen, was mit ihr passierte. Wie alle anderen auch. Nur so war Überleben möglich gewesen. Sie hatte sich in immer neue, immer gefährlichere Einsätze gestürzt. Bis Somalia. In Somalia hatte sie das erste Mal die Kontrolle verloren. Bei dem Gedanken daran tastete sie intuitiv nach ihrer Waffe unter dem Kopfkissen. Nach dem Vorfall in Somalia hatte sie eine Therapie begonnen. Aber sie hatte nicht mit ihnen reden können, diesen Psychologen, die nicht wussten, was Krieg wirklich bedeutete, die nicht gesehen hatten, was sie gesehen hatte. Die einfach nicht dazugehörten. Sie hatten sie durchgereicht, vom einen zum nächsten. Nach dem dritten Therapiewechsel hatte sie sich geweigert, weiterzumachen.

Niemand hatte nachgefragt, als sie sich wieder für einen Einsatz meldete. Sie waren damals knapp gewesen an gut ausgebildeten Spezialisten.

* * *

Das Klingeln ihres Handys schreckte sie auf. War sie eingeschlafen? Benommen tastete sie nach dem Telefon, blickte auf das blinkende Display und war sofort hellwach, als sie die Nummer erkannte.

»Hi, Baby.« Chris' Stimme klang rauh und müde. Alles in ihr sehnte sich plötzlich nach ihm, und irgendwo in ihr stieg eine absurde Hoffnung auf.

»Chris! Wie geht es dir?«

Er antwortete nicht gleich, und sie fürchtete schon, er könnte wieder aufgelegt haben. »Ich muss dich sehen«, sagte er schließlich. »Kannst du kommen?«

»Ja, ja, natürlich.« Sie warf einen Blick auf ihre Uhr. Es war zwei Uhr, mitten in der Nacht. Sie war tatsächlich eingeschlafen. »Zum Frühstück bin ich bei dir, Chris.«
»Ich warte auf dich.«
Tränen liefen ihr über die Wangen, als sie ihre Sachen zusammensuchte: Notebook, Zigaretten, eine Flasche Cola. Der Wagen stand in der Tiefgarage, eine unauffällige Limousine mit Hamburger Kennzeichen, die ihr das amerikanische Konsulat zur Verfügung gestellt hatte. Auf dem Weg zur Autobahn gab sie die Adresse in das Navigationssystem ein. Fünf Stunden. Das erste Mal seit ihrer Rückkehr aus Afghanistan fühlte sie wieder Leben in sich.

Die Straßen waren wie leergefegt um diese Uhrzeit. Nur ein paar Taxen waren unterwegs und ein Nachtbus. Sie fuhr auf die Autobahn, durch den Elbtunnel und den hellerleuchteten Hafen, vorbei an den Containerterminals, an denen die Schiffe Tag und Nacht be- und entladen wurden. Als sie den Großraum Hamburg hinter sich gelassen hatte, zog sie ihr Handy aus der Brusttasche ihrer Jacke, schrieb eine kurze SMS an Valerie Weymann und sagte ihren Termin für den Vormittag ab.

Während der einsamen Fahrt kehrten ihre Gedanken immer wieder zu Chris zurück. Daran, wie er vor etwa vier Wochen vor ihr gestanden und ihr ohne große Umschweife erklärt hatte, dass es nun Zeit sei, mehr aus ihrer Freundschaft zu machen. Sie war damals gerade von einem Einsatz zurückgekehrt, und immer, wenn sie an seinen unzeremoniellen Antrag zurückdachte, meinte sie, wieder den Staub zu schmecken, den sie den ganzen Tag geschluckt hatte und der in jede Pore ihres Körpers gekrochen war. »Hättest du nicht wenigstens warten können, bis ich geduscht habe?«, hatte sie ihn überrascht, aber auch überglücklich gefragt, und er hatte nur gelacht und verlegen mit den Schultern gezuckt. »Ich konnte nicht warten.«

Später erfuhr sie, dass eine Falschmeldung über ihren Trupp eingegangen war, dass sie als vermisst gegolten hatten, und sie hatte eine Ahnung davon bekommen, was in ihm vorgegangen sein musste. Er hatte ihr nie gesagt, dass er sie liebte. Aber er besaß eine einzigartige Gabe, es ihr zu zeigen. Sie hatte sich an ihn anlehnen können. Geborgenheit fühlen, wie sie sie seit dem Verlust ihrer Kindheit nicht mehr gespürt hatte. Es gab nie Pläne für ein normales Leben zwischen ihnen. Sie waren beide nicht geschaffen für ein Eigenheim mit Kindern. Sie hatten andere Träume gehabt. Andere Abenteuer, die auf sie warteten.

Es ist noch immer möglich.

War es das?

Sie vertraute ihrer inneren Stimme nicht mehr. Und sie wusste, dass sie recht daran tat, als sie Chris wenige Stunden später in seinem Krankenhausbett sah: den Schmerz in seinem Gesicht, die eingefallenen Wangen und die unnatürliche Blässe. Sie zwang sich zu einem Lächeln.

»Baby, es tut gut, dich zu sehen«, sagte er leise, und etwas von dem Chris, den sie kannte, blitzte in den Augen des Mannes vor ihr auf. Sie zwang sich, nicht auf seine Beine zu starren, die nicht mehr da waren. Sie beugte sich vor und küsste ihn sanft auf den Mund. Schmeckte seinen Atem, seine Lippen, lehnte sich gegen seine Hand, die auf ihrer Wange verharrte, diese Hand, die ihren Körper so wunderbar liebkosen konnte.

»Es tut mir leid«, sagte er.

»Warum sollte *dir* etwas leidtun?«, fragte sie leise.

»Ich musste dich einfach noch einmal sehen.«
Sie atmete gegen den plötzlichen Schmerz an, gegen die Tränen, und sah abrupt zum Fenster hinaus, in dem sich die frühe Morgensonne spiegelte. »Du wirst mich verdammt oft sehen in Zukunft, mehr als dir lieb ist«, sagte sie schließlich und versuchte, etwas Leichtes, Zuversichtliches in ihre Stimme zu legen, aber es verlor sich in dem Moment, als sie erneut seinem Blick begegnete. Der Endgültigkeit darin.
»Nein«, erwiderte er nur. »Und du weißt es.«
Sie hätte ihn am liebsten geschüttelt, geschlagen, um ihn zur Vernunft zu bringen, doch sie blieb wie erstarrt stehen. Hilflosigkeit übermannte sie. »Du darfst mich nicht allein lassen«, stieß sie panisch hervor. »Wir schaffen das zusammen …«
Er schüttelte kaum merklich den Kopf.
Warum habt ihr mich nicht sterben lassen?
Sie schluckte. »Chris … bitte, dann lass mich wenigstens bei dir bleiben.«
»Nein, sie würden nur behaupten, du hättest es getan.«
Verzweifelt biss sie sich auf die Lippe. Versuchte, nichts zu denken, nichts zu empfinden, aber genauso gut hätte sie aufhören können zu atmen. Und dann war da nur noch die eine, alles erdrückende Frage: *Wie würde sich die Welt anfühlen ohne ihn?*
Er zog sie an sich. Sie spürte den festen Druck seiner Arme, das gleichmäßige Schlagen seines Herzens, seine Lippen auf ihren Wangen, als er ganz sacht ihre Tränen fortküsste.

* * *

Kundus, Afghanistan

Eric Mayer ließ den Kopf gegen die Rückenlehne sinken. Das Dröhnen der Rotoren des Hubschraubers machte jede Kommunikation unmöglich. Kabul war nur ein kurzer Zwischenstopp gewesen. Zusammen mit Bender und einigen ausgewählten Journalisten war er gleich nach ihrer Ankunft weiter nach Kundus geflogen. Auf ausdrücklichen Wunsch des Verteidigungsministeriums würde Bender im dortigen Feldlager zu den Soldaten sprechen. Schadensbegrenzung war das Stichwort.

»Ich lege die Organisation der Sicherheitsmaßnahmen in Ihre bewährten Hände, denn ein Zwischenfall ist das Letzte, was wir in der angespannten Lage brauchen können«, hatte Mayers Vorgesetzter zu ihm in Berlin vor der Abreise gesagt. Mayer hatte innerlich geflucht. Wenn die Medien von einem »überraschenden Besuch in einer Krisenregion« berichteten, war ein solcher Besuch in der Regel alles andere als überraschend. Er war gut und gründlich vorbereitet. Niemand riskierte die Sicherheit eines führenden Politikers oder eines prominenten Mannes der Wirtschaft, selbst wenn sie nur für zwei Stunden ein Militärlager besuchten. Die Risiken waren immens, besonders in Afghanistan, und es erforderte eine akribische Vorarbeit, sie zu minimieren. Diesmal war die Zeit jedoch zu kurz gewesen, um vernünftig zu planen und ein entsprechend qualifiziertes Sicherheitsteam zusammenzustellen. Und da Bender mit seinem Besuch in Afghanistan den Fokus der Öffentlichkeit fort von der Krise der Larenz-Werke in Deutschland hin zu den Wohltaten des Konzerns in dem umkämpften Land lenken wollte, würden sie nicht nur ihn schützen müssen, sondern auch das Heer von Reportern, das ihn umschwirrte.

Während Mayers Aufenthalt in Deutschland waren erneut afghanische Zivilisten bei einem Einsatz deutscher Soldaten im Norden des Landes getötet worden. Kinder und Frauen, einige Männer. Zwischenfälle dieser Art vergifteten das Klima und belasteten die ohnehin schon angespannte Lage.
Die meiste Zeit des Fluges von Berlin nach Kabul hatte Mayer mit Telefonieren verbracht. Als er schließlich die Namensliste derer bekommen hatte, die für die Umsetzung der Sicherheitsmaßnahmen zur Verfügung standen, hatten sich seine Befürchtungen bestätigt. Er würde mit Männern arbeiten müssen, die sich nicht kannten und nicht aufeinander eingespielt waren. Und das bei einer überaus ehrgeizigen Agenda. Besuche der Bundeswehrstützpunkte in Kundus und Mazar-i-Sharif standen ebenso auf dem Plan wie eine Stippvisite der Ausgrabungsstätten in Herat, im Süden des Landes, wo die Larenz-Werke die Arbeit der Deutschen Archäologischen Gesellschaft finanziell unterstützten. Ein Treffen mit amerikanischen Militärs und in Kabul Gespräche mit afghanischen Regierungs- und Wirtschaftsvertretern. Bender wollte an Milan Vieths geleistete Vorarbeit anknüpfen. Vieth war mehrfach im Auftrag der Larenz-Werke in Afghanistan gewesen und hatte federführend mit der afghanischen Regierung über die Ausrüstung der Sicherheitskräfte verhandelt. Er hatte den Boden bereitet für weitere Geschäfte, Kontakte aufgebaut für den Ausbau der Infrastruktur und so mit wichtigen Clanchefs gesprochen. Auf einer solchen Reise hatte Mayer Vieth begleitet, nicht zuletzt, weil er sich ein eigenes Bild von dem Mann machen wollte, der den größten deutschen Investor im Land vertrat. Der BND hatte Vieth minutiös überprüft und festgestellt, dass es nichts gab, was ihn erpressbar gemacht hätte: keine Affären, keine teuren Leidenschaften, keine dunklen Flecken in seiner Vita. Er war sauber und integer.

Als Mayer daran zurückdachte, fragte er sich ernsthaft, was einen solchen Mann bewogen haben mochte, sich auf illegale Waffengeschäfte von diesem Ausmaß einzulassen. Er erinnerte sich an sein Gespräch mit Valerie Weymann. »Wir haben eindeutige Beweise, dass Vieth involviert war«, hatte er ihr gesagt, und Beweise hatten sie in der Tat. Ihre Antwort war überraschend gewesen: »Was wäre, wenn ich das Gegenteil beweisen könnte?« Sie hatte so sicher geklungen, so überzeugt. Es hatte ihm keine Ruhe gelassen. Kurz vor seinem Abflug hatte er Wetzel gebeten, die Aussagen der Kontaktleute in Afghanistan erneut zu überprüfen und andere Verbindungen nicht auszuschließen. Jenseits von Vieth.

Sie erreichten Kundus um die Mittagszeit. Das Lager lag auf einem Hochplateau, die deutsche Flagge wehte über den Gebäuden. Hinter der Mauer war der Turm einer Moschee zu sehen, in der Ferne flirrten die Ausläufer des Hindukusch in der heißen Luft. Oberst Jens Thamm, der Kommandeur des Lagers, empfing sie persönlich. Er war seit knapp zwei Monaten vor Ort, und während seiner bisherigen Dienstzeit hatte er ein wichtiges Ziel bereits verfehlt: den Krieg vor den Augen der deutschen Bevölkerung zu verbergen. Tote Zivilisten und deutsche Särge hatten in den vergangenen Wochen immer wieder die Bilder der Nachrichten bestimmt. Bilder, die Fehler implizierten, denn wenn alles nach Plan lief, gab es keine Toten. Das war die gängige Meinung.
Mayer hatte verfolgt, wie der Oberst angesichts der Zustände in Afghanistan und innerhalb der Truppe sehr schnell resigniert hatte. »Wir können hier keinen Guerillakrieg führen«, hatte er ihm einmal in einer ruhigen Minute gestanden. »Und wir dürfen es auch nicht.« Er wusste nur zu gut um seine Ohnmacht.

Seit dem verheerenden Luftschlag im September 2009, bei dem auf Befehl von Oberst Georg Klein einhundertzweiundvierzig afghanische Zivilisten getötet worden waren, gab es bei jedem Zwischenfall peinlich genaue Nachfragen aus dem Einsatzführungskommando in Potsdam und dem Verteidigungsministerium – aber keine Hilfe. »Die in Berlin haben keine Ahnung, was hier wirklich los ist«, hatte Thamm jüngst noch geklagt. »Und das Schlimme ist, sie wollen es auch nicht wissen.«

Mayer hatte ihm nicht widersprochen. Er hatte selbst erlebt, wie sich deutsche Abgeordnete bei ihren Besuchen abgewandt hatten, wenn es um ausgebrannte Wracks und Bombenkrater ging. Wie sie stattdessen von Demokratie gesprochen und nach Mädchenschulen gefragt hatten. Verstärkung für die Truppen wurde abgelehnt. Es gab zu wenig gepanzerte Fahrzeuge, zu wenig Hubschrauber und zu wenig Geld, um die seit Jahren versprochenen Projekte für die Zivilbevölkerung zu verwirklichen: die Brücken, Straßen oder das langersehnte Kraftwerk. Und wenn doch Geld ins Land kam, versickerte es irgendwo zwischen Kabul und Kundus. Gerwin Bender brachte einen Funken Hoffnung in die Trostlosigkeit. Mayer sah es an Thamms Blick, mit dem er den Vorstandsvorsitzenden der Larenz-Werke begrüßte, an der Art, wie er ihm die Hand schüttelte. »Ich bin froh, dass Sie als Erstes uns einen Besuch abstatten«, sagte er.

»Das ist mehr als angemessen, nach allem, was geschehen ist«, erwiderte Bender. Er wusste, worauf es ankam und erledigte seine Aufgabe mit Bravour. Seit ihrer Ankunft hatte er nicht einmal die Miene verzogen, sich nicht einmal beschwert über den Staub und die Hitze oder das lauwarme Bier, das ihm nach seiner Ansprache an die Soldaten vorgesetzt wurde. Er prostete ihnen zu und trank mit einem Lächeln. Mayer hatte nichts anderes von ihm erwartet. Bender war hochprofessionell, besaß Charisma und Selbstbewusstsein. Die deutschen Medien liebten ihn. Auch gegenüber den Soldaten hier in Kundus fand er mit einer Mischung aus Demut und Tatendrang den richtigen Ton. Er scheute sich nicht, das Einzelgespräch zu suchen, stellte sich den Vorwürfen, den Anklagen – und vor allem hörte er zu. Mayer zollte ihm für dieses Auftreten durchaus Bewunderung, doch kurz vor ihrem Rückflug nach Kabul erreichte ihn Wetzels Anruf, der ihm Benders Engagement in einem anderen Licht zeigte und ihn erneut an Milan Vieths Beteiligung an den Waffengeschäften zweifeln ließ.

»Der amerikanische Senator James Reynolds ist heute in Kabul angekommen«, berichtete Wetzel.

Mayer schaltete sofort. »Leitet er nicht den Kongressausschuss, der für die Auftragsvergabe im Rahmen der Versorgung der amerikanischen Soldaten zuständig ist?«

»Yep«, bestätigte Wetzel. »Offiziell besucht er die Truppen. Unter der Hand sieht es allerdings ein wenig anders aus. Reynolds hat anscheinend hin und wieder einen der Versorgungskonvois verschwinden lassen und sich damit ein paar Dollars nebenbei verdient. Ich hab außerdem herausgefunden, dass der Senator vor seinem Wechsel in die Politik an einer der Firmen beteiligt war, die den Auftrag für die Versorgung der Truppen erhalten hat. Alles weist darauf hin, dass auf einem dieser Lkws die Waffensysteme transportiert wurden, die den Larenz-Werken abhandengekommen sind.«

»Gute Arbeit, Florian.« Mayer fragte nicht, wie Wetzel an diese Informationen gelangt war. »Wie sind die Behörden Reynolds auf die Spur gekommen?«, wollte er lediglich wissen.

»Ein britischer Reporter hat die Geschichte aufgedeckt, aber interessanterweise nie veröffentlicht.«

»Haben Sie einen Namen?«
»Paul Clarke.«
Mayer runzelte die Stirn. »Ich glaube, ich kenne ihn. Ein Freelancer, der vorwiegend für Associated Press arbeitet. Wissen Sie, wo er sich aufhält?«
»Er ist untergetaucht, hat sich zuletzt vor zwei Wochen aus Kabul gemeldet.«
»Ich werde ihn finden«, erwiderte Mayer und warf Bender, der nicht weit von ihm entfernt zwischen den Soldaten saß, einen nachdenklichen Blick zu.

* * *

Kabul, Afghanistan

Don Martinez nahm die Fotos entgegen, die ihm Tom Barrett reichte. Barrett war nervös, wenn er mit ihm zusammenarbeiten musste, Martinez bemerkte auch jetzt den kleinen Schweißfilm, der auf der Oberlippe des jungen Mannes stand.
»Entspannen Sie sich, Barrett«, sagte er.
Barrett rang sich ein Lächeln ab. Er war einer dieser blassen, austauschbaren Typen. Ein Mann, auf den die Bezeichnung *farmboy* perfekt passte, zumal er direkt aus Camp Peary, dem Ausbildungszentrum der CIA in Virginia, nach Afghanistan gekommen war, um hier seine ersten Fronterfahrungen zu sammeln.
Martinez wandte sich den Fotos zu. Aufnahmen der deutschen Delegation bei ihrer Ankunft auf dem Flughafen, geschossen mit einem Teleobjektiv. Männer in Anzügen, mit Sonnenbrillen. Eines nach dem anderen ließ Martinez die Fotos auf den

Tisch fallen. »Ich will zu all diesen Gesichtern Namen und Beruf«, sagte er. »Finden Sie heraus, ob es Besonderheiten in der Vita gibt, irgendwas, wo wir ansetzen können.«

Barrett nickte hastig.

Martinez schaute gelangweilt die Fotos an. Dieser Job ödete ihn an. Kabul ging ihm auf die Nerven. Und Reynolds entpuppte sich immer mehr als eine echte Nervensäge. Plötzlich stockte Martinez. Er nahm eins der Fotos in die Hand, das einen hochgewachsenen dunkelhaarigen Mann zeigte. Er trug keine Sonnenbrille und blickte direkt in die Kamera, als wüsste er genau, dass sie da war. »Wo ist der Botschafter?«, fragte Martinez Barrett, ohne aufzusehen.

Dieser räusperte sich. »Mr. Jespers ist in einer Sitzung.«

»Informieren Sie ihn, dass es Komplikationen gibt. Ich muss ihn so schnell wie möglich sprechen.«

»Ich weiß nicht, ob …«

Martinez hob langsam den Kopf. Barretts Kehlkopf sprang nervös, als sich ihre Blicke trafen. »Gibt es ein Problem, Barrett?«, fragte Martinez ruhig. Tom Barrett verließ eilig den Raum.

Mit einem letzten Blick auf das Foto klappte Martinez seinen Laptop auf. Die Anwesenheit dieses Mannes machte seine Aufgabe nicht leichter. Im Gegenteil. Es bewies, dass die Deutschen sehr wohl wussten, auf welch gefährlichem Boden sie sich bewegten, wenn sie ihren besten Agenten mitschickten.

Unter anderen Umständen hätte Martinez sich gefreut, ihn wiederzusehen. Sie waren seit vielen Jahren befreundet, hatten oft zusammen gearbeitet. Daher wusste er nur zu gut, dass er in dem Deutschen einen Gegenspieler haben würde, der ihm durchaus ebenbürtig war. Unvermittelt lachte Martinez auf, aber es war kein angenehmes Lachen. Hatte er sich nicht gerade darüber beklagt, dass er sich langweilte? *»Holy shit«*, murmelte er, als er die Fotografie zu den anderen legte. »Was weißt du?«

Samuel Jespers kam wenig später persönlich, Barrett im Schlepptau. Der Botschafter war ein untersetzter Mann in den Endfünfzigern. Ihm war anzusehen, dass er viele Jahre in Klimazonen verbracht hatte, die seiner Gesundheit nicht unbedingt zuträglich gewesen waren. »Läuft etwas nicht nach Plan?«, fragte er. Der Unterton in seiner Stimme ließ Martinez aufhorchen. Jespers besaß den Ruf, nicht unbedingt ein Freund der Agency zu sein und schon einige nicht so erfahrene Agenten verschlissen zu haben.

»Wir bekommen unerwarteten Besuch, *Sir*«, erwiderte Martinez und reichte Jespers die Fotografie.

»Eric Mayer.« Jespers runzelte die Stirn. »Unser Kontakt in Deutschland hat nichts von ihm gesagt ... Sie kennen ihn?«

»Ich kenne ihn«, bestätigte Martinez.

Jespers nickte vielsagend. »Und Sie glauben, dass es Probleme geben wird?«

»Mayer ist sicher nicht zufällig hier.«

»Ich treffe Senator Reynolds in einer halben Stunde. Vielleicht kommen Sie dazu, dann können wir die Angelegenheit besprechen«, schlug Jespers vor.

Martinez beobachtete Samuel Jespers nachdenklich, als dieser sein Büro verließ, noch ein paar flüchtige Worte mit Barrett wechselte und dem jüngeren Mann dabei in jovialer Geste auf die Schulter klopfte. Wie gut war die Kommunikation unter den Deutschen? Was wusste Mayer über die Geschäfte, die unter der Hand liefen, was genau über die Rolle, die Gerwin Bender dabei spielte?

* * *

Gerwin Bender spürte Mayers prüfende Blicke. Nur ungern gestand er sich ein, dass ihn die Anwesenheit des BND-Mannes nervös machte. Oder war es die Müdigkeit, die an ihm zerrte? Seit ihrem Abflug in Deutschland hatte er kaum geschlafen. Zu viel stand auf dem Spiel. Sogar Juliane hatte ihn gewarnt. Er konnte sich nicht erinnern, wann sie es das letzte Mal getan hatte. Sie hielt sich aus allem heraus, was seine Arbeit betraf, und folgte damit einer stillen Übereinkunft zwischen ihnen, die ihr Eheleben seit drei Jahrzehnten prägte. Wenn er nach Hause kam, war sie da. Sie kümmerte sich um alles, von der Organisation des Haushalts über die Erziehung der Kinder, der Planung der gemeinsamen Reisen bis zu den Einladungen für wichtige Geschäftspartner. Dabei redete er ihr ebenso wenig hinein wie sie ihm. Sie brachen so selten mit dieser Übereinkunft, dass er die Male im Laufe der vergangenen dreißig Jahre an einer Hand abzählen konnte. An diesem Morgen vor seiner Abreise nach Kabul war sie jedoch ins Bad gekommen, als er sich rasierte, und hatte ihn im Spiegel angesehen. Sie war im Morgenmantel gewesen, ungeschminkt, das kurze Haar feucht von der Dusche. Eine sportliche, attraktive Frau, selbst Anfang sechzig noch. »Du siehst nicht gut aus«, hatte sie gesagt und ihre Finger über seinen Arm wandern lassen. »Ist es das wirklich wert?« Er hatte ihr keine Antwort gegeben. Aber ihre Frage klang in ihm nach, als er jetzt gut fünftausend Kilometer entfernt in einer verrauchten Soldatenkneipe saß, die ausgerechnet »Lummerland« hieß, in die erhitzten Gesichter der Männer um sich herum blickte und erneut das leise Ziehen in seiner Herzgegend spürte, das ihn seit Beginn der Krise quälte: War es das wert?

Er wusste, er war zu weit gegangen, hatte zu viel riskiert, um loszulassen. Er hatte noch nie aufgegeben. Warum jetzt? Nur weil er in zwei Jahren seinen Vorstandsposten sowieso räumen würde? Er gehörte noch jener alten Riege Führungskräfte an, die nicht nach den heute üblichen acht Jahren den Betrieb wechselte. Sie waren Dinosaurier, vom Aussterben bedroht.

Er hatte mit dem Gedanken gespielt, mit Juliane über alles zu sprechen an diesem Morgen im Bad. War es wirklich erst heute Morgen gewesen? Er hatte sich vorgestellt, wie sich ihre Augen vor Entsetzen weiteten. Sie suchte bereits nach einer Villa in Berlin, war fest entschlossen, Hamburg den Rücken zu kehren, sobald die Larenz-Werke für die Familie Bender Geschichte waren. »Für einen Posten im Aufsichtsrat musst du nicht vor Ort sein«, hatte sie bemerkt. Juliane hatte andere Ziele, andere Lebensinhalte. Trotz seiner Anspannung musste er lächeln, wenn er daran dachte, wie stolz sie darauf war, dass ihr Handicap beim Golf besser war als seines. All ihre Pläne würden zerplatzen wie eine Seifenblase, wenn er jetzt aufgab. Mayer stand mit einem Mal neben ihm. »Wir müssen aufbrechen«, bestimmte er. Der BND-Mann bewegte sich so selbstverständlich in dieser fremden Umgebung, als wäre er hier zu Hause. Bender hatte seinen besten Kontakt in Berlin darauf angesetzt, mehr Informationen über Eric Mayer zusammenzutragen. Was er bisher erhalten hatte, war zu dürftig, um vernünftig damit zu arbeiten. »Ich weiß, dass er beim BND ist«, hatte er geantwortet, als sein Gesprächspartner ihn auf die Schwierigkeiten hingewiesen hatte. »Zahlen Sie gut für die Informationen, dann fließen sie auch.« Und er hatte eine Summe genannt, die seinen Kontakt nach Luft schnappen ließ. »Ich will wissen, was er gemacht hat, bevor er zum BND gegangen ist, welche Schulen er besucht hat, aus welchen Verhältnissen er stammt – einfach alles.«

Er nickte Mayer zu, stellte sich noch einmal für ein letztes Foto mit den Soldaten auf, dann waren sie draußen. Die Sonne stand noch immer hoch am Himmel, und es war heiß und staubig auf dem Platz, wo die Hubschrauber auf sie warteten. Die Rotoren drehten sich bereits. Bender lief geduckt auf einen der Helikopter zu, Staub wirbelte auf und setzte sich in seinem Mund und seiner Nase fest. Bender unterdrückte einen Hustenreiz, spürte, wie sein Brustkorb erneut eng wurde. Jemand griff nach seinem Arm in dem Moment, als er stolperte. Es war Mayer.

Der Flug rauschte an Bender vorbei, ebenso die anschließende Fahrt ins Zentrum von Kabul. Als er am frühen Abend endlich die Tür seines Hotelzimmers hinter sich ins Schloss fallen ließ, empfand er die klimatisierte Stille wie eine Erlösung. Seine Sicherheitskräfte hatten den Raum durchsucht, im Wechsel würden sie vor seiner Tür die Nacht über dafür sorgen, dass er ruhig und ungestört schlafen konnte. Er warf sein Sakko über einen Stuhl und löste die Krawatte. Zog seine Schuhe aus. Zahlreiche Nachrichten waren auf seinem Blackberry eingegangen. Er überflog sie, während er sein Hemd aufknöpfte. Jemand hatte mehrfach versucht, ihn zu erreichen. Nachdenklich betrachtete er die Nummer. Er hatte den Finger schon auf der Rückruftaste, drückte sie aber nicht. In diesem Fall war es besser, einen anderen Kommunikationsweg zu wählen.

Der Sicherheitsbeamte vor seiner Tür sah erstaunt auf, als Bender Augenblicke später auf den Flur trat. »Ich muss noch einmal runter in die Lobby«, erklärte er knapp.

Der Mann forderte über sein Headset Verstärkung an, die gleich darauf aus dem Zimmer nebenan auftauchte. Zu dritt betraten sie den Fahrstuhl.

In der Eingangshalle des Hotels herrschte trotz der späten

Stunde noch reges Treiben. In einer Ecke, abgetrennt vom übrigen Raum, standen einige Terminals mit Internetzugang. Bender steuerte darauf zu. Der Anrufer auf seinem Mobiltelefon schien seine Rückmeldung zu erwarten. Er war online und antwortete sofort:

> Es gibt Probleme. Wir müssen uns treffen. Ich bin hier in Kabul.

Bender starrte auf die Buchstaben auf dem hellen Schirm. Ein Treffen vor Ort war in vielerlei Hinsicht gefährlich.

> Was ist passiert?
> Wir haben einen Worst Case.

Bender schloss für einen Moment die Augen und kämpfte um seine Beherrschung. Ein schwerwiegender Vorfall.

> Wie konnte es dazu kommen?,

gab er ein, bremste sich aber im letzten Moment, bevor er auf Senden drückte. Dies war weder der Ort noch das Medium, näher ins Detail zu gehen.

> Wo treffen wir uns?,

schrieb er stattdessen.
Die Antwort kam schnell.

> Auf dem Militärstützpunkt in Bagram. Bei deinem morgigen Besuch.

Bender runzelte mehr als irritiert die Stirn. Senator James Reynolds war gut informiert. Zu gut für Benders Geschmack. Er warf einen Blick auf seine Armbanduhr. Es war kurz nach achtzehn Uhr.

Können wir uns jetzt treffen?,

schrieb er und klopfte nervös mit dem Finger auf die Tastatur, während er auf die Antwort wartete. Diesmal dauerte es so lange, dass Bender schon befürchtete, Reynolds hätte sich bereits ausgeloggt. Doch dann überflog Bender erleichtert Reynolds' kurze Replik.

»Es hat sich kurzfristig noch ein Termin ergeben«, informierte er die beiden Sicherheitsmitarbeiter, die sich dezent in die Lobby zurückgezogen hatten. »Wir müssen sofort aufbrechen. Kümmern Sie sich bitte um ein Fahrzeug.«

Einer der beiden Männer zog ein Telefon aus seiner Brusttasche. »Ich informiere Eric Mayer«, bemerkte er. »Wo geht es hin?«

»Ich glaube nicht, dass wir Herrn Mayer wegen dieses kurzen Ausflugs behelligen müssen«, erwiderte Bender. Widerwillig ließ der Mann sein Mobiltelefon wieder in der Tasche verschwinden.

Das Treffen mit Reynolds dauerte nicht lange. Schon bei der Begrüßung war dem Senator die Anspannung anzumerken, und Bender begriff sehr schnell, warum.

»Es tut mir leid, ich hatte keine Wahl«, raunte Reynolds ihm zu, als zwei weitere Männer, die sich als Mitarbeiter der CIA auswiesen, den Raum betraten. Bender hatte sich die ganze Zeit über gefragt, warum Reynolds nach Afghanistan gekommen war. Trotz seiner allseits bekannten Ängste vor solchen Reisen. Jetzt wusste er es.

»Das ist nicht Ihr Ernst«, erwiderte er und blickte fassungslos in die Gesichter der drei Männer, die ihm gegenübersaßen. Die Amerikaner wollten den Auftrag über die Ausrüstung der afghanischen Sicherheitskräfte, den Vieth für die Larenz-Werke gewonnen hatte. Das war der Preis für ihr Schweigen. Zwei Milliarden Euro. Und Reynolds war ihr Köder gewesen. Reynolds, der den Hals nicht hatte voll kriegen können mit seinen »kleinen Geschäften nebenbei«, der zu gierig geworden war und sie alle mitgerissen hatte. Bender fragte sich, wer außer ihm gerade in diesen Abgrund blickte. Der schlichte Konferenzraum erschien ihm mit einem Mal zu eng, das kalte Neonlicht zu grell. Er stand auf. »Ich lasse mich von Ihnen nicht erpressen.«

»Das ist natürlich Ihre Entscheidung«, sagte einer der beiden CIA-Agenten, ein muskelbepackter Typ, den Kopf zur Glatze geschoren. Seinen Blick bei diesen Worten würde Bender nie vergessen. Er signalisierte deutlich, dass Bender sich innerhalb der Botschaft auf amerikanischem Boden und in Afghanistan in einem mehr oder weniger rechtsfreien Raum bewegte, in dem die Taliban momentan seine kleinste Sorge waren.

»Ich kann eine Entscheidung von solchem Ausmaß nicht ad hoc treffen«, lenkte er ein. »Ich brauche Bedenkzeit.«

»Sie treffen Senator Reynolds morgen in Bagram«, erwiderte der CIA-Mann. »Teilen Sie ihm dort Ihre Entscheidung mit.«

Flankiert von seinen Bodyguards trat Bender wenig später zurück auf die Straße. Er schwitzte trotz der frostigen Temperaturen, auf die das Thermometer bei Einbruch der Dunkelheit gefallen war. Sobald er im Wagen saß, riss er sich die Krawatte ab und öffnete die oberen Knöpfe seines Hemds. Der Sicherheitsmitarbeiter neben ihm sah ihn fragend an.

»Alles in Ordnung«, beeilte sich Bender zu versichern. Sein

Gehirn arbeitete fieberhaft an einer Lösung, einem Weg aus der Situation, in die er sich durch sein Geschäft mit Reynolds gebracht hatte. *Our nice little deal,* wie der Senator damals mit konspirativem Lächeln bemerkt hatte. Während der Wagen langsam durch die hellerleuchteten Straßen des Zentrums von Kabul kroch, begriff Bender, dass es nur einen Ausweg gab. Er ignorierte das Herzklopfen, das allein der Gedanke daran in ihm auslöste.

Ist es das wirklich wert?, meldete sich Julianes Stimme in ihm wie ein erhobener Zeigefinger. Sie wusste nichts von seinen Spekulationen, von der Krise, in die ihn der Börsencrash gerissen hatte. Von dem Strohhalm, den Reynolds ihm gereicht hatte und den der Senator jetzt nutzte, um sich selbst zu retten.

Als das Fahrzeug endlich das Hotel erreichte, atmete Bender erleichtert auf, doch er sollte noch nicht zur Ruhe kommen. Niemand anders als Eric Mayer erwartete ihn in seinem Zimmer und maß ihn kühl von oben bis unten. »Da sind Sie ja wieder.«

Beim Anblick des BND-Agenten brach sich die Spannung der vergangenen Stunden Bahn. Mit einer einzigen Handbewegung signalisierte Bender seinen Sicherheitskräften, das Zimmer zu verlassen. Sobald die Tür hinter ihnen ins Schloss gefallen war, polterte er los: »Was fällt Ihnen ein? Besitze ich überhaupt keine Privatsphäre mehr?«

Mayer hielt sich zurück. »Wir befinden uns hier nicht auf einem Ausflug in den Spreewald«, erwiderte er ruhig. »Ich erwarte von allen Teilnehmern unserer Delegation, dass sie sich an die Absprachen halten und nicht auf eigene Faust und unter Missachtung sämtlicher Sicherheitsvorkehrungen …«

»Ich war in Begleitung meiner Bodyguards«, fiel Bender ihm ins Wort.

»Das ist völlig unerheblich, Herr Bender«, erwiderte Mayer. »Sprechen Sie sich in Zukunft mit mir ab, wenn Sie sich verabreden, selbst wenn es sich um ein Treffen mit Mitarbeitern der amerikanischen Botschaft handelt.« Er stand auf und knöpfte sein Sakko zu. »Wie ich höre, war Senator James Reynolds auch zugegen.«

Es gelang Bender nicht, seine Überraschung gänzlich zu verbergen, doch er hatte sich schnell wieder im Griff. »Ich glaube, Sie überschreiten Ihre Kompetenzen, Herr Mayer«, fuhr er ihn mit scharfer Stimme an.

Mayer war nicht der Mann, der sich leicht einschüchtern ließ. Ohne Eile nahm er seinen Laptop vom Tisch und wandte sich zur Tür. Mit der Hand schon am Griff drehte er sich noch einmal um. »In einer halben Stunde beginnt das Essen mit den afghanischen Wirtschaftsvertretern. Ich hole Sie in fünfzehn Minuten ab.«

Bender starrte auf die hinter dem BND-Agenten ins Schloss gefallene Tür und versuchte, die Schmerzen in seiner Brust zu ignorieren. Mayer wusste Bescheid. Das hatte er ihm mehr als deutlich zu verstehen gegeben. Warum handelte er nicht? Warum ließ er ihn nicht festnehmen? Er zweifelte nicht daran, dass Mayer es sofort tun würde, wenn er den Auftrag dafür erhielt. Hielt doch noch jemand schützend die Hand über ihn?

Bender sank auf einen Stuhl und versuchte seinen Atem und seinen Herzschlag zu beruhigen. Er blickte aus dem Fenster auf den beleuchteten Swimmingpool im Innenhof des Hotels, unübersehbares Zeichen jenes mit den Wiederaufbauhilfen der internationalen Gemeinschaft geschaffenen Luxus, während weite Teile der Millionenstadt Kabul nach wie vor weder Wasserversorgung, Kanalisation noch vernünftige Straßen besaßen. Dann zog er seinen Blackberry aus seiner Brusttasche. In Deutschland war jetzt erst Mittag.

»Was haben Sie über Eric Mayer in Erfahrung bringen können?«, fragte er und seine Anspannung ließ nach, als er der Stimme seines Gesprächspartners lauschte. Wie er schon vermutet hatte, war Mayer früher Soldat gewesen. Einzelkämpfer in einer Eliteeinheit. Aber da war noch mehr.
Bender telefonierte, bis es Zeit war für das geplante Dinner. Als er schließlich in Begleitung von Mayer und seinen Bodyguards das zweite Mal an diesem Abend das Hotel verließ, hatte er alles, was nötig und in der Kürze der Zeit zu regeln war, in die Wege geleitet, um sich aus dieser äußert brisanten Situation herauszumanövrieren. Es würde hässlich werden. Und gefährlich. Aber dieses Risiko musste er eingehen.

* * *

Hamburg, Deutschland

Valerie las die kurze SMS, die Katja Rittmer ihr geschickt hatte, als sie am Morgen aus dem Bad kam.
»Ärger?«, fragte Marc beim Anblick ihres Gesichtsausdrucks.
Sie seufzte. »Ja und nein. Ich muss eine Anhörung absagen, weil eine Mandantin nicht da ist. Das ist unangenehm, aber mehr auch nicht.«
»Geht es um Katja Rittmer?«
»Ja, wie kommst du darauf?«, fragte Valerie erstaunt.
»Es kam was im Radio über sie. Ich habe es gestern zufällig gehört, auf dem Weg nach Hause.«
Valerie starrte Marc ungläubig an. »Wurde sie namentlich genannt?«, fragte sie vorwurfsvoll.
Er lächelte unwillkürlich. Er kannte Valerie gut genug, um zu

wissen, wem ihr Zorn galt. »Nein, beruhige dich, es ging um den Tod von Milan Vieth und seinen Unfall. Irgendeine Agentur hat herausgefunden, dass eine Frau mit im Wagen war, und nun wurde spekuliert, ob …«

»Hör auf«, fiel Valerie ihm ins Wort. »Das ist ja nicht zu ertragen.«

»Das dachte ich auch«, stimmte er ihr zu. Dann wurde er ernst. »Weißt du, wie es Sibylle geht? Für sie muss dieser ganze Medienrummel entsetzlich sein.«

»Sie ist wieder zu Hause. Ich treffe mich heute Nachmittag mit ihr.«

Marc stutzte.

»Es hat etwas mit der Larenz-Geschichte zu tun. Es geht um ein paar Unterlagen«, erklärte sie ausweichend und nahm ihrem Mann die Krawatte aus der Hand. »Die auf keinen Fall. Die hat einen Fleck. Ist dir das nicht aufgefallen?«

Sie ging in die Küche und machte ihnen Kaffee. Janine hatte heute frei.

Als sie wenig später auf dem Weg in die Kanzlei war, dachte Valerie an das, was Marc erzählt hatte. Und sie fragte sich, wer der Presse die Information zugespielt hatte, dass Milan Vieth bei seinem tödlichen Unfall in Begleitung einer Frau gewesen war. Es häuften sich fragwürdige Entscheidungen im Umfeld der Larenz-Krise. Nicht zuletzt hatte Valerie vergeblich versucht, Einsicht in Katja Rittmers Akte zu bekommen. Sie hatte sofort Beschwerde eingelegt, war aber auch an höherer Stelle abgewiesen worden. »Ich kann Ihnen da im Moment leider nicht weiterhelfen«, hatte der zuständige Richter, den sie sehr schätzte und mit dem sie bislang immer gut zusammengearbeitet hatte, ihr gesagt. »Die hält das Innenministerium zurück.«

Valerie konnte sehr gut eins und eins zusammenzählen. Sie hatte sich an Meisenberg gewandt, schließlich hatte er Verbindungen nach Berlin. Doch auch ihr Seniorpartner konnte nichts erreichen. »Das macht mich jetzt aber neugierig«, hatte er daraufhin bemerkt. »Wo ist denn Eric Mayer? Kannst du den nicht fragen?«

Valerie hatte nur ärgerlich das Gesicht verzogen. »Glaubst du nicht, dass ich das längst getan hätte, wenn es möglich wäre?« Meisenberg war sensibel genug gewesen, nicht weiter darauf einzugehen. Valerie hatte Florian Wetzels Karte herausgezogen und lange in ihren Fingern hin- und hergedreht, bevor sie sie in den Karteikasten zurückgelegt hatte. Es musste noch einen anderen Weg geben.

Sie fragte sich, wohin Katja Rittmer so überstürzt aufgebrochen war. Von der Kanzlei aus antwortete sie ihr auf die SMS, bat sie, ihr mitzuteilen, wann sie wieder in Hamburg sein würde, damit ein neuer Termin für die Anhörung festgesetzt werden konnte. Als sie am Nachmittag zu ihrem Besuch bei Sibylle Vieth aufbrach, hatte sie noch immer keine Antwort erhalten.

* * *

Sibylle war blass, aber gefasst. »Lass uns spazieren gehen«, schlug sie vor und griff nach ihrer Jacke. An diesem Nachmittag waren im Alstertal nur einige Hundebesitzer und ein paar Jogger unterwegs. Durch das helle Frühlingsgrün der Bäume schien die Sonne und warf tanzende Schatten auf den Fluss neben ihnen. Eine Bank stand am Wegrand mit Blick auf das Wasser. »Sollen wir uns setzen?«, fragte Valerie.

Sibylle sah sich um und schüttelte den Kopf. »Nein, lass uns weitergehen.«

»Was ist los?«, wollte Valerie wissen.
»Du hältst mich vermutlich für paranoid«, sagte Sibylle zögerlich. »Aber ich glaube, mein Haus ist verwanzt.« Sie zog einen Umschlag aus der Innentasche ihrer Jacke und reichte ihn Valerie. Es war ein Kondolenzbrief aus teurem, schwerem Papier. Valerie blickte Sibylle fragend an.
»Mach ihn auf«, forderte die blonde Frau sie auf.
Irritiert folgte Valerie der Aufforderung. Sie zog eine Karte heraus. Die Schrift darauf war ihr vertraut. Es war dieselbe, wie auf dem Umschlag, den sie von Milan in der Nacht seines Todes erhalten hatte. Auf der Karte waren der Name einer Bank und die Nummer eines Schließfachs notiert. Darunter eine Warnung: *Sie beobachten dich. Geh nicht selbst.* Unwillkürlich warf Valerie einen Blick über ihre Schulter. »Wann hast du das bekommen?«
»Gestern. Der Bote einer Kanzlei hat es mir gebracht. Deshalb habe ich dich auch gleich angerufen.« Sibylle kickte mit der Fußspitze einen Stein aus dem Weg, vermied es, Valerie bei den nächsten Worten anzusehen. »Milan war im letzten dreiviertel Jahr häufiger in Afghanistan als je zuvor. Wir hatten Streit deswegen. ›Ich mache das schließlich auch für euch‹, hat er mir dabei einmal an den Kopf geworfen.«
Valerie blieb stehen. »Du glaubst nicht, dass er in diese Geschäfte verwickelt war, oder?«
Sibylle sah sie verzweifelt an. »Ich weiß nicht mehr, was ich glauben soll. Ich habe verfolgt, was in den Zeitungen steht, was sie im Fernsehen berichten.« Tränen standen plötzlich in ihren Augen, liefen über ihre Wangen. »Milan ist nicht mehr da. Er kann nichts dazu sagen. Zu all den Anschuldigungen …«
Valerie griff nach Sibylles Händen. »Du darfst nicht aufgeben, Sibylle. Ich habe den USB-Stick ausgewertet, den er mir geschickt hat. Wir sind so dicht dran, so verdammt dicht.«

»Dann bring es zu Ende, Valerie. Nimm den Brief und hol aus diesem Schließfach, was auch immer darin ist. Ich schreibe dir eine Vollmacht.«

Sibylle hatte Angst. Das wurde Valerie klar, als sie die Dringlichkeit in ihrer Stimme hörte. Sie wollte so gern glauben, dass ihr Mann unschuldig war, so gern kämpfen für seinen Leumund, aber ihr fehlte die Kraft. Oder steckte mehr dahinter?

»Ist etwas passiert, Sibylle, hat dich jemand bedroht?«

Die schwangere Frau vermied es, sie anzusehen. »Wie kommst du darauf?«

Valerie antwortete nicht. Wartete.

»Ich habe Anrufe bekommen«, sagte Sibylle schließlich so leise, dass Valerie sie durch das Rauschen des Waldes und das Zwitschern der Vögel kaum hörte.

»Anrufe?«, wiederholte Valerie.

Sibylle nickte. »Und sie kommen ins Haus. Gegenstände liegen anders oder sind verschwunden.«

»Und du bist sicher, dass du dir das nicht einbildest?«

»Du glaubst mir nicht«, bemerkte Sibylle resigniert.

»Ich bin Anwältin, Sibylle«, erwiderte Valerie. »Ich bin von Berufs wegen misstrauisch.« Sie reichte Sibylle ein Papiertaschentuch. »Hast du eine Ahnung, wer hinter den Anrufen und der Überwachung stecken könnte?«

Sibylle schneuzte sich. »Weißt du, du kannst mich für verrückt erklären, aber ich vermute, dass Bender dahintersteckt.«

»Bender? Gerwin Bender?«

»Er und Milan hatten einen Riesenstreit, nach Milans letztem Afghanistanbesuch. Milan war drauf und dran, alles hinzuschmeißen.«

Valerie begriff, dass sie dringend in Erfahrung bringen musste, was das Schließfach enthielt. »Du brauchst Personenschutz.«

»Ich glaube nicht, dass sie mir etwas antun werden. Was hätten sie davon?«
»Du wirst dich sicherer fühlen, wenn jemand da ist.«
»Nein, ich möchte das nicht.« Aus ihren großen Augen sah Sibylle Valerie fest an. »Ich ertrage so viel Nähe im Moment nicht. Aber wenn es dich beruhigt, werde ich meine Schwester bitten, einmal am Tag bei mir reinzuschauen.«
»Ich möchte, dass es dir, soweit das im Moment möglich ist, gutgeht.«
»Ich weiß«, sagte Sibylle.
Valerie nahm sich vor, herauszufinden, ob ein unauffälliger Personenschutz trotz Sibylles Widerstand nicht doch möglich war. Nachdem sie sich von Milans Witwe verabschiedet hatte, warf sie einen Blick auf ihre Uhr. Es war schon zu spät, um noch die Filiale der Bank aufzusuchen, die Milan auf der Karte notiert hatte. Vermutlich wäre es auch kein besonders kluger Schachzug, dorthin zu fahren, nachdem sie gerade bei Sibylle gewesen war. Als sie wieder in die Straße einbog, in der das Haus der Vieths lag, betrachtete sie die Fahrzeuge, die am Straßenrand geparkt waren. Die Menschen, denen sie begegnete. Ihr fiel nichts Ungewöhnliches auf. *Sie beobachten dich,* hatte Milan seiner Frau geschrieben. Warum sollte er ihr grundlos Angst machen, gerade jetzt, im Endstadium einer schwierigen Schwangerschaft? Auf was hatte er sich eingelassen? Und welche Risiken waren damit für Sibylle verbunden? Valerie hatte die Daten auf dem USB-Stick tatsächlich gesichtet, aber sie hatte nur wenig damit anfangen können. Sie hatte gegenüber Sibylle genauso geblufft wie gegenüber Eric Mayer – aus der festen Überzeugung heraus, dass Milan unschuldig war. Sie brauchte einen Ansatzpunkt, um die Daten zu verstehen, einen Schlüssel. Vielleicht fand sie ihn in dem Bankschließfach.

20. Mai

Kabul, Afghanistan

Ungläubig blickte Don Martinez auf den reglosen Körper zu seinen Füßen, auf die leeren Augen und das kleine, kreisrunde Loch in der Stirn von Senator James Reynolds. Ein Schuss. Ein Treffer. Die Arbeit eines Profis. Es war das erste Mal seit mehr als zehn Jahren, dass er versagt hatte, dass eine Person, für deren Sicherheit er verantwortlich war, getötet worden war. Langsam wandte sich Martinez um. Das Gelände war weiträumig abgesperrt. Die Sonne brannte auf den Schotter, überall war amerikanisches Militär. In solchen Fällen ließen sie die afghanischen Sicherheitskräfte nicht einmal in die Nähe des Tatorts. Außerhalb der Absperrung standen ein paar Schaulustige. Sie blieben auf Abstand, spürten die angespannte Stimmung der Amerikaner. Die Durchsuchung der umliegenden Häuser war noch nicht abgeschlossen. Martinez beobachtete, wie sich eine Tür öffnete, wie Soldaten eine Gruppe Männer herausstießen. Wie sie einem von ihnen den Lauf einer Maschinenpistole in den Rücken rammten, als er zögerte. Martinez entging nicht der Hass in den Gesichtern der Afghanen. Die Wut, die gepaart mit der Angst zu einer gefährlichen, unberechenbaren Mischung geworden war. Martinez wusste, dass die Afghanen nicht für Reynolds' gewaltsamen Tod verantwortlich waren, auch wenn die amerikanische Führung es nach außen hin so darstellen würde. Wenn ein amerikanischer

Senator in Kabul auf offener Straße erschossen wurde, war das ein Angriff auf die Vereinigten Staaten. Niemand würde dahinter einen Wirtschaftskrieg vermuten. Sie würden einen der Afghanen, die sie verhaftet hatten, nach Bagram bringen. Vielleicht auch zwei. Sie würden gestehen. Martinez wich den Blicken der Männer aus. Sie ahnten, was sie erwartete. Sie hatten schon oft gesehen, erlebt, was in solchen Situationen geschah. Und sie hatten zu ihrem Gott gebetet, dass er sie verschonen möge. Aber Allah hörte sie nicht.

Es würde Martinez' Aufgabe sein, herauszufinden, wer tatsächlich hinter dem Mord an Reynolds steckte. Der Senator war in schmutzige Geschäfte verwickelt gewesen und schreckte auch vor Mord nicht zurück. Das hatten seine Handlanger zuletzt in Deutschland eindrucksvoll bewiesen, wo sie die deutschen Behörden mit gefälschten Beweisen an der Nase herumgeführt und den Hauptverdächtigen in der sogenannten Larenz-Affäre kurzerhand beseitigt hatten. Jetzt hatte es Reynolds erwischt. *Equal pay for equal work.*

Martinez verspürte deswegen kein Bedauern. Nur Ärger. Reynolds war einer dieser aufgeblasenen, skrupellosen und geldgierigen Politiker gewesen, der mit dem gezielten Kopfschuss für all das, was er getan hatte, vermutlich einen viel zu leichten Abgang gehabt hatte, allerdings durchkreuzte sein Tod Martinez' Pläne. Reynolds war ihr wichtigster Zeuge gewesen.

Martinez ging zu Barrett, der in seiner Splitterschutzweste den Charme eines Pfadfinders auf seiner ersten Entdeckungstour verströmte. »Wir müssen umgehend ein Treffen mit dem CEO der Larenz-Werke arrangieren, Gerwin Bender. Kontaktieren Sie den Botschafter.«

* * *

Kabul, Afghanistan

Eric Mayer eilte durch die Gassen der Altstadt von Kabul. Senator James Reynolds war tot. Von einem Scharfschützen erschossen, und irgendjemand streute erfolgreich das Gerücht, dass er der Schütze war. Das Attentat war vor nicht einmal einer Stunde geschehen, aber die Nachricht verbreitete sich wie ein Lauffeuer durch die afghanische Hauptstadt. Mayer duckte sich in einen Hauseingang, als ein Militärfahrzeug am Ende der Straße auftauchte, spürte den rauhen Stein unter seinen Fingern, die blätternde Farbe. Reichtum und Elend, Neuzeit und Mittelalter lagen so dicht beieinander in Afghanistan, dass es selbst für jemanden, der diese Gegensätze kannte, erschreckend war. Die Tür war nur angelehnt. Er stieß sie auf. Es dauerte einen Moment, bis sich seine Augen an das Halbdunkel gewöhnt hatten. Eine ausgetretene Treppe, weitere Türen, aus dem Hinterhof hörte er das Gackern eines Huhns.

Der deutsche Botschafter hatte ihn angerufen. Ihn gewarnt. »Die Amerikaner sind hinter Ihnen her. Das Auswärtige Amt verweigert jegliche Unterstützung und besteht darauf, Sie auszuliefern.«

»Können Sie …«

»Ich kann nichts für Sie tun, Eric«, war ihm der Botschafter ins Wort gefallen. »Mir sind die Hände gebunden. Ich hätte Sie nicht einmal anrufen dürfen.«

Eine der Türen öffnete sich, und Mayer blickte in die Augen einer verschleierten Frau, sah, wie ihr der Schreck in die Glieder fuhr. Er legte einen Finger auf seine Lippen. »Bitte, bleib ruhig. Ich gehe gleich wieder«, flüsterte er auf Dari.

Die Frau rührte sich nicht vom Fleck.

Schnell schrieb er Wetzel eine SMS, dann öffnete er vorsichtig die Tür zur Straße. Kein Militär in Sicht. Hastig eilte er zwischen spielenden Kindern und Straßenverkäufern hindurch. Er war noch keine zwanzig Meter weit gekommen, als Wetzel sich meldete. »Sagen Sie, dass Sie den amerikanischen Senator nicht auf dem Gewissen haben, Chef.«

Die Info hatte also bereits Berlin erreicht.

»Was ist passiert?«, drängte Mayer. »Wie ist die Stimmung?«

»Beschissen«, erwiderte Wetzel. »Es ist der erklärte Wunsch der Regierung, Bender aus allem rauszuhalten, deshalb wurde den Medien offiziell mitgeteilt, dass Milan Vieth für die Waffengeschäfte verantwortlich ist. Selbst die Opposition zieht mit. Vieth wird von der Presse förmlich in der Luft zerrissen.« Wetzels Stimme klang angespannt. Da war mehr.

»Florian, bitte. Worum geht es wirklich?«

»Es sind Fotos und Mails aufgetaucht, die Sie schwer belasten.«

»Mich?«

»Es heißt, Sie hätten bei der Durchsuchung der Larenz-Werke in Hamburg Beweise unterschlagen. Dass Sie Katja Rittmer haben laufenlassen, ebenso wie die Anschuldigung, dass Sie den Senator …«

»Ich habe ihn nicht erschossen.«

Schweigen am anderen Ende.

»Florian, ich brauche Ihre Hilfe, ich komme in kein System mehr rein.«

»Ich weiß.«

»Ich muss Paul Clarke finden, um zu beweisen, dass die Anschuldigungen gegen mich haltlos sind.«

Fünftausend Kilometer entfernt spürte er Wetzels Zögern. »Ich schicke Ihnen alles an Ihre private Mobilnummer, was ich über ihn habe.«

Mayer verstand auch ohne weitere Worte. »Danke, Florian. Ich weiß das zu schätzen.«

Er war ab sofort auf sich allein gestellt. Das war nichts Neues in seinem Leben. Nicht zuletzt hatte ihn sein Beruf immer wieder vor diese Herausforderung gestellt. Sie zu bewältigen hatte allerdings auch Spuren hinterlassen. »Du kannst einfach keine Nähe zulassen«, hatte ihm einmal eine Frau vorgeworfen. Er hatte ihr nicht widersprochen.

Wetzel hielt Wort. Nur Augenblicke später erhielt Mayer die nötigen Informationen und ein Bild des britischen Reporters. Clarke war braungebrannt, schmal im Gesicht. Er hatte ein Palästinensertuch um den Kopf gewickelt, außerdem trug er eine Splitterschutzweste, in der Hand hielt er seine Sonnenbrille. Mayers Erinnerung hatte ihn nicht getrogen. Er kannte den Mann. *Ein britischer Reporter hat die Geschichte aufgedeckt, aber interessanterweise nie veröffentlicht.* Und nun war er abgetaucht.

Das örtliche AP-Büro anzurufen war hoffnungslos, sie würden ihm keinen Hinweis geben, wo er Clarke finden konnte, wenn sie es überhaupt wussten, aber es gab jemanden in Kabul, der ihm unter Umständen weiterhelfen konnte. Farouk bin Abdul handelte mit Informationen, und er war Mayer einen Gefallen schuldig. Ein Umstand, der ein Treffen ohne größere Verzögerung zustande kommen ließ.

* * *

»Clarke?«, fragte der Afghane, als er ihm wenig später im Café gegenübersaß. »Paul Clarke, der Engländer? Der steht auf der Abschussliste der Amerikaner ganz oben. Was willst du von ihm?«

»Das werde ich dir zuallerletzt erzählen, Farouk.«

Farouk bin Abdul nippte an seinem Tee und lächelte. »Clarke ist schon lange in diesem Land. Er ist damals mit dem britischen Militär zusammen gekommen und geblieben. Er ist einer der wenigen, der weiß, wovon er schreibt. Aber in New York und London meinen sie, es besser zu wissen, und ändern seine Artikel.« Farouk stellte sein Teeglas zurück auf den Tisch und sah Mayer prüfend an. »Clarke hat Freunde hier im Land.«

Freunde. Kein Wort, das ein Afghane leichtfertig in den Mund nahm.

»Ich bin nicht im Auftrag meiner Regierung unterwegs«, erklärte Mayer vorsichtig.

»Du steckst in Schwierigkeiten«, stellte Farouk fest. »Hast du den amerikanischen Senator erschossen?«

Mayer schwieg.

»Ich weiß nicht, ob Clarke bereit ist, mit dir zu sprechen. Er hat schlechte Erfahrungen mit den Geheimdiensten gemacht.«

»Ich sagte bereits, dass ich nicht im Auftrag meiner Regierung unterwegs bin. Ich arbeite auf eigene Rechnung.«

Farouk beugte sich vor und fixierte Mayer scharf. »Was willst du von ihm?«

Clarke hat Freunde hier im Land. Mayer begriff, dass es Farouk nicht um den Wert der Informationen ging, sondern um die Sicherheit des britischen Journalisten. »Er ist an derselben Sache dran wie ich«, sagte er deshalb.

Farouk schaltete sofort. »Die Waffenlieferungen.« Er schüttelte den Kopf und seufzte. »Es gibt immer noch Leute, die ihren Nutzen aus diesem Krieg ziehen, und deshalb seid ihr auch noch hier mit all euren Truppen und Waffen und sterbenden Soldaten.« Mehr sagte er nicht, aber das war auch nicht nötig. Es war kein Geheimnis, dass der Westen den Krieg in Afghanistan längst für verloren erklärt hatte, auch wenn es anders aussehen mochte.

Mayer schrieb seine Handynummer auf einen Zettel und schob ihn über den Tisch. »Du kennst mich, Farouk. Leg ein gutes Wort für mich ein.«

* * *

Rheintal bei Koblenz, Deutschland

Katja ließ den Kopf auf das Lenkrad sinken, das Handy noch immer in der Hand. »Frau Rittmer, sind Sie noch da …?«

Sie reagierte nicht. Sie konnte nicht, selbst wenn sie gewollt hätte. Sie presste ihre Stirn gegen den Kunststoff des Lenkrads und wünschte sich, das Gerät in ihrer Hand zu zerdrücken, die Stimme aus ihm herauszupressen und den Moment ungeschehen zu machen. Zu vergessen.

Chris war tot.

Sie sah ihn vor sich, wie er im Krankenhaus im Bett gelegen hatte, und fragte sich unwillkürlich, ob sie seine Beine mit ihm beerdigen würden, oder ob sie sie in Afghanistan zurückgelassen hatten, wo sie auf einem der Müllberge im Staub langsam verwesten.

Das Bild verlor sich, verschwamm, angesichts der Flut der Erinnerungen, die sie überwältigte. Blitzlichter, die sich in einer einzigen Szene verdichteten: Lippen auf ihrer Wange, Finger, die ihr Haar durchwühlten, ein leises Lachen, bevor er ihr die Decke wegzog und »Aufstehen, Soldat!« rief. Einen kostbaren Atemzug lang erfüllte sie wieder die wunderbare Leichtigkeit jenes Morgens, dann brach das Licht, und sie saß wieder in ihrem Wagen, den Kopf auf dem Lenkrad. Allein.

Sie hatte gewusst, dass er sterben würde, trotz aller Versicherungen der Ärzte. Und doch war ein Funken irrwitziger Hoffnung geblieben. Jetzt gab es nur noch Endgültigkeit. Ein unerträgliches graues Nichts. Sie ließ sich zurückfallen auf den Sitz und atmete gegen die Leere an. Das Handy klingelte erneut. Sie ignorierte es.

* * *

Hamburg, Deutschland

Valerie betrat die Bankfiliale am Rothenbaum und trat an einen der Schalter. »Valerie Weymann«, stellte sie sich vor. »Ich vertrete einen Ihrer Kunden anwaltlich.«

»Worum geht es?«

Valerie sah sich vielsagend um. Hinter ihr wartete bereits der nächste Kunde, direkt neben ihnen füllte jemand eine Überweisung aus. Der Bankangestellte bat sie in ein Büro.

Valerie setzte sich, wartete, bis die Tür geschlossen war, dann öffnete sie ihre Aktentasche. »Es geht um ein Schließfach.« Sie zog Sibylles Vollmacht heraus und reichte sie dem Mann auf der anderen Seite des Schreibtisches, zusammen mit ihrem Ausweis und ihrer anwaltlichen Zulassung.

Wenig später stand sie im Tresorraum der Bank. Valerie reichte dem Bankangestellten ihren Schlüssel, darauf schloss er die beiden Schlösser auf, zog eine Lade heraus und reichte sie ihr. »Rufen Sie bitte, wenn Sie fertig sind. Ich warte im Nebenraum.«

Behutsam klappte Valerie den Deckel zurück, nicht sicher, was sie finden würde. Die Lade war leer bis auf zwei CDs, säuberlich in Hüllen verpackt, unbeschriftet. Keine Schriftstücke, kein Brief, nichts. Sie war fast erleichtert. Den ganzen Weg hierher hatte sie die Vorstellung belastet, sie würde einen Brief von Milan finden, den sie Sibylle übergeben musste. Wäre es das nur gewesen.

Als sie wenig später die erste CD in ihren Laptop steckte, tauchte Milan Vieths Gesicht auf dem Bildschirm auf. Sie starrte ihn ungläubig an, bevor sie die Starttaste des Videos betätigte. Und ihr wurde klar, dass ein Brief die einfachere Variante gewesen wäre.

Milan sah sie direkt an. Er wirkte müde, aber nicht gehetzt. Was er zu erzählen hatte, trieb Valerie den Schweiß auf die Stirn. Nach zehn Minuten schaltete sie ab und holte sich einen Kaffee, klappte ihren Laptop zu und starrte aus dem Fenster ihres Büros auf die Binnenalster. In einer schimmernden Fontäne stob das Wasser in der Mitte des Sees empor, fing das Licht und brach es in den Farben des Regenbogens, so dass die Fassaden der gegenüberliegenden Häuser dahinter verschwammen.

Sie saß lange so. Reglos und schweigend. Dann drehte sie sich zurück zu ihrem Schreibtisch und suchte aus ihrem Karteikasten Florian Wetzels Visitenkarte heraus. Ohne auch nur einen Moment zu zögern, wählte sie die Nummer, die darauf angegeben war. Wetzel meldete sich sofort. Er war überrascht, das hörte sie an seiner Stimme.

»Herr Wetzel, ich nehme an, Herr Mayer ist noch nicht wieder zurück?«, sagte Valerie.

»Nein, tut mir leid.«

Ein letzter Blick auf ihren zugeklappten Laptop. »Ich fürchte, dann müssen Sie mir weiterhelfen. Können wir uns treffen?«

Sie hörte, wie er sich räusperte. »Ja … natürlich.«

Das Café in der Galerie der Gegenwart der Hamburger Kunsthalle lag nur wenige Gehminuten von der Kanzlei entfernt. Als Wetzel eine knappe dreiviertel Stunde später den weitläufigen, zur Alster hin verglasten Raum betrat, bemerkte Valerie mit einem Lächeln, wie jungenhaft er in seiner Jeans wirkte, als er ihr schüchtern unter seinem wirren Haarschopf hervor zunickte. Tatsächlich wirkte er nicht älter als Mitte zwanzig. Sie war versucht, ihn nach seinem Alter zu fragen, unterließ es aber angesichts seiner Nervosität. »Vielen Dank, dass Sie dieses Treffen so schnell möglich machen konnten«, sagte sie stattdessen.

Er lächelte zurückhaltend. »Was gibt es denn so Dringendes?«

Valerie zog ihren Laptop aus ihrer Aktentasche, reichte Wetzel ein paar Kopfhörer, nachdem sie sich vergewissert hatte, dass er so saß, dass niemand den Bildschirm einsehen konnte, und spielte das Video ab.

Wetzel starrte zunächst neugierig darauf, doch Valerie konnte sehen, wie sich sein Gesicht veränderte. Es dauerte nicht lange, bis er die CD anhielt und die Kopfhörer absetzte. Er sah sie auf eine Weise an, dass sie sich plötzlich fragte, wie viel von seinem lässig jugendlichen Auftreten und seiner zur Schau gestellten Schüchternheit wirklich authentisch war und wie viel einfach nur sein Gegenüber in Sicherheit wiegen sollte. »Wer kennt das außer uns beiden?«, fragte er ohne jede Spur der vorher gezeigten Unsicherheit in der Stimme.

»Niemand.«

Wetzel nickte nachdenklich, fuhr sich mit der Zunge über die Lippen. »Wir müssen Sibylle Vieth unter Personenschutz stellen.«

»Deswegen habe ich Ihnen das gezeigt«, sagte Valerie. »Deswegen und …«

»Ich weiß«, fiel Wetzel ihr ins Wort. »Hier ist nicht der richtige Ort, um darüber zu sprechen. Wir haben ein Büro im Polizeipräsidium … Oh, tut mir leid«, unterbrach er sich selbst, als er ihren Gesichtsausdruck sah. »Wir können natürlich auch in Ihre Kanzlei gehen.«

Sie dachte an Meisenberg. »Ich glaube, ich schaffe das schon.«

»Wie Sie meinen.«

Sie fuhren in Wetzels Wagen zum Präsidium. »Dieser Hagedorn in Berlin, von dem Milan Vieth spricht«, begann sie, sobald sie im Auto saßen. »Wie kann man den am besten erreichen?«

»Was ich Ihnen jetzt sagen werde, Frau Weymann, wird Ihnen nicht gefallen«, antwortete Wetzel, den Blick starr geradeaus auf den Verkehr gerichtet. »Rudolf Hagedorn hat sich das Leben genommen, nachdem er von Milan Vieths Tod erfahren hat.«

Eine Welle der Übelkeit stieg in Valerie auf. Was bislang abstrakt war, nahm Gestalt an. Sie erinnerte sich an ihr Essen mit Mayer. Seinen Blick, als sie darauf bestanden hatte, Milan nicht für den Täter, sondern das Opfer zu halten. Er hatte um die Gefahr gewusst. Hatte versucht, sie zu warnen. Was hier auf dem Spiel stand, war mehr als das Renommee einer Firma. Es ging um sehr viel Geld. Um Macht. Köpfe würden rollen in Berlin. Sie spürte Wetzels Seitenblick. »Frau Weymann?«

»Ich habe Angst«, gestand sie mit einer Ehrlichkeit, die sie selbst überraschte.

Wetzel nickte. »Das verstehe ich.«

Das Polizeipräsidium tauchte vor ihnen auf. In den vergangenen anderthalb Jahren hatte sie es, wenn möglich, vermieden, daran vorbeizufahren. Es hatte nie seine Düsternis für sie verloren. Sie verdrängte konsequent die Erinnerungen an ihren Aufenthalt dort, an den Verhörraum und die kahle Zelle. Zu viel stand auf dem Spiel.

»Ich habe eine Frage, die Sie mir nicht beantworten müssen, wenn Sie nicht möchten«, sagte Wetzel Augenblicke später auf dem Weg durch einen der einförmigen Flure. »Es geht um Katja Rittmer.« Unter Valeries argwöhnischem Blick fügte er schnell hinzu: »Ich weiß, sie ist Ihre Mandantin.« Er hielt ihr die Tür zu einem Büro auf.

»Fragen Sie«, erwiderte sie. »Es steht mir schließlich frei, Ihnen zu antworten oder nicht.« Sie blieb mitten im Raum stehen, der ihr so austauschbar erschien, dass sie sich unwillkürlich fragte, ob System dahintersteckte. Sie war nur froh, dass die Fenster nicht auf den Innenhof des Gebäudes hinausgingen, wie damals.

»Wissen Sie, wo sich Frau Rittmer aufhält?«

»Warum interessiert Sie das?«

»Christian Frank ist gestorben. Ich nehme an, Sie wissen, wer das ist.«

Valerie begriff plötzlich, warum Katja ihren Termin für die Anhörung abgesagt hatte. Nicht auf ihre Mitteilungen und Anrufe reagierte. Sie hatten über Chris gesprochen. Nur kurz, aber gerade die Beiläufigkeit, mit der Katja Rittmer ihn erwähnt hatte, hatte Valerie zu verstehen gegeben, wie viel er ihr bedeutete. »Wann ist es geschehen?«

»Heute am frühen Nachmittag.«

Valerie atmete tief durch. »Weiß Eric Mayer schon davon?«

Wetzel antwortete nicht, wandte nur kurz den Blick ab, und eine dunkle Ahnung streifte sie. »Was ist mit ihm? Ist ihm etwas zugestoßen?«

Wetzel zögerte, sie merkte, wie er mit sich kämpfte. »Er steckt in Schwierigkeiten«, erwiderte er schließlich. So, wie er es sagte, war es mehr als das. Viel mehr.

* * *

Martinez sah die Unterlagen durch, die Bender ihnen mitgebracht hatte, und fragte sich angesichts der Fotos, Mails und Kopien, was mit Mayer in den vergangenen anderthalb Jahren geschehen war. Wenn sein deutscher Kollege tatsächlich ein doppeltes Spiel spielte, hätte er nicht irgendetwas erfahren müssen? Gerade in ihrer Branche. Aber es hatte nicht einmal den Hauch eines Gerüchts gegeben. Nicht den Hauch eines Zweifels an der Integrität Mayers, dessen größtes Kapital immer seine Unbestechlichkeit gewesen war. »Ich danke Ihnen im Namen meiner Regierung, dass Sie uns diese Information zur Verfügung stellen«, mit diesen Worten begrüßte Martinez Bender, ohne auch nur im Ansatz auf das Material einzugehen, das vor ihm auf dem Tisch lag.

Der Vorstandsvorsitzende der Larenz-Werke nickte höflich. Er wirkte entspannt, wie er mit übergeschlagenen Beinen vor ihm saß, die Hände locker im Schoß gefaltet. Selbstsicher. Martinez überlegte, wo er ansetzen musste, um diese Sicherheit zum Einsturz zu bringen, als ein Mitarbeiter des Botschafters den Raum betrat und Martinez einen Zettel reichte. Er überflog die kurze Nachricht, dann wandte er sich wieder an Bender. »Ich habe gehört, dass Sie Ihren Aufenthalt aufgrund der jüngsten Ereignisse verkürzt haben und morgen zurück nach Deutschland fliegen.«

»Das ist richtig«, erwiderte Bender ruhig. »Mir wurde nahegelegt, auf die Besuche im Süden des Landes zu verzichten.«

Martinez stand auf. »Dann wünsche ich Ihnen einen guten Flug.« Er nickte Barrett zu. »Mein Kollege wird Sie in Ihr Hotel zurückbringen.«

Wenn Bender überrascht war, ließ er es sich nicht anmerken.

Er stand auf, streckte Martinez die Hand hin. Ein fester, souveräner Händedruck, dann war er fort.

»Eine Anweisung aus dem Büro der Außenministerin«, erklärte Jespers, als Martinez ihm wortlos die Nachricht auf den Schreibtisch legte, die ihm der Mitarbeiter des Botschafters kurz zuvor überreicht hatte.
»Und die hätten Sie nicht noch ein paar Minuten zurückhalten können?«, fragte Martinez mühsam beherrscht.
Der Botschafter maß ihn kühl. »Sie sollten lieber alles daransetzen, Eric Mayer zu finden«, bemerkte er. »Wie wir aus der deutschen Botschaft gehört haben, ist er untergetaucht.«
»Nun, das wäre ich an seiner Stelle auch«, erwiderte Martinez und verließ den Raum.
Zurück in seinem eigenen Büro, griff er zum Telefon. Es würde nicht leicht werden, Mayer aufzuspüren. Wenn er überhaupt noch in der Stadt war. Und es gab nur einen Mann, dem Martinez diese Aufgabe zutraute. Er leitete eine Gruppe Söldner, die im Dienst der CIA standen, ehemalige Special Forces, erfahrene Männer, mit der entsprechenden Erfahrung nicht nur im Kampf, sondern auch mit Undercover-Aktionen. »Ich will Eric Mayer schnell, und ich will ihn lebend«, forderte Martinez. »Haben wir uns da verstanden?«
»Wir tun unser Bestes, Don.«
Nachdem Martinez aufgelegt hatte, starrte er noch lange auf das Telefon und versuchte, die Zweifel auszublenden, diese eine Stimme, die nicht schweigen wollte, die noch immer aufbegehrte, trotz der eindeutigen Beweise vor ihm auf dem Tisch. Jeder war korrumpierbar, brach an einem bestimmten Punkt. Es war jahrelang Martinez' Aufgabe gewesen, diesen Punkt zu finden. In jenem ganz besonderen Moment einen Blick auf einen Menschen zu werfen, in dem sich die letzten

Geheimnisse seiner Persönlichkeit in Schmerz und Angst offenbarten. Diese Arbeit hatte nicht nur in seinen Delinquenten Spuren hinterlassen. Martinez fiel es seither schwer, seinen Mitmenschen vorbehaltlos zu begegnen, und da er wusste, wozu ihre Schwächen sie fähig machten, suchte er ständig die Verletzlichkeit und die Angst in ihnen. Misstraute ihnen. Es gab nur einige wenige, die davon ausgenommen waren. Eric Mayer war einer davon gewesen. Und in ihm sollte er sich so getäuscht haben?

Ungehalten griff Martinez erneut zum Telefon und wählte eine Nummer in den Staaten. Der Mann, der sich meldete, war sichtlich überrascht, Martinez' Stimme zu hören. »Don, du lebst also doch noch! Das Letzte, was ich über dich gehört habe …«

»Ich brauche ein paar Informationen, Malcom«, fiel Martinez ihm ins Wort.

»Weswegen solltest du mich auch anrufen, du verfluchter Hund«, sagte Malcom lachend. »Wo steckst du, Mann?«

Malcoms Stimme weckte eine Vielzahl von Erinnerungen in Martinez, Bilder, von denen er gehofft hatte, sie nie wieder sehen zu müssen. »Ein Industrieller in Deutschland«, sagte er, ohne weiter auf Malcoms Frage einzugehen. »Ich schicke dir die Eckdaten über die alte Verbindung.«

»Die Preise sind gestiegen«, bemerkte Malcom.

»Schick mir deine Rechnung.«

»Was ist los mit dir? Ich werde dich bluten lassen.«

»Wann, Malcom?«

Ein Räuspern am anderen Ende war die Antwort. »Unter diesen Umständen sofort.«

Martinez legte auf. Er fragte sich noch immer, womit sie Mayer geknackt hatten. Ob sie ihn geknackt hatten.

* * *

Eric Mayer ließ das Café hinter sich und eilte die schmale Gasse hinunter, die schon bald in eine belebte Straße mündete. Er hielt sich im Schatten der Häuser und Marktstände und drückte einem Jungen ein paar afghanische Münzen in die Hand, damit er ein Taxi heranwinkte. Mayer hatte dem Fahrer gerade sein Ziel genannt, als sein Telefon klingelte. Paul Clarke war nicht bereit, ihn zu treffen. »Der amerikanische Geheimdienst ist hinter mir her.«

»Wegen der Reynolds-Sache, nehme ich an.«

Schweigen am anderen Ende der Leitung. »Woher wissen Sie davon?«, fragte Clarke schließlich vorsichtig.

Mayer klärte ihn mit wenigen Worten auf.

»Ich habe mit Milan Vieth gesprochen«, sagte Clarke daraufhin zu Mayers Überraschung. »Wir haben eine Abmachung getroffen. Ich warte nur darauf, dass er seinen Teil erledigt, damit ich endlich aus diesem Dreckloch verschwinden kann.«

»Milan Vieth ist vor vier Tagen ermordet worden«, erwiderte Mayer.

»Verflucht! CIA?«

»Nein, vermutlich nicht. Was war Inhalt Ihrer Abmachung mit Vieth?«

»Darüber möchte ich am Telefon nicht reden.«

Mayer runzelte die Stirn. Nachdem Clarke herausgefunden hatte, dass der Senator Versorgungskonvois der Amerikaner verschwinden ließ, hatte er Kontakt zu Milan Vieth aufgenommen. Das ließ nur einen Schluss zu. »Ich nehme an, auf einem der verschwundenen Konvois waren deutsche Waffen«, bemerkte er.

Clarke bezog dazu keine Stellung. »Sie sollten mal einen Blick in das Auslieferungslager der Larenz-Werke hier in Kabul werfen«, sagte er lediglich. »Da werden Sie alles finden, was Sie benötigen.«

Mayer ließ das Telefon in die Brusttasche seines Sakkos gleiten und starrte aus dem Fenster des Taxis. Sie befanden sich in einem der Außenbezirke Kabuls. Von dem regen Wiederaufbau im Zentrum der Stadt war in dieser Gegend nichts zu spüren. Die Straßen waren nicht mehr als sandige Pisten, in einer Senke lagen zahlreiche Autowracks, auf einem stand ein Hund, ein kräftiger Rüde mit kurzem Fell, die Lefzen hochgezogen. Es war Freitag, der Tag, an dem sich die Männer in diesen Bezirken zu den traditionellen Hundekämpfen trafen, die während der Taliban-Herrschaft verboten waren und deshalb nun mit umso größerer Leidenschaft ausgefochten wurden. Mayer wandte den Blick ab, gerade noch rechtzeitig, um die beiden Geländewagen zu sehen, die von zwei Seiten auf das Taxi zugerast kamen und ihm den Weg abschnitten. Der Fahrer bremste heftig. Mayer wurde gegen den Vordersitz geschleudert und konnte sich gerade noch mit beiden Händen abstützen. Bevor er reagieren konnte, flog seine Tür auf. Er griff intuitiv nach seiner Waffe, doch die Angreifer waren schneller. Zwei Männer zogen ihn aus dem Wagen, stießen ihn zu Boden. Aus dem Augenwinkel nahm er dunkle Kleidung wahr, Sturmhauben, er hörte das Flehen des Fahrers, einen Aufschrei, spürte einen kurzen stechenden Schmerz im Nacken …

21. Mai

Rheintal bei Koblenz, Deutschland

Es würde eine offizielle Trauerfeier geben. Für alle gefallenen Soldaten des Einsatzes. Der Verteidigungsminister würde persönlich daran teilnehmen. Katja starrte auf die Schlagzeilen der Zeitungen, auf die Fotos, die die Ankunft der Särge auf dem Flughafen Köln-Wahn zeigten, die Angehörigen, die in kleinen Gruppen zusammenstanden. Die Zeitungen schrieben, dass Chris seinen schweren Verletzungen erlegen wäre. Er war der einzige höhere Offizier unter den Toten. Der Einzige über dreißig. Sie las es immer und immer wieder, bis sie die Texte auswendig konnte. Dann schlug sie die Zeitungen mit einer heftigen Geste beiseite, stand auf und trat ans Fenster ihres Hotelzimmers, blickte auf Fachwerkhäuser und schmale Gassen und fragte sich, wie sie hierhergekommen war. Wie der Ort hieß. Sie tastete nach der Zigarettenschachtel in ihrer Brusttasche, zog sie heraus und musste feststellen, dass sie leer war. Sie sah sich im Zimmer um. Überall lagen Zeitungen herum. Neben dem Bett zwei leere Flaschen und ein voller Aschenbecher.

An den Vortag hatte sie nur noch verschwommene Erinnerungen. Sie wusste nicht, wie lange sie auf dem Parkplatz gestanden hatte, nachdem sie die Nachricht aus dem Krankenhaus bekommen hatte. Sie war irgendwann losgefahren, hatte den Wagen langsam durch eine Stadt gelenkt. Sie erinnerte sich an die Stille in dieser Stadt. Nur wenige Fahrzeuge waren ihr begegnet. Zu wenige. Es war immer gefährlich, wenn die Straßen plötzlich verlassen waren. Sie hatte das Gefühl gehabt, dass jeden Moment eine Explosion die Luft erschüttern, aus einem der umliegenden Häuser Flammen herausschlagen und Menschen schreiend über die Straße rennen würden. Es kam immer unvermittelt, immer dann, wenn sie am wenigsten damit rechneten. Autobomben. Selbstmordattentäter. Menschen mit einem Lächeln im Gesicht, die sich mit den Worten »Allah akbar« vor ihnen in die Luft sprengten. Sie meinte, ihn zu riechen, den Staub, der dabei aufwirbelte, das verbrannte Fleisch, die plötzliche Angst. Sie hatte scharf vor einer roten Ampel gebremst. Auch daran erinnerte sie sich noch. Ihre Hände hatten gezittert, ihr Herz wie wild geklopft. Und sie hatte geschwitzt wie nach einem Marathonlauf. Als die Ampel auf Grün schaltete, hatte sie Gas gegeben, und wie aus dem Nichts waren plötzlich andere Fahrzeuge da gewesen, Lichter hatten sie geblendet, Hupen gekreischt. Ihr Wagen war ins Schlingern geraten. Am Straßenrand war sie wieder zu sich gekommen. Sie hatte neben ihrem Fahrzeug gesessen, den Kopf in die Hände gestützt, zitternd am ganzen Körper. Deutschland war nicht Afghanistan. Niemand hatte angehalten, niemand hatte Fragen gestellt. Schon gar nicht mitten in der Nacht.

Sie fuhr sich mit der Hand über die Augen, massierte kurz ihre schmerzenden Schläfen. Den Whisky musste sie irgendwo unterwegs gekauft haben. Vermutlich hatte sie Angst gehabt, nicht schlafen zu können. Aber wer hatte ihr die Zeitungen gebracht? Ihre Hände zitterten plötzlich wieder, als ob die Anstrengung des Denkens zu viel für ihren Körper war. Sie warf einen Blick auf die Uhr neben dem Bett. Es war bereits später Nachmittag. Sie zog sich aus, ging unter die Dusche und ließ sich heißes Wasser über den Kopf laufen, bis sie ganz allmählich wieder das Gefühl hatte, zu sich zu kommen, und ihr die Erlebnisse der vergangenen Nacht nur noch wie ein surrealer Alptraum erschienen. Als sie aus dem Bad kam, zog sie die Vorhänge zu, so dass kein Lichtschein nach draußen dringen konnte, dann nahm sie ihr Notebook aus ihrem Rucksack. Anstatt die eingegangenen Nachrichten zu lesen, suchte sie im Internet nach weiteren Informationen über die Trauerfeier, die am übernächsten Tag stattfinden sollte. Sie hatten einen Ort am Rhein gewählt, eingebettet in Weinberge, nicht weit von Koblenz entfernt. Drei der verstorbenen Soldaten kamen aus der Region. Es gab eine alte Kirche, Teil eines Klosters. Wieder tastete sie nach ihren Zigaretten, starrte einen Moment irritiert in die leere Schachtel, bevor sie sie auf den Boden fallen ließ. Sie fand in ihrem Rucksack eine neue, außerdem eine Packung Kekse und eine Flasche Cola. Sie ließ die Bilder der Klosterkirche über ihren Bildschirm laufen und begriff, warum das Verteidigungsministerium ausgerechnet diesen Ort gewählt hatte. Sie hätte ihn auch gewählt, wenn sie für die Sicherheit der Trauergäste verantwortlich gewesen wäre. Es gab nur eine Zufahrt. Hohe Mauern. Alle Taubheit wich von ihr, und ihr Kopf wurde ganz klar, als sie darüber nachdachte, wo sie die Scharfschützen plazieren würden.

* * *

Kabul, Afghanistan

Eric Mayer war seit mehr als zwölf Stunden spurlos verschwunden. Bender hatte in der Zwischenzeit nicht viel in Erfahrung bringen können. Der BND-Mann war am Nach-

mittag des vorangegangenen Tages mit einem Taxi vom Hotel aus aufgebrochen, Ziel unbekannt.
Erfolglos hatte Bender versucht, seinen Kontakt im Verteidigungsministerium zu erreichen, was an sich schon ungewöhnlich war. Eine vorsichtige Nachfrage beim Botschafter hatte ergeben, dass der Krisenstab in Berlin nahezu ununterbrochen tagte. Das Entsetzen angesichts der jüngsten Ereignisse war groß, die Verantwortlichen gingen davon aus, dass Mayer sich abgesetzt, die Seiten gewechselt hatte. Mit all seinem Wissen um Interna, all seiner Kenntnis um die politischen Vorgänge in Berlin und der Verbindungsleute im Ausland kam das einem GAU gleich. Bender hatte erfahren, dass Mayer wie eine Schnittstelle funktionierte, ein lebenswichtiges Organ für die Auslandsbeziehungen der Regierung. Insbesondere als Afghanistan-Experte war er nur schwer zu ersetzen.
Das hatte ihn letztlich auch für Bender so gefährlich gemacht. Er war der Einzige, der seine Pläne noch hätte durchkreuzen können.
»Ich hätte nie geglaubt, dass ausgerechnet Eric Mayer in diese Geschäfte involviert ist«, sagte Vombrook zu ihm, als sie gemeinsam zu ihrem letzten Treffen mit afghanischen Vertretern aufbrachen. Der Justiziar war sichtlich erleichtert gewesen, dass die Pläne für ihren Aufenthalt aufgrund der jüngsten Ereignisse kurzfristig geändert worden waren. Vombrook würde am späten Nachmittag direkt von Kabul aus nach Deutschland zurückfliegen. Bender würde noch das deutsche Militärlager in Mazar-i-Sharif besuchen, wo neben den Soldaten der Bundeswehr auch eine Einheit amerikanischer Elitesoldaten stationiert war, und von dort den Rückflug antreten. Ursprünglich hatte Reynolds ihn begleiten sollen.

»Hättest du das Milan zugetraut?«, fragte Bender.
Vombrook dachte nach, während er mit nervösem Blick die Hotellobby scannte, bevor sie aus dem Fahrstuhl traten. Herausgerissen aus seiner gewohnten Umgebung, wirkte Vombrook bieder, so gar nicht kosmopolitisch. »Ihm noch eher als Mayer«, erwiderte er. »Ich habe schon mit vielen Vorstandsmitgliedern zusammengearbeitet, Milan war stets ein Außenseiter.« Er räusperte sich. »Mayer dagegen schien wirklich hinter seiner Arbeit zu stehen, sehr geradlinig.«
»Er hat bei der Untersuchung Beweismaterial unterschlagen, um sich selbst zu schützen. Und du hast auch die belastenden Mails gelesen.«
»Ja, sicher, dennoch überrascht es mich.«
»Ich hoffe nur, dass sich die Aufregung ein wenig gelegt hat, bis wir wieder zurück sind«, sagte Bender.
»Dem Geschäft wäre es sicher zuträglich«, bemerkte Vombrook. »Es gibt Stimmen in Berlin, vor allem aus der Opposition, die uns als einen der ersten Lieferanten der Bundeswehr in Frage stellen.«
»Die nutzen jede Gelegenheit, laut zu schreien«, wiegelte Bender ab. »Das wird sich legen.«
»Die Rede war von einem parlamentarischen Untersuchungsausschuss.«
»Ich habe davon gehört, aber glaub mir, Andreas, jeder in Berlin will das Thema Afghanistan momentan lieber unter den Teppich kehren. Letztlich ist es auch für die Opposition ein viel zu heißes Eisen. Haben sie diesen Einsatz bislang nicht auch lautstark für gut und notwendig befunden? Und jetzt müssen *alle* eingestehen, dass er tatsächlich ein Desaster ist.«
»War er das nicht schon immer?«, erwiderte Vombrook spöttisch.

»Natürlich, aber das war in der Öffentlichkeit nicht in dem Maß bekannt.«

»Ich hatte in Hamburg Gelegenheit, mit Mayer darüber zu sprechen«, sagte Vombrook zu Benders Überraschung. »Über seine Einschätzung der Situation.« Sie hatten jetzt ihren Konferenzraum erreicht. »Mayer war erstaunlich offen«, fuhr Vombrook fort. »Er verurteilt den Einsatz schon seit Jahren, sagt, die Bundeswehr sei als Armee einer solchen Herausforderung nicht gewachsen, was sich ja auch in der Einschätzung der Amerikaner widerspiegelt.« Er öffnete seine Aktentasche, zog die vorbereiteten Unterlagen heraus und bat einen Hotelangestellten, für Kaffee, Tee und kalte Getränke zu sorgen. Effizienz und lange Erfahrung sprachen aus jeder seiner Bewegungen. »Was mich am meisten irritiert, ist die Tatsache, dass Mayer früher selbst Soldat war«, sagte er dann. »Ich kenne den Zusammenhalt innerhalb der Truppe. Die lassen ihre eigenen Leute nicht ins Messer laufen.« Vombrooks Tonfall ließ Bender aufhorchen. Bevor er jedoch antworten konnte, betraten ihre Gesprächspartner den Raum, und er war nicht böse darüber, dass die Unterhaltung mit dem Justiziar beendet war. Unauffällig betrachtete er den Mann, der nach außen so glatt und oft langweilig wirkte. Hatte er Vombrook unterschätzt? Und vor allem: Was hatte der Justiziar noch alles in Erfahrung gebracht? Bender lehnte sich vorsichtig auf seinem Stuhl zurück und versuchte das leise Ziehen in seiner Brust zu ignorieren.

* * *

Allmählich kam Eric Mayer zu sich. Eine Hand packte ihn an der Schulter, schüttelte ihn. *»Hey, wake up.«*

Er blinzelte in das Licht, noch immer benommen. Sein Kopf schmerzte. Er fuhr sich mit der Zunge über seine trockenen Lippen, versuchte sich zu erinnern. Erst kam nichts, dann strömte eine Flut von Bildern so unkontrolliert auf ihn ein, dass er unwillkürlich aufstöhnte.

Ein Eindruck ließ ihn nicht los. Ein Hund mit kurzem Fell und hochgezogenen Lefzen auf einem Autowrack. Mayer schloss die Augen, um sich zu konzentrieren. Erneut griff jemand nach seiner Schulter, schüttelte ihn. Die Bewegung löste eine Welle der Übelkeit in ihm aus. Sein Kopf drohte zu explodieren. Er konzentrierte sich auf seine Atmung, atmete gegen den Schmerz, die Übelkeit.

»Verdammt, ich hab euch gesagt, ihr sollt ihn betäuben, nicht umbringen«, ertönte eine ungehaltene Stimme im harten amerikanischen Tonfall, der ihm wohlbekannt war.

Mühsam schlug er die Augen wieder auf.

Jemand beugte sich zu ihm herab. Setzte ein Glas an seinen Mund. Er versuchte zu schlucken. »Mayer, los komm«, hörte er die Stimme wieder. Noch ein Schluck. Eine Hand stützte seinen Kopf. Wieder spürte er das Glas an seinen Lippen. Diesmal gelang es ihm, es ganz leer zu trinken. Langsam klärte sich seine Sicht, und er blickte in das kantige Gesicht von Don Martinez. »Bist du ansprechbar?«, fragte der Amerikaner.

Mayer nickte vorsichtig. Er richtete sich auf dem Stuhl auf, an den sie ihn gefesselt hatten. Der Bilderreigen in seinem Kopf verlangsamte sein Tempo. Verlor sich. Zurück blieb Farouk bin Abdul. Das Taxi. Der Hund. Zwei schwarze Geländewagen.

»Was ist hier los, Don?«, stieß Mayer mühsam hervor. Er klang, als hätte er zu viel getrunken.
Martinez antwortete nicht, fixierte ihn nur aus seinen dunklen Latino-Augen, dann wandte er sich ab. »Lasst uns allein«, sagte er zu jemandem außerhalb von Mayers Blickfeld. Es gab einen hastigen Wortwechsel, dem Mayer in seiner Benommenheit nicht folgen konnte. *»Get out«,* befahl der CIA-Mann und betonte dabei jede Silbe so deutlich, dass jeglicher Widerspruch zwecklos war.
Gleich darauf saß Martinez rittlings auf einem Stuhl vor ihm. »Es heißt, dass du den Senator getötet hast, dass du die Seiten gewechselt hast, Mayer.« Er war plötzlich die Ruhe selbst. Mayer kannte ihn gut genug, um zu begreifen, wie gefährlich die Situation war, in der er sich befand.

* * *

Hamburg, Deutschland

Valerie Weymann saß in ihrem Büro in der Kanzlei und versuchte, ihre Gedanken zu sortieren. Die kritische Situation zu verstehen. Florian Wetzel hatte sie um Hilfe gebeten.
Eric Mayer wurde verdächtigt, die Seiten gewechselt zu haben. Hinter vorgehaltener Hand wurde er zudem für den Tod eines amerikanischen Senators in Afghanistan verantwortlich gemacht, und er war wie vom Erdboden verschwunden. Abgetaucht, hieß es, doch Wetzel zweifelte daran. Heute Morgen hatte er sie angerufen.
»Was kann *ich* denn tun?«, hatte sie ihn gefragt.
Wetzel hatte von dem britischen Journalisten gesprochen, den

Milan in seiner Videoaufzeichnung erwähnt hatte. »Mein Chef hat kurz vor seinem Verschwinden zuletzt mit Paul Clarke gesprochen, so viel konnte ich rekonstruieren. Hat Milan Vieth in seinen Aufzeichnungen und Unterlagen nicht irgendeinen Hinweis hinterlassen, wie wir mit dem Mann in Kontakt treten können?«

Wetzel hoffte, von Clarke Informationen über Mayers Verbleib zu erhalten. Eine eitle Hoffnung in Valeries Augen. Tatsächlich hatten die Informationen auf den CDs ihr den Schlüssel zu nicht allen, aber doch zu einigen der Daten auf dem USB-Stick geliefert. Es hatte sich ein immer klareres Bild über die Abläufe der jüngsten Ereignisse ergeben. Ein Bild, das keineswegs dem entsprach, was bislang der Öffentlichkeit präsentiert worden war.

All ihre Mutmaßungen und Befürchtungen hatten sich bewahrheitet. Milan Vieth war ermordet worden, weil er herausgefunden hatte, wer die wahren Verantwortlichen der illegalen Waffengeschäfte waren, und zumindest einen von ihnen hatte er mit seinem Wissen auch konfrontiert.

Bender und Milan hätten einen Riesenstreit gehabt nach Milans letztem Afghanistanbesuch, das hatte Sibylle ihr erzählt und ihr in diesem Zusammenhang auch gestanden, dass sie Bender für den eigentlichen Drahtzieher der Affäre hielt. Aber der Vorstandsvorsitzende war nicht allein verantwortlich. Auf dem Video hatte Milan von einem Treffen mit Paul Clarke gesprochen, von brisantem Material, das der britische Journalist ihm über Benders Verbindung zu einem Amerikaner zugespielt hatte. Der Mann war angeblich für den Verkauf der Waffen in Afghanistan verantwortlich. Der lang gesuchte Mittelsmann, dessen Rolle in der offiziellen Darstellung Eric Mayer innehatte.

Wäre Milan mit all seinem Wissen gleich in die Offensive und an die Öffentlichkeit gegangen, wäre er vielleicht noch am Leben. Aber Milan hatte einen entscheidenden Fehler gemacht. Er hatte gezögert. Hatte versucht, hinter den Kulissen eine Lösung zu finden, um der Firma nicht zu schaden. Durch diese fatale Entscheidung war nicht nur er, sondern auch Rudolf Hagedorn gestorben. Dass der parlamentarische Staatssekretär im Verteidigungsministerium einmal Milans Mentor gewesen war, ein väterlicher Freund, hatte Valerie nicht gewusst. Hagedorn hatte in Berlin herausgefunden, dass es in der Larenz-Krise Verstrickungen bis in die höchsten Regierungskreise gab. Bender besaß einen Kontakt, der ganz oben mitmischte. Daher hatte Milan es nicht gewagt, dort um Unterstützung zu ersuchen. Stattdessen hatte er sich an die Amerikaner gewandt, ausgerechnet an die CIA.

Nach seiner Auseinandersetzung mit Bender hatte Milan keinen Schritt mehr unbeobachtet unternommen, kein Telefongespräch geführt, keine E-Mail geschrieben, von der Bender und seine Geschäftspartner nicht erfahren hätten. Sie hatten schnell begriffen, dass er auf das Angebot, das sie ihm für sein Schweigen gemacht hatten, nicht eingehen würde.

»Wir müssen Paul Clarke finden. Überlassen Sie uns das Material für eine Sichtung«, hatte Wetzel sie eindringlich gebeten.

Valerie hatte abgelehnt. »Es war nicht Milans Wunsch, dass die Behörden in vollem Umfang Kenntnis davon erhalten«, hatte sie erklärt. »Ich werde es für Sie durchsehen.«

Sie hatte den halben Tag damit verbracht, und jetzt lag eine E-Mail-Adresse vor ihr auf dem Tisch. Sie hatte den Telefonhörer schon in der Hand gehabt, um Wetzel anzurufen, und hatte ihn dann wieder aufgelegt. Stattdessen griff sie nach der Maus ihres Computers und öffnete ihr E-Mail-Programm. Es dauerte eine knappe Dreiviertelstunde bis sie eine Antwort bekam. Clarke war nicht mehr in Kabul. Er war in London. Und er war bereit, mit ihr zu sprechen, sobald sie sich ihm gegenüber legitimiert hatte.

* * *

Kabul, Afghanistan

Martinez betrachtete den Mann vor sich, der noch immer gegen die Betäubung kämpfte. Die Dosis, die sie ihm injiziert hatten, hätte vermutlich gereicht, um einen Bullen umzuhauen. Aber Mayer war hart im Nehmen. Das war er immer schon gewesen.

Sie hatten keine Zeit zu verlieren, deshalb kam Martinez ohne Umschweife zur Sache. »Es heißt, du bist für den Tod des Senators verantwortlich, Mayer.«

Mayer sah ihn an. Sein Blick war nicht mehr so leer, wie noch Minuten zuvor. Er wusste genau, worum es ging und was für ihn auf dem Spiel stand. Martinez bemerkte, wie sich die Muskeln unter Mayers weißem Hemd spannten, wie sein Blick unauffällig durch den Raum flog. Mayer überlegte bereits, wie er hier herauskommen konnte, während er gleichzeitig eine Antwort formulierte. »Was wollt ihr von mir, Don?«

»Antworten, keine Fragen, Mayer.«

Mayers Mund wurde schmal. »Glaubst du wirklich …?«, begann er.

Martinez fixierte ihn kalt. »Antworten, keine Fragen«, wiederholte er leise.

Mayer schwieg.

Martinez stand auf. »Wir können das hier kurz und mit wenig Aufwand hinter uns bringen. Es kann aber auch sehr unangenehm werden. Es liegt allein an dir.« Er verließ den Raum, ohne sich noch einmal umzusehen.
Draußen wartete Barrett. »In der deutschen Botschaft herrscht eine ziemliche Aufregung wegen Mayers Verschwinden.«
»Haben Sie das Gerücht gestreut, dass er sich abgesetzt hat?«
Barrett nickte kurz.
Martinez zog seine Jacke aus. »Ich will die nächste Stunde nicht gestört werden.«
Barretts Blick flog über das Tattoo auf Martinez' Arm. »Und ich soll ganz bestimmt nicht noch jemanden runterschicken?«
Martinez zog nur spöttisch eine Augenbraue hoch, und Barrett beeilte sich, den Raum zu verlassen. *Grind,* dachte Martinez nicht zum ersten Mal. Streber. Aber er hütete sich, die Gefahr zu unterschätzen, die von Barrett ausging. Der Neuling würde jede Chance nutzen, sich ins rechte Licht zu rücken, koste es, was es wolle. Martinez wartete, bis die Schritte seines jüngeren Kollegen auf der Treppe verklungen waren, dann verriegelte er die Tür von innen und ging zurück zu Mayer.

»Okay, Mayer«, sagte er. »Wir haben etwa sieben Minuten, in denen du mir erzählen kannst, wie du es geschafft hast, in deiner Firma so ins Kreuzfeuer zu kommen. Und ich hoffe, du hast eine verdammt gute Erklärung.«
Ein flüchtiges Lächeln huschte über Mayers Gesicht. »Du bist immer noch verflucht gut, Don. Ich hätte dir fast geglaubt.«
»Mein Job, Mayer.« Er betrachtete den BND-Agenten nachdenklich. »Ich hab dich da gerade noch rausgekriegt«, fügte er

hinzu, während er die Handschellen löste. »Wenn du in die deutsche Botschaft zurückgekommen wärst, hätten sie dich festgenommen, und ich glaube nicht, dass du unter den gegebenen Umständen dein Land lebend wiedergesehen hättest. Dieser Bender hat ein verdammt gutes Back-up.«

Mayer massierte seine Handgelenke, reckte seine Schultern. »Ich sollte dir jetzt vermutlich dankbar sein, dass deine Leute mich fast umgebracht haben.«

»Sei nicht kleinlich. Sie haben Angst vor dir. Du hast einen Ruf.«

Mayer rieb sich die Schläfen. »Was weißt du über Bender?«

»Genug, um ihn ernst zu nehmen. Jetzt erzähl.«

»Hast du noch was zu trinken?«

Martinez grinste. »Wenn du meine Fragen beantwortet hast.«

Mayer schüttelte den Kopf, während Martinez ihm eine Flasche reichte.

Er trank sie zur Hälfte leer. »Bender steckt also tatsächlich hinter den Waffengeschäften«, sagte er dann. »Wie seid ihr dahintergekommen?«

»Es kam eins zum anderen«, erwiderte Martinez vage.

Mayer beließ es dabei. Er fuhr sich über die Augen, stand auf und kämpfte verbissen gegen seine Benommenheit.

»Was hast du vor?«, fragte Martinez.

»Ich muss in das Auslieferungslager der Larenz-Werke hier in Kabul, bevor sie alle Beweise vernichten«, antwortete Mayer abwesend. Dass er ihm diese Information so bereitwillig gab, war für Martinez ein sicheres Zeichen, dass die Wirkung der Betäubungsmittel noch immer nicht nachgelassen hatte. Martinez packte seinen Freund am Arm und zog ihn auf den Stuhl zurück. »Du gehst nirgendwohin. Du musst raus aus Afghanistan. Ich hab schon alles organisiert.«

Mayer schüttelte den Kopf. »Don, ich …«

»Mayer, sie werden dich umbringen.«
Mayer runzelte die Stirn, und Martinez fluchte innerlich. Aus Erfahrung wusste er, dass er Mayer nicht gegen seinen Willen aus dem Land bekommen würde. Mayer konnte störrisch sein wie ein Maulesel. »Hör zu, ich werde reingehen. Ich hol dir aus diesem Materiallager raus, was du brauchst.«
Mayer starrte ihn an.
»Ich weiß, dass du Kontakt zu Paul Clarke aufgenommen hast«, fuhr Martinez geduldig fort. »Ich weiß, woran du arbeitest und was du beweisen willst.« Er hätte es niemals zugegeben, aber er war erleichtert gewesen wie selten in seinem Leben, als Malcolm ihm letztlich Mayers Unschuld und Benders Verwicklung in die Geschäfte bestätigt hatte.
»Seit wann bist du in Afghanistan?« Mayer war noch immer misstrauisch.
»Ich bin mit Reynolds gekommen«, erwiderte Martinez. »Wir arbeiten an derselben Sache, Mayer.«
Mayer nahm noch einen Schluck Wasser.
Es war alles andere als leicht gewesen, Bender zu überführen, selbst für Malcolm. Der Deutsche war äußerst vorsichtig im Umgang mit der elektronischen Kommunikation, und die Sicherung des Firmennetzwerkes der Larenz-Werke war State of the Art. Aus diesem Grund hatte Martinez auch Malcom und niemand anders angerufen, selbst wenn das eine Konfrontation mit seiner eigenen Vergangenheit bedeutet hatte, die er lieber vermieden hätte. Eines Tages würde er Mayer diese Rechnung begleichen lassen. Jetzt galt es jedoch, ihn zur Kooperation zu bringen.
»Also, was?«, hakte er nach.
Mayer schloss kurz die Augen. »Okay, Don …«, sagte er schließlich. »Ich verlasse mich auf dich.«
Martinez atmete auf. »Du gibst mir die Details unterwegs«,

erwiderte er. »Ich muss dich aus der Botschaft bringen und raus aus diesem Land.« Er warf einen Blick auf seine Uhr. *»C'mon, time's running.«*

Mayer war noch wackelig auf den Beinen. Martinez stützte ihn, als sie die Treppen hinauf zum Hinterausgang stiegen. Er öffnete die Tür. Gleißendes Licht strömte ihnen entgegen. Wärme. Mayer stöhnte auf und bedeckte seine Augen. »Was für ein Scheißzeug habt ihr mir gespritzt?«, fluchte er, war aber sofort still, als Martinez warnend die Hand auf seinen Arm legte. Reynolds' langbeinige blonde Begleitung stand etwa zwanzig Meter von ihnen entfernt, rauchte und telefonierte. Sie hatte sie noch nicht bemerkt.

Martinez drückte Mayer in den Schatten zurück. »Warte hier.« Dann ging er auf sie zu. »Hey, Lady«, sagte er. »Sie sollten hier draußen nicht allein rumlaufen. Das ist zu gefährlich.«

Sie maß ihn von oben bis unten, warf die Zigarette auf den Boden und trat sie langsam aus, während sie gleichzeitig ihr Telefongespräch beendete. Dann machte sie einen Schritt auf ihn zu. »Warum gehen Sie mir ständig aus dem Weg?«, fragte sie. Sie schien den Senator nicht zu vermissen.

»Sie sollten wieder reingehen«, sagte Martinez.

Ein verführerisches Lächeln, ein berechnender Augenaufschlag. Mit einem Finger berührte sie seinen Arm und fuhr langsam über das Tattoo. Vielleicht hätte ihre Kühnheit ihn zu einem anderen Zeitpunkt herausgefordert, aber jetzt war er nicht in der Stimmung dafür. Wortlos griff er nach ihrer Hand. Sie zuckte zusammen, als seine Finger sich mit festem Griff um die ihren schlossen. »Gehen Sie wieder rein«, wiederholte er leise, aber bestimmt. »Das ist eine Nummer zu groß für Sie.«

Sie schnappte nach Luft, ungläubig beinahe, dann wandte

sie sich ohne ein weiteres Wort ab und strebte mit langen Schritten dem Botschaftsgebäude zu.
»Wer war das?«, fragte Mayer, nachdem sie verschwunden war.
»Sie hat den Senator gevögelt.« Martinez zog seinen Autoschlüssel aus der Tasche und wies auf einen dunklen Geländewagen mit getönten Scheiben, der gleich hinter dem Hinterausgang parkte. »Wir nehmen den.«
Mayer lehnte sich kurz dagegen, bevor er einstieg.
»Ich kann dich offiziell nicht unterstützen«, sagte Martinez, als sich Augenblicke später das Tor öffnete, und sie auf die belebte Straße fuhren. »Das ist dir klar?«
Mayer nickte. »Ich komme zurecht.«
Martinez warf seinem deutschen Freund einen flüchtigen Blick zu. Mayer sah müde aus, er hatte tiefe Augenringe und eine ungesunde Gesichtsfarbe. Und das rührte nicht nur von dem Cocktail her, den ihm die bezahlten Söldner der Agency verpasst hatten. »In weniger als einer Stunde fliegt von der Air Base in Bagram eine Militärmaschine nach Ramstein. Ich kenne den Piloten aus dem Irak. Er wird dich auch aus dem Stützpunkt schleusen. Danach bist du auf dich allein gestellt. Hast du jemanden in Deutschland, dem du vertrauen kannst? Jemand, der mit der Firma nichts zu tun hat?«
Wieder nickte Mayer. »Mach dir um mich keine Sorgen, Don.«
Martinez schwieg. Er hatte sich noch nie so viele Sorgen um Eric Mayer gemacht.

* * *

Rheintal bei Koblenz, Deutschland

Katja Rittmer strich behutsam über das mattschwarze Metall des Gewehrlaufs, spürte der Rundung nach und setzte ihn mit einem leisen Schnappen auf die Waffe. Alles passte perfekt. Ein Präzisionswerkzeug. Der Kolben drückte gegen ihre Schulter, als sie ansetzte, zielte, den Finger am Abzug. Sie atmete langsam, gleichmäßig. Durch das Zielfernrohr beobachtete sie die Menschen unten auf der Straße. Ihre Gesichter im Fadenkreuz. Sie wussten nichts vom Tod, der lauerte. Wussten nichts über das Töten. In einem Moment noch lachten sie, im nächsten rangen sie vergeblich nach Luft. Es war zu Ende, bevor sie begriffen, was geschah. Nichts blieb. Nur das Entsetzen der Umstehenden. Die Schreie. Das Klagen der Frauen. Sie war dabei gewesen, hatte sie mit den Amerikanern aufgespürt, die Männer der Taliban, in den Dörfern, in denen sie sich versteckt hielten. Im Schutz der Nacht waren sie aufgebrochen, hatten Position bezogen und stundenlang gewartet, bis sie ihre Häuser verließen, Frauen und Kinder um sich. Mitten im Satz, den sie sprachen, traf sie der Tod. Die Hand erschlaffte, die eben im Vorbeigehen noch das Haar eines Kindes berührt hatte. Der Körper fiel. Eine weitere Kerbe in einem Gewehrkolben.

Sie ließ die Waffe sinken, starrte darauf, dann wieder aus dem Fenster ihres Hotelzimmers. Auf die Menschen, die dort in der Sonne flanierten. Sie hörte ihre Stimmen, ihr Lachen. Je länger sie sie betrachtete, desto klarer wurde ihr, dass sie ihr ebenso fremd waren wie die Taliban. »Irgendwann gibt es nur noch einen Ort, an dem du zu Hause bist, und das ist der Krieg«, hatte ihr ein amerikanischer Offizier einmal gesagt. »Du kannst nicht zurück, nach allem, was du gesehen hast.« Sie hatte ihm nicht geglaubt.

Das Gewehr lag plötzlich schwer in ihrer Hand. Mit geübten Griffen nahm sie es auseinander. Legte die Einzelteile zurück in den Koffer und schloss ihn sorgfältig. Fragte sich, ob sich der Mann an sie erinnern würde, von dem sie es gekauft hatte. Die Behörden hatten sie zur Fahndung ausgeschrieben, nachdem sie die beiden Beamten abgeschüttelt hatte, die seit ihrer Entlassung aus dem Hamburger Untersuchungsgefängnis an ihr geklebt hatten wie die Fliegen. Sie hatten Angst vor ihr. Vor dem, was sie tun könnte. Sie lächelte bei dem Gedanken. Sie hatten keine Ahnung. Sie war selbst überrascht gewesen, wie sich das Bild mit einem Mal gefügt hatte. Sogar Chris' Tod hatte darin seinen Platz und damit einen Sinn bekommen. Es geschah nichts einfach so.
Sie packte ihre Sachen. Es war Zeit, das Hotel zu verlassen. Sie warf einen letzten Blick auf die Passanten auf der Straße. Sie glaubten, den Krieg ignorieren zu können. Das Töten und das Sterben. Sie nannten es nicht einmal Krieg.

22. Mai

Hamburg, Deutschland

Rufnummer unterdrückt, zeigte das Display ihres Mobiltelefons an. Valerie Weymann zögerte, nahm den Anruf schließlich aber doch an.

»Valerie, hier ist Eric. Kannst du sprechen?«

»Eric!«, entfuhr es ihr. »Wo bist du? Ist alles in Ordnung?«

Das Letzte, was sie über ihn gehört hatte, war, dass er in Afghanistan verschwunden war. Untergetaucht, tot …

»Ich bin in etwa zwei Stunden in Hamburg. Ich brauche deine Hilfe.«

Er kam mit dem ICE aus Frankfurt. Der Zug fuhr gerade auf dem Hauptbahnhof ein, rollte langsam aus, als sie die Treppen zum Gleis hinunterstieg. Wie alle anderen Wartenden versuchte sie vergeblich, die Passagiere durch die getönten Scheiben zu erkennen. Dann öffneten sich die ersten Türen, Reisende quollen auf den Bahnsteig. Suchend blickte sich Valerie um. Ein kleines Mädchen rannte gegen sie und sah erschrocken zu ihr auf. »Nicht so hastig«, mahnte Valerie mit einem Lächeln und dachte an ihre Zwillingstöchter Leonie und Sophie.

Die Menschen um sie herum strömten den Ausgängen zu. Eric war nirgends zu sehen. Erst als sich der Bahnsteig allmählich leerte, entdeckte sie ihn. Eine einsame Gestalt, grau

vor Erschöpfung. Sie klemmte ihre Tasche unter den Arm und rannte auf ihn zu. »Eric!«
Ein müdes Lächeln huschte über sein Gesicht, als er sie begrüßte. Sein Anzug war zerknittert, er war unrasiert und schien am Ende seiner Kräfte zu sein. Stützend legte sie den Arm um ihn. »Komm«, sagte sie, »mein Wagen steht gleich draußen in der Kirchenallee.«
Es war Mittag. Sie hatte einen Tisch reserviert in einem Restaurant in der Nähe, aber sie sprach es nicht einmal an. »Hast du ein Hotelzimmer gebucht?«, fragte sie.
Er schüttelte den Kopf. »Wir müssen reden.«
»Du musst dich erst einmal ausruhen.«
»Nein, ich …«
»Wir fahren zu mir«, sagte sie.
»Das ist keine gute Idee«, widersprach er. Nur mühsam hielt er mit ihr Schritt.
Sie wusste plötzlich, wohin sie ihn bringen konnte. Er blinzelte in das helle Licht, als sie das Bahnhofsgebäude verließen. »Mein Wagen steht da vorn, wir sind gleich da«, sagte sie.
Mit einem Seufzer der Erleichterung fiel er auf den Beifahrersitz, ließ den Kopf gegen die Lehne sinken und schloss die Augen. Er regte sich nicht, als sie den Wagen Richtung Alster lenkte. Was war mit ihm geschehen? War er krank, verletzt oder einfach nur erschöpft?
Florian Wetzel war entsetzlich in Sorge um Eric gewesen, nachdem er in Afghanistan verschwunden war. »Er ist wie vom Erdboden verschluckt«, hatte er gesagt.
»Und was heißt das?«, hatte sie wissen wollen.
Sein Schweigen war deutlich gewesen.
Sie hatte versucht, nicht an Eric zu denken, nicht daran, dass ihm etwas zugestoßen sein könnte. Aber es war unmöglich gewesen. Am frühen Morgen hatte sie Marc zum Flughafen

gebracht, der nach Hongkong geflogen war. Er war irritiert gewesen über ihr fahriges Verhalten. »Ich bin einfach noch müde«, hatte sie sich entschuldigt.
Jetzt lenkte sie den BMW in eine Nebenstraße am nördlichen Rand der Außenalster. Betätigte die Fernbedienung für eine Tiefgarage. Eric schreckte hoch. »Wo sind wir?«
»Meiner Kanzlei gehören im Haus zwei Appartements«, erklärte sie. »Für Gäste.«
Er hatte weder einen Blick für den weißen Marmor im Treppenhaus noch für die grandiose Aussicht des Zwei-Zimmer-Appartements über die Alster bis hin zur Innenstadt, wo sich die Türme der Kirchen und des Rathauses in einen hellblauen Frühlingshimmel reckten.
»Es darf absolut niemand wissen, dass ich hier bin«, sagte er. Er war entsetzlich angespannt. Sie hatte ihn noch nie so erlebt.
»Niemand wird etwas erfahren«, versprach sie. »Warum duschst du nicht erst einmal? Kleidung zum Wechseln findest du in den Schränken im Schlafzimmer. Irgendwas wird schon dabei sein, was dir passt. In der Zwischenzeit besorge ich etwas zu essen.«
Er stützte sich am Türrahmen ab, nickte. »Aber dann reden wir.«
Die Badezimmertür schloss sich hinter ihm. Sie wusste, dass er dort alles finden würde, was er brauchte. Sie hatten bisweilen Gäste, die ungeplant eine Nacht blieben.
Sie nahm ihre Tasche, doch auf halbem Weg überlegte sie es sich anders, ging zurück in die Küche und brühte ihnen einen Kaffee auf. Im Bad lief das Duschwasser. Es dauerte nicht lange, bis er fertig war. Sie hörte, wie die Tür aufging, und trat aus der Küche.
»Du bist ja noch hier«, sagte er überrascht.

Mit einem Handtuch um die Hüften stand er in der Badezimmertür und fuhr sich mit der Hand durch das feuchte Haar. Ihr Blick blieb an der Tätowierung auf seiner rechten Schulter hängen, den Buchstaben und Zeichen, dann sah sie in sein Gesicht, das schon nicht mehr ganz so grau war wie noch Minuten zuvor. »Ich dachte, es wäre vielleicht besser, wenn ich bleibe«, sagte sie. »Ich habe uns Kaffee gekocht. Willst du einen?«

Er nickte. »Ich ziehe mir nur schnell was an.«

Über seinen Rücken zog sich eine alte, tiefrote Narbe, verschwand unter dem Handtuch. Ihre Finger schlossen sich fester um den Kaffeebecher in ihrer Hand, als ihr bei dem Anblick klar wurde, auf was sie sich einließ: Sie versteckte einen BND-Agenten, der sehr wahrscheinlich auf der Flucht war. Erics desolater Anblick auf dem Bahnhof und die Angst, die sie seit mehr als vierundzwanzig Stunden um ihn gehabt hatte, hatte sie völlig vergessen lassen, wie gefährlich es war, sich mit ihm und seinesgleichen einzulassen. *Renn!*, forderte eine Stimme in ihr. *Renn schnell und weit weg!*

In dem Moment öffnete sich die Schlafzimmertür. Eric trug Jeans und ein dunkles Poloshirt. Ein ungewohnter Anblick. Warum hatte er sich ausgerechnet an sie gewandt? Sie nahm einen weiteren Becher aus dem Schrank und schenkte ihm Kaffee ein, versuchte, ihre Nervosität zu ignorieren. »Was ist passiert?«, fragte sie.

Eric antwortete nicht sofort. Er setzte sich auf die Lehne des Sessels, der hinter ihm stand, und sie merkte, wie er gegen seine Müdigkeit ankämpfte. »Niemand außer dir weiß, dass ich in Deutschland bin«, sagte er, »alle nehmen an, ich sei in Afghanistan untergetaucht. Das verschafft mir die Zeit, die ich brauche …«

»… um zu beweisen, dass du nichts mit all dem zu tun hast, was dir vorgeworfen wird«, beendete sie den Satz für ihn.
Etwas von seiner alten Aufmerksamkeit, seiner Vorsicht, kehrte in seinen Blick zurück. »Was weißt du?«
»Ich habe mit Paul Clarke gesprochen.«
Erics Augen wurden schmal. »Valerie …«
»Gerwin Bender und seine Leute werden versuchen, dich zu kaufen oder zu töten«, sagte sie. »So wie Milan …«
»Verdammt«, fiel er ihr ins Wort, »du solltest dich da raushalten! Das ist eine Nummer zu groß! Du weißt gar nicht, wozu diese Menschen fähig sind.«
»Doch«, widersprach sie und war plötzlich ganz ruhig. »Das weiß ich. Aber wir haben noch ganz andere Sorgen hier.«
»Andere Sorgen?«
»Katja«, erwiderte sie nur.
»Was ist mit ihr?«
»Christian Frank ist tot. Er hat sich das Leben genommen.«
Mayer starrte sie erst an, dann sah er zu Boden. Erschrocken bemerkte sie, wie er um seine Beherrschung kämpfte, wie angespannt die Muskeln in seinem Gesicht waren.
»Du kanntest ihn. Es tut mir so leid«, sagte sie hastig und beinahe entschuldigend.
Es dauerte eine Weile, bis er antwortete. »Er war ein Freund von mir.« Seine Stimme klang belegt. Er sah auf. »Was ist mit Katja?«
»Sie ist verschwunden, hat das Observationsteam abgehängt, und Florian Wetzel befürchtet …«
»*Du* hast Kontakt zu Florian?« Die Schärfe in seiner Stimme ließ sie zusammenzucken. Heftig stellte er seinen Kaffeebecher auf dem Tisch ab. »Jetzt erzähl mir der Reihe nach, was hier los ist.« Kälte streifte sie, als sie begriff, dass es keine Wut war, die in seinen Augen lag, sondern Angst, Sorge um sie.

Marc hatte sie eingeladen, ihn nach Hongkong zu begleiten. »Wir könnten ein paar Tage Urlaub dranhängen«, hatte er vorgeschlagen. Jetzt wünschte sie sich, sie hätte sein Angebot angenommen.

* * *

Berlin, Deutschland

»Es hängt von dir und deiner Performance ab, du hast es in der Hand«, hatte James Reynolds ihm vor zwei Tagen in Bagram noch ins Gewissen geredet. Sie hatten den Abend gemeinsam verbringen wollen, nachdem alle offiziellen Termine abgehandelt waren. Nach ihrer Rückkehr aus dem Militärlager der Amerikaner.

Gerwin Bender war sich sicher, noch nie in seinem Leben so viel Staub geschluckt zu haben. Er hatte es stoisch ertragen, wie alles andere auch. Hatte Hände geschüttelt und eine kurze Rede gehalten. Versprechungen abgegeben. Und doch war bei diesem letzten Besuch etwas anders gewesen. Das erste Mal in seinem Leben hatten ihn Zweifel geplagt. Echte Zweifel. Und er hatte nicht einmal sagen können, warum. Vielleicht war es der Blick in diese blutjungen Gesichter der Soldaten gewesen. Harte Kerle, hieß es. Wenn man ihnen ihre Uniformen und Gewehre wegnahm, ihren Schutz, den sie »innere Führung« nannten, waren sie noch grün hinter den Ohren. Schulabgänger.

Bender war selbst nie Soldat gewesen. Er war ausgemustert worden wegen eines vermeintlichen Nierenschadens, von dem er nichts gewusst und der ihn in den vergangenen vierzig

Jahren nicht ein einziges Mal belastet hatte. Er hatte es nie bedauert. Er erlebte die Welt des Militärs als distanzierter Zuschauer, auch wenn er weltweit eng mit ihren Vertretern zusammenarbeitete. Doch bei diesem letzten Besuch war ihm die Distanz verloren gegangen. Er hatte den Schweiß der jungen Männer gerochen, die Angst in ihren Augen gesehen und ihr zu schnelles Lächeln und ihre Sprüche zu deuten gewusst. Und während sie auf der Rückfahrt über unbefestigte Straßen durch afghanische Dörfer rumpelten, in denen die Menschen noch immer ihre Fäkalien auf die Straße kippten und das Wasser aus einem einzigen Brunnen holten, hatte er über die Wünsche und Träume dieser jungen Soldaten nachgedacht. Als sie dann das Hotel im reichen Zentrum Kabuls erreicht hatten, hatte er diese Oase des Wohlstands für einen Moment als obszön empfunden. Doch seine Eindrücke hatten schnell an Intensität verloren angesichts der Ereignisse, die folgten. Der gemeinsame Abend mit Reynolds hatte nicht stattgefunden. Es war der Tag gewesen, an dem Reynolds erschossen worden war.

An all das dachte Bender ausgerechnet, als er auf dem Weg ins Bundeskanzleramt war. Er hatte während des Flugs von Kabul nach Berlin sieben Stunden Zeit gehabt, sich die richtigen Sätze zurechtzulegen. Die richtigen Anklagen zu formulieren. Es lag alles in seiner Hand, an seiner Performance. Reynolds' Worte. Doch das Lächeln, diese undurchdringliche Maske, mit der Bender sowohl die größten Bilanzgewinne wie auch die Streichung von Tausenden Stellen verkünden konnte, mit der er Politiker besänftigte und Journalisten belog, hatte Risse bekommen. Nicht zuletzt durch den Tod des Senators.

»Die gesamte Reise war eine Farce«, sagte er wenig später vor dem Krisenstab, der um eine kurze Stellungnahme zu den

Geschehnissen in Afghanistan gebeten hatte. »Es dürfte wohl kaum meine Aufgabe sein, die Ausfälle Ihrer Mitarbeiter zu kompensieren.« Natürlich wusste jeder im Raum, dass er damit auf Eric Mayer anspielte.

»Ausgerechnet er. Das hätte niemand für möglich gehalten«, raunte ihm ein ranghoher Mitarbeiter des Bundeskanzleramts wenig später zu. »Es ist unfassbar, einer unserer Top-Leute.«

Genau aus diesem Grund würde die Geschichte nie die Öffentlichkeit erreichen, ein Umstand, den Bender fast bedauerte. Es wäre eine gute Gelegenheit gewesen, die Verantwortlichen innerhalb der Larenz-Werke endgültig von jeder Schuld reinzuwaschen. Aber das letzte Wort war in diesem Fall noch nicht gesprochen. Jemand würde die Verantwortung übernehmen müssen. Jemand in diesem Raum. Er blickte in die angespannten Gesichter und empfand eine gewisse Genugtuung. Mayer war noch immer nicht gefasst. Niemand wusste, wo er sich aufhielt. Und wenn alles nach Plan lief, würde er auch nicht wieder auftauchen.

»Der Verteidigungsminister wird morgen persönlich den Trauerfeierlichkeiten für die in der vergangenen Woche in Afghanistan getöteten Soldaten beiwohnen, eventuell sogar die Kanzlerin«, wandte sich der Staatssekretär des Hauses an Bender. »Sowohl das Verteidigungsministerium als auch das Bundeskanzleramt rechnen fest mit Ihrer Teilnahme, Herr Bender.«

Der höflich formulierte Befehl ließ Bender mit den Zähnen knirschen. Er sollte öffentlich Demut zeigen. Was hatte er denn in den vergangenen Tagen getan? Er schätzte es nicht, herumkommandiert zu werden. Er war sich durchaus bewusst, welche Macht die Bilder besitzen würden, die den Vorstandsvorsitzenden der Larenz-Werke neben der Kanzlerin und dem Verteidigungsminister zeigen würden. Gerwin Bender, der öffentlich den Angehörigen kondolierte. Eine Chance, die er sich nicht entgehen lassen durfte. »Morgen schon«, erwiderte er dennoch stirnrunzelnd und mit dem Wissen, dass eine sofortige Zusage Schwäche signalisieren würde. »Ich muss erst Rücksprache mit meinem Büro halten.« Er warf einen Blick auf seine Uhr. »Sie erhalten in den nächsten zwei Stunden eine Rückmeldung.« Ein Lächeln, ein Schulterklopfen. Dann wandte er sich an den Vertreter des Wirtschaftsministeriums. »Wir haben trotz der Aufregung noch einige interessante Gespräche mit unseren afghanischen Partnern führen können«, sagte er gerade laut genug, dass auch alle anderen Anwesenden aufhorchten. »Letztlich war unsere Reise nicht vergeblich. Wir würden die Ergebnisse gern sobald wie möglich in kleiner Runde vorstellen.« Eine höfliche Floskel, mit der er nichts weniger als die Unterstützung der Regierung einforderte. Auch er beherrschte das Spiel.

* * *

Rheinland-Pfalz, Deutschland

Katjas Augen flogen über den Bildschirm. Sie war drin. Das gesamte Sicherheitskonzept präsentierte sich vor ihren Augen. Sie tastete nach ihren Zigaretten und warf einen Blick aus dem Autofenster auf die beleuchtete Häuserfront, vor der sie im Dunkeln parkte, und fragte sich, ob sie den Typen verhaften würden, über dessen Internetzugang sie sich soeben in das System des Verteidigungsministeriums gehackt hatte. Zumindest würden sie seinen Computer beschlagnahmen und eine

Hausdurchsuchung machen, vermutlich unter dem Vorwand, dass er illegal Musik oder Filme aus dem Netz kopiert hatte. So machten sie es immer, wenn sie einen Verdacht hatten, aus sicherheitspolitischen Gründen jedoch nicht gleich in die Offensive gehen konnten. Sie hatte kein schlechtes Gewissen deswegen, denn sie würden nichts bei ihm finden. Der Mann würde ein paar schlaflose Nächte haben und künftig sein WLAN sichern. Das war alles. Eine kleine Lektion.
Sie blies den Rauch durch die heruntergelassene Scheibe hinaus. Irgendwo bellte ein Hund, aus einer Kneipe ein Stück die Straße runter drangen Stimmen heraus. Musik. Der Schein des beleuchteten Kneipenschildes über der Tür spiegelte sich in der Dunkelheit auf dem nassen Asphalt. Vor nicht einmal einer halben Stunde hatte es angefangen zu regnen. Sie konzentrierte sich wieder auf die Bilder auf ihrem Laptop, scannte sich durch die Seiten und kopierte alle relevanten Dateien auf ihren Rechner. Der Download dauerte länger, als sie erwartet hatte. Nervös tippte sie auf das Armaturenbrett, beobachtete die verlassene Straße. Ein Wagen bog am anderen Ende ein, die Lichtkegel blendeten sie. Sie kroch in ihrem Sitz in sich zusammen und klappte den Bildschirm herunter. Langsam rollte der Wagen an ihr vorbei. Hielt ein Stück weiter. Ein Pärchen stieg aus, verschwand in einem der Eingänge der gegenüberliegenden Häuserzeile. Katja richtete sich wieder auf. Der Download war endlich abgeschlossen. Sie fuhr den Rechner herunter und startete den Motor. Augenblicke später hatte sie die Stadt hinter sich gelassen und bog auf die Autobahn ein. An der erstbesten Raststätte hielt sie. Der Parkplatz war völlig überfüllt mit Lkws. Ein paar Fahrer standen an einem Führerhaus zusammen, rauchten und unterhielten sich. Sie spürte ihre Blicke auf sich, als sie an ihnen vorbeiging. Das Selbstbedienungsrestaurant war nur spär-

lich besetzt. Aus einem Lautsprecher dudelte das Nachtprogramm eines regionalen Radiosenders, dazu ertönte die für diese Nachtzeit unangemessen aufgekratzte Stimme des Moderators. Katja holte sich einen Kaffee und setzte sich an einen der Tische in eine Ecke, von der aus sie das gesamte Restaurant und seine Eingänge überblicken, und wo niemand im Vorbeigehen zufällig auf den Schirm ihres Laptops blicken konnte. Dann begann sie zu arbeiten. Sie konnte es noch immer. Trotz des Traumas oder vielleicht auch gerade deswegen. So war es schon in Afghanistan gewesen. Wenn sie einen Auftrag hatte, war sie intakt, arbeitete ohne Probleme. Es gab nur das Ziel, das erreicht werden musste. Sie hatte gelernt, ihr ganzes Sein darauf zu fokussieren. Für den Moment zu leben. Was danach kam, war irrelevant. Es gab Zeiten, in denen ihr bewusst wurde, dass dieses Streben krankhaft sein musste, ihr Verstand sich jenseits der Normalität bewegte. Sie funktionierte wie eine Kampfmaschine, seelenlos und präzise. Doch anders als eine Maschine, konnte sie nach der Erfüllung des Auftrags nicht abschalten. Der Motor lief weiter, immer weiter, gierig nach mehr, um die Gedanken und Bilder auszublenden, die im Leerlauf aus ihrem Unterbewusstsein aufstiegen. Hässliche Bilder: eine abgerissene Hand im Dreck, eine blutige Kindersandale, der stumme Schmerz in den Augen eines sterbenden Kameraden. Es waren vor allem die Augen, die sie verfolgten bis in ihre Träume, ängstliche, schmerzerfüllte oder einfach leere Augen, die ihr aus toten Gesichtern entgegenstarrten, sie bedrängten, bis sie zitternd und schweißgebadet aufwachte. Der Krieg ist in deinem Kopf, hatte Eric Mayer vor wenigen Tagen noch in Hamburg zu ihr gesagt. Du musst ihn loswerden. Eric hatte sie genauso verraten wie alle anderen. Genauso betrogen.

Sie stand auf und holte sich noch einen Kaffee. Draußen hielt ein Bus, und eine Reisegruppe bevölkerte kurzfristig das Lokal, aber niemand störte sie, während sie in allen Details ihren Plan ausarbeitete. Jeder noch so kleine Schritt war entscheidend. Das hatte sie im Krieg gelernt. Wer die Details missachtete, scheiterte.

* * *

Hamburg, Deutschland

Als der Wecker klingelte, hatte Eric Mayer das Gefühl, gerade erst die Augen geschlossen zu haben. Die Sonne war bereits hinter den Dächern der Häuser jenseits der weiten Wasserfläche der Alster verschwunden. Die Leuchtziffern der Uhr zeigten 20:45 Uhr; er hatte fast sechs Stunden geschlafen. Die Versuchung war groß, einfach liegen zu bleiben, die Augen noch einmal zu schließen und auszublenden, was geschehen war.

Die Nachricht von Chris' Tod hatte ihn trotz seiner Erschöpfung lange nicht zur Ruhe kommen lassen. Die Trauer um seinen Freund begleitete ihn, seit er dessen verstümmelten Körper im Feldlazarett in Afghanistan gesehen hatte. Mit anzusehen, was der Krieg mit Katja gemacht hatte, hatte hilflose Wut in ihm ausgelöst. Es gab nur wenige Menschen, mit denen ihn eine so enge Freundschaft verband wie mit diesen beiden. Sie stammte aus einer anderen Zeit seines Lebens, einer verrückten und gefährlichen Zeit. Und es war nicht zuletzt die Gefahr gewesen, die sie zusammengeschweißt hatte, die aus ihnen ein Team gemacht hatte, in dem sich jeder blind auf den anderen hatte verlassen können. Er kam nicht umhin, sich zu fragen, was aus ihm geworden wäre, wenn er vor sechs Jahren nicht den Absprung geschafft hätte. Wenn nicht ein Mitarbeiter des BND damals im Irak das Gespräch mit ihm gesucht hätte. Wäre er heute auch verstümmelt, tot oder ein zitterndes Wrack, von Paranoia und Depressionen gequält? Unsicherheit und Gefahr bestimmten weiterhin sein Leben, aber es war ein anderes Leben, als das der Soldaten im ständigen Kampfeinsatz. Es war ein Leben hinter der Front.

Mit einem Seufzer schlug er die Decke zurück und setzte sich auf. Das Betäubungsmittel, das ihm Martinez' Leute injiziert hatten, schien endlich seine Wirkung verloren zu haben. Das Schwindelgefühl und die Übelkeit der vergangenen vierundzwanzig Stunden waren fort. Vielleicht war es auch einfach nur der fehlende Schlaf gewesen, der ihn so aus der Bahn geworfen hatte. Er ging ins Bad und wusch sich das Gesicht mit kaltem Wasser, um gänzlich zu sich zu kommen. In der Küche fand er im Kühlschrank eine noch unangebrochene Flasche Mineralwasser. Er trank sie beinahe in einem Zug leer. Eine zweite nahm er sich zusammen mit einem Glas mit ins Wohnzimmer. Durch das gekippte Fenster hallten die Geräusche der Stadt über die weite Fläche der Alster zu ihm herüber. Er hatte vergessen, wie lang die Abende in Hamburg um diese Jahreszeit bereits waren. Wie lichtblau die schier endlose Dämmerung, gefolgt von einer kurzen Nacht. Jenseits des Wassers konnte er zwischen den Bäumen hindurch die obere Etage des Hotels Intercontinental sehen, ein Stück weiter befand sich das weiße Gebäude des amerikanischen Konsulats. Er hatte gehört, dass die Stadt den Dammtorbahnhof wieder aufgebaut und die Narben aus ihrem Antlitz getilgt hatte. Nichts erinnerte angeblich mehr an das Bombenattentat vor anderthalb Jahren außer einer Gedenktafel auf der Rückseite des Gebäudes. Es war schwer vorstellbar, wenn er sich den Anblick des zerborstenen Dachs der alten Bahnhofshalle ins Gedächtnis zurückrief, die Berge von Schutt, bedeckt von leise fallendem Schnee.

Das Geräusch eines Schlüssels in der Wohnungstür unterbrach seine Gedanken, und er dachte unwillkürlich, dass es Erinnerungen gab, die sich nicht so leicht tilgen ließen, auch wenn die Menschen sie gut zu verdrängen wussten. Valerie betrat den Raum und lächelte, als sie ihn sah. Er ahnte, dass ihr Wiedersehen und seine Gegenwart dunkle Erinnerungen in ihr ausgelöst hatten. Bei ihrem letzten Treffen, jenem Essen im französischen Restaurant, hatte er versucht, mit ihr darüber zu sprechen, aber sie hatte jegliche Diskussion im Keim erstickt. Auch jetzt war nicht der richtige Zeitpunkt. Er blickte in ihr Gesicht, in ihre grauen Augen, die so viel Härte, aber auch so viel Verletzlichkeit ausstrahlen konnten. Sie hatte ihm erzählt, dass es Meisenberg gewesen war, der sie in die Larenz-Affäre hineingezogen hatte, nachdem er erfahren hatte, dass Eric Mayer seitens der Regierung mit den Ermittlungen beauftragt worden war. Der Mann war wie eine Spinne. Undurchsichtig, kaum zu greifen, da er nur hinter den Kulissen agierte, und skrupellos genug, selbst die langjährige Partnerin in seiner Sozietät für seine Zwecke zu benutzen. Mayer hatte ihm noch nie getraut. Und nun war Valerie viel zu tief verstrickt in die Affäre, wusste zu viel, um sich gefahrlos zurückziehen zu können. Er hätte ihr das gern erspart.

Er nahm ihr die Tüten aus der Hand, die den Aufdruck eines exklusiven italienischen Restaurants trugen, und sie holte Teller und Gläser aus der Küche. »Hast du etwas von Katja gehört?«, fragte er, als sie zurückkam.

Sie schüttelte den Kopf. »Ich habe vergeblich versucht, sie zu erreichen, und auch Florian Wetzel konnte mir nichts Neues sagen.« Sie sah ihn über den Tisch hinweg an. »Du machst dir Sorgen um sie.«

»Katja ist eine erfahrene Elitesoldatin, ausgebildet, um zu töten, und sie befindet sich in einer psychischen Ausnahmesituation«, erwiderte er. »Der Mann, den sie heiraten wollte, ist gerade gestorben, und sie selbst ist schwer traumatisiert …«

»Glaubst du nicht, dass sie sich in einer solchen Gemütslage eher zurückzieht?«

»Nicht Katja«, sagte er und dachte unwillkürlich an Somalia. Er schob seinen Teller beiseite, griff nach der Tasche mit seinem Laptop und nahm den Computer heraus. Seine Zugänge zum Netzwerk des BND waren alle gesperrt, aber das war es auch nicht, was er wollte. Auf einem seiner privaten E-Mail-Konten hatte er eine Adresse von Katja gespeichert.

»Du schreibst ihr?«, fragte Valerie.

Er nickte. »Vielleicht antwortet sie.«

Valerie beobachtete ihn schweigend. »Ich habe auch noch ein paar gute Nachrichten«, fuhr sie fort, nachdem er den Rechner wieder zugeklappt hatte. »Paul Clarke wird morgen nach Hamburg kommen. Er ist bereit, mit uns zusammenzuarbeiten.«

Er starrte sie ungläubig an. »Wie hast du das geschafft?«

»Er bekommt die Exklusivrechte für die Story.«

Mayer zog eine Braue hoch.

»Beruhige dich«, fügte sie schnell hinzu. »Du bleibst außen vor.« Aus ihrer Aktentasche zog sie einen Ordner heraus, räusperte sich. »Ich habe einiges zusammengetragen und heute Nachmittag noch einmal durchgesehen. Es ist genügend rechtlich verwertbares Material darunter, um zweifelsfrei nachzuweisen, dass weder du noch Milan an den fraglichen Geschäften beteiligt waren.« Sie gab ihm die Unterlagen. »Es reicht allerdings nicht, um dich von allen anderen Vorwürfen freizusprechen, die gegen dich im Raum stehen.«

Er wusste, worauf sie anspielte: Reynolds' Tod und seine eigenen angeblichen Verbindungen zu hochrangigen Taliban-Führern. Er schlug den Ordner auf und überflog E-Mail-Korrespondenzen, Dokumente aus der Fertigung und Produktion der Larenz-Werke, Zollpapiere, Telefonprotokolle ... Mayer runzelte die Stirn. »Woher hast du das?«

»Ich habe von Milan Vieth kurz nach seinem Tod einen USB-Stick erhalten. Vor zwei Tagen außerdem zwei CDs.«

Mayer presste die Lippen aufeinander. Natürlich hatte Vieth ihr Unterlagen zugespielt, Mayer hatte es schon geahnt, als sie Vieths Leiche gefunden hatten, aber er hatte nichts gegen Valerie in der Hand gehabt. »Du weißt, dass Bender inzwischen erfahren haben dürfte, dass es Kopien dieser Dokumente gibt.«

»Seine Leute haben Sibylle Vieths Haus durchsucht und sie beschattet. Florian Wetzel will dafür sorgen, dass sie Personenschutz bekommt, aber sie wehrt sich dagegen.« Sie sagte es fast trotzig.

»Ich rede nicht von der Gefährdung, die für Sibylle Vieth besteht«, bemerkte er und sah sie fest an.

»Ich weiß«, erwiderte sie. Einen Moment war es sehr still zwischen ihnen. Sie räusperte sich. »Auf einer CD ist eine Videoaufnahme mit einer Aussage von Milan«, fuhr sie schließlich fort. »Er belastet Bender darin schwer, aber vor einem Gericht würde das vermutlich nicht bestehen. Um Bender das Handwerk zu legen, sind wir auf die Mitarbeit von Paul Clarke angewiesen. Soweit ich es verstanden habe, hat er vor allem die Hintergründe aufgedeckt. Die Geschäftsbeziehungen Benders zu diesem ...« Sie blätterte in ihren anderen Unterlagen. »... Reynolds. James Reynolds.« Sie sprach so ruhig, als würde sie ihm das Protokoll einer Sitzung vorlesen, doch halb verborgen unter ihrem Haar sah er unter der hellen Haut ihres Halses ihre Schlagader pochen, zu schnell für die Gelassenheit, die sie vortäuschte. Natürlich wusste sie, worauf sie sich einließ. Natürlich wusste sie, wie gefährlich Bender und sein Umfeld waren. »Es wäre hilfreich, wenn wir jetzt Florian Wetzel einbeziehen könnten«, fügte sie hinzu. »Er könnte den Kontakt zu deinem Vorgesetzten herstellen.«

Mayer stand auf und begann, im Zimmer auf und ab zu gehen. »Ich muss darüber nachdenken.« Draußen war es inzwischen Nacht geworden.

»Eric, wir haben nicht viel Zeit«, sagte Valerie eindringlich. »Morgen Mittag hole ich Clarke am Flughafen ab.«

»Das weiß ich.«

Florian Wetzel würde sofort bereit sein, alle Hebel in Bewegung zu setzen, um ihn zu unterstützen. Aber es war nie abzusehen, wie sie aus allem letztlich herauskamen, und Mayer scheute davor zurück, die Karriere seines engsten Mitarbeiters zu gefährden.

Er hörte, wie Valerie aufstand, wie sie zu ihm kam, spürte den leichten Druck ihrer Hand auf seiner Schulter. Langsam drehte er sich zu ihr um.

»Ich weiß, wie du dich fühlst«, sagte sie. »Manchmal ist es sehr viel schwerer, Hilfe anzunehmen, als selbst zu helfen. Ich habe das auch erst lernen müssen.«

»Das war sicher nicht einfach«, erwiderte er.

»Es war schmerzhaft.« Die Lichter der Stadt spiegelten sich in ihren Augen, als sie ihn ansah. Eine einzelne Strähne hatte sich aus ihrem hochgesteckten Haar gelöst und fiel ihr weich ins Gesicht.

Sie waren sich plötzlich sehr nah. Zu nah.

Er strich ihr die Strähne behutsam zurück, fuhr mit dem Finger die schmale Linie ihrer Brauen nach, berührte ihre Wange, ihre Lippen. Er hatte geglaubt, die Erinnerung an Valerie hinter sich lassen zu können, so wie er diese Stadt hinter sich gelassen hatte in jenem Winter, als er nach Damaskus geflohen war. Was für eine eitle Hoffnung.

»Wir hätten uns nie wiedersehen dürfen«, sagte er leise.

Ihre Finger umschlossen die seinen. Ihr Blick flog suchend über sein Gesicht. Wie oft hatte er sich nach diesen grauen Augen gesehnt. Hatte sich gefragt, wie es ihr ging, was sie machte.

»Ich habe dich vermisst«, flüsterte sie und sprach damit seine eigenen Gedanken aus. »Ich habe Angst um dich gehabt.«

Er zog sie sanft in seinen Arm, spürte ihren Körper, das Schlagen ihres Herzens. Es war verdammt lange her, dass er eine Frau so nah an sich hatte herankommen lassen. Dass er selbst so viel gewagt hatte. Und es war nicht gut ausgegangen. Sie reckte sich ihm entgegen, und er atmete den Geruch ihres Haars, ihrer Haut ein. »Du weißt, dass wir das nicht tun sollten«, bemerkte er leise, bevor er sie küsste.

»Ja«, antwortete sie. »Das weiß ich.«

* * *

Kabul, Afghanistan

»Wo ist Eric Mayer?«, wollte der Botschafter wissen. »Was haben Sie mit ihm gemacht?«

Don Martinez lehnte sich auf seinem Stuhl zurück. »Er ist weg.«

Samuel Jespers runzelte die Stirn. »Wie meinen Sie das?«
»Warum setzen Sie sich nicht, Botschafter?«, sagte Martinez, ohne auf seine Frage einzugehen. »Ich denke, wir haben ein paar Dinge zu besprechen. Ganz in Ruhe.« Er warf Jespers einen scharfen Blick zu. »Zum Beispiel über die Vorgänge im Auslieferungslager der Larenz-Werke hier in Kabul.«
Martinez beobachtete mit Genugtuung, wie die Farbe aus dem Gesicht des Botschafters wich. »Was …?«
Martinez schüttelte den Kopf. »Setzen Sie sich.«
»Ich ziehe es vor, stehen zu bleiben.«
»Wie Sie meinen«, bemerkte Martinez. »Möchten Sie etwas trinken, *Sir?*«
»Kommen Sie endlich zur Sache.«
»Sicher, gern.« Martinez lehnte sich etwas vor. »Zusammen mit Agent Barrett habe ich diesem Auslieferungslager einen Besuch abgestattet. Wir waren überrascht, wie viele zivile US-Amerikaner dort arbeiten.« Er senkte seine Stimme. »Männer und Frauen, die allesamt einen guten Kontakt zur ehemaligen Firma unseres verblichenen Senators haben.«
Die Furche zwischen Jespers' Augenbrauen vertiefte sich.
Martinez' Blick wurde kalt. »Sie wussten davon, nicht wahr, Botschafter? Haben Sie von Beginn an mit Reynolds zusammengearbeitet oder …?«
»Ich werde mich mit Ihnen auf diesem Niveau nicht weiter unterhalten.« Jespers wandte sich zur Tür. »Ihr Verhalten ist anmaßend, Martinez. Das wird Konsequenzen für Sie haben.«
Martinez verzog keine Miene. Der Botschafter spielte gern seine »guten Verbindungen« aus, Martinez hatte schon davon gehört. Er hatte jedoch nicht erwartet, dass Jespers es ihm gegenüber versuchen würde. Er lehnte sich noch ein Stück weiter vor. »Ich habe bereits mit dem *State Departement* gesprochen, *Sir.*«

Jespers lauschte schweigend. Erst als Martinez fertig war, entfuhr ihm mit vor Wut bebender Stimme: »Das werden Sie bereuen, Martinez.« Ohne den CIA-Agenten noch eines einzigen weiteren Blickes zu würdigen, setzte er seine schwungvolle Unterschrift unter das Schreiben, das dieser ihm wortlos über den Tisch zugeschoben hatte, und verließ den Raum. Martinez faltete das Dokument mit der Unterschrift des Botschafters und ließ es in seine Tasche gleiten, dann griff er nach seinem Rucksack, der bereits gepackt neben dem Schreibtisch stand. In zwei Stunden würde Reynolds' Entourage mit den sterblichen Überresten des Senators Afghanistan verlassen, und dann war auch Martinez' Job hier erledigt. Samuel Jespers würde ihm keine Träne nachweinen, mehr noch, Martinez war sich durchaus im Klaren darüber, dass er sich gerade einen mächtigen Feind geschaffen hatte. Der Botschafter würde hinter den Kulissen Himmel und Hölle in Bewegung setzen, um ihn aus der Firma zu kicken. Aber Eric Mayer hatte es nicht verdient, auf der Abschussliste der CIA zu landen.

23. Mai

Rheinland-Pfalz, Deutschland

Im Dunst des frühen Morgens blickte Katja über das Gelände des Klosters. Eine lang vermisste Ruhe breitete sich in ihr aus. Klarheit, wie sie nur der Moment vor dem Gefecht innehatte. Sie atmete tief ein, spürte, wie sich ihre Sinne schärften. Jeder Laut, der in der morgendlichen Stille aus dem Innenhof unter ihr aufstieg, bekam Bedeutung. Die Farben begannen zu leuchten, jede Pore ihrer Haut reagierte auf den leichten Wind, der noch die Feuchtigkeit der sich auflösenden Nebelschwaden in sich trug und gleichzeitig schon die Wärme der eben aufgehenden Sonne. Sie spürte jede Unebenheit des Bodens, das Gras, Steine, einen trockenen Zweig. Es war ein komplettes Sich-fallen-Lassen in den Moment, der immer der letzte sein konnte.

Ameisengleich bewegten sich die Menschen im Hof der alten Anlage, ziellos auf den ersten Blick, doch dann zeichneten sich wie bei den Insekten Wege ab, ergab sich ein Sinn. Gelassen verfolgte sie den Aufbau des Gestühls, des Podiums. Der Wagen einer Gärtnerei fuhr ans Tor, Sicherheitsbeamte stoppten ihn, überprüften den Fahrer. Er brachte die Blumen, die Kränze, frisches Grün für verwesende Körper, die dort unten in ihren Särgen, bedeckt von der schwarz-rot-goldenen Flagge, vor dem Eingang der Kapelle warteten.

Die zuständigen Sicherheitsbehörden hatten die Zeremonie

aufgrund der zahlreichen Teilnehmer in den Innenhof des Klosters verlegt. Das ganze Gelände war abgeriegelt. Überall standen Fahrzeuge der Polizei, sicherten Beamte in dunklen Uniformen die Hänge rund um den sandsteinfarbenen Gebäudekomplex. Die Kanzlerin hatte ihr Kommen kurzfristig zugesagt. Katja beobachtete, wie die Blumen plaziert und die Fotos, die auf den Särgen lagen, davor aufgestellt wurden. Und sie fragte sich, was sie Chris angezogen hatten, bevor sie ihn in seinen Sarg gebettet hatten. Ob sie die Beine der Hose umgeschlagen hatten? In dem Dorf, in dem sie gelebt hatte, war einmal ein Veteran aus dem Zweiten Weltkrieg zu Besuch gewesen. Er hatte im Rollstuhl gesessen, ein dicker alter Mann mit einem teigigen Gesicht, der trotz seiner Kurzatmigkeit immer eine Zigarette in der Hand gehalten hatte. Die Beine seiner Hose waren säuberlich unter die Stumpen, die er noch besaß, geschlagen gewesen, und Katja hatte sich gefragt, warum er nicht einfach kurze Hosen trug, wo doch guter Stoff, wie ihre Großmutter immer sagte, so teuer war.

Sie merkte plötzlich, dass sie durch das Zielfernrohr ihres Gewehrs auf den Sarg mit Chris' Bild davor starrte. Sie kannte dieses Bild, wusste, wo es aufgenommen worden war. Sie war dabei gewesen. Und sie spürte, wie die Klarheit sie verließ und eine Träne sich den Weg über ihre Wange suchte. Was zum Teufel machte sie hier?

Sie ließ den Kopf auf die Arme sinken, Verzweiflung übermannte sie und löschte jeden anderen Gedanken aus. Chris war tot. Was sie auch tat, es würde ihn nicht wieder lebendig machen. In ihr öffnete sich erneut jene Tür, hinter der sich die Dunkelheit verbarg, die alles schluckte, fraß, auslöschte und nur eine leere Hülle zurückließ, die sie im Spiegel betrachten konnte, die sie anfassen und fühlen konnte, die aber nichts mehr mit der Frau zu tun hatte, die sie einmal gewesen war.

Diese Frau lag dort unten mit im Sarg, vor dem jetzt das Foto eines verwegen dreinblickenden Soldaten stand, dessen Augen in der Morgensonne so blaugrün leuchteten, als spiegle sich das Meer darin.

Fahrzeuge fuhren den schmalen Weg zum Kloster hinauf, parkten auf einer eigens abgezäunten Fläche. Die Trauergäste sammelten sich im Innenhof. Funkwagen der Fernsehsender mit ihren Antennen und Satellitenschüsseln standen außerhalb der Mauern, im Inneren brachten sich die Kamerateams in Stellung, filmten das Musikkorps der Bundeswehr, graue Ausgehuniformen und weinrote Barette in Formation. Der letzte Zapfenstreich. Er war unvermeidlich. Ebenso wie der graue Stahlhelm auf dem Sarg. Katja lauschte dem klagenden Klang der Trompete, der zitternd und vom Wind verweht bis zu ihr heraufhallte. Chris hatte nie viel übrig gehabt für diese Zeremonien. Sie erinnerte sich an sein versteinertes Gesicht, als sie die letzten Gefallenen in ihren Särgen nach Deutschland verabschiedet hatten. »Ein besser gepanzertes Fahrzeug hätte ihnen mehr gebracht«, hatte er hinterher bitter zu ihr gesagt. Sein Fahrzeug war gepanzert gewesen, hatte ihn aber nicht vor den so überaus schlagkräftigen Waffen seiner Gegner beschützt. Sie durfte nicht zulassen, dass diese Tatsache in Vergessenheit geriet. Sie durfte nicht schweigend zusehen.
Der Trompeter trat ins Glied zurück. Und während sie in die plötzliche Stille lauschte, kehrte die Klarheit zurück. Füllte die Leere. In aller Ruhe richtete sie das Gewehr aus. Kontrollierte ihren Atem und wartete. Sie müssen ein Ziel haben, hatten die Psychologen ihr damals gesagt, eine Perspektive.
Sie verfolgte, wie die Journalisten ihre Kameras auf einen Mann in der ersten Reihe richteten, der jetzt aufstand und gemessenen Schrittes auf das Podium stieg. Durch das Ziel-

fernrohr konnte sie sein hageres Gesicht sehen, das graumelierte Haar, den ernsten Blick. Er begann zu sprechen. Trotz des Mikrofons konnte sie nicht hören, was er sagte. Es war auch nicht wichtig. Wichtig war allein, dass die ganze Welt durch die auf ihn gerichteten Kameras sehen würde, was geschah. Bilder, die sich in das Gedächtnis der Nationen brennen würden. Sie konzentrierte sich auf das Fadenkreuz. Atmete aus. Sie hatte nur einen Schuss.

* * *

Rheinland-Pfalz, Deutschland

Gerwin Bender blickte auf das Podium. Die Müdigkeit zerrte an ihm, er hatte schlecht geschlafen, und sein Herz machte ihm nach wie vor Probleme. Die getragene Stimme des Verteidigungsministers hallte über den Innenhof des Klosters, doch Bender gelang es nicht, sich auf die Worte zu konzentrieren. Ein leichter Windstoß fuhr durch das Manuskript auf dem Pult und ließ die Blätter flattern, der Minister hob seine Hand, um sie daraufzulegen, doch er kam nicht mehr dazu. Einer seiner dunkel gekleideten Bodyguards schrie plötzlich auf, hechtete nach vorn und stieß seinen Arbeitgeber zur Seite. Der Verteidigungsminister stürzte in eins der Blumengebinde, eine Vase fiel mit lautem Scheppern vom Podium. Wasser spritzte, und jemand schrie: »Vorsicht, Scharfschütze!« Mehrere Beamte stürzten auf den Minister zu, schirmten ihn ab, ebenso wie auf die Kanzlerin, die neben Bender saß, und rannten mit beiden auf die Kapelle zu. Die anderen Anwesenden sprangen auf, riefen entsetzt durcheinander, Stühle wurden umgerissen. Bender selbst wurde von einem seiner Bodyguards am Arm gepackt. »Los, in die Kapelle«, befahl der Mann.

Bender stolperte über das Podium, vorbei an dem Sicherheitsbeamten, der den Minister zur Seite gestoßen hatte. Er lag am Boden. Aus einer Wunde in der Höhe seines Herzens pulsierte Blut. Sein Gesicht war kalkweiß, und er atmete rasselnd ein und aus, ein Laut, den Bender für den Rest seines Lebens nicht vergessen würde. Einer seiner Kollegen beugte sich über ihn, hielt ihn. »Wir brauchen einen Arzt!«, schrie er. »Ist hier ein Arzt?«

Niemand reagierte.

Bender wurde nach vorn gestoßen auf den dunklen Eingang der Kapelle zu. Er hörte das Weinen eines Kindes, das Schreien einer Frau. Irgendwo ging ein Alarm. Ein Mann mit einer Fernsehkamera auf der Schulter rannte an ihm vorbei. Bender taumelte weiter. In der Kapelle war es düster. Er konnte kaum etwas sehen nach dem gleißenden Licht auf dem Innenhof. Kälte strömte ihm entgegen und der Geruch von Weihrauch. Aus dem Augenwinkel bemerkte er den Verteidigungsminister, gleich neben dem Weihwasserbecken. Er war unverletzt, bis auf ein paar Schrammen, die er sich bei seinem Sturz zugezogen hatte. Einer seiner Bodyguards war bei ihm. Mit ernster Miene trat die Kanzlerin dazu. Und immer mehr Menschen strömten in die Kirche, weinend, mit weit aufgerissenen Augen.

Atemlos sank Bender auf eine der Holzbänke. Sein Herz klopfte ihm bis zum Hals. »Alles in Ordnung mit Ihnen?«, fragte der Mann aus seinem Sicherheitsteam, der ihn begleitet hatte. Hinter ihnen wurden die Kirchentüren geschlossen.

»Alles okay«, antwortete Bender, bemüht, seiner Stimme einen

gelassenen Tonfall zu geben, obwohl er sich wie eine Maus in der Falle fühlte. »Machen Sie sich um mich keine Sorgen.«
Was ging draußen vor?
»Bitte, beruhigen Sie sich«, hörte er die Stimme der Kanzlerin.
Er sah auf. Sie stand vor dem Altar. »Bitte suchen Sie sich einen Platz. Setzen Sie sich. Wir sind hier in Sicherheit.«
Das Stimmengewirr wurde leiser, nur hier und da war noch ein Schluchzen zu hören.
»Vielen Dank«, sagte sie. Ihre Stimme hallte durch die Kapelle. »Wir werden so lange in der Kirche bleiben, bis die Polizei die Lage draußen geklärt hat und Entwarnung gibt. Wenn jemand von Ihnen verletzt ist, soll er bitte nach vorne kommen. Wir haben keinen Arzt, aber eine Krankenschwester unter uns. Wir werden Sie, so gut es geht, versorgen.«
Benders Atem beruhigte sich. Ebenso sein Herz. Er beobachtete, wie der Verteidigungsminister durch die Reihen ging, mit den Familienangehörigen der gefallenen Soldaten sprach. Wer mochte auf ihn geschossen haben? Aus welchem Grund? Und dann dachte Bender an den Sicherheitsbeamten, der die Kugel abgefangen hatte, hörte wieder das Rasseln seines Atems und realisierte, dass er noch nie einen Menschen hatte sterben sehen. Nicht auf diese Weise.

* * *

Rheinland-Pfalz, Deutschland

Sie hatte ihn verfehlt. Katja ließ das Gewehr sinken und verfolgte reglos die Panik, die im Hof des Klosters ausgebrochen war. Die Schreie der Menschen hallten bis zu ihr herauf, sie sah, wie die Polizisten, die außerhalb des Gebäudekomplexes stationiert waren, auf das Tor zustürmten. Der Minister war vom Podium gestürzt, wurde sofort verdeckt von seinen Sicherheitsbeamten. Sie hatte ihre Chance vertan. Jetzt musste sie fort. Auf der Stelle. Der Beamte, den sie statt des Ministers getroffen hatte, wusste, woher der Schuss gekommen war. Warum auch immer. Wenn er noch lebte, sprechen konnte, würde das Gelände gleich von Polizei wimmeln. Sie hielt den Atem an und lauschte. Hörte sie da schon das Geräusch eines Hubschraubers? Sie packte das Gewehr und rannte zwischen den Reihen der Weinreben geduckt den Hügel hinunter. Sie musste das Waldstück erreichen, bevor sie sie entdeckten.

Es würde Straßensperren geben.

Der Wagen stand gut getarnt unter dem Dach eines offenen Heuschobers. Sie schraubte ihr Gewehr auseinander und verstaute es im Koffer. Dann klappte sie ihren Laptop auf. Sie hatte sich, bevor sie aufgebrochen war, in das Netzwerk der Polizei eingeloggt. Das meiste würde über Funk und Mobiltelefone laufen. Sie starrte auf den Bildschirm, aber es gab nichts außer einer ersten ots-Meldung. Sie startete ihr E-Mail-Programm und rief die Mail auf, die sie in der Nacht vorbereitet hatte, überprüfte ein letztes Mal die Empfänger. *Sie müssen ein Ziel haben, eine Perspektive.* Sie klickte auf *Senden.*

Augenblicke später hörte sie tatsächlich das Geräusch eines sich nähernden Hubschraubers. Wenn sie Infrarotsensoren hatten, war sie geliefert. Reglos verharrte sie im Wagen, aber der Hubschrauber flog über sie hinweg. Es war ein Rettungshubschrauber. Sie atmete erleichtert auf. Der Sicherheitsbeamte lebte noch.

Sie ließ den Motor an und fuhr den Feldweg hinunter ins

nächste Dorf. Menschen standen auf der Straße und diskutierten aufgeregt miteinander. Sie wussten bereits, was geschehen war. Katja sah es in ihren Gesichtern. Sie hatten es im Fernsehen verfolgt und warfen dem Wagen misstrauische Blicke zu, sahen dann jedoch eine Frau am Steuer und ignorierten sie. Später würden sie sich an die dunkle Limousine mit Hamburger Kennzeichen erinnern. Sie würden mit der Polizei reden und der Presse. Und sie würden wissen, wen sie gesehen hatten. Katja dachte an Eric Mayer, als sie auf die Bundesstraße einbog. Sie musste jetzt schnell Kilometer zwischen sich und den Ort des Attentats bringen. Viele Kilometer, bevor er von den Geschehnissen erfuhr.

* * *

Hamburg, Deutschland

Eric Mayer starrte ungläubig auf die Bilder, die über den Fernsehschirm flimmerten. Ein Attentat auf den Verteidigungsminister während der Trauerfeier für die in Afghanistan gefallenen Soldaten.

»Kurt sagt, es gibt konkrete Hinweise, dass Katja Rittmer die Täterin ist.« Valerie hielt noch immer ihr Mobiltelefon in der Hand. Sie war blass, völlig außer Fassung. Meisenberg hatte sie gerade angerufen.

Mayers Gedanken rasten.

Der Minister war dank des selbstlosen Einsatzes seines persönlichen Sicherheitschefs unverletzt geblieben. Der Beamte des BKA hatte die Kugel abgefangen. Er lag in einem Krankenhaus in der Umgebung auf der Intensivstation und

schwebte in Lebensgefahr. Die Kanzlerin hatte eine kurze Stellungnahme abgegeben, in der sie die Tat auf das Schärfste verurteilte. Ersten Erkenntnissen nach hatte sich der Schütze auf einem der Hügel, zwischen denen das Kloster lag, positioniert und aus etwa anderthalb Kilometer Entfernung geschossen. Nur ein Profi verfügte über entsprechendes Waffenmaterial und die nötigen Fähigkeiten.
Mayer zögerte nicht länger, zog sein Mobiltelefon aus der Tasche und schob den Akku wieder hinein. Martinez hatte den Akku bereits in Kabul herausgenommen, um eine GPS-Ortung seines deutschen Kollegen zu verhindern. Aber darauf konnte Mayer jetzt keine Rücksicht mehr nehmen.
Florian Wetzels Stimme überschlug sich fast vor Erleichterung. »Mann, Chef, ich bin so froh, von Ihnen zu hören! Wir stecken hier echt in der Scheiße, wenn ich das mal so sagen darf.«
Das war noch milde ausgedrückt. Bei den großen Zeitungsverlagen war ein Bekennerschreiben eingegangen, wie Wetzel erzählte. Der Anschlag sei als Vergeltungsschlag zu verstehen für die durch deutsche Waffen in Afghanistan getöteten Soldaten. Es würden weitere Anschläge folgen, bis die Verantwortlichen sich stellten.
»Das klingt tatsächlich verdammt nach Katja.«
»Es ist ziemlich sicher, dass sie die Täterin ist«, bestätigte Wetzel. »Sie ist gesehen worden in einem der Dörfer. Eine Frau in einem Fahrzeug mit Hamburger Kennzeichen. Die Beschreibung passt genau auf Katja Rittmer.«
Mayer schloss resigniert die Augen. Hätte er sie aufhalten können? Hätte er überhaupt etwas tun können? »Weiß die Presse schon von ihr?«, fragte er.
»Ich fürchte, ja«, antwortete Wetzel. »Sie hat es ja mehr oder weniger darauf angelegt.«

Mayer stand auf. Er musste sofort nach Berlin. In Hamburg war er abgeschnitten. Blind. »Wie sieht es bei Ihnen aus?«, fragte er.

»Der Krisenstab wurde durch Experten vom BKA erweitert«, antwortete Wetzel. »Es geht hier zu wie in einem Bienenstock.«

»Gerwin Bender wird sich nie öffentlich zu seiner Schuld bekennen«, bemerkte Mayer. »Und er hat zu viele Freunde in der Regierung, um ihn dazu zu zwingen. Wir müssen Katja finden, bevor noch mehr passiert.«

»Bender lässt nichts anbrennen. Die wildesten Gerüchte kursieren über Sie: Dass Sie mitverantwortlich sind für das Attentat. Es hat im Haus eine Riesendiskussion ausgelöst, weil Sie Katja Rittmer in Hamburg haben laufen lassen.«

Mayer hatte so etwas schon befürchtet.

»Der Chef der Observationstruppe ist mir fast ins Gesicht gesprungen, als ich ihm gesagt habe, dass seine Leute sie schließlich verloren hätten und ob die deswegen jetzt auch unter Verdacht stünden«, fuhr Wetzel fort. Trotz der angespannten Lage musste Mayer lachen. »Sie haben wirklich ein Talent, sich Freunde zu machen, Florian.«

»Eine meiner Stärken, Chef.« Er räusperte sich. »Wie geht es weiter?«

»Ich treffe mich gleich mit Paul Clarke. Er ist an dieser ganzen Waffengeschichte seit Monaten dran und bereit, mit uns zusammenzuarbeiten. Mit seiner Hilfe werde ich zweifelsfrei nachweisen können, dass ich nichts damit zu tun habe.«

»Rufen Sie mich an. Ich vereinbare sofort einen Termin beim Boss.«

»Behandeln Sie unser Gespräch bitte vertraulich, Florian. Ich möchte nicht, dass jemand erfährt, wo ich mich aufhalte.« Mayer sah nachdenklich aus dem Fenster. »Ich hatte versucht, mich mit Katja in Verbindung zu setzen, aber sie hat natürlich nicht geantwortet. Sorgen Sie dafür, dass jegliche Kommunikation in dem Fall zusätzlich gesichert wird. Sie ist als Hackerin fast so gut wie Sie.«

Er beendete das Telefonat und warf einen Blick auf seine Uhr.

»Wir müssen gehen«, bestätigte ihm Valerie.

Sie waren mit Clarke am Flughafen verabredet.

Mayer griff nach seinem Jackett, das auf einem Bügel neben der Tür hing. Valerie hatte seine Sachen über Nacht reinigen lassen. Während er das Jackett vor dem Spiegel überstreifte, betrachtete er sie. Sie war in der Zwischenzeit zu Hause gewesen, hatte sich umgezogen und strahlte wieder jene kühle Distanziertheit aus, dass er sich fast fragte, ob die Nacht mit ihr tatsächlich stattgefunden hatte oder er sie seiner überreizten Phantasie zuschreiben musste. Doch dann begegneten sich ihre Blicke im Spiegel. Sie lächelte, und alle Unnahbarkeit verlor sich.

* * *

Hamburg, Deutschland

Paul Clarke passte nicht in das Bild, das Valerie sich von einem Kriegsberichterstatter gemacht hatte. Er war zu jung. Das Gesicht zu weich, wenn auch in seinen Augen eine Härte lag, die ahnen ließ, was er erlebt und gesehen hatte. Clarke sprach ein hervorragend gebildetes Oxford-Englisch, das sie schon am Telefon beeindruckt hatte. Er war sehr höflich und zuckte sichtlich zurück, als Eric ihn fragte, ob er ihn nach Berlin begleiten würde. »Sorry«, sagte er, »das war nicht Teil unserer Abmachung.« Er hatte schlechte Erfahrungen mit den Geheimdiensten gemacht. Vor allem dem MI6 und der CIA. »Wenn Sie aus einem Land wie Afghanistan unbequeme Wahrheiten berichten, müssen Sie sich in jeder Hinsicht warm anziehen.« Er nahm einen Schluck von dem Tee, den er sich bestellt hatte, und strich sich sein dichtes Haar aus der Stirn. »Nachdem die Amerikaner herausgefunden hatten, dass ich an der Reynolds-Sache dran bin, haben sie eine Kopfprämie auf mich ausgesetzt. Es war nicht ganz einfach, das Land zu verlassen.« Er zog einen USB-Stick aus seiner Tasche und reichte ihn Mayer über den Tisch hinweg. »Ich habe alles, was Sie brauchen, um die Verbindungen zwischen Gerwin Bender und James Reynolds nachzuweisen, hier für Sie zusammengestellt.« Sie saßen in dem Café in der Abflughalle des Terminals zwei. Die ständigen Durchsagen und das Stimmengewirr machten es unmöglich, auch nur Bruchstücke der Unterhaltungen an den Nebentischen mitzubekommen, weshalb sie genau diesen Platz gewählt hatten. Eric nahm den Stick entgegen. Sein Laptop stand bereits auf dem Tisch, und Valerie sah, wie sich ein guter Teil der Spannung auflöste, die auf ihm lastete, wie die Linie seiner Schultern weicher wurde, sich der harte Zug um seinen Mund glättete, als er die gespeicherten Daten überflog. Schließlich nickte er, zog den Stick heraus und klappte den Computer zu. »Sie haben nicht zu viel versprochen. Ich bin Ihnen wirklich zu Dank verpflichtet.«

Clarke lächelte.

Mayer betrachtete ihn nachdenklich. »Warum tun Sie das? Warum treffen Sie sich mit mir nach all Ihren schlechten Erfahrungen?«

Clarkes Blick flog zu Valerie.

»Nach Frau Weymanns Anruf habe ich mich über Sie informiert. Es war nicht ganz einfach, überhaupt etwas herauszukriegen, aber ich habe einen guten Freund in englischen Regierungskreisen, im Außenministerium …« Clarkes Stimme bekam einen entschuldigenden Unterton. »Er hat mir von dem Klimagipfel in Hamburg vor anderthalb Jahren erzählt, dem Terrorverdacht, dass Frau Weymann von der CIA nach Rumänien verschleppt wurde …« Kälte breitete sich in Valerie aus. Sie bemerkte, wie er hastig den Blick abwandte, als wäre er ihr zu nahegetreten, und sie fragte sich, wie intim die Details waren, die er über sie in Erfahrung gebracht hatte. Er wandte sich wieder an Mayer. »Und dennoch hat sich Frau Weymann für Sie verbürgt.«

Die Stille, die seinen Worten folgte, war erdrückend. Clarke zog ganz klare Grenzen. Keine Zusammenarbeit mit Geheimdiensten. Valerie wusste, dass der Kontakt zwischen ihm und Mayer in Afghanistan ebenfalls nur durch die Fürsprache eines gemeinsamen Bekannten zustande gekommen war, und Erics Schweigen sprach Bände. Sein Gesichtsausdruck zeigte, dass er sich der Problematik durchaus bewusst war. In Berlin würde sein Wort gegen das von Bender stehen, und dabei würde es nicht in erster Linie um Wahrheitsfindung oder Glaubwürdigkeit gehen, sondern um das politische Gewicht. Bender vertrat eine der führenden Firmen der Republik, und weder er noch seine amerikanischen Partner würden es riskieren, dass Mayer mit diesem brisanten Insider-Wissen in Berlin blieb und eine einflussreiche Stimme besaß. Wenn sie nicht einen vermeintlichen Unfall arrangierten wie bei Milan, würden sie dafür sorgen, dass Mayer wegbefördert wurde aus Deutschland. Irgendwohin, wo sie ihm eine weitere unangenehme Affäre anhängen konnten, bis er selbst für seine Freunde nicht mehr tragbar war. Er wäre nicht der Erste, dem das passierte. Bender besaß genügend Macht für einen sol-

chen Coup, und er arbeitete mit Profis, wie die Ermordung von Milan bewies.
Sie brauchten Clarke. In Person. In Berlin. Er war ein renommierter Journalist in der politischen Welt. Seine Artikel wurden weltweit in den führenden Nachrichtenmagazinen gedruckt, wie Valerie in den vergangenen zwei Tagen in Erfahrung gebracht hatte. »Kann ich Sie bitten, Ihren Entschluss, nicht nach Berlin zu reisen, noch einmal zu überdenken?«, bat sie ihn. »Ich kann für Sie den Kontakt zu einem führenden Mitglied unserer Regierung herstellen, das maßgeblich in die Larenz-Krise involviert ist.«
Clarke sah überrascht auf, ihr entging nicht das plötzliche Interesse in seinen Augen. Mayers Mund dagegen wurde schmal. Er schätzte es überhaupt nicht, wenn er in wichtige Prozesse nicht involviert war, wenn er überrumpelt wurde. So gut kannte sie ihn inzwischen.

* * *

Dr. Kurt Meisenberg verzog keine Miene, als Valerie ihm wenig später die Fotokopien vorlegte, die seine Beteiligung an den Spekulationen mit dem Firmenvermögen der Larenz-Werke schwarz auf weiß bewiesen. Lange blickte er darauf, bevor er sich schließlich äußerte: »Es hat durchaus etwas Klischeehaftes, aber damals, als du als Referendarin das erste Mal in dieses Büro gekommen bist, da wusste ich schon, dass du das Zeug für eine verdammt gute Juristin in dir hattest.« Er sah sie an. »Du hast mich nicht enttäuscht. Das ist zumindest ein kleiner Triumph in dieser unglücklichen Konstellation.«
»Ich wäre nie dahintergekommen, wenn du mich nicht um meine Hilfe gebeten hättest«, erwiderte sie eisig. Es gelang

ihm immer wieder, selbst einer Niederlage noch den Hauch eines Sieges zu verleihen.
Er seufzte und ließ sich mit einer theatralischen Geste in seinen Chefsessel zurückfallen. »Ich war in Panik. Wer hätte jemals gedacht, dass Bender so weit gehen würde, aber der Börsenkrach hat ihn mitgerissen. Er hat alles verloren.«
»Und du?«
Meisenberg zuckte mit seinen massigen Schultern. Valerie erfuhr von den Spekulationen an der Börse. Meisenberg, Bender und noch ein paar andere waren betroffen und nicht nur mit ihrem privaten Vermögen. Sie hatten auch Firmenkapital verzockt. Die Waffengeschäfte sollten zumindest diese Verluste kompensieren. Valerie fragte sich, ob sie wohl aufgehört hätten, wenn es so weit gewesen wäre, oder ob die Gier sie weitergetrieben hätte. Sie fuhr sich mit der Zunge über die Lippen. »Kurt, ich kann dich da raushalten. Niemand außer mir weiß bislang, dass du beteiligt warst.«
Vorsicht ersetzte die Resignation in Meisenbergs Zügen. »Du handelst sicher nicht aus Altruismus oder alter Freundschaft.«
»Nein«, gestand sie. »Ich möchte von dir wissen, wer Benders Kontakt in der Regierung ist.«
Meisenberg richtete sich in seinem Sessel auf. »Valerie, ich fürchte, du machst einen großen Fehler, wenn du glaubst, dich in die Angelegenheiten des BND einmischen zu können«, belehrte er sie. »Aus Erfahrung solltest du es besser wissen.«
Valerie hoffte nur, dass ihr Gesicht nicht ihre Überraschung verriet. »Ich habe nichts mit dem BND zu tun«, konterte sie, aber Meisenberg ließ sich nicht so leicht abfertigen.
»Du weißt genau, wovon ich rede.« Er zog seine Schreibtischschublade auf, nahm eine Schwarzweißfotografie heraus und schob sie ihr über den Schreibtisch hinweg zu. »Die Idee, aus-

gerechnet eins der Kanzleiappartements zu nutzen, war vielleicht nicht ganz so clever.«

Sie brauchte nur einen flüchtigen Blick auf die Aufnahme zu werfen. Sie war durch das Fenster hindurch fotografiert mit einem sehr guten Teleobjektiv. Das Bild war leicht körnig, aber es bestand kein Zweifel, wer der Mann und die Frau waren, die sich dort küssten. Sie atmete tief durch. »Wie hast du davon erfahren?«

Meisenberg schürzte die Lippen. »Es ist wohl weniger die Frage, wie ich davon erfahren habe, als was wir damit machen.«

Valerie dachte an Marc. Auch er hatte seine flüchtigen Affären gehabt. Sie hatten nie darüber gesprochen, es war nie etwas Ernstes gewesen. Aber sie bezweifelte, dass er ihr einen Seitensprung mit Eric Mayer verzeihen würde. Der BND-Agent stand seit anderthalb Jahren unausgesprochen zwischen ihnen.

Sie sah Meisenberg scharf an. »Ich lasse mich von dir nicht erpressen, Kurt.«

Er schüttelte amüsiert den Kopf. »Was für ein hässliches Wort, Valerie.«

»In der Tat.« Sie schob die Fotokopien zusammen, die sie ihm mitgebracht hatte.

Er legte ihr die Fotografie obenauf. »Vielleicht denkst du noch einmal darüber nach«, schlug er vor. »Ich warte auf deinen Anruf.« Seine Stimme hatte jenen sehr ruhigen Klang angenommen, den sie immer dann bekam, wenn ihm eine Situation zu entgleiten drohte.

»Nein«, widersprach Valerie. »Ich höre von dir.«

Sie war bei weitem nicht so gelassen, wie sie sich gab. Viel zu fest schlossen sich ihre Finger um die Mappe mit den Unterlagen in ihrer Hand, als sie wenig später unten auf der Straße stand und über die Alster blickte. Gerade mal eine Woche war vergangen, seit Meisenberg sie angerufen und um ihre Unterstützung bei der Larenz-Krise gebeten hatte. Sieben Tage, in denen ihr Leben eine unverhoffte und gefährliche Wendung genommen hatte. Es hatte keine Warnung gegeben. Das Unheil war aus heiterem Himmel hereingebrochen, und sie hatte selbst nicht gerade dazu beigetragen, es abzuwenden. Das Klingeln ihres Telefons schreckte sie aus ihren Gedanken. Es war nicht Meisenberg. Sondern Hilfe, die von völlig unerwarteter Seite kam.

* * *

Nordhessen, Deutschland

Siebenundzwanzig neue Mails.
Unschlüssig strich Katja mit den Fingern über die Tastatur ihres Laptops. Seit Tagen hatte sie ihr Postfach nicht geöffnet. Sie wollte nichts lesen, nichts hören von den Kameraden in Afghanistan. Sie hätte nie gedacht, dass sie den Staub vermissen würde, die schmalen Betten und die erdrückende Enge. Die schweren Stiefel, selbst die verhasste Splitterschutzweste, die sie in größter Hitze umschlossen hielt wie ein Panzer. Sie hätte nie gedacht, dass sie sich eines Tages wünschen würde, noch einmal jenen Morgen, an dem sie aufgebrochen waren, um die Straßen für die Konvois zu sichern, in all seinen Details zu erleben. Die Zeit zurückzudrehen.
Immer und immer wieder analysierte sie die Szene und fragte sich, welche Richtung, welchen Ausgang dieser Tag, der so kalt und klar begonnen hatte, genommen hätte, wenn die

Parameter nur ein wenig anders gewesen wären. Ob sie vielleicht alle noch leben würden, wenn sie Luftunterstützung gehabt hätten. Hatte es Hinweise, Warnungen gegeben, die nicht beachtet worden waren? Der Auftrag war Routine gewesen. Alltag. Das allein war schon Risiko genug. Sie erinnerte sich an absurde Kleinigkeiten. An den Kaffeefleck auf der Uniform ihres Beifahrers. An das Wortgeplänkel, das sie hatten, weil die Jungs beim Frühstück wieder einmal nur ein Thema beschäftigt hatte. Und plötzlich der Knall.
Die Buchstaben auf dem Monitor des Laptops tanzten vor ihren Augen. Siebenundzwanzig neue Mails.
Mit einem Klick öffnete sie das Postfach, überflog die Absender und Betreffzeilen und verschob die Nachrichten ungeöffnet in den Papierkorb. Alle, bis auf eine. Lange, sehr lange starrte sie auf den Absender. In der Betreffzeile stand nur ein Wort: *Chris.*
Hätte sie sich anders verhalten, wenn sie dort zwischen den Felsen gewusst hätte, was mit Chris geschehen war? Dass er sechzig Kilometer von ihr entfernt eingeklemmt unter einem Fahrzeug lag, die Beine zerquetscht?
Ihre Hände zitterten. Eric Mayer war der Einzige, der Chris so gut gekannt hatte wie sie. Vielleicht sogar noch besser. Sie schob den Cursor auf *Öffnen.*

Katja, ich habe gerade davon erfahren. Bitte melde dich. Chris hätte nicht gewollt, dass du jetzt allein bist. Eric

Keine Beileidsbekundungen, keine langen Worte. So, wie Eric eben war. Klar und direkt. Verlässlich. Sie wünschte sich plötzlich, er wäre bei ihr und sie könnte Zuflucht suchen in seinem Arm. Seine Nähe spüren. So wie in jener Nacht in Hamburg. Er war bei ihr geblieben, hatte sie festgehalten, ihr die Locken aus dem Gesicht gestrichen und leise mit ihr gesprochen, wie mit einem Kind, das sich vor der Dunkelheit fürchtet. Seine Stimme hatte sie in ihre Träume begleitet und ihnen die Bedrohung genommen.

Bitte melde dich.

Sie drückte auf *Antworten.* Ein neues Textfeld öffnete sich, doch ihre Finger verharrten über der Tastatur. Er hatte ihr *vor* dem Anschlag geschrieben. Bevor sie auf den Verteidigungsminister geschossen und an seiner statt einen Sicherheitsbeamten getroffen hatte.

Chris hätte nicht gewollt, dass du jetzt allein bist.

Die Zeilen verschwammen vor ihren Augen. Tränen liefen über ihre Wangen, und sie atmete gegen den stechenden Schmerz in ihrer Brust an, diese Wunde, die immer größer wurde. Die Einsamkeit ist wie ein Tier, das dich von innen heraus zerreißt, hatte ihre Großmutter einmal gesagt. Großmutter, die den Mann im Krieg verloren hatte, wie sie immer erzählte. Katja meinte wieder ihre resolute, leicht brüchige Altfrauenstimme zu hören: ›Nicht die Jahre des Wartens auf seine Rückkehr, die Briefe, die plötzlich ausblieben, oder die Ungewissheit waren das Schlimme gewesen.‹ Voller Hoffnung war die Großmutter gewesen, trotz des Krieges und der Angst, eine Hoffnung, die getragen wurde von dem letzten Bild, das sie von ihrem Mann verinnerlicht hatte: dem Blick, der in seinen Augen gelegen hatte, der letzten Berührung seiner Hand aus dem Zugfenster heraus, dem langsamen, unvermeidlichen Lösen der Finger voneinander, als die Lok Fahrt aufnahm und ihn fortbrachte an die Front. Diese Erinnerung, die sie in sich getragen hatte wie einen Schatz, wie das Kind, das sie von ihm erwartete. Die sie hatte kämpfen und durchhalten lassen und die jäh zerbrach, als er zehn Jahre später aus einem anderen Zug ausstieg, nach vier Jahren Krieg und sechs Jahren Gefangenschaft, als sie ihm mit dem Kind an der Hand gegenüberstand und feststellen musste, dass sie in die Augen eines Fremden blickte. »Da hat das Tier zu fressen begonnen«, hatte sie gesagt. Katja erinnerte sich, wie sie in das Gesicht ihrer Großmutter geblickt und nach den Spuren gesucht hatte, die dieses Tier hinterlassen hatte, aber da war nichts gewesen, außer einer großen Leere – derselben Leere, die jetzt in ihrem Inneren tobte, wenn sie an das Foto vor Chris' flaggenverhülltem Sarg dachte. Wie von allein huschten ihre Finger über die Tastatur ihres Computers.

Es ist vorbei, Eric. Alles ist vorbei. Ich kann nicht mehr zurück. Jetzt nicht mehr.

Sie schluckte. Atmete.

Ich wollte, du wärst hier.

Sie drückte auf *Senden* und klappte den Laptop zu. Sie war so müde, so entsetzlich müde und wusste doch, dass sie nicht schlafen würde. Dass die Träume kamen, sobald sie die Augen schloss. Sie wusste nicht, wie lange sie es noch ertragen konnte.

24. Mai

Berlin, Deutschland

Auch Gerwin Bender war müde, aber es war eher Überdruss, der ihn quälte, vor allem wenn er in das Gesicht seines Gegenübers blickte. Er spürte, dass er die Kontrolle verlor, dass sich etwas außerhalb seines Machtbereichs zusammenbraute, das er nicht steuern konnte. Es löste ein Gefühl in ihm aus, das er in der letzten Zeit viel zu häufig empfunden hatte: Angst.

Er hätte es niemals zugegeben. Angst war in seinen Augen nichts anderes als ein Ausdruck von Schwäche, und er war nie in seinem Leben schwach gewesen. Er war bisweilen vom Weg abgekommen, hatte sich aber immer zurückgekämpft. Er würde es auch diesmal schaffen. Es würde Opfer erfordern, aber es gab für alles einen Preis. Für alles.

»Ich fürchte, ich kann nichts tun«, sagte sein Gegenüber, ein junger Ministerialbeamter. »Der Minister hat alle weiteren Termine für den Nachmittag abgesagt und sich jede Störung verbeten.«

Bender versuchte, seine Ungeduld zu zügeln. »Er ist nicht der Heilige Vater«, zischte er. »Und ich bin nicht ein x-beliebiger Lobbyist.«

Der Mann wand sich. »Herr Bender, ich bin mir durchaus der Schwierigkeit der Situation bewusst.«

»Dann tun Sie etwas.«

In einem Vorzimmer zu warten, abgewiesen zu werden, war eine ganz neue Erfahrung für Gerwin Bender. Normalerweise standen die Türen offen, wenn er kam, warteten seine Gesprächspartner auf ihn, nicht er auf sie. Er blickte auf die Tür, hinter der der Minister residierte. Was ging dort vor sich? Der Mann war nicht allein. Bender war die klassischen fünf Minuten zu spät gekommen. Und das nur, weil ihn ein Journalist aufgehalten hatte. Einer von denen, die hier in der Hauptstadt um jede Geschichte, um jede noch so kleine Information buhlten. Bender hatte es sich zur Prämisse gemacht, sich der Presse gegenüber entgegenkommend zu zeigen. Das hatte viel zu seinem Ruf beigetragen und zahlte sich in Krisen immer aus. Natürlich stocherten sie, suchten sie, aber sie taten es nicht mit demselben Eifer wie bei jenen, die für sie ohnehin schon ein rotes Tuch darstellten. Die öffentliche Person Gerwin Bender genoss einen gewissen Schutz, eine gewisse Immunität gar, und er konnte dieses kostbare und hart erarbeitete Gut nicht leichtfertig aufgeben. Es hatte ihn vor dem kompletten Absturz gerettet.

»Ich werde warten«, sagte er, knöpfte sein Sakko auf, nahm auf einem der Sessel Platz und schlug die Beine übereinander.

Der junge Mann sah nervös auf. »Es könnte länger dauern.«

Bender registrierte zufrieden, dass nicht mehr die Rede von »jede Störung verbeten« und »alle Termine für den Nachmittag abgesagt« war.

»Wenn es länger dauert, bringen Sie mir am besten einen Kaffee«, bemerkte er gelassen und lehnte sich zurück.

Der Anschlag auf den Verteidigungsminister hatte für große Aufregung in Berlin gesorgt, das Bekennerschreiben, in dem weitere Anschläge angedroht wurden. Es hieß, dass eine Soldatin dahintersteckte. Der Anschlag sei als Vergeltungsakt zu verstehen für die durch deutsche Waffen in Afghanistan getöteten Soldaten. Alle Tageszeitungen hatten dem Vorfall die ersten Seiten gewidmet und somit die Larenz-Krise wieder in den Fokus der Öffentlichkeit gebracht. Die Frage nach den Verantwortlichen. Die Fernsehsender hatten Brennpunkte und Sondersendungen aus dem Boden gestampft. Bislang hielt das Konstrukt, das sie erschaffen hatten und in dessen Zentrum Milan Vieth und Eric Mayer als die Hauptschuldigen der Affäre standen. Er selbst war noch vor Ort dazu interviewt worden. Als die Regierungsmitglieder mit Hubschraubern ausgeflogen wurden, die auf einem nahe gelegenen Bundeswehrstützpunkt stationiert waren, hatte er einen Platz in der Maschine der Kanzlerin erhalten und war auf Wunsch des Kanzleramtschefs zunächst in Berlin geblieben. Bis in die Nacht hatten sie zusammengesessen und das Geschehen aufgearbeitet.

Bender sah auf, als eine adrette Frau das Vorzimmer betrat und den Kaffee brachte. Ein Wasser wäre angesichts seines angeschlagenen Herzens vielleicht besser gewesen. Vielleicht machte es aber auch gar keinen Unterschied. Er nahm die Tasse, trank in kleinen Schlucken und blickte aus dem Fenster. Es war ein wolkenverhangener Tag. Regen perlte an den Scheiben ab. Er hatte gehofft, nach Hamburg zurückfahren zu können, doch dann hatte ihn Meisenbergs Anruf erreicht.

»Eric Mayer ist auf dem Weg nach Berlin.«

Natürlich beschäftigte Bender die Frage, wie es der BND-Mann geschafft hatte, unerkannt nach Deutschland zurückzukehren. Aber entscheidender war, herauszufinden, *warum* er hier war, warum er sich dem Risiko einer Rückkehr aussetzte.

»Wie ist die Stimmung in Berlin?«, hatte Meisenberg wissen wollen.

»Es steht hier nicht unbedingt der Wunsch nach Aufklärung

im Raum«, war Benders Antwort gewesen, was ein leises, aber doch hörbares Aufatmen Meisenbergs nach sich gezogen hatte.
»Mit ein bisschen Glück spielt die Zeit für uns«, hatte der Anwalt daraufhin bemerkt, der viel besser noch als Bender mit den Feinheiten der Politik vertraut war.
Bender warf einen Blick auf seine Uhr. Er wartete jetzt eine dreiviertel Stunde. Es dauerte noch weitere fünfzehn Minuten, bis sich die Tür des Ministerbüros endlich öffnete. Der Minister trat heraus, und Bender stand auf. Seine Finger tasteten intuitiv nach dem geöffneten Knopf seines Sakkos, um ihn wieder zu schließen. Es war eine Bewegung, die sich längst verselbständigt hatte, sicher, ohne ihr einen Gedanken oder Blick zu schenken. Doch diesmal griffen seine Finger ins Leere, als er den Mann erblickte, der hinter dem Minister das Büro verließ. *Eric Mayer ist auf dem Weg nach Berlin.* Bender begriff, dass seine fünfminütige Verspätung ihn weitaus mehr kosten würde als die Zeit, die er mit Warten vergeudet hatte. Mayer sah mitgenommen aus: blass, angespannt, aber keineswegs überrascht, dem Vorstandsvorsitzenden der Larenz-Werke hier in diesen Räumen zu begegnen.
Mayer war nicht allein. »Frau Weymann«, begrüßte Bender die Frau an Mayers Seite. »Was für eine angenehme Überraschung, Sie hier im Wirtschaftsministerium zu treffen.«
Sie lächelte, nahm seine ausgestreckte Hand. Ihr Händedruck war fest. »Herr Bender. Ich freue mich.« Es war gelogen, er sah es in ihren Augen, die das Lächeln ihres Mundes keineswegs widerspiegelten. Sie hatte ihr Mandat für die Larenz-Werke niedergelegt, das hatte Vombrook ihm vor wenigen Stunden erst per SMS mitgeteilt. Natürlich war sie informiert, warum sonst wäre sie jetzt hier? Wusste Meisenberg davon? Und die alles entscheidende Frage: Wie hatten sie die Verbin-

dung zum Wirtschaftsministerium gefunden? Wer außer Meisenberg wusste davon? All diese Gedanken gingen Bender durch den Kopf, als er sich Eric Mayer zuwandte und ihn kurz und förmlich begrüßte, wobei er sehr darauf achtete, dass seine Mimik nichts von dem Aufruhr in seinem Inneren preisgab. Dann erst bemerkte er, dass noch ein weiterer Besucher im Raum war, und wäre beinahe zusammengezuckt, als er Paul Clarke erkannte. Aber auch Clarke ließ sich sein Unbehagen über diese Begegnung nicht anmerken. Sie vermieden beide einen längeren Blickkontakt und nickten einander nur kurz zu, als der Minister sie vorstellte.

Bender beobachtete, wie dieser seine Besucher schließlich verabschiedete. Sie waren nicht wirklich enge Vertraute, aber er war doch ein Mann, mit dem Bender einiges an Weg gemeinsam zurückgelegt hatte. Als sie allein waren, strich sich der Minister mit der Hand durch sein schütteres Haar und lachte bitter auf. »Ich fürchte, das Beste ist wohl, über einen Rücktritt nachzudenken. Ich hatte immer gehofft, dass mir das erspart bleiben würde.«

Bender witterte plötzlich den Hauch einer Chance, seinen Kopf aus der Schlinge zu ziehen.

* * *

Berlin, Deutschland

»Wir müssen Gerwin Bender unter Personenschutz stellen«, sagte Eric Mayer in die Runde. »Wenn Katja Rittmer erfährt, dass er die treibende Kraft hinter den Waffengeschäften ist, wird sie versuchen, ihn zu töten.«

Er begegnete Wetzels Blick über den Konferenztisch hinweg. Sein Kollege hatte in der Zwischenzeit ganze Arbeit geleistet, während er selbst stillgelegt gewesen war. Es gab eine perfekte Dokumentation der bisherigen Ermittlungen, eine klare Übersicht der getroffenen Maßnahmen. Schon während der Fahrt nach Berlin hatten sie ausführlich miteinander telefoniert, und Mayer hatte ein entsprechendes Briefing erhalten, so dass er mehr oder weniger sofort in die Runde einsteigen konnte, nachdem auch die letzte Hürde – ein Gespräch mit seinem Vorgesetzten und dem Leiter des Bundeskanzleramtes – überwunden war. »Dass es Ihnen gelungen ist, die Verbindung ins Wirtschaftsministerium aufzudecken, ist einerseits genau das, was wir brauchen, um Ihnen die nötige Rückendeckung zu geben, andererseits gibt es hier im Haus einen klaren Konsens, das Thema so lautlos wie möglich zu beenden. Wir wissen nicht, wie lange wir schützend die Hand über Sie halten können«, hatten seine Vorgesetzten ihm gesagt und ihm zu verstehen gegeben, dass seine Karenzzeit so lange andauerte, bis Katja Rittmer gefunden und damit die momentane Lage entschärft war. Was danach kam, hing nicht zuletzt von der politischen Stimmung in Berlin ab, darüber machte Mayer sich keine Illusionen.
Im Team war zumindest ein bekanntes Gesicht. Jochen Schavan hatte ihn begrüßt: »Ich freue mich, dass Sie endlich hier sind.« Mit keinem Wort war der grauhaarige, asketische Mann auf den im Raum stehenden Verdacht gegen Mayer eingegangen, was ein klares Signal an alle anderen Anwesenden war. Er war beim BKA inzwischen Leiter der Abteilung für polizeilichen Staatsschutz und als Koordinator vor allem dann gefragt, wenn es Notfälle wie diesen gab. »Katja Rittmer arbeitet rasend schnell«, sagte er jetzt. »Sie hatte sich über einen Administratoren-Zugang eine Tür in das Intranet des

Verteidigungsministeriums geöffnet und Zugriff auf einfach alles gehabt, selbst auf die Mails des Ministers.«

»Wie ist sie an die nötigen Zugangsdaten gekommen?«, fragte Mayer.

»Das wissen wir noch nicht, aber wir arbeiten dran. Wir halten es für unwahrscheinlich, dass es ihr in der kurzen Zeit gelingt, sich auch in das Netz des BKA zu hacken, aber auf Ihr Anraten hin haben wir dennoch die gesamte Kommunikation zu dem Fall extra gesichert und verschlüsselt.«

»Manchmal hat es durchaus Vorteile, dass unsere Behörden technisch noch auf dem Stand von vorgestern sind«, bemerkte Wetzel spöttisch. Die Kritik an der technischen Ausstattung der Ermittlungsbehörden war eins von Wetzels Steckenpferden. Schavan kommentierte Florians Bemerkung nicht, aber Mayer bemerkte wohl, dass sie dem BKA-Beamten missfiel. Er war ein aufrechter Polizist und dem System trotz aller auch ihm bekannten Defizite treu ergeben. »Wie kommen wir an Katja Rittmer heran?«, fuhr er fort und wies auf die Karte, die an der Wand des Besprechungsraumes befestigt war. Fähnchen markierten Katjas letzte verifizierte Aufenthaltsorte. »Und was wird sie als Nächstes tun? Womit müssen wir rechnen?«, fügte er zu Mayer gewandt hinzu.

»Sie weiß, dass Milan Vieth nichts mit den Waffengeschäften zu tun hatte«, antwortete dieser. »Also wird sie versuchen herauszufinden, wer wirklich dahintersteckt.«

Wetzels Augen leuchteten auf. »Wir könnten ihr mit ein paar geschickt gestreuten Informationen eine Falle stellen.«

Der Klassiker. Agieren statt reagieren. Den Gegner auf bekanntes Terrain locken und selbst die Parameter setzen. Mayer war sich nicht sicher, ob das bei Katja die richtige Taktik war, doch einen Versuch war es sicher wert.

»Dafür bräuchten wir einen Lockvogel«, bemerkte Schavan.

Wetzel rieb sich das Kinn. Er und Mayer tauschten einen Blick.

»Völlig ausgeschlossen«, fuhr Schavan dazwischen, bevor auch nur einer von ihnen etwas sagen konnte. »Es wäre zu offensichtlich, wenn Sie diese Rolle übernehmen«, sagte er zu Mayer.

»Bender hat sich große Mühe gegeben, es so aussehen zu lassen, als ob ich maßgeblich an den Geschäften beteiligt bin, warum sollten wir das nicht ausnutzen?«

Schavan schüttelte den Kopf. »Katja Rittmer kennt Sie zu gut.«

Mayer zog eine Braue hoch. »Wie kommen Sie darauf?«

Schavan zuckte mit den Schultern. »Meine Abteilung hat ein wenig recherchiert«, antwortete er beiläufig.

»Diese Akte würde ich gern sehen«, bemerkte Mayer kühl.

»Warum nehmen wir nicht einfach Bender?«, mischte sich Wetzel eine Spur zu hastig ein. »Wir müssen ihn sowieso unter Personenschutz stellen.«

»Das kriegen wir nie genehmigt«, erwiderte Schavan skeptisch. »Und selbst wenn, würde es zu lange dauern. Wir brauchen eine schnelle Lösung.«

Mayer dachte an Katjas Mail, die er am vergangenen Abend erhalten hatte. *Es ist vorbei, Eric. Alles ist vorbei. Ich kann nicht mehr zurück. Jetzt nicht mehr. Ich wollte, du wärst hier.* Ein Hilferuf.

Er hatte sie angerufen. Ihr auf die Mailbox gesprochen, in der Hoffnung, dass der vertraute Klang seiner Stimme mehr bewirkte als Buchstaben auf einem Bildschirm. Er hatte nicht viel gesagt. Sie nur gebeten, ihn zurückzurufen, wo auch immer sie sein mochte. Sie hatte es nicht getan, aber sie hatte ihm eine SMS geschickt. Drei Worte nur. *Ich kann nicht.*

Der Cluster, in dem sich ihr Handy kurz für diese Meldung angemeldet hatte, war das neueste Fähnchen auf ihrer Karte. Das Signal wurde in der Nähe von Kassel geortet, etwa zweihundertfünfzig Kilometer nördlich des Klosters am Rhein, wo die Beisetzung für die Soldaten hatte stattfinden sollen. Sie hatten die ganze Gegend abgesucht, aber vergeblich. Wohin war Katja geflüchtet? Er nahm an, dass sie zunächst in einer Großstadt untertauchen würde. Hamburg? Berlin? Oder orientierte sie sich nach Süden? Frankfurt war naheliegend. Köln. Inzwischen war auch die Botschaft der USA involviert, mit deren Fahrzeug Katja auf der Flucht war. Aber angesichts des brisanten politischen Hintergrunds kooperierten die Amerikaner nur sehr zögerlich. Wetzel hatte recht. Sie durften nicht auf Katjas nächsten Schritt warten. Sie mussten handeln.

»Wir könnten eine Spur legen, die ins Wirtschaftsministerium führt, ohne jedoch den Mann preiszugeben, der mit Bender zusammengearbeitet hat«, schlug Mayer vor. »So könnten wir Katja aus ihrer Deckung herauslocken.«

Wetzel nickte nachdenklich. »Damit wären wir so dicht an der Wahrheit, dass sie, selbst wenn sie über sehr gute Quellen verfügt, kaum auf eine Falle tippen würde.«

»Und wenn sie in der Zwischenzeit noch einmal zuschlägt?«, gab Schavan zu bedenken.

Zwei Psychologen saßen in der Runde, von denen sich der eine jetzt zu Wort meldete. »Ich habe in den vergangenen zwei Tagen ihre gesamte Akte gelesen. Ich glaube nicht, dass sie das Leben Unschuldiger riskiert. Das entspricht nicht ihrem Persönlichkeitsprofil.«

Mayer betrachtete den großen, rotblonden Mann aufmerksam. »Sie haben sicher auch gelesen, dass Katja Rittmer unter einem posttraumatischen Belastungssyndrom leidet.«

Der Mann schob seine Brille zurecht. »Sicher, das ging zweifelsfrei aus ihren Akten hervor.«
Mayer nickte. »Was stand über Somalia darin?«
»Somalia?« Der Psychologe sah ihn fragend an. »Tut mir leid, aber …«
Auch die anderen Anwesenden waren überrascht. Es wunderte Mayer nicht. Es gab Vorfälle, die sich außerhalb der Truppe in keiner Akte wiederfanden.
»Was ist dort geschehen?«, fragte Schavan.
Mayer setzte an, stockte dann aber, bevor er noch das erste Wort gesprochen hatte, als sich mit unerwarteter Macht die Bilder jenes afrikanischen Morgens vor ihm entrollten: ein Dorf im Landesinneren, eine unbefestigte Straße und ein alter Bus, von dem der matte weißgelbe Lack abblätterte. Ein unglaublich blauer Himmel. Die Farben leuchteten so viel intensiver in Afrika. Er erinnerte sich an das staubige Orange der Marktschirme, die bunten Tücher der Frauen und die hellen Hemden der Männer. Das schnelle Auf und Ab ihrer Stimmen und den Geruch der Kochfeuer. Bis hierhin waren es gute Erinnerungen.
Er blickte in die erwartungsvollen Gesichter seiner Zuhörer. »Kindersoldaten«, sagte er. »Hat einer von Ihnen jemals gegen Kindersoldaten gekämpft?«
Ein Räuspern ging durch den Raum, dem eine tiefe, unangenehme Stille folgte.

* * *

Hamburg, Deutschland

Katja beobachtete das Haus, das im Dunkeln hinter der halbhohen Hecke verborgen lag. Ein schmaler Lichtstreifen fiel zwischen den zugezogenen Vorhängen des Wohnzimmerfensters heraus und ließ die Feuchtigkeit in der Luft glitzern. Seit über einer Stunde verharrte Katja reglos im Wagen und überwachte die Umgebung. Trotz des einen Spaltbreit geöffneten Fensters beschlugen allmählich die Scheiben, und sie musste sich jetzt entscheiden. Es war ein Wagnis gewesen, herzufahren. Aber nur hier kam sie an die Informationen, die sie brauchte, um ihren Rachefeldzug zu beenden. Sie ignorierte die feuchte Kälte, die in ihre Glieder kroch. Die Müdigkeit. Seit dem Attentat waren sechsunddreißig Stunden vergangen, in denen sie kaum geschlafen hatte. Sie war ständig in Bewegung. Tag und Nacht. Nur deswegen war sie überhaupt noch auf freiem Fuß. Sie waren ihr dicht auf den Fersen gewesen, und für einen kurzen Moment war sie schwach geworden und hätte beinahe Erics Drängen nachgegeben und ihn angerufen. Dreimal hatte sie die Nachricht auf ihrer Mailbox abgehört, nur um dem Klang seiner Stimme zu lauschen, für einen flüchtigen Moment Wärme zu spüren. Licht. Aber sie war der Versuchung nicht erlegen. Sie hatte eine Aufgabe zu erfüllen. Alles andere musste dahinter zurückstehen.

Sie schob ihren Revolver in den rückwärtigen Bund ihrer Hose und klappte den Kragen ihrer alten Armeejacke hoch. Der Regen schlug ihr ins Gesicht, als sie aus dem Wagen stieg. Mit hochgezogenen Schultern hastete sie über die Straße auf den unbeleuchteten Hauseingang zu. Öffnete sich hinter ihr eine Autotür? Sie blieb nicht stehen, sah sich nicht um. Waren da Schritte? Weiter, Katja. Unter dem Vordach wagte sie endlich einen Blick. Niemand war ihr gefolgt. Hastig drückte sie

die Klingel, ein leises Summen hallte durch das Haus. Ungeduldig wartete sie, den Finger noch auf dem Klingelknopf. Endlich ging Licht an im Flur. Gleich darauf öffnete sich die Tür einen Spalt, gesichert durch eine Kette.
Sibylle Vieths Gesicht war so blass wie Porzellan, durchscheinend beinahe. Ihre schmale Hand umklammerte die Türkette.
»Katja …!«
Wusste sie etwas?
»Hallo, Sibylle«, stieß Katja hervor. Die Worte waren widerspenstig, bewegten sich nur schwerfällig aus ihrem Mund heraus. Sie zwang sich zu einem Lächeln.
Eine Sekunde verging, die sich anfühlte wie eine Ewigkeit. Durch das Prasseln des Regens versuchte Katja zu hören, ob sich hinter ihr etwas bewegte, ohne dabei den Blick von Sibylle zu nehmen. Langsam, viel zu langsam lösten sich Sibylles Finger von der Kette. Sie schob die Tür kurz zu, Katja hörte, wie Metall auf Metall schabte, dann öffnete Sibylle, und Katja stand im Licht, das aus dem Flur hinausfiel.
»Sie sind ja ganz nass«, bemerkte Sibylle. »Kommen Sie schnell rein.«
Katja atmete auf, als sich die Tür hinter ihr schloss. Sie spürte die Wärme, die sie umhüllte, und starrte auf Sibylles gewölbten Bauch, der sich unter dem weiten dunklen Kleid deutlich abzeichnete. »Wie geht es dem Baby?«, fragte sie und war erstaunt über sich selbst.
»Gut«, sagte Sibylle mit einem Lächeln und legte eine Hand auf die Wölbung. »Erstaunlich gut.« Sie sah Katja prüfend an. »Aber Ihnen geht es nicht gut.«
»Nein«, gestand Katja und zog vorsichtig den Revolver aus ihrem Hosenbund. »Deswegen bin ich hier.«

25. Mai

Hamburg, Deutschland

Eine Menge Gedanken gingen Valerie durch den Kopf, als sie das moderne gläserne Firmengebäude der Larenz-Werke im Hamburger Hafen betrat und einer der Empfangsdamen ihre Karte reichte. »Ich bin mit Herrn Vombrook verabredet.«

Die junge Frau lächelte. »Guten Morgen, Frau Weymann. Herr Vombrook hat bereits angerufen und bittet Sie, gleich raufzukommen.« Sie reichte ihr einen Besucherausweis über den Empfangstresen.

Augenblicke später trat Valerie in der Vorstandsetage aus dem Fahrstuhl. Andreas' Sekretärin nickte ihr zu. »Herr Vombrook erwartet Sie bereits.«

»Wie ich höre, wart ihr erfolgreich in Berlin«, begrüßte der Justiziar der Firma sie. Er bot ihr einen Kaffee an.

»Ist Bender schon wieder zurück?«, fragte Valerie und setzte sich ihm gegenüber.

Vombrook verneinte. »Er dürfte noch immer alle Hände voll zu tun haben, um die Wogen zu glätten. Er hat mich gebeten, die Geschäfte vorerst zu führen.« Sein Tonfall war ruhig, wie immer, seine Haltung die eines Mannes, der sich seiner Pflicht bewusst war und sie erfüllte. Mit einem Lächeln stellte er die Tasse vor ihr ab. Milan Vieths Tod hatte Andreas Vombrook in der Hierarchie des Konzerns in die Position des stellvertretenden Vorstandsvorsitzenden gerückt. Valerie fragte sich unwillkürlich, inwieweit die aktuellen Ereignisse ihm in seiner Situation zuspielten. Als er sie vor zwei Tagen angerufen und ihr Benders Kontakt ins Wirtschaftsministerium verraten hatte, hatte sie die Information dankbar entgegengenommen, ohne weiter darüber nachzudenken, warum Vombrook sein Wissen gerade zu diesem Zeitpunkt preisgab. Inzwischen war sie sich fast sicher, dass er weitaus besser im Bilde war, als sie bislang angenommen hatte. Seine nächsten Worte bestätigten ihre Vermutung. »Bender und Meisenberg verbindet eine langjährige Freundschaft«, bemerkte er. »Und wie es scheint, noch ein wenig mehr.«

Sie wusste, dass Vombrook auf die Parallelen der Larenz-Krise zu dem Skandal der HSH Nordbank im vergangenen Jahr anspielte. Vorstandskollegen und Mitarbeiter hatten sich über Nacht schweren Beschuldigungen gegenübergesehen bis hin zum angeblichen Besitz kinderpornographischer Inhalte.

»Worauf willst du hinaus, Andreas?«, fragte sie geradeheraus. Ihre Stimme hatte einen leicht scharfen Unterton. Vombrook horchte auf, ließ sich aber nichts anmerken, als er ihr antwortete. »Ich wollte von dir wissen, wie loyal du Kurt Meisenberg gegenüber bist.«

Valerie stellte ihre Kaffeetasse ab. »Das ist eine sehr persönliche Frage.«

»Es kommt darauf an, wie man sie auslegt«, entgegnete Vombrook.

Valerie lächelte. »Sprach der Jurist zur Juristin.«

Vombrook lehnte sich vor und suchte ihren Blick. »Ich weiß, dass er dein Mentor war, dass ihr seit fast fünfzehn Jahren zusammenarbeitet. Darum frage ich. Je nachdem, wie deine Antwort ausfällt, reden wir weiter oder wir beenden unser Gespräch an dieser Stelle.«

Valerie musterte ihn nachdenklich. »Du willst Benders Position, aber du willst verhindern, dass er und Meisenberg nachher gemeinsam im Aufsichtsrat sitzen und dir auf die Finger klopfen.«

Vombrook wich ihrem Blick nicht aus. »Und wenn es so wäre?«

»Dann müsstest du jetzt die Grundsteine dafür legen.« Sie stand auf und begann, langsam in dem geräumigen Büro auf und ab zu gehen. »Und von mir willst du wissen, ob ich dich unterstütze oder dir aus alter Treue zu Meisenberg Widerstand leiste.« Sie blieb stehen. »Mit wem bist du noch im Gespräch?«

Vombrook lächelte. »Wir bräuchten einen neuen Justiziar hier im Haus«, bemerkte er, statt ihr eine Antwort auf ihre Frage zu geben.

Valerie schüttelte den Kopf.

»Du solltest mein Angebot nicht vorschnell ablehnen, Valerie.«

»Und du solltest das Fell des Bären nicht verteilen, bevor du ihn erlegt hast«, erwiderte sie. »Du bist noch nicht in der Position, mir deinen Job anzubieten. Noch nicht.«

Vombrook trug seine Niederlage mit einer gewissen Nonchalance. »Es war noch nie fruchtbar, sich mit dir auf Wortgefechte einzulassen, Valerie. Schon während des Studiums nicht.« Seine Anspielung machte Valerie wieder einmal klar, wie klein und eng verzahnt die Hamburger Juristenszene war. Sie hatten alle zusammen im Rechtshaus der Universität studiert, kannten einander seit vielen Jahren, wussten um ihre gegenseitigen Vorlieben und Abneigungen. Einige von ihnen waren Richter geworden, Staatsanwälte, andere waren in die Politik gegangen, wieder andere, wie Vombrook, in die freie Wirtschaft. Als sie ihn jetzt so vor sich sah, erinnerte sie sich,

dass er mit Ende zwanzig schon zu einem Bauchansatz und dünnem Haar geneigt hatte. »Meine Tür steht offen, wenn du es dir anders überlegst«, sagte er.
Valerie griff nach ihrer Tasche. »Ich glaube nicht, dass ich das tun werde.«
»Willst du nach *allem,* was war, weiter mit Meisenberg eine Kanzlei führen?«
Valerie runzelte die Stirn. »Wie meinst du das, Andreas?«
Er half ihr in ihren kurzen Mantel. »Wann wird er das nächste Mal versuchen, dich zu erpressen?«
Valerie gab sich nicht die Blöße zu fragen, was er meinte oder woher er die Information hatte. »Ich weiß es nicht«, antwortete sie lediglich.

Augenblicke später saß sie in ihrem Wagen und blickte vom Parkplatz des Firmengebäudes aus über das glitzernde Wasser der Elbe. Eine Gruppe silbergrauer Möwen stritt sich kreischend um etwas, das im Wasser trieb. Während sie beobachtete, wie einer der Vögel es eroberte und vergeblich damit zu entkommen versuchte, sehnte sie sich das erste Mal seit fünfzehn Jahren nach einer Zigarette. Sie musste schnellstens mit Marc sprechen. Meisenberg hatte anscheinend keine Zeit verloren, seine Erkenntnisse unters Volk zu bringen.
Die Uhr auf dem Armaturenbrett zeigte kurz nach elf. Marcs Flugzeug war, wenn es keine Verspätung gegeben hatte, vor einer Viertelstunde in Frankfurt gelandet. Sie nahm ihr Smartphone aus der Tasche und rief ihn an. Nach nur zweimaligem Klingeln ging er ran. Seine Stimme klang müde, wie immer kämpfte er mit dem Jetlag. »Ich bin in knapp zwei Stunden in Hamburg«, sagte er. »Hast du Zeit, mich abzuholen?«
»Natürlich«, versprach sie. »Ich werde da sein.«
Sie fürchtete das Gespräch mit ihm, die Auseinandersetzung.

Sie hatte vermieden, darüber nachzudenken, solange sie ihn in Hongkong wusste, ebenso wie sie den Gedanken an Eric vermieden hatte auf ihrer einsamen Rückfahrt von Berlin nach Hamburg. Ihr Abschied war kurz gewesen. Wie jedes Mal.

Marc schien ihre Nervosität, ihre Anspannung nicht zu bemerken, als sie ihn in der Ankunftshalle von Terminal zwei im Hamburger Flughafen begrüßte. Während der Heimfahrt sprachen sie über die Ergebnisse seiner Reise und die Vertragsabschlüsse, die zustande gekommen waren. Es war für deutsche Reeder nicht leicht, auf dem asiatischen Markt Fuß zu fassen. Valerie hatte sich in den vergangenen anderthalb Jahren bisweilen gefragt, ob Marcs unbedingter Fokus auf dieses Ziel auch etwas mit der schwierigen Situation innerhalb ihrer Ehe zu tun hatte. Sie wusste wohl, wie zermürbend es für ihn gewesen war, ihre kühle Distanz und ihre Schweigsamkeit zu ertragen. Nur langsam hatte sie sich wieder öffnen, ihr Leben wieder annehmen können. Und natürlich hatten sie sich voneinander entfernt in dieser Zeit. Es ging so schnell.
Zu Hause angekommen, wartete sie, bis Marc geduscht und sich umgezogen hatte. »Ich muss mit dir reden«, sagte sie, als er schließlich in der Wohnzimmertür erschien. Sie hatte sich die Sätze sorgfältig zurechtgelegt, doch als sie sie nun aussprach, klangen sie seltsam fremd, gar nicht wie die ihren, und sie musste sich zwingen, weiterzusprechen. Marcs Blick verriet ihr in diesem ersten Moment der Überraschung, der Fassungslosigkeit, wie verletzt er war. Wie tief sie ihn traf. Sie biss sich auf die Lippe. »Es tut mir leid, Marc«, flüsterte sie.
Er antwortete nicht. Reglos saß er da und starrte an ihr vorbei. Schließlich trat er ans Fenster. Im Gegenlicht sah sie, wie

seine Kiefermuskeln arbeiteten, wie sich seine Schultern unter dem Stoff seines Oberhemdes spannten. »Warum erzählst du mir davon?«, fragte er bitter. »Warum konntest du es nicht einfach für dich behalten?«

»Kurt ist im Besitz von kompromittierenden Fotos.« Sie war erleichtert, dass es ihr gelang, ihrer Stimme trotz allem einen völlig normalen Klang zu verleihen. »Er hat versucht, mich damit zu erpressen.«

»Bitte?« Marc wandte sich abrupt um. »Kurt Meisenberg will dich erpressen? Kurt?« Er trat an den Tisch zurück, an dem sie eben noch zusammen gegessen hatten. Stützte die Hände auf die Lehne seines Stuhls. »Was ist hier los, Valerie? Worin bist du schon wieder verwickelt?«

»Ich möchte dich da nicht reinziehen«, erwiderte sie.

Marc versuchte, ruhig zu bleiben.

»Es sind bereits zwei Menschen getötet worden, Marc.«

Langsam setzte er sich ihr gegenüber wieder an den Tisch.

»Die Larenz-Sache«, stellte er fest.

Sie nickte. »Eric hat im Auftrag der Regierung die Ermittlungen geleitet.«

»Warum hattest du mir nicht erzählt, dass er wieder hier ist?«, fragte er misstrauisch. »Es steckt mehr dahinter, oder? Es ist nicht einfach nur eine flüchtige Affäre.«

»Wir werden uns nicht wiedersehen«, erwiderte sie mit einer Ruhe, die sie nicht empfand. »Er ist bereits wieder in Berlin und wird nach Abschluss der Ermittlungen zurück ins Ausland gehen.«

Es war nicht das, was Marc hören wollte. Der Blick, den er ihr zuwarf, sprach Bände. »Ein Mann riskiert nicht einfach sein Leben für eine Frau, die ihm nichts bedeutet«, sagte er. »Ich habe immer den Tag gefürchtet, an dem ihr euch wieder begegnet. Ich habe immer gehofft, es würde nie passieren.«

Ich auch, dachte Valerie, aber sie sagte es nicht. Es gab keine Zukunft für sie und Eric Mayer. Es hatte nie eine gegeben. Vielleicht war es deswegen so besonders gewesen, weil sie um das Ende schon gewusst hatten.

»Ich kann nicht darüber reden«, erklärte sie schließlich und war plötzlich den Tränen nahe. »Ich kann dir nur sagen, dass es mir leidtut, Marc. Es tut mir wirklich leid.« Sie schluckte. »Vielleicht wäre es das Beste, wenn wir jetzt nicht weiter darüber sprechen, bevor Worte fallen, die wir hinterher bereuen. Vielleicht möchtest du erst einmal in Ruhe darüber nachdenken.«

Marc stand auf. Griff nach seinem Sakko. »Ich fahre ins Büro. Ich habe noch eine Besprechung mit Torsten.«

Sie zwang sich, am Tisch sitzen zu bleiben. Ihm nicht hinterherzulaufen und ihn zurückzuhalten, obwohl sie genau in diesem Moment begriff, wie sehr sie ihn immer noch liebte.

26. Mai

Sanaa, Jemen

Don Martinez starrte auf die kurze Mitteilung, die ihn per Mail aus Deutschland erreichte. Es hatte einen Anschlag auf den deutschen Verteidigungsminister gegeben, und die im Land stationierten Kollegen hatten es tatsächlich geschafft, auf Umwegen beteiligt zu sein. Sie hatten den Attentäter ins Land geholt. Ausgestattet. Und dann hatte er sich verselbständigt, war Amok gelaufen. Es war im Kleinen genau das, was im Großen im Irak geschehen war. In Afghanistan. Sie rüsteten eine Seite auf, und nachher mussten sie mit gigantischem finanziellem Aufwand und Manpower den Schaden beheben.

No way, antwortete er. Er würde nicht wieder den Ausputzer spielen und den Kopf riskieren, weil andere nicht die Fähigkeit besaßen, die richtigen Leute für die Jobs auszusuchen.

Bevor er seine Antwort abschickte, fiel sein Blick auf das mitgeschickte Foto, und er hielt überrascht inne. Der Attentäter war eine Frau. Martinez vergrößerte das Bild auf seinem Laptop, überflog die beigefügte Kurzbiographie und runzelte die Stirn. Nachdenklich betrachtete er die Fotografie, dann griff er zum Telefon.

Ungeduldig tippte er mit dem Finger auf die Schreibtischunterlage und wollte gerade wieder auflegen, als endlich jemand ranging. »Habe ich dich geweckt?«

»Verdammt, Don, weißt du, wie spät es ist?«
»So spät wie bei mir. Drei Uhr, oder?«
»Schläfst du nie?«, fragte Mayer gähnend.
»Mayer, ich habe etwas bekommen, worüber ich gern mit dir reden würde.«
»Wo bist du?«
»Sanaa, Jemen.«
Ein langgezogener Seufzer war die Antwort am anderen Ende der Leitung. Martinez hörte ein Rascheln, wie wenn sich jemand im Bett aufsetzte. Das Klicken eines Lichtschalters.
»Okay«, sagte Mayer. »Was willst du?«
»Ihr habt ein Problem mit einer Frau, die auf Regierungsmitglieder schießt.«
»Ja?«, entgegnete sein deutscher Freund zögernd.
»Kenne ich sie, Mayer? Ich habe ein Foto von ihr, das …«
»Somalia, Don«, unterbrach Mayer ihn.
Martinez starrte erneut auf das Bild der blonden Soldatin. Somalia. Irgendwo auf seiner Festplatte schaltete eine Verbindung, beförderte eine Erinnerung ins Licht. »Oh«, entfuhr es ihm. »*Sie* ist das. Was ist mit ihr passiert?«
»Kriegstrauma«, war Mayers einsilbige Antwort.
»Warum läuft sie Amok?«
»Warum willst du das wissen?«
Diesmal war es Martinez, der seufzte. »Es ist etwas, worüber ich am Telefon nicht sprechen möchte«, sagte er.
Schweigen am anderen Ende der Leitung.
»Okay, es gibt ein paar Leute in der Agency, die es gern sehen würden, wenn ich nach Deutschland komme und helfe, euer entlaufenes Schäfchen einzufangen.«
»Keine so schlechte Idee«, entgegnete Mayer zu seiner Überraschung. »Wir könnten dich hier tatsächlich brauchen, Don.«

Martinez lehnte sich auf seinem Bürosessel zurück und legte die Füße auf den Tisch. »Gib mir ein paar Details.«
»Sie hat heute einen alten Gasthof in die Luft gesprengt. Ferngezündet über ein Handy.«
»Tote oder Verletzte?«
»Zum Glück nicht. Das Gebäude stand leer und lag außerhalb der Ortschaft.«
»Eine Warnung also. Was will sie?«
»Die Verantwortlichen hinter den Waffengeschäften mit den Taliban.«
»Und womit droht sie?«
»Weitere Sprengstoffattentate.«
Martinez sah die Frau plötzlich vor sich in ihrem graubraunen Kampfanzug, kurzes hellblondes Haar unter dem Helm, Sonnenbrille und immer eine Zigarette im Mundwinkel. Die erste deutsche Elitekämpferin, der er begegnet war. Sie hatte Mut gehabt. Mehr als mancher von den Jungs. Aber es war auch etwas Unberechenbares um sie gewesen. Dieses leicht Irre, das manche von denen besaßen, die schon zu lange dabei waren. Jene, die nur noch unter Feuer funktionierten. Sie hatte damals ziemlich viel getrunken, und eines Tages hatte sie die Kontrolle verloren. Sie war das gewesen. Er sah wieder das Dorf vor sich. Den Marktplatz mit den staubigen orangefarbenen Schirmen, hörte das Rattern der Maschinenpistole, während die Patronenhülsen sich lautlos in den Dreck gruben. Er hatte lange gebraucht, die Schreie zu vergessen, den Anblick der sich windenden Körper. *Goddamned,* es waren Kinder gewesen.
»Mayer, ich weiß nicht, wie schnell ich hier wegkomme.«

* * *

Kaffeegeruch.
Katja schlug die Augen auf. Sibylle stand in der Tür mit einem Becher in der Hand. »Sie haben fast zwölf Stunden geschlafen«, sagte die zarte blonde Frau. Sie ging zum Fenster, zog die Vorhänge auf und öffnete einen der hohen Flügel. Helles Sonnenlicht strömte in den Raum, begleitet von Vogelgezwitscher und dem entfernten Rauschen des Straßenverkehrs. Katja richtete sich im Bett auf und nahm von Sibylle den Kaffeebecher entgegen, den diese ihr reichte. »Wie spät ist es?«
»Gleich zwei Uhr nachmittags.«
Katja unterdrückte die Regung, aufzuspringen.
»Es ist alles in Ordnung«, sagte Sibylle, die ihr Zucken wohl bemerkt hatte. »Niemand weiß, dass Sie hier sind. Niemand vermutet Sie ausgerechnet hier. Ich habe eine Spezialfirma beauftragt, das Haus nach Wanzen und Abhörgeräten zu untersuchen. Sonst hätten wir nicht so offen miteinander sprechen können.«
Behutsam setzte sich Sibylle auf die Bettkante. Durch ihr dünnes Kleid hindurch konnte Katja die Bewegung ihres Bauches sehen. »Tobt er wieder?«, fragte sie.
Sibylle lächelte. »Sie sind sich nach wie vor ganz sicher, dass es ein *Er* ist.«
Katja nickte und nahm einen Schluck Kaffee.
Sie hatte geschlafen. Beinahe einmal rund um die Uhr. Sie konnte es noch immer nicht ganz glauben und fühlte sich wie neugeboren. Der letzte Abend war zu einem surrealen Traum verschwommen. Eine Mischung aus Dunkelheit und Regen, Kälte und einer abgrundtiefen Verzweiflung. Sie erinnerte sich an den Revolver in ihrer Hand und die wortlose Frage in

Sibylles Augen. »Nein«, hatte sie nur gesagt. »Ich will Ihnen nichts tun. Ich brauche Ihre Hilfe.«

Sibylle hatte verstanden. Sie in Sicherheit gebracht.

»Sie haben Ihnen genauso den Mann genommen wie mir«, hatte Katja gesagt. »Ich will, dass sie dafür zahlen.«

Und Sibylle, diese Frau mit dem zarten Äußeren, hatte genickt. »Was muss ich tun?«, hatte sie lediglich gefragt.

»Sie müssen gar nichts tun. Sie bekommen ein Kind. Ihnen darf nichts geschehen«, hatte Katja geantwortet. Daran erinnerte sie sich noch. »Ich brauche nur ein Passwort, einen Code …«

Sibylle hatte gewusst, wovon sie sprach. »Was hat Milan Ihnen erzählt?«

»Nicht viel.« Er hatte keine Zeit mehr gehabt. Der Tod war zu schnell gekommen. »Nicht genug.«

Milan hatte seine Informationen verteilt und damit abgesichert. Jeder hatte ein Puzzleteil erhalten, und nur zusammen ergaben sie ein Bild. Nur zusammen würden sie es schaffen.

Sibylle hatte Katja einen Zettel und einen Stift gereicht. »Schreiben Sie.« Sie hatte die Zugangsdaten auswendig gelernt, die Katja den Zugriff auf die Datenbanken der Larenz-Werke ermöglichen sollten. Die nötige Software hatte sie bereits.

»Mit wem haben Sie noch gesprochen?«, hatte Katja gefragt und ihren Laptop aus dem Rucksack geholt.

»Valerie Weymann«, war Sibylles Antwort gewesen. »Sie hat den Schließfachschlüssel. Milan hatte Kontakt zu einem britischen Journalisten.«

Während sie sprachen, hatte Katja ihren Computer eingeschaltet und die Verbindung zu der Kamera hergestellt, die sie in dem alten Gasthof in einem kleinen Ort irgendwo in Nordhessen installiert hatte. Sie lauschte Sibylles ruhiger

Stimme, schwenkte das Objektiv und versicherte sich, dass niemand in der Nähe des einsam gelegenen Gebäudes war. Dann hatte sie ihr Handy aus der Tasche gezogen und die Fernzündung ausgelöst.

Sibylle hatte sie fragend angesehen. »Was machen Sie da?«

»Nichts weiter«, hatte Katja gesagt und beobachtet, wie das Bild auf ihrem Monitor schwarz wurde.

Die nächsten Stunden hatte sie im Firmennetzwerk der Larenz-Werke verbracht. Sibylle war neben ihr auf dem Sofa eingeschlafen, bis zum Kinn unter einer Wolldecke verborgen. Zwei Frauen, die einsamer nicht sein konnten. Sie hatte sich gefragt, ob sie Sibylle um das Kind beneidete. Wie es sich anfühlen musste, von dem Mann, den man liebte, geliebt hatte, etwas Lebendiges in sich zu tragen. Etwas, das blieb, auch wenn er gegangen war. Katja hatte sich um den Gedanken herumgetastet, während sie immer tiefer in das digitale Imperium der Larenz-Werke eingetaucht war, und war zu dem Schluss gekommen, dass sie sich nicht vorstellen konnte, Mutter zu sein. Ihr Leben zu teilen. Sibylle bewegte sich neben ihr, murmelte etwas im Schlaf. Sie hatte einen konkreten Verdacht geäußert. Aber Katja konnte erst handeln, wenn sie Beweise hatte. Und trotz der Zugangsdaten war es alles andere als ein Kinderspiel gewesen, diese Beweise zu finden. Gerwin Bender war ein vorsichtiger Mann.

Ein Sonnenstrahl fand seinen Weg in das Gästezimmer, in dem Katja übernachtet hatte, verfing sich in Sibylles kinnlangem Haar. »Haben Sie heute Nacht gefunden, was Sie gesucht haben?«, fragte sie.

Katja nickte. Ihre Hybris verleitete sie letztlich alle irgendwann, Fehler zu machen. Sich für unverwundbar zu halten. Auch Bender war davor nicht gefeit. Sibylle stand auf und nahm einen Umschlag von dem kleinen Schreibtisch, der im Gästezimmer vor dem Fenster stand. Sie zog eine Karte heraus und reichte sie Katja. Es war eine Eintrittskarte. Katja drehte sie nachdenklich in ihrer Hand.

»Er wird dort sein«, sagte Sibylle ruhig.

Sie tauschten einen langen, schweigenden Blick.

* * *

Berlin/Hamburg, Deutschland

Gerwin Bender erfuhr telefonisch vom Einbruch in das Firmennetzwerk. Er war gerade dabei, seinen Koffer zu schließen, das Handy ans Ohr geklemmt. In der nächsten Stunde würde er Berlin verlassen. Man erwartete ihn bereits in Hamburg.

»Die Täter haben sich völlig legal über einen VPN-Zugang eingeloggt, dabei jedoch einen nicht registrierten Rechner benutzt«, informierte ihn der Leiter der EDV-Abteilung.

»Wie ist das möglich?«

»Es sollte nicht möglich sein. Wir haben bereits Kontakt zum Hersteller der Software aufgenommen.«

»Und?«

»Es scheint tatsächlich einen Fehler, ein Leck in der Software zu geben. Der Hersteller arbeitet bereits an einem entsprechenden Update, das wir dieser Tage erhalten sollen.«

Bender fragte sich, wie Softwarefirmen, selbst die großen, renommierten Unternehmen, mit denen sie zusammenarbeiteten, immer wieder Produkte ausliefern konnten, die nicht ausgereift waren. »Geben Sie den Fall unverzüglich in die

Rechtsabteilung«, befahl er. »Können Sie nachvollziehen, auf welche Bereiche die Täter Zugriff hatten?«

Es war nicht das erste Mal, dass sie mit Betriebsspionage zu kämpfen hatten. Erst vor knapp einem Jahr, als sie gerade die Entwicklung eines neuen Waffensystems abgeschlossen hatten, hatte eine Gruppe von Wirtschaftskriminellen versucht, in das System einzudringen. Es war eine von langer Hand geplante Aktion gewesen. Einer der Männer hatte gezielt eine Beziehung zu einer Angestellten aus dem Vertrieb aufgebaut, den Laptop der Frau manipuliert und war so in den Besitz der hochsensiblen Daten gekommen.

»Sie haben Spuren hinterlassen«, versicherte ihm der Leiter der EDV-Abteilung. Er räusperte sich. »Es scheint diesmal jedoch keine Wirtschaftsspionage zu sein. Der Zugriff beschränkt sich auf Ihre persönliche Kommunikation.«

Eine Welle der Übelkeit rauschte durch Bender, und ein ungutes Gefühl der Nacktheit bemächtigte sich seiner. »Ich danke Ihnen für die Information«, beendete er das Gespräch, wobei er sich zu einem ruhigen, gefassten Ton zwang. Er war plötzlich froh, allein in seinem Hotelzimmer zu sein. Hilflos starrte er auf seinen gepackten Koffer, seinen Blackberry noch immer in der Hand. Der Einbruch in das Firmennetzwerk hatte nicht den Larenz-Werken gegolten, sondern seiner Person. Wer steckte dahinter? Die Geheimdienste? Es klopfte an seiner Tür, und ein Mitarbeiter des Sicherheitsdienstes streckte gleich darauf den Kopf herein. »Sind Sie so weit? Wir müssen zum Flughafen aufbrechen.«

»Ja, natürlich«, erwiderte Bender und beobachtete, wie der Mann nach seinem Gepäck griff. Draußen schloss sich ihnen ein weiterer Mitarbeiter an. Die Sicherheit, die ihre Gegenwart ihm bislang vermittelt hatte, schien mit einem Mal trügerisch. Es gab Angriffe, vor denen konnten sie ihn nicht schützen.

Auf dem Weg zum Flughafen rief Bender seine Assistentin an und tat etwas, was er seit Jahren nicht gemacht hatte: Er bat sie, alle Termine für den Nachmittag abzusagen.
In Hamburg angekommen, ließ er sich direkt vom Flughafen nach Hause fahren. Juliane war überrascht, als er unangemeldet in der Tür stand, reagierte beinahe irritiert. Sie war nicht allein. Schwerfällig erhob sich Sibylle Vieth von ihrem Sessel.
»Sibylle, bitte, bleib sitzen«, begrüßte er sie. Sie sah müde aus, angestrengt. Was wollte sie hier? Sie und Juliane hatten über die gesellschaftlichen Verpflichtungen hinaus nie einen engeren Kontakt gepflegt.
»Guten Tag, Gerwin«, erwiderte sie. »Ich wollte sowieso gerade gehen.« Ihr Tonfall war kühl.
»Ich bringe Sibylle zur Tür«, sagte Juliane.
Er blieb allein im Wintergarten zurück. Die großen Flügeltüren auf die zur Alster hin abfallende Rasenfläche waren geöffnet. Er blickte auf die alten Bäume, die das Grundstück säumten, über die sorgfältig angelegten Blumenbeete, in denen die ersten Rosen gerade ihre Blüten öffneten. Gerwin Bender erinnerte sich an den Tag, an dem er dieses Haus aus der Konkursmasse eines Unternehmers gekauft hatte. Es war ein Renditeobjekt gewesen, aber Juliane hatte sich sofort in den Garten verliebt, die üppige Rosenpracht.
Sie trat neben ihn, tastete nach seiner Hand. »Ich habe dich nicht so früh erwartet«, sagte sie. »Ich bin froh, dass du zurück bist.«
»Ich bin müde«, gestand er. »Was wollte Sibylle Vieth hier?«
»Nichts weiter. Wir haben uns zufällig im Alster-Einkaufszentrum getroffen, und ich habe sie zum Kaffee eingeladen.« Sie begann, die Tassen auf ein Tablett zu räumen.
Bender sah seiner Frau nachdenklich dabei zu. »Wie geht es ihr?«

Juliane zuckte mit den Schultern. »Ich glaube, sie ist zu viel allein, seit Milan gestorben ist.« Sie sah auf. »Möchtest du auch einen Kaffee?«

»Nein, danke. Wann müssen wir heute Abend los?«

»Die Veranstaltung beginnt wie immer um zwanzig Uhr. Ich habe uns einen Tisch reservieren lassen.«

Eine Spur zu geschäftig räumte sie weiter das Geschirr zusammen und trug es in die Küche. Vielleicht war er nach allem, was in den vergangenen Tagen geschehen war, einfach paranoid, aber das Letzte, woran er glaubte, war an die Zufälligkeit von Sibylle Vieths Besuch.

Die Schlinge zog sich zu. Langsam und unerbittlich. Er versuchte, den Gedanken abzuschütteln, die düstere Vorahnung, die ihn, seit er den Anruf der EDV-Abteilung erhalten hatte, begleitete, aber es gelang ihm nicht.

»Du siehst aus, als ob dich deine Fliege gleich erwürgt«, bemerkte Juliane mit einem Augenzwinkern kurz vor ihrem Aufbruch. Sie wusste, dass der Presseball, zu dem sie geladen waren, eine reine Pflichtveranstaltung für ihren Mann war, und nahm an, dass seine leichte Gereiztheit darauf zurückzuführen war.

Vor dem Hotel Atlantic reihten sich bereits die Limousinen, die ihre Gäste ausspuckten in das Blitzlichtgewitter der Fotografen. Die Veranstaltung war eines der wichtigsten gesellschaftlichen Ereignisse in der Hansestadt. Juliane trug ein langes schwarzes Kleid, das durch seine Schlichtheit an Eleganz kaum zu überbieten war, sie zog trotz ihres Alters die Blicke der Männer auf sich. Es dauerte eine Weile, bis sie ihren Tisch erreicht hatten. Auf der Fahrt in die Stadt hatte Juliane ihren Mann darüber informiert, dass sie mit den Vombrooks und Meisenberg zusammensitzen würden. Die beiden Männer erhoben sich, als sie an den Tisch traten, Maria Vombrook lächelte gewinnend. Sie war Italienerin. Vombrook hatte sie vor wenigen Jahren erst auf einem Juristentreffen in Mailand kennengelernt. Eine schlagfertige, warmherzige Frau, die auf Anhieb Julianes Herz erobert hatte.

Bender ließ den Blick durch den Raum schweifen. Was Rang und Namen in der Stadt hatte, war vertreten. An ihrem Tisch waren noch zwei Plätze frei. »Wen erwarten wir noch?«, fragte Juliane.

»Valerie Weymann und ihren Mann«, antwortete Maria Vombrook. »Ich glaube, da kommen sie schon.«

Erneut bemühte sich Bender an diesem Tag um einen neutralen Gesichtsausdruck, als die beiden auf sie zukamen. Valerie stand Juliane an Eleganz in nichts nach, nur dass sie rund zwanzig Jahre jünger war als seine Frau. Sie trug ihr langes dunkles Haar kunstvoll aufgesteckt und schritt an der Seite ihres Mannes selbstbewusst durch den Saal. Die beiden waren ein äußerst attraktives Paar, aber etwas in ihrer Haltung ließ Bender aufmerken, etwas stimmte nicht. Marc Weymann, der in der Stadt durchaus als charmanter Partygänger galt, wirkte alles andere als ungezwungen, als er die Runde begrüßte und seiner Frau den Stuhl zurechtrückte. Valerie und Meisenberg vermieden Augenkontakt. Vombrook konzentrierte sich auf sein Getränk. Lediglich Maria plauderte locker mit ihren Tischnachbarn. Benders Müdigkeit war mit einem Mal verflogen. Bedächtig hob er sein Glas und lächelte in die Runde. »Jetzt, wo wir vollzählig sind, sollten wir auf einen gelungenen Abend anstoßen.«

* * *

Valerie nippte nur an ihrem Champagner und stellte das Glas auf den Tisch zurück. Beinahe wäre sie zu Hause geblieben. Marc stocherte mit seiner Kirsche lustlos im Glas herum. Seit zwei Tagen sprachen sie nur das Nötigste miteinander und gingen sich, wenn möglich, aus dem Weg. Die aufgestauten Emotionen hatten sich dann kurz vor dem Ball in einem unschönen Streit entladen. Ein völlig nichtiger Anlass, eine alberne Lappalie, hatte genügt, sie aufeinander losgehen zu lassen wie zwei tollwütige Hunde. Valerie war von dieser Heftigkeit so entsetzt gewesen, dass sie vorgeschlagen hatte, für eine Weile aus dem gemeinsamen Haus auszuziehen, damit sie beide Abstand gewinnen konnten. Auf der Fahrt zum Atlantic hatten sie kein Wort miteinander gewechselt. Sie fragte sich ernsthaft, wie der Abend unter diesen Umständen werden sollte.

Die Kapelle begann wieder zu spielen. Irgendein altes Stück aus den Fünfzigern. Bender reichte seiner Frau die Hand. »Wie ist es, meine Herren«, wandte er sich an Vombrook und Marc, »wollen wir dem Nachwuchs mal zeigen, wie es geht?« Maria lachte und stieß Andreas in die Seite, der sofort pflichtschuldig aufstand. Valerie spürte Marcs Blick auf sich. Sie sah auf, und etwas in seinen Augen erinnerte sie plötzlich an ihre erste Begegnung, nur ein paar Schritte vom Hotel Atlantic entfernt auf dem Gelände des Segelclubs direkt an der Alster. Es war ein wunderschöner Sommerabend gewesen, die perfekte Kulisse. Marc war erst gekommen, als alle schon da waren. Eine ihrer Freundinnen hatte sie auf ihn aufmerksam gemacht: »Da ist der Olympia-Mann.« Als sie aufgesehen hatte, hatten sich über das Deck hinweg ihre Blicke getroffen, und in seinem hatte dieselbe Mischung aus Herausforderung und

Unsicherheit gelegen wie jetzt. Der Olympia-Mann. Er hatte zum Kader der Biathleten gehört. Hatte mit dem deutschen Team Silber geholt bei den Winterspielen. Er war so ehrgeizig gewesen. »In vier Jahren holen wir Gold«, hatte er ihr stolz erzählt, als sie ihn auf seinen Sport angesprochen hatte. Seine Prophezeiung hatte sich bewahrheitet, die deutschen Biathleten hatten sich vier Jahre später tatsächlich Gold erkämpft, aber Marc war nicht dabei gewesen. Er hatte das Training aufgegeben, um an der Seite seines Vaters die Reederei zu leiten, nachdem sein Bruder bei einem Segelunfall verunglückt war. Sie waren damals schon verheiratet gewesen, und Valerie hatte gehofft, dass er sich dem Druck seiner Familie entziehen könnte, aber er hatte die Aufgabe ernst genommen, wie alles, was er in seinem Leben anpackte. Und im Laufe der Jahre hatte ihm diese Aufgabe, die Gesellschaft, in der er sich bewegen musste, die Ecken und Kanten abgeschliffen und ihn glatt und geschmeidig werden lassen. Valerie begriff, dass sie den Marc von damals vermisste, den Olympia-Mann. Sie nahm seine Hand und begleitete ihn auf die Tanzfläche. Sie sprachen nicht miteinander, doch hin und wieder trafen sich ihre Blicke. Schließlich hielt sie es nicht mehr aus. »Willst du dich scheiden lassen?«, fragte sie.

»Ich habe darüber nachgedacht«, erwiderte er.

Die Kapelle spielte einen langsamen Walzer. Auf der Tanzfläche wurde es immer voller. Valerie sah, wie Bender mit einer hochgewachsenen Frau mit sehr kurzem dunklem Haar in einem silbergrauen Kleid ganz in ihrer Nähe tanzte. Er lachte über etwas, was sie ihm ins Ohr flüsterte. Sie war deutlich jünger als er. Bender war nie mit Affären ins Gerede gekommen, nicht einmal in Insider-Kreisen, dabei hatte es in seinem Leben vermutlich genug Angebote und Gelegenheiten dazu gegeben. Bei dem Anblick der beiden fragte sich

Valerie unwillkürlich, ob er jetzt damit anfangen würde. In diesem Moment drehte Benders Tanzpartnerin sich um. Valerie erstarrte.
»Was ist?«, fragte Marc.
»Da ist Katja Rittmer«, stieß sie leise hervor. Ungläubig starrte sie auf die Frau in Benders Arm. Was machte Katja Rittmer hier in Hamburg auf dem Presseball? Und was blitzte da in der Hand der hochgewachsenen Frau auf? Hatte sie eine Waffe? Benders Gesichtsausdruck bestätigte ihre Vermutung. Er war plötzlich kalkweiß. Jegliches Lachen war verschwunden. Schweiß perlte auf seiner Stirn.
Katja bewegte sich mit Bender auf den Rand der Tanzfläche zu. Niemand schien zu bemerken, was vor sich ging. Es war wie in einem Alptraum. Die Musik spielte, die Menschen tanzten, lachten, während sich in ihrer Mitte ein tödliches Drama abspielte. Valerie begegnete Benders Blick, kurz bevor er mit Katja in der Menschenmenge verschwand. Valerie raffte den Rock ihres langen Kleides, doch Marc hielt sie zurück, als er begriff, was sie vorhatte. »Valerie, nicht, das ist zu gefährlich.«
Sie schüttelte seine Hand ab. »Ich kann sie vielleicht aufhalten. Ruf die Polizei.«
Katja kannte sie. Sie hatte sie aus der Untersuchungshaft geholt. Vertraute sie ihr noch?
Bender und Katja hatten inzwischen das Foyer erreicht.
»Katja!«, rief Valerie.
Katja blieb stehen, drehte sich zu ihr um, ließ Bender aber nicht los. Unter ihrem paillettenbesetzten Schal war die Waffe zu erkennen, deren Lauf sie Bender durch den Stoff seines Smokings hindurch unter die Rippen drückte.
»Katja ...«
»Sie sollten wieder reingehen, Valerie«, sagte die Ex-Soldatin leise.

Niemand um sie herum schien zu begreifen, was geschah. Valerie machte einen weiteren Schritt auf Katja zu. Sie musste Zeit gewinnen, Katja aufhalten, bis die Polizei da war. »Ich möchte nur mit Ihnen reden.«

»Bleiben Sie stehen«, warnte Katja sie. »Oder ich erschieße ihn auf der Stelle.«

Bender war noch immer weiß wie eine Wand, aber er verzog keine Miene. Er starrte Valerie jedoch so eindringlich an, als wolle er ihr wortlos etwas mitteilen.

»Katja, lassen Sie den Mann gehen«, bat Valerie, ohne Bender aus den Augen zu lassen. »Nichts, was Sie tun, macht Chris wieder lebendig.«

»Nein«, sagte Katja. »Aber es verhindert, dass noch mehr Soldaten sterben.«

Bender zuckte zusammen, als sie ihm den Lauf noch fester unter die Rippen presste und ihn zwang, sich Richtung Ausgang zu bewegen. Verdammt, wie lange brauchte die Polizei? An der Tür zum Festsaal bemerkte Valerie Marc.

»Katja, ich kann Ihnen helfen, auf legalem Weg auf die Missstände aufmerksam zu machen. Wir arbeiten mit einem Journalisten zusammen, der …«

»Gehen Sie wieder rein, Valerie.« Katja war weder laut noch hektisch. Sie wusste genau, was sie tat. Und sie machte es nicht zum ersten Mal.

Draußen ertönte ein Martinshorn. Katja setzte ihren Weg unbeirrt fort. Bender war gezwungen, neben ihr herzustolpern. Jetzt allmählich begriffen die anderen Anwesenden im Foyer, dass etwas nicht stimmte. Ein Raunen ging durch den Raum, Geschirr fiel klirrend zu Boden, als einige der Gäste aufsprangen und zurückwichen, und Katja ihre Tarnung fallen ließ. Eine Frau schrie beim Anblick der Waffe auf, der Angestellte hinter der Rezeption griff nach dem Telefon, aber ein Blick von Katja genügte, und er legte den Hörer wieder auf. Valerie stand wie versteinert mitten in der Empfangshalle. Der Portier stellte sich Katja in den Weg, sie zielte, schoss, und die gläserne Eingangstür fiel mit lautem Klirren in Tausenden kleinen Scherben in sich zusammen. Der Portier stürzte. War er getroffen? Draußen wartete ein Taxi. Hilflos musste Valerie zusehen, wie Katja Bender in den Wagen stieß, ebenfalls einstieg und die Tür zuschlug. Im nächsten Augenblick war das Fahrzeug verschwunden.

Valerie rannte zur Tür, beugte sich über den Portier, der anscheinend mit dem Schrecken davongekommen war. »Haben Sie sich das Kennzeichen gemerkt?«, stieß sie hervor.

Leichenblass schüttelte er den Kopf. »Tut mir leid, ich war völlig überrumpelt ...«

Ein Streifenwagen hielt vor dem Eingang des Hotels. Polizisten sprangen heraus, die Dienstwaffe bereits in der Hand. Valerie setzte die Männer mit knappen Worten ins Bild, dann eilte sie zurück in den Festsaal. Sie musste Eric informieren, was geschehen war. Die Musik spielte. Die Gäste tanzten. Gelächter. Gläserklirren. Niemand hatte bemerkt, was geschehen war. Juliane Bender unterhielt sich angeregt mit Maria Vombrook. Valerie griff nach ihrer Tasche und kramte ihr Handy heraus. Ihr Blick streifte Juliane. »Wir müssen mit ihr sprechen«, sagte sie zu Marc, der ihr nicht von der Seite wich.

»Nicht hier«, erwiderte er kurz.

Valerie nickte. Das Telefon bereits am Ohr, verließ sie den Saal in Richtung der Toiletten. »Eric? Hier ist Valerie. Katja hat Bender entführt.«

»Wann?«

»Vor fünf Minuten.« Mit wenigen Worten schilderte sie ihm das Geschehen.

»Ich kümmere mich sofort darum«, sagte er. »Du hörst von

mir.« Dann war die Verbindung unterbrochen. Das Mobiltelefon wog plötzlich schwer in ihrer Hand.

* * *

Hamburg, Deutschland

Katja blickte nicht zurück. »Fahren Sie ganz normal weiter«, hatte sie dem Taxifahrer gesagt. Es waren Hunderte dieser beigefarbenen Fahrzeuge in der Stadt unterwegs, und Katja baute darauf, dass sich der Portier das Kennzeichen nicht gemerkt hatte. Eine Funkanfrage kam herein. Der Taxifahrer blickte nervös in den Rückspiegel. Er war Afrikaner. Das Weiß seiner Augen leuchtete im Dunkeln. »Antworten Sie«, befahl Katja. »Sagen Sie der Zentrale, dass Sie eine längere Fahrt haben und keine weiteren Kunden abholen können.«
Bender war bewusstlos. Sie hatte ihm die Hände mit einem Kabelbinder hinter dem Rücken fixiert. Er hatte um sich geschlagen, sobald sie im Taxi gesessen hatten, hatte versucht, die Tür aufzureißen und zu fliehen, worauf sie ihn mit einem Handkantenschlag außer Gefecht gesetzt hatte.
Der Fahrer ließ das Taxi vor einer roten Ampel ausrollen. Seine Hände umfassten das Lenkrad, so, wie sie es ihm gesagt hatte. »Ihnen wird nichts passieren, wenn Sie meine Anweisungen befolgen«, hatte sie ihm erklärt. Er sprach nicht wirklich gut Deutsch, aber er hatte sie verstanden. Katja hielt die entsicherte Waffe noch immer in der Hand. »Fahren Sie da vorne rechts«, sagte sie.
Der Fahrer setzte den Blinker, ordnete sich ein. Sie bogen in eine kleine, von Bäumen gesäumte Wohnstraße, in der um

diese Zeit nur wenig Verkehr war. Vor einer Ladenzeile war eine Bushaltestelle. »Halten Sie dort und stellen Sie den Motor ab.«

Sie zog die Druckspritze aus der Tasche, setzte sie am Hals des Fahrers an. Er zuckte zusammen, doch das Betäubungsmittel wirkte sofort. Langsam rutschte er nach vorn und sackte mit dem Kopf gegen das Lenkrad. Sie richtete ihn wieder auf und vergewisserte sich, dass die Straße verlassen war. In einigen Wohnungen brannte Licht, doch durch die Bäume hindurch würde niemand sehen können, was unten geschah. Bender war schwer. Er war schlank, aber ziemlich groß. Als sie seinen schlaffen Körper aus dem Wagen zog, verklemmte sich zudem sein Fuß unter dem Vordersitz. Das Abendkleid behinderte sie in ihrer Bewegungsfreiheit. Mit einem einzigen Handgriff riss sie eine der Seitennähte auf. Keine drei Minuten später lag Bender im Kofferraum des Geländewagens, den sie nur wenige Meter entfernt bereits am Nachmittag hier abgestellt hatte. Sie fixierte seine Füße, bevor sie die Tür schloss, kletterte auf den Fahrersitz und startete den Motor. Behutsam bugsierte sie das große Fahrzeug aus der Parklücke heraus und fuhr Richtung Autobahn. Auf dem Beifahrersitz lag ein Pullover, den sie während der Fahrt über ihr tief dekolletiertes Abendkleid zog. Als Nächstes nahm sie die Perücke vom Kopf und fuhr sich durch ihre blonden Locken. Vor ihr tauchten die Röhren des Elbtunnels auf. Aus dem Kofferraum hörte sie ein ersticktes Stöhnen. Sie nahm eine Zigarette aus dem Päckchen zwischen den Sitzen, schaltete das Radio an und suchte einen Nachrichtensender.

* * *

Hamburg, Deutschland

Die Nachricht, dass etwas geschehen war, sickerte in den Festsaal wie Wasser, das sich einen Weg durch einen Damm bahnte. Zunächst war es nur ein Rinnsal, ein Wispern, Bruchstücke von Information, die in den Raum tröpfelten. Doch dann, so plötzlich wie der Damm unter der Gewalt des Wassers birst, kippte die Stimmung. Die Musik verebbte. Der Leiter eines der wichtigsten Medienhäuser der Stadt trat auf die Bühne. Er war durchaus gewohnt, vor Menschen zu sprechen, doch angesichts der Ungeheuerlichkeit der Situation rang er nach den richtigen Worten.

Valerie bekam nur Bruchstücke von seiner Ansprache mit. Zusammen mit den Vombrooks, Meisenberg und Marc war sie in einem Nebenraum, wo Juliane mit starrem Gesicht auf einer Couch saß, ein zerknülltes Papiertaschentuch in ihren Händen, einen Beamten des Landeskriminalamtes neben sich. »Wir tun alles, um Ihren Mann schnellstmöglich aus der Gewalt dieser Frau zu befreien«, sagte er, und Valerie bemerkte die Spannung, die sich bei diesen Worten in Marc aufbaute. Vorsichtig tastete sie nach seiner Hand, spürte, wie er den Druck ihrer Finger erwiderte. Ihr Streit war vergessen, beiseitegeschoben. Meisenberg stand in der Tür und verfolgte schweigend das Geschehen. Er wusste, warum Katja Rittmer Gerwin Bender entführt hatte. Seine Miene ließ jedoch keine Rückschlüsse zu, was er empfand.

Endlich waren alle Aussagen gemacht, alle Fragen beantwortet. Ein Psychologe war eingetroffen, der Juliane nach Hause begleiten sollte. Maria Vombrook würde ebenfalls mitfahren. Im Festsaal hatte die Musik wieder eingesetzt. Als Marc und Valerie den Raum durchschritten, herrschte noch eine verhaltene Stimmung, doch die ersten Paare tanzten bereits wieder,

und Valerie war sicher, dass die Partylaune in der nächsten Stunde zurückkehren würde. Ihr war jedoch jede Lust an dem Ball vergangen.
Im Foyer hatten die Beamten der Schutzpolizei inzwischen Unterstützung von Mitarbeitern des LKA bekommen. Ein Rettungswagen stand vor dem Portal. Zwei Sanitäter und ein Arzt kümmerten sich um den Portier, der sich doch einige Schnittverletzungen zugezogen hatte, und um eine Frau, die unter Schock stand. Auch hier wurden Aussagen aufgenommen. Zwei Hotelangestellte verteilten Kaffee und kalte Getränke. Der Eingangsbereich war abgesperrt. Mitarbeiter der Spurensicherung arbeiteten dort. Valerie blickte auf die zersplitterte Tür und hörte wieder den Schuss, das Klirren, erinnerte sich an die kühle Beherrschung in Katjas Augen und fragte sich, ob sie Gerwin Bender jemals lebend wiedersehen würde.

* * *

Brandenburg, Deutschland

Das Blut pochte in Benders Ohren, als er versuchte, zu schlucken, den Würgereiz zu unterdrücken, der in ihm aufstieg. Er zwang sich, ruhig und gleichmäßig zu atmen, die Panik zu ignorieren, die lauerte, nur darauf wartete, dass er die Kontrolle verlor. Wenn er sich übergab, würde er sterben.
Der Wagen ruckelte über eine Unebenheit. Benders Kopf schlug gegen die Seitenwand des Kofferraums. Er biss die Zähne zusammen. Er hatte jegliches Zeitgefühl verloren. Es schien ihm, als wären sie seit Ewigkeiten unterwegs. Er spür-

te seine Hände nicht mehr, und auch seine Füße waren längst taube Klumpen am Ende seiner Beine. Ein weiteres Schlagloch. Bender versuchte, seine Muskeln anzuspannen, sich abzufedern, aber es war hoffnungslos.

Endlich rollte der Wagen aus, blieb stehen. Der Motor wurde abgeschaltet. Die Fahrertür ging auf und wieder zu. Er hörte das Klacken der Fernbedienung, das Einrasten der Türschlösser, sich entfernende Schritte. Er hielt den Atem an, lauschte. Kein Zivilisationslärm, nicht das leiseste Geräusch aus der Natur. War das das Ende? Würde er kläglich in einem Kofferraum verrecken, verschnürt wie ein Paket? Mit letzter verbleibender Kraft hieb er seine gefühllosen Füße gegen die Karosserie. Einmal. Zweimal. Dreimal. Er hätte geschrien, wenn nicht breites Paketklebeband seinen Mund verschlossen hätte.

Die Hecktür sprang auf. Bender blinzelte in das Licht einer Taschenlampe. Eine Hand griff nach seinem Arm, zerrte ihn aus dem Wagen, auf den Boden. Es war noch immer Nacht. Oder schon wieder? Die Taschenlampe verlöschte, und er starrte in die Dunkelheit, aus der sich erst allmählich die Umrisse von Bäumen herauslösten. Dazwischen Himmel. Sterne. Seine Wange berührte altes Laub und Moos. Ein milder Windhauch strich darüber hinweg. Er trat mit den Füßen ins Leere und gab einen erstickten Laut von sich. Die Taschenlampe ging wieder an, ihr Licht glitt über sein Gesicht. Jemand beugte sich über ihn. *Sie.* Wer sonst. Er spürte ihren Atem, den Geruch von Zigaretten. Sie leuchtete in seine Augen, hielt seine Lider offen, als er sie zukneifen wollte, und das Licht brannte sich schmerzvoll in ihn hinein. Sie sagte nichts. Sah ihn nur an. Valerie Weymann hatte sie im Atlantic mit Namen angesprochen, und er hatte begriffen. Katja Rittmer. Die Soldatin, die auf den Verteidigungsminister geschossen hatte. Alle Hoffnung hatte ihn daraufhin verlassen.

Erneute Dunkelheit.

Das Laub raschelte, als sie aufstand, fortging.

Er versuchte, sich zu drehen, zu sehen, wohin sie verschwand, doch der Wagen versperrte ihm die Sicht. Er ließ den Kopf sinken und atmete den modrigen Geruch, der vom Waldboden aufstieg. Sie würde ihn nicht sterben lassen. Noch nicht. So viel hatte er verstanden.

27. Mai

Berlin, Deutschland

Sie hatten den Taxifahrer.

»Wir installieren eine Videoschaltung, damit Sie die Vernehmung direkt mitverfolgen können.« Die Stimme des LKA-Beamten klang angespannt. Eric Mayer starrte auf den noch dunklen Schirm, fuhr sich mit den Fingern über die Augen.

»Wann haben Sie das letzte Mal geschlafen?«, fragte Jochen Schavan.

Mayer sah ihn an. »Keine Ahnung«, erwiderte er.

Ein Bild erschien auf dem Monitor. Mayer erkannte einen der Vernehmungsräume des Hamburger Polizeipräsidiums. Am Tisch saß ein Farbiger, der sich unsicher umblickte.

»Haben wir Ton?«, fragte Mayer.

Der Beamte des Hamburger LKA schob sich ins Bild, ein Mann mit millimeterkurzem Haar, der ihn entfernt an Martinez erinnerte. »Wir können Sie hören.«

»Wir Sie auch.« Mayer warf einen Blick auf seine Uhr. Sein amerikanischer Kollege musste jeden Moment eintreffen.

Schavan reichte Mayer wortlos einen Becher Kaffee und setzte sich neben ihn. Schweigend verfolgten sie die Aufnahme der Personalien.

»Ein Dolmetscher wäre nicht schlecht«, bemerkte Schavan.

»Ich kann das übernehmen, wenn es Probleme gibt«, sagte

Mayer. Der Taxifahrer kam aus dem Senegal, mit Französisch würden sie vermutlich weiter kommen als mit Deutsch. Aber ihre Hoffnungen wurden enttäuscht. Weder in der einen noch der anderen Sprache konnte ihnen der Taxifahrer Informationen liefern, die sie bei der Suche nach Katja Rittmer und Gerwin Bender weiterbrachten. Mayer stand schließlich auf und schaltete die Übertragung ab. Zehn Stunden waren seit Benders Entführung vergangen, und es gab nicht den Hauch einer Spur. Keinen Anhaltspunkt. Und kein Wort von Katja.

»Benders Frau hat ausgesagt, dass ihr Mann unter Bluthochdruck leidet und auf Medikamente angewiesen ist«, bemerkte Schavan.

Mayer sah seinen grauhaarigen Kollegen vom BKA an. »Sie fragen sich, ob er noch lebt.«

Schavan nickte.

Die Tür ging auf, und Wetzel kam ins Büro. »Die Hamburger Kollegen haben etwas über den Wagen herausgefunden, mit dem Katja unterwegs ist.« Er warf einen Blick auf den Zettel, den er in der Hand hielt. »Es handelt sich nach Zeugenaussagen um einen dunkelgrauen oder schwarzen Geländewagen.« Die Beamten des LKA hatten in der Straße, in der das Taxi gefunden worden war, die Anwohner befragt, ihnen ein Foto von Katja gezeigt, und tatsächlich hatte jemand sie wiedererkannt, sich erinnert, sie gesehen zu haben, als sie den Geländewagen am gestrigen Nachmittag abgestellt hatte.

»Haben wir ein Fabrikat?«, wollte Mayer wissen.

»Vermutlich ein Hyundai oder Nissan. Keine der gängigen deutschen Marken.«

»Kennzeichen?«

Wetzel verneinte. »Aber wir haben mit den vorliegenden Informationen schon mal eine bundesweite Fahndung rausgegeben.«

Mayer warf einen Blick auf seine Uhr. Es ging auf halb acht Uhr morgens zu. Keiner von ihnen hatte in der vergangenen Nacht ein Auge zugetan. Die Nachricht von der Entführung Gerwin Benders war wie eine Schockwelle durch die Republik gerast. Die Sonntagsausgaben der Zeitungen waren voll davon, die Radio- und Fernsehsender brachten Features über Leben und Werk des Wirtschaftsbosses, die schon fast einem Nachruf gleichkamen. Die Mutmaßungen über die Beweggründe der Entführung kamen gefährlich nah an die Wahrheit heran, obwohl keine der offiziellen Stellen das jemals bestätigt hätte. Und nur wenige Stunden nach Benders Entführung hatte der Wirtschaftsminister inoffiziell angekündigt, am Montagmorgen seinen Rücktritt bekanntzugeben. Eine Regierungskrise drohte. Diese Entwicklung kam für Mayer nicht überraschend nach dem Gespräch, das er zusammen mit Valerie Weymann, Paul Clarke und dem Wirtschaftsminister geführt hatte. Hochrangige Mitarbeiter des Ministeriums hatten Benders illegale Geschäfte aktiv unterstützt und so dem Vorstandsvorsitzenden der Larenz-Werke den Rücken freigehalten. Der Minister sah sich gezwungen, die Verantwortung zu übernehmen und seinen Posten zu räumen.
Das Telefon klingelte. Schavan ging ran, reichte den Hörer aber sofort an Mayer weiter. »Das Bundeskanzleramt für Sie«, sagte er nur.
Mayer runzelte die Stirn. In einer knappen Dreiviertelstunde gab es eine Sondersitzung des Kabinetts. »Wir haben noch keine neuen Erkenntnisse«, musste Mayer eingestehen.
»Sind Sie ganz sicher, dass es sich um einen Einzeltäter handelt und nicht doch eine Gruppe dahintersteckt?«, drängte der Leiter des Bundeskanzleramts. »Wir können uns hier kaum vorstellen, dass eine einzelne Person und zudem eine Frau eine solche Tat ohne Unterstützung plant und ausführt …«

»Es gibt keinen terroristischen Hintergrund«, erwiderte Mayer ruhig, während er beobachtete, wie Schavan einen weiteren Anruf annahm. »Und wir haben es mit einer Elitekämpferin zu tun, die schon unter extremeren Umständen gearbeitet hat.«
Schweigen am anderen Ende.
Schavan reichte ihm einen Zettel. Mayer starrte darauf. »Ich melde mich sofort bei Ihnen, wenn wir neue Ermittlungsergebnisse haben«, sagte er und legte auf. Den Zettel noch immer in der Hand, wandte er sich an den BKA-Beamten.
»Ein Einbruch in ein Munitionsdepot? Wann? Wo?«
»Vor zwei Tagen in Nordhessen.«
»Warum erfahren wir das erst jetzt?«
»Der Informationsfluss zwischen Landes- und Bundesbehörden ist problematisch«, erwiderte Schavan.
»Was wurde gestohlen?«
»Sprengstoff.«
»Der vermutlich identisch ist mit dem Stoff, den Katja Rittmer für die Sprengung des Gasthofs verwendet hat.«
»Ich habe bereits veranlasst, dass das untersucht wird.«
Das Telefon klingelte erneut. Diesmal war es der Pförtner. Don Martinez war da.

* * *

Berlin, Deutschland

Die Stimmung war nicht gut. Martinez spürte es in dem Moment, als er den Raum betrat. Eric Mayer verbarg seine Anspannung hinter einem Lächeln, als er ihn begrüßte, aber Martinez ließ sich nicht täuschen.

»Wie ist der Stand der Ermittlungen?«, fragte er.
»Wir haben nichts«, antwortete Mayer leise. »Nichts außer vierzig Kilo verschwundenem C4.«
»Keine Nachricht, kein Versuch der Kontaktaufnahme?«
Mayer schüttelte den Kopf.
»Das ist nicht gut«, bemerkte Martinez. »Das ist gar nicht gut. Sie kennt das Spiel, sie weiß, dass ihr auf eine Reaktion von ihr wartet.« Er stellte seinen Rucksack ab und sah sich um. »Und es ist absolut sicher, dass sie den Sprengstoff hat?«
»Wir haben gerade die Rückmeldung bekommen, dass er identisch ist mit den Überresten, die wir an dem verlassenen Gasthof gefunden haben, den sie vor anderthalb Tagen in die Luft gesprengt hat.«
Martinez strich sich nachdenklich über den glattrasierten Schädel. »Was sagen die Psychologen?«
»Laut ihrem Persönlichkeitsprofil wird sie keine Außenstehenden gefährden.«
»Glaubst du das? Du kennst sie.«
»Ich bin mir nicht sicher, ob ich sie noch kenne. Sie hat sich verändert. Vor ein paar Tagen hätte sie mich beinahe erschossen. Sie ist besessen von ihrem Rachefeldzug. Ich werde mich bestimmt nicht auf ein psychologisches Gutachten verlassen, das nach Aktenlage gemacht wurde.«
»Was ist mit Bender?«
»Vielleicht ist er schon tot.«
»Wäre nicht schade um ihn«, warf Martinez ein. »Aber ich glaube es nicht. Er ist zäh.«
Mayer warf einen Blick auf die Uhr. »Wir treffen uns in einer Viertelstunde mit dem gesamten Krisenstab. Du solltest dabei sein.«
»Deshalb bin ich hier«, erwiderte Martinez.

»Um die Kastanien aus dem Feuer zu holen?«, fragte jemand hinter ihm.

»Excuse me?« Martinez wandte sich um und blickte in das Gesicht eines hageren, grauhaarigen Mannes. Martinez erinnerte sich an ihn. Vor anderthalb Jahren waren sie im Rahmen der Sicherheitsmaßnahmen für den Klimagipfel gezwungen gewesen, miteinander zu arbeiten. Das war nicht ganz problemlos gewesen, und er spürte auch jetzt das Misstrauen, das ihm entgegenschlug.

»Jochen Schavan, wir kennen uns bereits«, stellte sich der BKA-Beamte vor. »Und ich fragte, ob Sie hier sind, um die Kastanien aus dem Feuer zu holen. Schließlich hat Ihre Regierung Katja Rittmer überhaupt erst ins Spiel gebracht.«

»Es ist richtig, dass wir Katja Rittmer nach Deutschland gebracht haben«, erwiderte Martinez ruhig. »Wir haben sie ausgerüstet und mit dem Personenschutz von Milan Vieth beauftragt. Vieth war einer unserer wichtigsten Zeugen und Informanten im Fall Reynolds, und sein Leben war massiv bedroht.« Er senkte die Stimme. »Ich sage Ihnen das im Vertrauen. Offiziell werde ich jede Beteiligung meiner Regierung abstreiten. Offiziell hat es nie einen Kontakt gegeben.«

»Reynolds ist also definitiv für Vieths Tod verantwortlich?«, hakte Jochen Schavan nach.

Martinez zuckte mit den Schultern. »So wie Bender für den Tod von Reynolds verantwortlich ist.«

Schavan runzelte die Stirn. »Können Sie das beweisen?«

»Haben *Sie* Beweise für *Ihre* Vermutung?«

Schavan schwieg, und Martinez entging nicht Mayers Ungeduld angesichts dieses Wortgefechts.

»Wir haben lange Erfahrung mit Elitekämpfern«, sagte Martinez in versöhnlichem Ton zu Schavan. Er tippte sich mit dem Finger an die Stirn. »Wir wissen, wie sie ticken. Deshalb bin ich hier.«

»Vierzig Kilo Plastiksprengstoff ist nichts, was man im Koffer mit sich herumträgt«, erklärte der Sprengstoffexperte wenig später den Mitgliedern des Krisenstabs. »C4 ist leicht zu handhaben, wird viel im militärischen Bereich verwendet und ist nur aufzuspüren, wenn Metall oder Geruchsstoffe eingearbeitet sind …« Er schaltete einen Beamer ein. Die Jalousien vor den Fenstern fuhren herunter. Irgendwo brummte eine Klimaanlage.
Vierzig Kilo C4. *Holy shit!* Was hatte Katja Rittmer damit vor? Martinez sah sie wieder vor sich. Die kurzen blonden Locken, durch die der Wind fuhr. Ihre Augen. Er hatte nie wieder eine Frau mit so meerblauen Augen getroffen. Sie war den Männern immer einen Schritt voraus gewesen. Nur so hatte sie zwischen ihnen bestehen können, Akzeptanz gefunden. *Laut ihrem Persönlichkeitsprofil wird sie keine Außenstehenden gefährden.* Bei der Menge Sprengstoff konnte er sich das nur schwer vorstellen. Martinez wusste aus eigener Erfahrung, was der Krieg aus Menschen machte. Einer seiner ältesten Weggefährten hatte sich nach seinem Einsatz im Irak in ein paranoides Wrack verwandelt. Hatte Schützengräben im eigenen Garten ausgehoben und auf seine Nachbarn geschossen, bevor er sich schließlich das Leben genommen hatte. Mayer hatte diese Symptome bei Katja Rittmer gesehen und richtig verstanden. Die beiden waren viele Jahre ein Team gewesen, hatten einander in ihrer Spezialeinheit blind vertrauen müssen. Martinez fühlte sich unwillkürlich an seine eigene Armeezeit erinnert. Die Navy Seals waren eins der amerikanischen Vorbilder für die Gründung des KSK gewesen. Es hatte Rituale gegeben und eine klare Abgrenzung nach außen.

Eine Zeit, die von den meisten Soldaten glorifiziert wurde, obwohl sie tatsächlich nur blutig, brutal und von einem einzigen Ziel geprägt gewesen war: Nicht zu sterben. Den nächsten Tag zu erleben. Er hatte sich nie Gedanken darüber gemacht, ob sich eine solche Belastung auf die weibliche Psyche anders auswirkte als auf die männliche. Er erinnerte sich, dass es auch für ihn, nach Ende seiner aktiven Zeit an der Front, nicht unproblematisch gewesen war, das eigene Leben wieder in die Hand zu nehmen und weiter zu planen als für die nächsten vierundzwanzig Stunden.
Er notierte sich ein paar Stichworte zu Katja Rittmer. Ein paar Fragen, die er Mayer stellen wollte, doch als er in der kurzen Pause, die sie nicht viel später hatten, mit einem Kaffee in den Konferenzraum zurückkam, telefonierte sein deutscher Kollege gerade. Mit dem Telefon am Ohr stand er am Fenster, die freie Hand in der Tasche seiner Anzughose, und etwas in seiner ganzen Haltung, der Art, wie er lächelte, während er sprach und seinen Blick aus dem Fenster schweifen ließ, ließ nur einen Schluss zu. Martinez nahm einen Schluck von seinem Kaffee und fragte sich, wer *sie* wohl sein mochte.

* * *

Brandenburg, Deutschland

Die Dämmerung kroch in den Raum und vertrieb die Schatten. Katja betrachtete Bender, der mit geschlossenen Augen an der schmutzigen Wand lehnte. Die Bartstoppeln auf seinen eingefallenen Wangen waren so grau wie die alten, abgelaufenen Dielen des Fußbodens. Die Fotos, die sie von Bender

gesehen hatte, ließen ihn jünger, vitaler erscheinen. Sie zeigten sein Alter nicht, auch nicht die lauernde Müdigkeit. Ein Sonnenstrahl stahl sich durch das schmutzige Glas des Fensters, berührte seine Hände und ließ den goldenen Ehering an seinem Ringfinger aufblitzen. Seine Handgelenke waren blutunterlaufen und aufgescheuert von dem Kabelbinder, mit dem sie ihn gefesselt hatte. Sie wusste, dass er Schmerzen hatte. Sie wandte den Blick ab, sah zum Fenster hinaus, auf dessen Brett sie saß. Es sollte ihr egal sein, aber so funktionierte es nicht.
Sie zündete sich eine Zigarette an und beobachtete den Rauch, der sich im Sonnenlicht auflöste, hörte, wie Bender sich bewegte. Wie seine Füße über den Holzboden scharrten. Wenn sie ihn hier zurückließ, würde er sterben. Sie würden ihn nicht rechtzeitig finden. Es gab keinen Weg mehr zu diesem Haus, nichts, das darauf hinwies, dass sie hier waren. Sie stellte sich vor, wie es sein würde, einfach wegzufahren, ohne sich umzusehen. Irgendwann würden sie die Suche nach ihm aufgeben. Irgendwann würden sie wissen, dass er tot war. Tot sein musste.
»Ich bring dich um, wenn du nicht tust, was ich dir sage«, hatte sie ihm zugeraunt, als sie ihn aus dem Atlantic entführt hatte.
Jetzt sah er sie an.
Sie spürte es.
Langsam drehte sie den Kopf. Ihre Blicke begegneten sich, und sie fragte sich, wie sie ihn jemals hatte für schwach halten können. Für alt. Er hatte noch lange nicht aufgegeben. Er kämpfte. Gegen den Schmerz, den Durst. Gegen sie.
Sie stand auf und trat ihre Zigarette aus, machte einen Schritt auf ihn zu. Er hielt ihrem Blick stand. Mit einer Handbewegung riss sie ihm das Klebeband vom Mund. Er atmete scharf ein vor Schmerz, aber er starrte sie weiter schweigend an.

»Was willst du?«, fragte sie barsch.
Langsam ließ er den Atem wieder entweichen, lehnte den Kopf zurück an die Wand und fuhr sich mit der Zunge über die aufgerissenen Lippen. Er sagte nichts. Wütend ging sie zur Tür hinaus. Die Frühlingssonne streichelte sie. Irgendwo sang ein Vogel. Und dann hörte sie aus dem Haus ein Geräusch. Das letzte Geräusch, mit dem sie gerechnet hätte. Sie hörte Bender lachen.

* * *

Hamburg, Deutschland

Valerie strich nachdenklich mit dem Finger über das Display ihres Smartphones, bevor sie es zurück auf ihren Schreibtisch legte. Sie wandte sich wieder ihrer Arbeit zu, dem Gutachten, das sie gerade verfasste, doch es gelang ihr nicht, sich darauf zu konzentrieren. Eric Mayers Stimme klang ihr noch im Ohr. Er hatte angerufen. Einfach so. In einer Besprechungspause. Sie hatten Belanglosigkeiten ausgetauscht, miteinander gelacht und plötzlich geschwiegen, wie es Menschen in ihrer Situation taten, wenn sie um ihre Sehnsüchte wussten und von der Unmöglichkeit, sie einander mitzuteilen.
Sie hatte sich schließlich einen Ruck gegeben. »Es ist schön, dass du angerufen hast.«
»Es tut gut, deine Stimme zu hören«, hatte er geantwortet.
Sie blickte auf den Monitor ihres Computers und fragte sich, ob sie sich wiedersehen würden. Sie hatte Eric nichts von ihrem Streit mit Marc erzählt. Nichts davon, dass Sibylle Vieth am Morgen nach einem erneuten Zusammenbruch ins

Krankenhaus gebracht worden war, wo die Ärzte die Geburt eingeleitet hatten, weil sie um die Gesundheit des Kindes fürchteten. Sibylle hatte schließlich einen gesunden Jungen zur Welt gebracht. Und sie hatte nicht nach Katja gefragt. Sie hatte die Schlagzeilen in den Sonntagszeitungen gelesen und gewusst, dass er sie finden musste, bevor noch Schlimmeres passierte. Irgendwann würde Zeit sein, zu reden. Vielleicht.

* * *

Brandenburg, Deutschland

Er hatte kein Testament gemacht.
Bender dachte darüber nach, während er beobachtete, wie Katja Rittmer ihr Gewehr reinigte und zusammensetzte. War es dieselbe Waffe, mit der sie auf den Verteidigungsminister geschossen hatte? Er hatte sie gefragt, ob sie ihn auch entführt hätte, wenn sie den Minister getroffen hätte. Sie hatte nicht geantwortet, ihn nur angesehen, und er hatte gefürchtet, sie würde ihm den Mund wieder zukleben. Stattdessen hatte sie ihm etwas zu trinken gebracht.
Der Gewehrlauf schimmerte blauschwarz im Sonnenlicht, als sie aufstand, an eins der Fenster trat und hinaussah. Würde sie ihn töten? Sie waren noch immer in dem Haus im Wald. Einer verlassenen Villa, von deren hohen Decken der Stuck blätterte und an deren Wänden nacktes Mauerwerk durch Schichten alter Farbe und Tapeten blitzte. Sie hatte den halben Vormittag über ihrem Laptop gesessen, im Schneidersitz auf den schmutzigen Holzdielen. Kein Wort mit ihm gewechselt. Dann war sie gegangen und lange fortgeblieben.

Er räusperte sich, und sie sah zu ihm hinüber. Ein kühler, prüfender Blick. »Ich habe Hunger«, sagte er.

Ohne die Miene zu verziehen, griff sie in die Tasche ihrer Armeejacke und warf ihm etwas in den Schoß. Einen Müsliriegel. Er griff mit seiner freien Hand nach der bunten Verpackung. Seine andere Hand war an ein altes rostiges Heizungsrohr gefesselt. Er riss die Verpackung mit den Zähnen auf und spuckte das Plastik vor sich auf den Boden. Der Geruch von Rosinen und Haselnüssen stieg ihm in die Nase, und er starrte auf die klebrige Süßigkeit in seiner Hand. Seine Assistentin hatte immer eine Schale mit Rosinen und Haselnüssen auf dem Schreibtisch stehen. Vogelfutter, hatte er sie geneckt. Nervennahrung, hatte sie gekontert. Er fragte sich, ob Vombrook schon Probe gesessen hatte in seinem Büro, abends, nachdem alle gegangen waren. Sich zurückgelehnt hatte auf dem Lederstuhl an seinem Schreibtisch und den Ausblick über die Werft und die Elbe aus dem Fenster genossen hatte, in seinem Telefonregister geblättert und schließlich Juliane angerufen hatte, um ihr in seiner ruhigen Art zu versichern, wie leid ihm alles tat. Wie sehr er hoffte, dass alles gut ausging. Ob er etwas für sie tun könne.

Bender ballte unwillkürlich seine gefesselte Hand zur Faust. Das kalte Metall der Handschelle, mit der Katja Rittmer bei ihrer Ankunft in der Villa den Kabelbinder ersetzt hatte, drückte sich dabei schmerzhaft in seine Haut, auf die wund gescheuerten Stellen, doch er stellte fest, dass der Schmerz guttat, dass er ablenkte von der Panik, die in ihm lauerte und die er ebenso wenig zulassen wollte wie die Angst. Er biss von dem Müsliriegel ab. Kaute. Zwang sich zu schlucken und konzentrierte sich auf den Staub und Dreck vor ihm auf dem Boden, auf die vertrockneten Blätter und Putzreste. Auf Katja Rittmers Turnschuhe. Was wusste er über sie? Sie war

Soldatin und hochgradig traumatisiert aus Afghanistan zurückgekehrt. Er musste sie zum Reden bringen. Sie aus der Reserve locken. Er setzte sich auf. »Es gibt mehr als genug Leute in Berlin, denen Sie einen Gefallen tun, wenn Sie mich umbringen«, bemerkte er.

Langsam wandte sie den Kopf in seine Richtung. »Wenn du stirbst, wird sich niemand darüber freuen«, erwiderte sie so ruhig, dass ihm schlecht wurde. »Das verspreche ich dir.«

28. Mai

Berlin, Deutschland

»Wir müssen davon ausgehen, dass Katja Rittmers posttraumatische Belastungsstörung bereits chronische Züge angenommen hat. Eine vollständige Heilung wird es vermutlich nicht mehr geben können.« Mit diesen Worten überreichte Lars Günther, einer der beiden Psychologen des Krisenstabs, das Gutachten, das er zusammen mit seinem Kollegen über Katja erstellt hatte. Eric Mayer blätterte die ersten Seiten durch. »Wie kommen Sie zu dieser Annahme?«

»Nun ja«, der rotblonde Psychologe räusperte sich, »wir unterscheiden bei der PTBS in der Regel zwischen zwei Trauma-Typen …«

Mayer nickte. »Typ I und Typ II.«

Günther warf ihm einen erleichterten Blick zu. »Sie sind mit dem Thema vertraut, das ist gut. Innerhalb der Bundeswehr haben wir es vorwiegend mit dem Typ-I-Trauma zu tun, das durch ein einmaliges Ereignis mit akuter Lebensgefahr für den Betroffenen ausgelöst wird.«

»Was aber bei Katja Rittmer nicht der Fall ist«, warf Mayer ein.

»Das ist richtig. Katja Rittmer hat eine langandauernde, wiederholte und extreme Traumatisierung erlebt. Das entspricht dem Typ-II-Trauma, das nicht nur komplizierter zu behandeln ist, sondern auch schwerwiegendere Störungen auslöst.«

Mayer sah, dass Martinez schweigend und mit ernstem Gesicht zuhörte. In der US-Armee litten die Soldaten nach den langen Einsätzen zuerst im Irak und dann in Afghanistan vorwiegend unter diesem Trauma-Typ, und das nicht zuletzt deshalb, weil sie trotz ihrer schweren Erkrankung kaum Gelegenheit bekamen, ihre Dienstzeit vorzeitig abzubrechen. Auch bei Katja war die posttraumatische Belastungsstörung über mehrere Jahre nicht behandelt worden – wenn auch aus anderen Gründen.

»Sie hat sich immer wieder belastenden Situationen ausgesetzt«, fuhr Günther in seinen Erläuterungen fort, »und das hat letztlich zu der Chronifizierung geführt.«

Martinez formte bei diesen Worten mit seinem Mund lautlos »Somalia«. Mayer nickte und fragte sich gleichzeitig, ob sie es hätten verhindern können, wenn sie es gemerkt hätten. Inwieweit sie selbst traumatisiert gewesen waren von den Geschehnissen.

»Nicht jeder Soldat leidet unter einer PTBS«, bemerkte Günther, als hätte er Mayers Gedanken gelesen. »Frühe negative Lebenserfahrung, familiäre Instabilität sowie das Fehlen sozialer Unterstützung können die Anfälligkeit um ein Vielfaches steigern.« Er räusperte sich erneut. »Wir haben Katja Rittmers persönliches Umfeld eingehend beleuchtet und schließlich auch ihre Mutter kontaktiert.«

Mayer horchte auf. Katja hatte nie über ihre Familie geredet. Das wurde ihm in diesem Moment bewusst. »Wo lebt ihre Mutter?«, fragte er.

»In einem kleinen Dorf auf der Schwäbischen Alb«, erwiderte Günther. »Ich war selbst dort.« Eine seltsame Schwere begleitete die Worte des Psychologen, die sowohl Mayer als auch Martinez aufhorchen ließ.

»Was ist passiert?«, fragte Mayer.

»Es ist eine traurige Geschichte.« Günther seufzte. »Katja Rittmer ist das Resultat einer Vergewaltigung. Ein Angehöriger der ehemaligen französischen Besatzungstruppen hat ihre Mutter nach einem Tanzabend auf dem Nachhauseweg überfallen. Ruth Rittmer war damals siebzehn Jahre alt.«
Mayer blickte rundherum in geschockte Gesichter. Niemand sagte etwas. »Wusste Katja davon?«, fragte er schließlich.
»Ihre Mutter hat es ihr angeblich nie erzählt, aber …«
Sie erfuhren die ganze Geschichte. Der Soldat war nie belangt worden und nach Ende seiner Dienstzeit nach Frankreich zurückgekehrt. Die streng katholische Umgebung, in der die Rittmers lebten, ließ nicht einmal den Gedanken an eine Abtreibung zu. Ruth Rittmer wurde stattdessen gedrängt, das Kind gleich nach der Geburt wegzugeben. Sie wehrte sich dagegen und zog ihre Tochter auf Kosten der eigenen sozialen Integration groß.
»Ruth Rittmer lebt noch heute auf dem Hof, den sie damals schon mit ihrer Mutter und ihrem Vater zusammen bewirtschaftet hat. Katja ist dort aufgewachsen.«
»Was haben Sie der Mutter über die aktuelle Situation erzählt?«
»So gut wie nichts. Ich wollte von ihr vor allem wissen, wozu sie ihre Tochter für fähig hält.«
»Und?«
Lars Günther schüttelte resigniert den Kopf. »Sie konnte nichts dazu sagen. ›Meine Tochter hat sich sehr verändert in den vergangenen Jahren‹, war das Einzige, was sie dazu bemerkt hat. Katja sei aggressiver als früher gewesen, gleichzeitig emotional abgestumpft. Es hat angeblich ein oder zwei Vorfälle im Dorf gegeben, bei denen sich Katja mit alten Freunden angelegt hat, sie selbst konnte sich im Nachhinein

an nichts erinnern, ist dann aber auch immer seltener nach Hause gekommen.«

»Typische Symptome, oder?«

Günther nickte.

»Haben Sie der Mutter gesagt, das Katja unter PTBS leidet?«

»Erstaunlicherweise wusste sie es schon«, erwiderte der Psychologe zu Mayers Überraschung. »Die Frau ist nach wie vor sehr gläubig und hat mit dem Pfarrer ihrer Gemeinde über die Veränderungen im Wesen ihrer Tochter gesprochen. Der Pfarrer wiederum hatte Kontakt zu einem Kollegen, der selbst in Afghanistan war.«

»Vielleicht ist sie deshalb nicht mehr nach Hause gegangen, weil ihre Mutter sie zu einer Therapie bewegen wollte.«

Günther zuckte mit den Schultern. »Das weiß ich nicht.«

»Wir sollten den Hof der Mutter überwachen lassen«, meldete sich Martinez erstmals zu Wort.

Mayer nickte. »Ja, darüber habe ich auch schon nachgedacht.« Es schmerzte, all diese intimen Details über Katja zu erfahren, und er fragte sich, wie viel Chris davon gewusst hatte. »Hat Katja Kontakt zur Familie von Christian Frank gehabt? Hat das jemand überprüft?«

»Wir haben einen Beamten hingeschickt«, warf Schavan ein, »Seine Verwandten haben Katja kaum gekannt.«

Chris stammte aus einer gutsituierten und sehr liberal denkenden Familie, die es nie verstanden hatte, dass er zur Bundeswehr und noch dazu zum KSK gegangen war. Der Kontakt hatte sich danach reduziert. Er und Chris hatten sich oft darüber unterhalten. »Ich weiß einfach nicht, worüber ich mit ihnen reden soll, wenn ich sie besuche«, hatte er einmal zu Mayer gesagt, der wusste, wovon sein Freund sprach. Er vertrieb die Erinnerung. Darüber wollte er jetzt nicht nachdenken.

Es war ausgerechnet Martinez, der das Thema noch einmal aufgriff, als sie wenig später allein waren. »Du bist also nicht der Einzige mit einer Leiche im Keller«, bemerkte er spöttisch.

»Haben wir die nicht alle?«, erwiderte Mayer ausweichend.

Martinez ließ nicht locker. »Wann hast du deinen Sohn das letzte Mal gesehen?«

»Don, bitte …«

Martinez ignorierte die Gereiztheit in Mayers Stimme. »Wann?«, hakte er nach.

Mayer seufzte. »Vor zwölf Jahren«, gestand er, hauptsächlich um Ruhe zu haben. »Er war zwei, als ich weggegangen bin. Er weiß heute nicht einmal, dass ich sein Vater bin, und ich möchte auch, dass das so bleibt.« Vor ihm lag die Spree glitzernd im Sonnenlicht, dahinter breitete sich die Stadt aus. Doch Mayer sah das alles nicht. Sein Sohn hatte auf dem Rasen hinter ihrem Haus gesessen und mit seinen kurzen, dicken Kinderfingern nach den ersten Gänseblümchen gegriffen. »Ich werde nach diesem Einsatz nicht wieder zurückkommen«, hatte Mayer seiner Frau damals gesagt, ohne den Blick von seinem kleinen Jungen zu wenden. »Er wird sich nicht an mich erinnern.« Seine Frau hatte nur genickt, sie hatte es geahnt, dagegen angekämpft, aber ihre Kraft hatte nicht gereicht. Mayer presste die Lippen zusammen. Nicht einmal Martinez würde er eingestehen, dass er seither immer wieder hingefahren war und aus der Entfernung das Haus betrachtet hatte, in dem sie noch immer lebten. Seine Frau hatte wieder geheiratet, und das war gut so. Sein Sohn hatte Geschwister. Sie wirkte jetzt glücklich, glücklicher als sie mit ihm je gewesen war. Die seltenen, heimlichen Besuche hatten ihm Einblicke gegeben in ein Leben, das er selbst hätte führen können. Er hatte sich damals dagegen entschieden. Hatte nicht anders gekonnt. *Ich weiß einfach nicht, worüber ich mit ihnen reden soll.* Chris' Worte. Sie hatten auch seine Situation getroffen. Er hatte diese Frau geliebt – und sie verlassen, als er begriff, was er damit anrichtete. Er sah Martinez an. »Du kannst nicht alles haben im Leben.«

* * *

Berlin, Deutschland

Mayers Worte wirkten nach. Als sie ihre Arbeit wieder aufnahmen, erinnerte Martinez sich, wie er seinen deutschen Freund kennengelernt hatte. Es war kurz nach dessen Scheidung gewesen. Mayer war schon damals nicht der Mann gewesen, der viel von sich preisgab. Viele Jahre später erst hatte Martinez erfahren, dass Mayer verheiratet gewesen war. Während eines Trainingsaufenthaltes in den USA hatte sein deutscher Kollege Besuch von seinem Vater bekommen. Unfreiwillig war Martinez Zeuge eines Streites zwischen den beiden geworden. Der alte Mann hatte Mayer vorgeworfen, sich nicht um seine Familie, seine Frau und sein Kind zu kümmern.

»Ich bin geschieden«, hatte Mayer geantwortet. »Und ich bezahle jeden Monat Unterhalt. Mehr kannst du nicht verlangen.«

»Du weißt, dass ich das nicht meine«, hatte sein Vater erwidert.

Martinez erinnerte sich an die lange, unangenehme Stille, die diesen Worten gefolgt war.

Mayer hatte den Streit dann unschön beendet, indem er ge-

sagt hatte: »Ich werde dich jetzt in dein Hotel bringen. Ich denke, es ist besser, wenn wir uns nicht wiedersehen.«
Martinez hatte ihm bei seiner Rückkehr Vorhaltungen wegen seines Verhaltens gemacht: »Dein Vater ist ein paar tausend Meilen geflogen, um dich zu sehen. Du kannst ihn nicht einfach wegschicken, Mayer.«
»Ich habe ihn nicht eingeladen zu kommen«, hatte sein deutscher Freund erwidert, und als Martinez noch etwas sagen wollte, war ausgerechnet Eric Mayer ihm fast an die Gurgel gegangen. »Halt dich verdammt noch mal aus meinen Angelegenheiten raus!«, hatte er ihn angeschrien. Es hatte noch ein paar weitere Jahre gedauert, bis Martinez endlich erfuhr, warum Mayer so und nicht anders reagiert hatte. Nicht anders hatte reagieren können. *Du kannst nicht alles haben im Leben.* Es war unabdingbar, schmerzhafte Erfahrungen bisweilen hinter sich zu lassen, um weitergehen zu können. Mayer hatte den Mut dazu gehabt. Katja Rittmer nicht, und so hatte sie letztlich alles verloren. Martinez fragte sich, ob sie jemals die Chance besessen hatte, es anders zu machen, oder ob ihr Weg vorgezeichnet war durch ihre Vita.
»Don …« Mayers Stimme riss ihn aus seinen Gedanken. Mit gerunzelter Stirn blickte sein deutscher Kollege auf seinen Blackberry und klappte dann seinen Laptop auf, ohne das Telefon aus der Hand zu legen. »Wir haben eine Nachricht von Katja.« Er drehte den Laptop zu Martinez um, der wortlos auf den Bildschirm starrte, auf die E-Mail, die Mayer dort geöffnet hatte. Sie war in der Tat von Katja Rittmer, geschickt an Mayers private Adresse. Endlich eine Nachricht. Endlich hatten sie etwas in der Hand. Das war aber auch das einzig Positive an den wenigen Zeilen, die sie geschrieben hatte.

* * *

»*Was* verlangt sie?«, Valerie hörte, wie ihre Stimme beinahe kippte.
Mayer wiederholte am anderen Ende der Leitung, was er eben schon gesagt hatte. »Katja will, dass der Verteidigungsminister binnen zweiundsiebzig Stunden zurücktritt, dass er öffentlich die Verantwortung für die schlechten Zustände bei der Bundeswehr in Afghanistan übernimmt und für den Tod der Soldaten. Sie droht, alle zwölf Stunden in einer anderen Stadt eine Bombe zu zünden, bis wir ihre Forderung erfüllt haben. Nach Ablauf der gesamten Frist wird sie Bender töten.« Er räusperte sich. »Und sie will dich als Kontaktperson.«
Valeries Hände umklammerten das Lenkrad ihres Wagens so fest, dass es schmerzte. »Ich kann das nicht«, flüsterte sie mehr zu sich selbst als in ihr Headset. Völlig automatisch setzte sie den Blinker und fuhr rechts ran. Ignorierte das Hupen der anderen Autofahrer und ließ den Kopf auf das Lenkrad sinken. »Ich kann das nicht.«
»Valerie …«
»Versuch nicht, mich zu überreden!«
»Nichts liegt mir ferner. Bitte, hör mir zu.«
Er wollte sie nur informieren. Sie würden mit Katja in Verhandlungen treten, versuchen, Valerie rauszuhalten.
»Was ist, wenn sie das nicht akzeptiert?«
»Ich weiß es nicht.« Mayer klang müde. »Wir können dich nicht zwingen.«
»Kannst du ihre Mail an mich weiterleiten?« Sie musste sehen, was Katja geschrieben hatte. Schwarz auf weiß. Sich selbst ein Urteil bilden.
Er schickte ihr die Nachricht auf ihr Telefon. In der Anlage

war ein Foto. Bender im Stil der RAF-Fotografien von Hanns-Martin Schleyer, in sich zusammengesunken vor einer schmutzigen Wand, die Augen geschlossen, ein Schild auf seiner Brust: *»Ich bin ein Mörder.«*

»Werden wir das morgen in allen Zeitungen sehen?«, fragte sie.

»Davon sollten wir ausgehen«, erwiderte Mayer. »Warum sonst sollte sie es gemacht haben.«

Valerie dachte an Juliane. »Das ist entsetzlich«, sagte sie leise.

Wieder räusperte sich Mayer. »Ich will dich nicht drängen, Valerie, aber falls du dich entschließen solltest, die Aufgabe zu übernehmen, brauchen wir dich in Berlin. Selbstverständlich übernehmen wir alle Kosten.«

Valerie schluckte, warf einen Blick auf die Uhr auf dem Armaturenbrett. Es war fast Mittag. Sie bat ihn um ein paar Stunden Bedenkzeit.

Sie saß noch eine ganze Weile reglos in ihrem Wagen, nachdem sie aufgelegt hatte. Das Bild von Bender ging ihr nicht aus dem Kopf. Schließlich griff sie zu ihrem Telefon. Sie hatte Katjas Mobilnummer abgespeichert. Es war einen Versuch wert. *Warum ich?*, tippte sie und schickte die SMS ab. Ein Schuss ins Blaue. Überraschenderweise erhielt sie sofort eine Antwort. *Sie sind die Einzige, der ich vertraue.* Valerie starrte auf das Display. Hatte Katja wirklich ihr Telefon eingeschaltet und riskierte so, geortet zu werden? Sie wollte Mayer anrufen, bremste sich aber im letzten Moment. *Sie sind die Einzige, der ich vertraue.* Sollte sie dieses Vertrauen so schnell missbrauchen? Sie dachte daran, was Mayer gesagt hatte. Alle zwölf Stunden eine Bombe in einer anderen Stadt. Innerhalb von zweiundsiebzig Stunden waren das sechs Bomben in sechs Städten. Valerie atmete tief durch.

Eric war überrascht, so schnell wieder von ihr zu hören. »Katjas Handy ist ausgeschaltet, wir überprüfen das ständig«, erklärte er ihr auf ihre Frage. »Sie kann Nachrichten vermutlich über das Internet abrufen.« Nach einer kurzen Pause fragte er: »Warum?«

»Ich habe ihr eine SMS geschickt.«

»Und sie hat geantwortet?«

»Sofort.«

Einen Moment hörte sie nichts und dachte schon, die Verbindung wäre unterbrochen. »Valerie, wir brauchen dich«, sagte Eric schließlich.

Zweiundsiebzig Stunden. Drei Tage. Sie würde es nicht für Bender tun, sondern für Katja. Vielleicht gelang es ihr, die Soldatin von ihrem weiteren Vorhaben abzubringen und damit auch die strafrechtlichen Konsequenzen zu minimieren.

»Katja ist meine Mandantin«, erklärte sie gegenüber Meisenberg wenig später in der Kanzlei. Sie hatte ihn gebeten, sie bei einem Gerichtstermin zu vertreten, doch er hatte sich geweigert: »Du weißt, dass ich das nicht gern mache.«

»Du bist mit dem Thema ebenso vertraut wie ich und kennst die Mandanten genauso gut«, hatte sie erwidert und sich gleichzeitig gefragt, wie sie sein Zögern bewerten sollte.

»Es wird deine Ehe ruinieren«, bemerkte er, während er ihr zusah, wie sie ihre Sachen zusammenpackte.

Sie hielt inne. »Dafür hast du doch schon gesorgt«, sagte sie schärfer als beabsichtigt.

Meisenberg seufzte. »Es tut mir leid, Valerie.«

»Ein wenig spät, meinst du nicht?«

Er fuhr sich mit der Hand über die Augen. »Ich habe Fehler gemacht, und wie so oft zieht ein Fehler zwangsläufig andere nach sich.« Er wirkte ehrlich bedrückt, aber sie glaubte ihm nicht. Ihm, dem sie immer blind vertraut hatte. Der Schmerz, den dieses Bewusstsein auslöste, traf sie unerwartet, und sie verbarg ihn hinter einer spöttischen Miene. »Du erwartest jetzt aber kein Mitleid?«

Er erwiderte ihren Blick mit einem ungewohnt müden Lächeln. »Das, meine Liebe, wäre vermutlich zu viel der Ehre.«

Als sie wenig später aufbrechen wollte, hielt er sie zurück. »Pass auf dich auf«, sagte er leise und versprach ihr, den Termin vor Gericht zu übernehmen.

Sie hatte noch immer einen Kloß im Hals, als sie in der Tiefgarage in ihren Wagen stieg. Ihr war, als sei gerade eine lange, erfolgreiche Phase ihres Lebens zu Ende gegangen. Als hörte sie den Vorhang hinter sich fallen. Vombrook hatte sie gefragt, ob sie tatsächlich weiter mit Meisenberg zusammenarbeiten wollte – nach allem, was vorgefallen war. Sie hatte gehofft, dass sie nach wie vor mehr verband als trennte. Und während sie noch darüber nachdachte, wurde ihr klar, dass diese Frage auch für Marc und sie galt. Es war verlockend, Meisenberg für die Probleme in ihrer Ehe verantwortlich zu machen, doch sie war noch nie gut im Selbstbetrug gewesen.

Marc zeigte wenig Verständnis für ihre Entscheidung, nach Berlin zu fahren. »Das ist nicht dein Ernst?!«, entfuhr es ihm, als sie ihn anrief. Seit Benders Entführung herrschte Waffenstillstand. Jeder von ihnen gab sich die größtmögliche Mühe, den anderen nicht zu verletzen. Sie vermieden jeglichen Streit. Sie suchten beide aber auch nicht die Nähe des anderen.

»Du könntest mitkommen«, schlug Valerie vor.

»Du weißt, dass das nicht möglich ist«, erwiderte er. Sie runzelte die Stirn. War es das wirklich nicht? Noch vor wenigen Tagen hätte sie mit ihm darüber diskutiert. Jetzt schwieg sie.

Nur anderthalb Stunden später saß sie im ICE. Als sie aus dem Fenster auf die vorbeifliegende Landschaft blickte, dachte sie daran, dass Marc damals nach Berlin gefahren war, um für sie im Bundeskanzleramt um Hilfe zu ersuchen. Er hatte nichts unversucht gelassen, auch wenn er, und das hatte er ihr beschämt eingestanden, bisweilen an ihrer Unschuld gezweifelt hatte. So wie Sibylle begonnen hatte, an der Integrität ihres Mannes zu zweifeln. *Milan ist nicht mehr da, weißt du. Er kann nichts dazu sagen. Zu all den Anschuldigungen …* Marc war ebenso allein und verunsichert gewesen, dennoch hatte er sie nicht fallenlassen.

Valerie lehnte den Kopf gegen die Lehne ihres Sitzes. Irgendwo im Abteil klingelte ein Handy. Ein Kind nörgelte. Der Zug rauschte durch weite grüne Wiesen. Was würde sie in Berlin erwarten? Sie hatte keine Vorstellung, wie ein Krisenstab in einer solchen Situation arbeitete. Wer alles dazugehörte. Mayer hatte unendlich erleichtert geklungen, als sie ihm ihr Kommen mitgeteilt hatte. Er hatte versprochen, dass jemand sie am Bahnhof abholen würde. Sie rechnete nicht damit, dass er selbst kam.

Tatsächlich war es Florian Wetzel, der auf dem Bahnsteig im Berliner Hauptbahnhof wartete. Er lächelte, als er sie erblickte, und nahm ihre Tasche. »Ich freue mich wirklich, Sie zu sehen«, sagte er, und so, wie er es sagte, klang es ehrlich. »Wir haben ein Zimmer im Hilton für Sie reservieren lassen, da sind alle unsere auswärtigen Mitarbeiter untergebracht.« Am Taxistand blieb er stehen. »Ich würde gern Ihr Gepäck direkt ins Hotel schicken lassen, wenn es Ihnen recht ist.« Augenblicke später erreichten sie das Bundeskanzleramt, das nur einen Steinwurf vom Hauptbahnhof entfernt lag. Da verschiedene Ministerien in die Ermittlungen involviert waren, war das zentrale Lagezentrum hier eingerichtet worden. Valerie streifte die Fassade nur mit einem flüchtigen Blick, die große bronzene Skulptur davor. Sie musste ihren Personalausweis vorlegen und bekam einen Besucherausweis, der für die nächsten drei Tage gültig war. Dann folgte die Personenkontrolle, der Durchgang durch eine Schleuse. Augenblicke später erreichten sie das provisorisch eingerichtete Lagezentrum. Das Klingeln von Telefonen, leise Stimmen und der Geruch von Kaffee strömten ihnen durch die angelehnte Tür entgegen.

Wetzel stieß die Tür auf und sagte: »Herzlich willkommen«, doch Valerie hörte seine Worte kaum. Eine andere Stimme überdeckte sie, machte sie taub für alles andere. Obwohl sie sie anderthalb Jahre nicht gehört hatte, hätte sie diese eine Stimme überall wiedererkannt. Ihr Pulsschlag erhöhte sich schlagartig, während ihr Blick suchend durch den Raum irrte, an dem Mann hängen blieb, der zusammen mit Eric Mayer über den Tisch gebeugt stand, die Stirn gerunzelt, einen Finger auf der Karte, die vor ihnen ausgebreitet war. Weder er noch Mayer hatten bislang die Frau bemerkt, die wie erstarrt in der Tür stehen geblieben war.

Sie spürte, wie Wetzel ihren Arm nahm. »Er hat Ihnen nichts gesagt«, bemerkte er ungläubig.

»Nein«, flüsterte sie atemlos. »Hat er nicht.«

Als hätte er ihre Worte gehört, richtete sich Martinez in diesem Moment auf, und ihre Blicke trafen sich. Er hatte sich nicht verändert. Er stand dort genauso, wie sie ihn in Erinnerung hatte, wie er sie in ihren Träumen verfolgt hatte. Dieselbe katzenhafte Geschmeidigkeit, dieselbe kraftvolle, gefährliche Aura. Eine Welle der Übelkeit durchfuhr sie. Sie musste hier raus. Fort. Der Griff von Wetzels Fingern um ihren Arm verstärkte sich. »Bleiben Sie ruhig«, flüsterte er eindringlich, doch seine Stimme verlor sich. Sie war wieder in Rumänien, in ihrer Gefängniszelle, spürte die eisige Kälte des Betonbodens unter ihren Füßen, Martinez' Augen auf sich. Hörte seine Stimme. *Wir werden nicht zulassen, dass du stirbst, aber wir werden dich an den Rand des Todes bringen …*

* * *

Brandenburg, Deutschland

Es gibt immer einen Weg. Komm zurück. Katja meinte, Erics Stimme zu hören, während sie die Worte auf dem Monitor ihres Laptops las, und ihr Magen zog sich schmerzhaft zusammen. Sie ließ den Kopf gegen die nackte Wand sinken. Putz rieselte aus einer der offen liegenden Fugen, staubte im Sonnenlicht, das durch das hohe Fenster fiel und ein helles Rechteck auf die schmutzigen Dielen warf. Es gab kein Zurück für sie. Eric sollte das wissen. Er war dabei gewesen, damals in Somalia. Intuitiv schloss sie die Augen, doch die Bilder, die sie bedrängten, waren in ihrem Kopf mit ihr verwachsen, wie ihre Arme und Beine. Sie ließen sich nicht einfach ausblenden, indem sie die Augen schloss. Oft genug hatte sie versucht, sie abzuschütteln, sie hinter sich zu lassen. Es hatte Zeiten gegeben, da schien es ihr beinahe zu gelingen. Es hatte Augenblicke voller Klarheit gegeben, in denen sie verstanden hatte, was geschehen war, warum es genauso hatte geschehen müssen. Doch diese Momente waren nicht von Dauer gewesen. Es waren nicht mehr als selige, flüchtige Träume, aus denen sie viel zu schnell wieder zurückgeworfen worden war in eine Wirklichkeit voller Zweifel und Ängste.

Wie viele Menschen waren durch ihr Zögern, ihre Unentschlossenheit getötet worden? Wann würde es das nächste Mal geschehen? Da war wieder der Geruch der Holzfeuer, das staubige Orange der Marktschirme. Das strahlende Weiß der Hemden der Männer und die leuchtend bunten Gewänder der Frauen. Das schnelle Auf und Ab ihrer Stimmen, ihr kehliges Gelächter, das so abrupt endete und sich von einem Moment auf den anderen in jenen spitzen, panischen Schreien verlor, die selbst heute noch in ihren Ohren nachhallten. Plötzlich waren sie da gewesen. Das Sonnenlicht hatte sich in den schwarzen Läufen ihrer Gewehre gespiegelt, in ihren großen, weit aufgerissenen Augen. Katja spürte wieder, wie ihr Finger am Abzug des Schnellfeuergewehrs erstarrte, während die Kinder den Marktplatz stürmten. Schrien. Sie war die Einzige, die in der richtigen Position gewesen war, um den Angriff im Keim zu ersticken. Und sie hatte gezögert, kostbare Sekunden, die viele Menschenleben auf dem Platz hätten retten können. Unter ihnen waren Kinder gewesen, Babys, schwangere Frauen. Sie hatten verblutend im Dreck gelegen. Hilflos hatte sie mit ansehen müssen, wie sie starben. Kindersoldaten kannten keine Gnade. Sie waren Tötungsmaschinen, ohne Mitleid, unter Drogen, in einem Blutrausch, der nur durch den eigenen Tod gestoppt werden konnte. Sie hatten sie letztlich erschossen, einen nach dem anderen, neun-, zehnjährige Jungen, in deren Gesichter im Tod alles Kindliche, alles Verletzliche zurückkehrte. Einige unter ihnen kamen aus ebenjenem Dorf, das sie überfallen hatten. Nie würde sie das Grauen im Gesicht der Frau vergessen, die vor ihrem Sohn kniete, der gerade seine eigenen Schwestern getötet hatte. Grausame Szenen hatten sich vor den Augen der westlichen Soldaten abgespielt, bevor sie die kindlichen Angreifer überwältigen konnten. Eric, Chris und zwei Amerikaner waren damals dabei gewesen. Sie wusste nicht, wie die Männer mit der Erinnerung fertig geworden waren. Keiner von ihnen hatte jemals über diesen Tag gesprochen, sie hatten ihn totgeschwiegen, als ob sie ihn so ungeschehen machen konnten. Sechs Monate später hatten Katjas Alpträume begonnen. Seither gab es Ruhe für sie nur im Einsatz, wenn die volle Konzentration auf das Ziel, den Erfolg der Mission gerichtet war. Wieder kamen Katja die Worte des amerikanischen Offiziers in den Sinn, mit dem sie in Afghanistan zusammengearbeitet hatte: *Irgendwann gibt es nur noch einen Ort, an dem du zu Hause bist, und das ist der Krieg. Du kannst nicht zurück, nach allem, was du gesehen hast.* Nein, sie konnte nicht zurück. Es gab keinen Weg. Warum verstand Eric das nicht? Sie schlug die Augen auf und blickte auf den Monitor ihres Laptops. Auf die wenigen Zeilen, die er ihr geschrieben hatte. Er glaubte, sie zu kennen. Aber er täuschte sich. Katja stand auf, hörte, wie Bender im Nebenraum hustete. Alles war vorbereitet. Sie warf einen Blick auf ihre Uhr. Es war an der Zeit, aufzubrechen, und diesmal würde sie nicht zögern.

* * *

Brandenburg, Deutschland

Wenn du stirbst, wird sich niemand darüber freuen. Das verspreche ich dir. Die Worte kreisten in Gerwin Benders Kopf, während er den Schritten der Ex-Soldatin lauschte. Was machte sie dort im Nebenraum? Das Schlimmste war die Ungewissheit, in der sie ihn ließ. In der Nacht war sie mit dem Wagen fortgefahren und erst am Vormittag zurückgekehrt.

Nachdem das Motorengeräusch in der Stille und Dunkelheit verklungen war, hatte er versucht, sich zu befreien, hatte mit aller Kraft am Heizungsrohr gerissen, an das sie ihn gekettet hatte, doch so alt und marode das Mauerwerk auch schien, in das es eingelassen war, es hielt stand. Schließlich hatte er seine Wut und Verzweiflung herausgebrüllt, bis er heiser zusammengebrochen war. Sein Herz hatte wild geschlagen in seiner Brust, und als ihm klargeworden war, dass er seit seiner Entführung keine Medikamente gegen seinen Bluthochdruck eingenommen hatte, spürte er prompt eine Enge in seinem Brustkorb, das schon vertraute Ziehen. Er hatte gegen die Panik angekämpft, einer Herzattacke zu erliegen. So würde er nicht sterben. Irgendwann in den Stunden vor Tagesanbruch musste er dann eingeschlafen sein. Erst das Motorengeräusch des Geländewagens hatte ihn aufgeschreckt, und er war seltsamerweise erleichtert gewesen, Katja Rittmers Silhouette in der Tür zu sehen. Jetzt hörte er ihre Schritte näher kommen. Gleich darauf stand sie im Raum, maß ihn mit kaltem Blick, bevor sie seine Handschellen von dem Heizungsrohr löste und ihn mit einem Ruck vom Boden hochzog, als seine Beine nicht sofort gehorchten.

»Was ist los, wohin gehen wir?«, fragte er, überrascht von der Kraft, die sie besaß, doch wie immer antwortete ihm nur stoisches Schweigen. Drei ganze Sätze hatte sie ihm gegenüber geäußert, seit sie ihn aus dem Atlantic entführt hatte. Sie zog einen Revolver aus dem Bund ihrer Armeehose und wies damit zur Tür.

Bender stolperte aus dem Raum in den Flur. Die Haustür stand offen. Katja Rittmer packte ihn am Arm. Einen flüchtigen Moment dachte er an Widerstand, an Flucht, aber ihre Finger gruben sich noch fester in seine Muskeln, und er merkte, dass ihr dieser Impuls nicht entgangen war. Sie würde ihn niederschießen oder einfach bewusstlos schlagen, wie sie es im Taxi getan hatte, als er sich verzweifelt gegen sie zur Wehr gesetzt hatte. Der Kofferraum des Wagens war geöffnet. Sie stieß ihn darauf zu. Die Handschellen schnappten zu und fixierten seine Hände hinter seinem Rücken. Bender biss die Zähne zusammen, um ein Stöhnen zu unterdrücken. Augenblicke später schloss sich die Hecktür hinter ihm. Der Wagen ruckelte los, und der beklemmende Schmerz in Benders Brust kehrte zurück und nahm ihm den Atem. Sein letzter Gedanke, bevor er das Bewusstsein verlor, galt ausgerechnet seinem toten amerikanischen Geschäftspartner James Reynolds.

* * *

Berlin, Deutschland

Martinez sah, wie die Farbe aus Valerie Weymanns Gesicht wich, als er langsam auf sie zuging. Wie sie zurückzuckte, ihre Nasenflügel bebten, ihr Brustkorb sich hob und senkte. Auf eine winzige Kopfbewegung des Amerikaners hin ließ Wetzel sie los und ging ihnen voraus in den Konferenzraum. Martinez stieß mit dem Fuß die Tür hinter ihm zu. »Mayer hat dir nicht gesagt, dass ich hier bin, weil er befürchtet hat, dass du dann nicht gekommen wärst«, sagte er ruhig. »Aber wir brauchen dich. Du weißt, was auf dem Spiel steht.«
Sie antwortete nicht, schluckte nur, und er beobachtete, wie sich eine Träne unter ihren langen Wimpern löste und langsam über ihre Wange rollte. Mit zitternden Fingern griff sie in die Tasche ihrer Kostümjacke und zog ein Taschentuch heraus. Er ließ ihr Zeit. Sie waren allein auf dem Flur. Niemand

würde sie stören. Mit einer fahrigen Bewegung trocknete sie ihre Tränen und zerknüllte das Taschentuch in ihrer Hand. Dann atmete sie tief durch und sah zu ihm auf. »Ich hatte gehofft, dich nie wiedersehen zu müssen«, sagte sie mit überraschend fester Stimme. »Aber im Leben gibt es wohl immer ein zweites Mal.«

Er räusperte sich. »Ich kann nicht rückgängig machen, was geschehen ist. Ich kann dir noch nicht einmal sagen, dass es mir leidtut«, erwiderte er reserviert. »Ich habe meinen Job gemacht, und ich würde ihn wieder machen, wenn es für die Sicherheit meines Landes nötig wäre.«

Schweigend sahen sie sich an. Er spürte, dass es sie Kraft kostete, seinem Blick standzuhalten, gleichzeitig entging ihm aber auch nicht, mit welcher Entschlossenheit sie sich ihren dunkelsten Ängsten stellte. Schließlich streckte sie die Hand aus, um die Tür zu öffnen, doch er war schneller und ließ ihr den Vortritt.

Im Lagezentrum brummte es vor Aktivität. An den Wänden hingen große Monitore, die Mitarbeiter der einzelnen beteiligten Behörden saßen in langen Reihen an Computern, Laptops und Telefonen. In einer Ecke arbeiteten zwei Drucker im Akkord, und in einem weiteren, mit einer Glaswand abgetrennten Raum stand ein Konferenztisch, auf dem sich gebrauchte Kaffeetassen stapelten. Mayer kam ihnen entgegen, als er sie bemerkte. »Valerie …«, begann er.

»Es ist in Ordnung«, fiel sie ihm ins Wort. »Es wird keine Probleme geben.« Ihre Stimme klang abschließend, doch die leichte Röte auf ihren Wangen spiegelte ihre Nervosität wider.

Martinez bemerkte, wie Mayers Überraschung sich in Erleichterung verwandelte. »Danke«, sagte der BND-Agent lediglich. Es gab derzeit nicht viele Menschen in seinem Umfeld, die ihm so klar versicherten, dass es keine Probleme geben würde. Eine immense Verantwortung lastete auf Mayers Schultern. Martinez beobachtete die kaum merkbaren vertraulichen Gesten zwischen Mayer und Valerie und begriff, wie groß Mayers Erleichterung sein musste. Dieser intime Umgang konnte nur eins bedeuten: Die beiden hatten ein Verhältnis miteinander. Martinez runzelte unwillkürlich die Stirn. Als ob sie nicht so schon genug Schwierigkeiten hatten. Es überraschte ihn aber nicht. Er bezweifelte nur, dass es ein Happy End für die beiden geben würde. Geben konnte. Mayer funktionierte nicht gut in Beziehungen, und Valerie Weymann war verheiratet.

»Du suchst dir immer die falschen Frauen aus«, stichelte er nicht viel später. »Du solltest dein Beuteschema ändern, bevor es zu spät ist.«

Mayer sah unwillkürlich zu Valerie, die im Konferenzraum gerade mit einem Vertreter des Justizministeriums sprach. Martinez lächelte, auch der letzte Zweifel war spätestens jetzt zerstreut. Zu spät erkannte Mayer die Falle, die sein amerikanischer Freund ihm gestellt hatte. »Es ist anders, als du denkst«, sagte er lahm.

Marrtinez zog eine Augenbraue hoch. War es das nicht immer?

* * *

Karl Lentz war ein äußerst pünktlicher Mensch, pedantisch geradezu. Auch an diesem frühen Abend des 28. Mai machte er keine Ausnahme. Genau um 17:57 Uhr räumte der Rentner den Aufsteller vor dem Eingang zum *Raum der Stille* im Nordflügel des Brandenburger Tors in den Vorraum und vergewisserte sich mit einem letzten Blick, dass auch wirklich alle Besucher gegangen waren. Er klappte das Gästebuch zu, löschte das Licht, und genau um 17:59 Uhr zog er die Eingangstür hinter sich ins Schloss.

Seit zwei Jahren gehörte der ehemalige Steuerbeamte zu der rund achtzigköpfigen Gruppe ehrenamtlicher Mitarbeiter, die dafür sorgten, dass alle Besucher des Brandenburger Tors, Einheimische wie Gäste der Stadt, Zutritt zu diesem besonderen Raum erhielten und hier ihren Frieden fanden, wie Lentz sich gern ausdrückte, wenn er gefragt wurde. Viermal im Monat verbrachte er einen ganzen Nachmittag hier, und nur einmal war es ihm in dieser Zeit nicht gelungen, pünktlich zu schließen. Zweimal drehte er jetzt den Schlüssel im Sicherheitsschloss und rüttelte ein letztes Mal an der Tür, um sich zu vergewissern, dass sie auch wirklich zu war, dann machte er sich auf den Weg zur nahe gelegenen S-Bahn-Station Brandenburger Tor, um nach Hause zu fahren, wo seine Frau bereits mit dem Abendessen wartete. Es war ein warmer Tag gewesen, die Bäume in der Straße des 17. Juni standen in vollem Grün, die Sonne noch immer am Himmel. Lentz machte die Hitze seit seiner Pensionierung zu schaffen, und obwohl er erst wenige Schritte gegangen war, blieb er kurz stehen, zog ein großes gebügeltes Stofftaschentuch aus der Brusttasche seines karierten Hemdes und wischte sich damit über den fast kahlen Schädel. Hoffentlich hatte seine Frau das Bier kaltgestellt, war sein letzter Gedanke, bevor die Gebäude um ihn herum durch eine Explosion erschüttert wurden. Einen Atemzug lang meinte er die fünfzehn Meter hohen Säulen des Brandenburger Tors wanken zu sehen. Dann hüllte ihn eine Staubwolke ein, nahm ihm den Atem und machte ihn blind. Ein Mauerstück traf ihn am Hinterkopf und fällte ihn wie einen Baum. Der *Raum der Stille* war nicht mehr. Ein Loch gähnte in dem oxidierten Kupfer des Daches, das sich über dem Torhaus wölbte. Flammen und Staub schossen heraus.

* * *

Berlin, Deutschland

In den Straßen hallten die Martinshörner der Polizei und der Rettungsfahrzeuge wider. Binnen kürzester Zeit war der gesamte Bereich um das Brandenburger Tor weiträumig abgeriegelt. Ein Polizeibeamter öffnete die Absperrung für die sich nähernden Regierungsfahrzeuge. Valerie stieg zusammen mit Mayer und Martinez aus dem dunklen Geländewagen. Vor ihnen öffneten sich die Türen eines baugleichen Fahrzeugs, mit dem Schavan, Wetzel und zwei Mitarbeiter des Verfassungsschutzes gekommen waren. Bis auf Wetzel, dessen weite Jeans um seine dünne Gestalt herumschlabberte, trugen alle Männer Anzüge, sogar Martinez. Ihre Gesichter verrieten die nervöse Anspannung. Katja hatte ihre Drohung wahr gemacht. Sie hatte mitten in der Hauptstadt, zu Füßen eines der größten Touristenmagneten, einen Sprengsatz gezündet. Und niemand wusste, ob weitere Bomben irgendwo heimlich tickten. Niemand wusste, was als Nächstes geschah.

War das Katjas Antwort auf die Angebote, die Valerie ihr erst vor einer Stunde unterbreitet hatte?
Um sie herum wimmelte es von Feuerwehrleuten und Einsatzkräften der Polizei. Krankenwagen mit Blaulicht standen auf dem Gelände, zwei Rettungssanitäter rannten mit einer Trage an ihr vorbei, dicht gefolgt von einem Notarzt. Sie sah Eric über den Platz eilen, das Telefon am Ohr. Valerie fröstelte. So musste die Stimmung in Hamburg nach dem Anschlag auf den Dammtorbahnhof vor anderthalb Jahren gewesen sein. Jenseits der weiträumigen Absperrung hatten sich auf der Straße des 17. Juni bereits Staus gebildet, Passanten starrten aus der Ferne ungläubig auf die Trümmer neben dem Brandenburger Tor. Mauerstücke und Teile des Dachs lagen auf dem Platz verstreut, die Schuhe der Polizisten und Ermittler hinterließen dunkle Spuren in dem hellen Staub, der sich nur langsam setzte. Ein plötzlicher Windstoß trieb beißenden Qualm auf Valerie zu. Sie zog ein Taschentuch aus ihrer Tasche und hielt es sich hastig vor Mund und Nase. Sie fragte sich plötzlich, warum sie mitgekommen und nicht stattdessen im Lagezentrum geblieben war. Martinez tauchte im Laufschritt aus Richtung des gesprengten Torhauses auf. Wie hypnotisiert verfolgte sie jede seiner Bewegungen. Die unerwartete Konfrontation mit ihm belastete sie weitaus mehr, als sie sich hatte anmerken lassen. Sie versuchte, ihm aus dem Weg zu gehen. Sie wollte nicht mit ihm sprechen, nichts mit ihm zu tun haben. Dennoch ertappte sie sich immer wieder dabei, dass sie ihn beobachtete und dabei das, was sie sah, mit ihrer Erinnerung an ihn verglich, mit den Bildern in ihr, die in den vergangenen anderthalb Jahren eine gewisse Eigenständigkeit entwickelt hatten. Am meisten erschreckte sie sein Lachen.
Nicht allein deswegen hatte sie sich verbissen auf ihre Auf-

gabe gestürzt, erste Verhandlungen mit dem Justizministerium geführt und sondiert, inwieweit die Behörden Katja Rittmer entgegenkommen würden, wenn Valerie die Ex-Soldatin zur Aufgabe bewegen konnte. Sie hatte mit Katja gesprochen, ohne sie wirklich zu erreichen, wie sie nun wusste. Lars Günther, der große rotblonde Psychologe, war an ihrer Seite gewesen. Neben seiner herkömmlichen Arbeit war er spezialisiert auf die Verhandlungsführung bei Geiselnahmen, und er kannte Katjas Akte inzwischen bis ins letzte kleine Detail. Sie hatten die Gespräche aufgezeichnet und später in größerer Runde analysiert. Valerie blickte an den mächtigen dorischen Säulen des Brandenburger Tors empor, die sich hinter ihr in den Himmel reckten. Warum hatte sie Katja nicht erreicht, was hatte sie falsch gemacht? Sie zog ihr Handy aus der Tasche und wählte Katjas Nummer, doch die Ex-Soldatin war nicht zu erreichen.

Zurück im Lagezentrum fasste Jochen Schavan die ersten Ergebnisse der Untersuchungen zusammen. »Wir haben einen beträchtlichen Sachschaden, aber ansonsten haben wir Glück gehabt. Zum Zeitpunkt der Explosion befanden sich nur eine Handvoll Menschen in der Nähe des Torhauses«, erläuterte er. »Drei davon sind leicht verletzt. Sie haben ein Explosionstrauma, wurden gleich vor Ort mit Infusionen behandelt und zur Sicherheit in die HNO-Abteilung der Charité überführt.«

Zwei weitere Personen waren von Mauer- und Dachteilen getroffen worden, darunter der Mann, der zum ehrenamtlichen Team der Betreuer des *Raums der Stille* gehörte und an diesem Nachmittag Dienst gehabt hatte. Er war mit einer Gehirnerschütterung und Abschürfungen in die Klinik gebracht worden. »Wenn er nicht so überpünktlich um kurz

vor sechs Feierabend gemacht hätte, wäre er jetzt tot«, bemerkte Schavan. »Die Bombe ist um exakt 18 Uhr explodiert.«
Erste Analysen der Experten ergaben, dass es sich um denselben Sprengstoff handelte, mit dem Katja Rittmer den verlassenen Gasthof in Nordhessen gesprengt hatte. Es war ein Schlag ins Gesicht für die gesamte Ermittlungsmannschaft. Mit diesem ersten Anschlag demonstrierte Katja ihnen deutlich ihre Ohnmacht, lag der Ort, den sie gewählt hatte, doch nahezu in direkter Nachbarschaft zum Regierungsviertel in Berlin. »Wir können fast rüberspucken«, hatte Wetzel trocken bemerkt. Direkt neben dem Brandenburger Tor befand sich zudem die amerikanische Botschaft, ein Umstand, der nicht nur für diplomatische Aufregung gesorgt hatte, sondern sicher nicht ganz zufällig war. Katja meinte es ernst, und das war ihre letzte Warnung.
Im Augenblick wurden die Mitarbeiter des *Raums der Stille* als Zeugen befragt, die in den vergangenen Tagen das Gebäude während der Öffnungszeiten betreut hatten. Eine Frau, die am Vortag ihren Dienst versehen hatte, erkannte Katja auf dem Fahndungsfoto wieder.
»Sie hat den Sprengstoff am Morgen plaziert, kurz nach Benders Entführung«, resümierte Mayer. »Sie muss sich in der Stadt oder der näheren Umgebung versteckt gehalten haben.« Er wirkte ruhig, beherrscht wie immer, aber Valerie erkannte an der Falte zwischen seinen Brauen und der scharfen Linie seines Mundes, wie ungehalten er über ihre Hilflosigkeit war, und die Leichtigkeit, mit der Katja sie alle vorführte. Die Bundeskanzlerin persönlich erwartete seinen Bericht, und er würde alles andere als gute Nachrichten überbringen. Katja Rittmer hielt an ihren Forderungen fest und zögerte nicht, ihre Drohungen wahrzumachen. Diesmal wa-

ren sie noch vergleichsweise glimpflich davongekommen. Aber was würde beim nächsten Mal geschehen? Es blieben ihnen noch knapp zehn Stunden, den nächsten Anschlag zu verhindern.

29. Mai

Berlin, Deutschland

Es war kurz nach Mitternacht, als Eric Mayer ins Lagezentrum zurückkehrte. Auf den Monitoren an den Wänden liefen in den Sonderberichterstattungen der Fernsehsender immer wieder dieselben Bilder, Interviews und Hintergrundberichte. Jochen Schavan griff schließlich zur Fernbedienung und schaltete entnervt den Ton ab. »Es bringt uns nicht voran, wenn wir uns von den Medien verrückt machen lassen«, sagte er, als einer der Mitarbeiter des Verfassungsschutzes protestierte. »Wenn es neue Informationen gibt, werden wir sofort davon erfahren, dafür sorgt das Bundespresseamt. Machen wir unsere Arbeit.«

Es herrschte Nachrichtensperre. Alle Verantwortlichen fürchteten die Panik, die ausbrechen würde, wenn das wahre Ausmaß der Bedrohung, die Katja darstellte, publik würde.

Nachdem ein Fahndungsfoto von ihr im Fernsehen ausgestrahlt worden war und seitdem im Internet auf allen Nachrichtenplattformen abgerufen werden konnte, standen die Telefone nicht mehr still. Überall meinten besorgte Bürger, die Ex-Soldatin erkannt zu haben. Sie war gleichzeitig in München, Frankfurt, Saarlouis, Hameln, in der Wesermarsch und in Magdeburg gesehen worden. Überall im Land überprüften Beamte der Polizeibehörden diese Meldungen, verfolgten Spuren und gingen Hinweisen nach.

Es bestand ein Konsens in der Regierung, den Forderungen Katjas nicht nachzugeben. »Der Verteidigungsminister wird nicht zurücktreten«, hatte der Leiter des Bundeskanzleramts Mayer informiert. »Finden Sie die Frau und beenden Sie dieses Horrorszenario.«
Die Kabinettsmitglieder fürchteten vor allem den politischen Schaden. Drei Ministerien waren betroffen: Das Ressort Verteidigung stand am Pranger, seit öffentlich bekannt war, dass es sich um eine traumatisierte Soldatin handelte, die derzeit die gesamte Republik in Atem hielt. Der Wirtschaftsminister hatte bereits die Verantwortung für die Korruptionsfälle innerhalb seines Ministeriums im Zusammenhang mit den illegalen Waffengeschäften der Larenz-Werke übernommen und war zurückgetreten. Nun durfte das aktuelle Krisenmanagement des Bundesministeriums des Inneren unter keinen Umständen scheitern.
Mayer hatte sich an seinen Vorgesetzten gewandt, doch der hatte abgewinkt. »Unsere Behörde hat mit dem Fall nichts zu tun – offiziell leisten wir lediglich Amtshilfe, weil Sie Katja Rittmer persönlich kennen und früher mit ihr zusammengearbeitet haben. Sie und Wetzel sind dem Innenministerium unterstellt.«
Mayer hatte sich daraufhin mit dem Innenminister persönlich in Verbindung gesetzt. »Wir arbeiten alle unter Hochdruck, aber wir brauchen Kooperationsbereitschaft und Handlungsspielraum, keine Weisungen von oben«, erklärte er ohne Umschweife.
Der Minister räusperte sich. »Ich werde tun, was ich kann, um Ihnen den Rücken frei zu halten«, versprach er.

Jetzt informierte Mayer sich zunächst über den aktuellen Stand der Dinge, aber es gab nichts entscheidend Neues.

»Kein Lebenszeichen von Katja«, erklärte Wetzel. »Wir haben auf allen Kanälen versucht, Kontakt zu ihr herzustellen. Sie reagiert nicht.« Mayer warf einen Blick auf die große Karte, die an der gegenüberliegenden Wand hing. Deutschland besaß eine Fläche von rund 357 000 Quadratkilometern, ein Fleck auf der Weltkarte und doch groß genug, um einen Menschen verschwinden zu lassen. Katja konnte überall sein. Sie hatten keinen Anhaltspunkt. Das Einzige, was es gab, war die vierzehn Stunden alte Aufnahme einer Überwachungskamera einer kleinen Tankstelle im niedersächsischen Wolfenbüttel, die eine Frau zeigte, die Katja zumindest sehr ähnlich sah. Sie war ihnen vor einer guten Stunde übermittelt worden.

»Sie weiß genau, wie sie für uns unauffindbar bleibt«, sagte Jochen Schavan. »Sie zahlt nur in bar, hebt nirgendwo Geld ab, ihr Handy ist nicht zu orten, ihr Internetzugang verschlüsselt.«

»Sie hat die ganze Aktion sehr gründlich vorbereitet«, erwiderte Mayer.

»Sie muss aber irgendwo Spuren hinterlassen haben«, gab Schavan zu bedenken. »Denken Sie an die Waffen, den Sprengstoff. Hat sie den Einbruch in das Militärlager selbst verübt oder hat sie auf Ressourcen zurückgegriffen? Das Gewehr, mit dem sie auf den Verteidigungsminister geschossen hat, war eine hochmoderne Präzisionswaffe. So etwas liegt nicht einfach auf einem Dachboden herum.«

»Nach allem, was durch die Presse gegangen ist, wird sich der Verkäufer kaum freiwillig bei uns melden«, bemerkte Wetzel, der das Gespräch bis dahin schweigend verfolgt hatte. »Aber wir wissen jetzt, dass Katja Rittmer auf mehreren Konten bei verschiedenen Banken ein Guthaben in Höhe von insgesamt etwa 75 000 Euro hatte, das sie sich in der vergangenen Woche kurz vor dem Attentat während der Trauerfeier in bar hat auszahlen lassen.«

»Haben wir die Seriennummern der Scheine?«, fragte Mayer.

Wetzel schüttelte den Kopf. »Sie hat die einzelnen Summen in Beträgen von nicht mehr als fünfzehntausend Euro von ihren Konten abgehoben, da fragt keine Bank nach.«

Mayer schenkte sich einen Kaffee ein. »Sie wusste, dass wir als Erstes ihre Konten sperren würden. Sie ist ein Profi, und wir selbst haben sie dazu gemacht. Sie hat eine perfekte Ausbildung beim KSK erhalten, hat jahrelange Berufserfahrung und die entsprechenden Kontakte.« Er blickte Schavan und Wetzel ernst an. »Sie weiß, wie man einen Guerilla-Krieg führt, und genau das ist es, was sie jetzt macht.« Er sah sich um. »Wo ist eigentlich Martinez?«

»Der wurde in die amerikanische Botschaft zitiert«, antwortete Wetzel. »Und ich kann Ihnen versichern, Chef, dass er dazu einiges zu sagen hatte, das nicht einmal ich wiederholen möchte.«

Mayer grinste müde. Es war unverkennbar, dass Martinez einen bleibenden Eindruck bei Wetzel hinterließ.

»Frau Weymann ist vor einer halben Stunde ins Hotel gefahren, um ein paar Stunden zu schlafen«, fuhr Wetzel fort. »Sie ist jederzeit über das Mobiltelefon zu erreichen, und ruft uns sofort an, falls Katja Rittmer sich in der Zwischenzeit bei ihr melden sollte.«

Mayer warf einen Blick auf seine Uhr. Es war inzwischen 1:07 Uhr. »Alle, die nicht unbedingt gebraucht werden, sollten ebenfalls ein paar Stunden schlafen.« Er wandte sich an Schavan. »Wir müssen Schichten einteilen. Wir wissen nicht, was uns morgen erwartet, und das Letzte, das wir brauchen, ist ein Haufen übermüdeter Mitarbeiter, die wichtige Details übersehen.«

»Ich kümmere mich darum«, versprach Schavan und stand auf.
Wetzel reckte sich ebenfalls. »Und was ist mit Ihnen, Chef? Wann haben Sie das letzte Mal geschlafen?«
Mayer antwortete nicht, griff stattdessen nach seinem Laptop. »Ich bin im Konferenzraum, wenn mich jemand sucht.«
Als die Tür hinter ihm zufiel, schloss er die Augen und ließ für einen kostbaren Moment die Stille auf sich wirken. Atmete durch. Was würde in fünf Stunden passieren? Um diese Zeit setzte der Berufsverkehr ein, U-Bahnen, Busse und Straßen füllten sich. Würden sie rechtzeitig den entscheidenden Hinweis erhalten, um ein weiteres Unglück zu verhindern? Die Zeit lief gegen sie, Katjas Countdown tickte unaufhörlich weiter.

Kein Hinweis, keine Nachricht – nichts!
Die Stunden bis zum Morgengrauen zogen sich zäh dahin, und die Nervosität und das Entsetzen wuchsen mit jeder Minute, die verging. Um 5:15 Uhr war auch der letzte Mitarbeiter des Teams wieder an seinem Platz, die Schichtregelung vergessen. Um 5:45 Uhr breitete sich eine atemlose Stille aus, in der das langsame Vorrücken des Zeigers der großen Uhr an der Stirnseite des Raums jedes Mal wie ein Gongschlag erklang. Im Hintergrund flimmerten noch immer die Bilder lautlos über die großen Fernsehmonitore. Kein Telefon klingelte, kein Handy summte. Niemand wagte zu sprechen. 6:00 Uhr. Nichts passierte. Der Zeiger der Uhr rückte weiter. 6:15 Uhr. 6:20 Uhr. 6:28 Uhr. Irgendwo klingelte ein Telefon, und alle sprangen auf. Aber es war nur ein Anruf aus der Kantine, die anfragte, ob man Frühstück bringen sollte. Die Spannung war gebrochen. Hoffnung flammte auf. Sollte das Unmögliche, das Unerwartete passiert sein, blieb das erwar-

tete Unglück aus? Noch wagte niemand, es auszusprechen, noch wagte niemand, es zu beschwören. 6:45 Uhr. Mayer und Schavan tauschten einen Blick. Schavan räusperte sich. Der BKA-Mann war kreidebleich unter seinem Drei-Tage-Bart. Mayer ahnte, dass er selbst vermutlich nicht besser aussah.

»Glauben Sie, dass sie aufgegeben hat?«, fragte Schavan.

Mayer schüttelte den Kopf. »Es muss etwas schiefgelaufen sein.«

* * *

Bonn, Deutschland

Gerwin Bender schlug die Augen auf und starrte an die Zimmerdecke auf die Lampe, die dort in der Mitte hing und gedämpftes Licht verströmte. Er lebte. Sein Herz hatte ihn wider Erwarten nicht im Stich gelassen. Die Lampe schwankte wie auf einem Schiff. Der Anblick bereitete ihm Übelkeit. Er schloss die Augen wieder. Öffnete sie erneut. Die Lampe hing ruhig. Er atmete tief durch. Er lebte. Die Erleichterung darüber verdrängte für den Moment alles andere. Er versuchte, seinen Mund zu öffnen, etwas zu sagen, aber es ging nicht. Warum ging es nicht? Der Gedanke verlor sich. Die Augen fielen ihm wieder zu.

* * *

Katja saß am Boden unter dem Fenster und beobachtete den Mann auf dem Bett. Er lag wie gekreuzigt dort, sie hatte seine Hände und Füße an die Bettpfosten gefesselt, seinen Mund mit Klebeband verschlossen. Sie verfolgte das langsame Heben und Senken seines Brustkorbs und lauschte auf das leise Stöhnen, das jeden Atemzug begleitete. Er war wieder eingeschlafen.

Sie stand auf und sah durch einen Spalt im Vorhang hinaus auf die Straße, auf der der Verkehr vorbeirauschte. Die Autobahn. Dahinter lag der Rhein glitzernd in der Sonne. Es war fast Mittag. Sie waren schon viel zu lange hier, sie mussten fort, weiter, ihren Plan einhalten. Es durfte nicht noch ein Fehler passieren. Die Enge des winzigen Hotelzimmers war erdrückend, wenn sie eine Hand ausstreckte, konnte sie Bender berühren, und sie meinte seinen Atem nicht mehr nur zu hören, sondern zu riechen. Mit zwei Schritten war sie im Badezimmer, lehnte schweratmend über dem Waschbecken und kämpfte gegen den Wunsch ihres Körpers an, die unerträgliche Spannung zu lösen, indem sie sich erbrach.

Zu viel war schiefgelaufen, seit sie die Villa im Wald verlassen hatten. Beinahe hätte sie die Kontrolle verloren. Beinahe hätte sie Bender verloren. Er war bewusstlos gewesen, als sie den Kofferraum wieder geöffnet hatte, sie hatte ihn kaum wieder zu sich gebracht. Sein Herz. Er hatte fast einen Infarkt erlitten. Sie hatte ihm Aspirin gegeben, ihn gezwungen, einen Liter Wasser hinterherzutrinken. Aber ihr war klar gewesen, dass er Medikamente brauchte. Sie hatte einen Weg gefunden. Es hatte Zeit gekostet, Zeit, die sie nicht hatte. Sie war nervös geworden, hatte nicht mehr auf die Details geachtet und Fehler gemacht. Das war ihr früher nie passiert. Sie hatte hart

trainiert, in aufreibenden lebensgefährlichen Situationen flexibel zu sein, spontan umzudenken, neu zu planen. »Du hast Nerven wie Drahtseile«, hatte ihr einmal ein Kamerad gesagt. Was war daraus geworden?
Sie hatte mit Bender ein Motel aufgesucht und an der Rezeption von ihrem kranken Vater gesprochen, für den Fall, dass jemand beobachten würde, wie sie ihn hineinbrachte. Es war eine jener anonymen großen Billigabsteigen, wie sie an Autobahnen und Fernstraßen inzwischen überall in Deutschland zu finden waren. Niemand hatte weiter nachgefragt, niemand hatte sich gekümmert, als sie mitten in der Nacht wieder aufgebrochen war, um den Sprengsatz zu plazieren. Vielleicht war es Schicksal, dass er nicht zündete. Es wäre eng geworden. Sie hatte überlegt, es erneut zu versuchen, aber es gab eine unumstößliche Regel: Geh nie zurück!
Auf dem Monitor ihres Laptops blinkte der E-Mail-Eingang. Sie trat an den kleinen Tisch, auf dem sie den Computer abgestellt hatte. Die Mail war von Valerie Weymann und enthielt nur eine kurze Zeile: *Wir müssen unbedingt sprechen, rufen Sie mich an. Valerie.*
Katja drückte auf *Schließen.* Sie hatte ihre Forderungen gestellt. Solange sie nicht darauf eingingen, gab es nichts zu besprechen. Sie sah zum Bett. Bender hatte die Augen noch immer geschlossen, aber sie war sich plötzlich sicher, dass er nicht mehr schlief. Sie zog ihren Revolver aus dem Bund ihrer Hose und drückte ihm den Lauf an die Schläfe. »Wenn du schreist, erschieße ich dich«, sagte sie ruhig. »Niemand wird es hören, die Waffe hat einen Schalldämpfer.« Dann riss sie ihm mit einer schnellen Bewegung das Klebeband vom Mund. Bender unterdrückte ein Stöhnen. »Wo sind wir?«, fragte er heiser.
Er versuchte es immer wieder, gab einfach nicht auf. Diese

Hartnäckigkeit nötigte ihr ungewollt Respekt ab. Es gab nicht viele Menschen, die so viel Disziplin, so viel Courage besaßen. Sie löste die Fesseln seiner Füße, damit er seine Beine bewegen und das Blut wieder in Zirkulation bringen konnte. Dann befreite sie auch seine Hände und reichte ihm eine Flasche Wasser, ohne auch nur einmal die Waffe von seinem Kopf zu nehmen. Er trank durstig, schluckte gierig. Sie wies wortlos auf den Nachttisch, wo sie die Tabletten für ihn hingelegt hatte. Er drückte eine aus der Packung und hielt sie in der Hand, doch bevor er sie in den Mund steckte, sah er zu ihr auf. »Warum tun Sie das?«, fragte er.

»Weil du lebendig mehr wert bist als tot«, erwiderte sie knapp.

»Das meine ich nicht.«

»Schluck die verdammte Tablette.«

Er blickte auf die ovale Pille in seiner Hand. »Sie werden nicht auf Ihre Forderungen eingehen. Sie tun es nie.« Er sah auf zu ihr. »Sie werden Sie zerstören.« Er nahm die Pille und spülte sie mit einem weiteren Schluck Wasser hinunter. »Sie sind nicht so skrupellos, wie Sie sich geben.«

»Es ist Krieg, Bender«, fuhr sie ihn an, »und im Krieg definieren sich Gut und Böse lediglich über die Seite, auf der man kämpft.« Sie trat einen Schritt zurück. »Steh auf!«

Er schwankte, als er endlich stand. Aber sein Blick hatte nichts von seiner Eindringlichkeit verloren. »Der Krieg ist nur in Ihrem Kopf, Katja.«

Sie hatte diese Worte schon einmal gehört. Aber es war nicht er gewesen, der sie geäußert hatte. Sie runzelte die Stirn. Warum ließ sie sich überhaupt auf eine Diskussion mit ihm ein?

»Dreh dich um«, befahl sie und ließ die Handschellen um seine Handgelenke schnappen.

Der Krieg ist nur in Ihrem Kopf. Wieder drohte ihr die Enge des Raums den Atem zu nehmen, wurde ihr übel. Sie griff nach ihrem Laptop, ihrer Jacke, stolperte beinahe. Aus dem Augenwinkel sah sie, wie Bender lächelte. Mit einer schnellen Bewegung drehte sie sich um und schlug zu. Blut spritzte aus seiner Nase.

* * *

Berlin, Deutschland

»Wir haben den zweiten Sprengsatz!« Die Nachricht ging um 7:08 Uhr wie ein Aufschrei durch das gesamte Lagezentrum. »Bonn, in der Nähe des Münsters.«

Die ehemalige Bundeshauptstadt Bonn war noch immer der Sitz des Verteidigungsministeriums auf der Hardthöhe. Unmittelbar nach dem Anschlag in Berlin hatten die Polizeibehörden im ganzen Land die Sicherheitsmaßnahmen an den neuralgischen Punkten verschärft. Ministerien und Behörden, Botschaften, Flughäfen und Bahnhöfe, aber auch Kasernen und Militäranlagen sowie nahe gelegene belebte Plätze und Ausflugsziele wurden besonders überwacht.

Eine Polizeistreife, die mit einem Spürhund unterwegs war, hatte das C4 gefunden, das Katja unter eine Bank in der Fußgängerzone geklebt hatte. Die Straße war sofort abgeriegelt worden; Sprengstoffexperten hatten die Bombe entfernt, bei der sich ein Kabel gelöst und so die Fernzündung verhindert hatte. Die Nachricht löste gleichzeitig Erleichterung und Entsetzen aus.

»Bei fehlerfreier Zündung hätten wir keine Chance gehabt, sie rechtzeitig zu finden«, bemerkte Jochen Schavan. »Wir verfügen weder über genügend Personal noch ausreichend technische Ausrüstung oder abgerichtete Hunde für einen landesweiten Großeinsatz von diesem Ausmaß.«

»Katja Rittmer ist uns zwölf Stunden voraus«, resümierte einer der Mitarbeiter des Verfassungsschutzes. »Wir können sie nicht einholen.« Es blieb ein Glücksspiel, ein Wettlauf gegen die Zeit.

Lars Günther, einer der beiden Psychologen, betrat zusammen mit Florian Wetzel den Raum. Alle Augen wandten sich den beiden Männern zu, die eine computerunterstützte Analyse zu Katjas nächstmöglichen Anschlagsorten durchgeführt hatten.

»Und?«, fragte Mayer, und Valerie hörte die Ungeduld in seiner Stimme.

»Die Auswertung hat fünf sehr wahrscheinliche Ziele ergeben«, sagte Günther, während er an die große Deutschlandkarte trat.

»Wenn wir nach dem Anschlag in Bonn davon ausgehen, dass Katja Rittmers Fokus tatsächlich weiter auf Einrichtungen der Bundeswehr liegt«, fügte Wetzel hinzu, bevor er sich auf einen der freien Plätze fallen ließ.

»Was wir mit ziemlicher Sicherheit annehmen dürfen«, bemerkte Günther und warf ihm einen irritierten Blick zu. Die angespannte Stimmung begann ihren Zoll zu fordern.

Der Psychologe wandte sich den anderen Anwesenden zu. »Wir haben die Heinrich-von-Tresckow-Kaserne in Geltow bei Potsdam als Sitz des Einsatzführungskommandos.« Er markierte den Ort auf der Karte. »Die Luftwaffenkaserne Wahn in Köln, das Ausbildungszentrum der Bundeswehr in Hammelburg in Unterfranken, die Kaserne in Seedorf in Niedersachsen, wo die Luftlandebrigade 31 stationiert ist, sowie den Sitz des KSK in der Graf-Zeppelin-Kaserne in Calw in Baden-Württemberg.«

Es waren alles Standorte, die direkt mit dem Einsatz der Bundeswehr in Afghanistan zu tun hatten, wie Valerie gleich darauf erfuhr, während Günther auch die weiteren Orte, die sich über das gesamte Bundesgebiet verteilten, auf der großen Karte markierte.

Schavan und Mayer tauschten einen Blick. »Wir müssen uns vor allem um Köln-Wahn kümmern«, sagte Mayer. »Es ist ein Katzensprung von Bonn aus.« Wortlos stand Schavan auf, griff zum Telefonhörer und veranlasste die Verlegung von Sondereinsatzkommandos der Polizei in die entsprechenden Orte. Gleich darauf zog er sich mit Mayer und Martinez für eine Videokonferenz mit den Einsatzleitern zurück in den Konferenzraum.

Valerie sah ihnen nach. Es blieb ein unbefriedigendes Gefühl. Als ob sie etwas übersehen, etwas vergessen hatten, das am Rande ihres Bewusstseins nagte, aber einfach nicht greifbar war. Ihr Blick wanderte zu Wetzel, der mit gerunzelter Stirn vor seinem Laptop saß. Sie stand auf und ging zu ihm hinüber.

»Haben Sie noch was gefunden?«, fragte sie.

»Ich überprüfe hier gerade etwas«, erwiderte er, ohne aufzusehen. Er drehte den Computer, so dass sie das Foto erkennen konnte, das er auf dem Monitor aufgerufen hatte. Es war die Aufnahme der Überwachungskamera der Tankstelle in Wolfenbüttel. Eine Frau, die durchaus Katja sein konnte, verließ gerade das Tankstellengebäude. Drei Fahrzeuge standen an den Zapfsäulen. Eines davon ein dunkler Geländewagen der Marke Nissan, von dessen Kennzeichen lediglich die Buchstabenkombination DH-H zu erkennen war.

»Gleich nachdem wir die Aufnahme heute Nacht erhalten haben, habe ich mir von der Zulassungsbehörde eine Liste möglicher Kennzeichen, unter denen Fahrzeuge dieses Typs zugelassen sind, schicken lassen«, erklärte er. »Es sind tatsächlich nur wenige, da wir Typ, Baujahr und Farbe kennen, und es sich nicht um einen Wagen handelt, der bei uns in Riesenstückzahlen läuft.« Seine Finger flogen über die Tastatur. Valerie sah ihn fragend an. »Was ich habe, vergleiche ich jetzt mit den Daten von TollCollect, dem Betreiber des Mautsystems auf unseren Straßen«, fuhr Wetzel fort. »Vielleicht haben wir ja Glück. Vielleicht war sie so unvorsichtig, eine Autobahn zu benutzen.«

Trotz der Brisanz der Situation und der Gefahr, die Katja für die Bevölkerung darstellte, verspürte Valerie eine unangenehme Beklemmung. Wetzel hatte sich wahrscheinlich in das Mautsystem gehackt. Datenschutz und Bürgerrechte standen zu schnell zur Disposition in gewissen behördlichen Kreisen, und sie hatte am eigenen Leib erfahren, wohin das führen konnte. Wetzel bemerkte ihren Blick, ihr plötzliches Zögern, bevor er jedoch etwas dazu sagen konnte, tat sich etwas auf dem Bildschirm. Valerie hielt den Atem an.

»Da!« Wetzel vergrößerte die Aufnahme einer Mautkamera auf der A 61, Höhe Worms. »Sie ist auf dem Weg nach Calw«, sagte er mehr zu sich selbst und starrte konzentriert auf den Monitor. Wieder huschten seine Finger über die Tasten. Am anderen Ende des Raums begann ein Drucker zu arbeiten.

Eric Mayer dämpfte kurz darauf Wetzels Enthusiasmus. »Wir haben nicht mehr als ein Autokennzeichen, Florian, von dem wir nicht einmal hundertprozentig wissen, ob es das richtige ist.«

»Auf wen ist der Wagen zugelassen?«, wollte Schavan wissen.

»Es ist ein Mietwagen«, antwortete Wetzel.

Schavan veranlasste, dass sofort eine Fahndung herausgegeben wurde. »Nur beobachten, auf keinen Fall einen Zugriff wagen«, hörte Valerie ihn sagen, während sie bemerkte, wie Erics Augen schmal wurden. Natürlich hatten sie rein routinemäßig auch alle Mietwagenfirmen überprüft. Wie sich jedoch herausstellte, hatte Katja den Wagen einen Tag vor Benders Entführung auf falschen Namen angemietet. Sie musste über einen zweiten Ausweis und Führerschein verfügen. Eine zweite Identität.

Eine Regierungsmaschine stand bereit, um sie nach Stuttgart zu fliegen, von dort sollte es mit dem Hubschrauber weiter in das im Schwarzwald gelegene Städtchen gehen.
»Aber sie muss doch wissen, dass sie berechenbar wird, wenn sie ihre Ziele nach einem solchen Schema auswählt«, gab Valerie auf dem Weg zum Flughafen zu bedenken. »Das ergibt für mich keinen Sinn.« Sie saß mit Mayer im Fond des Wagens. Lars Günther, der neben dem Fahrer saß, wandte sich zu ihnen um. »Vergessen Sie nicht, dass wir es mit einer stark traumatisierten Person zu tun haben. Katja Rittmers Handeln ist ein Schrei nach Aufmerksamkeit, nach Beachtung. Ein typisches Symptom des Traumas. Sie will gefunden werden.« Er räusperte sich. »Und sie sucht den Tod.«
Valerie spürte Erics Anspannung bei diesen Worten, den Schmerz, den sie auslösten. Katja war eine langjährige Kameradin für ihn, nicht bloß eine kranke Attentäterin. Unauffällig tastete sie nach seiner Hand. Seine Finger erwiderten den leichten Druck, aber er vermied ihren Blick. Sie fragte sich, wo er in Gedanken war.

Die Maschine startete, sobald alle an Bord waren. Neben dem Psychologen und Eric waren Martinez und Schavan mit von der Partie. Der Rest des rund zwanzigköpfigen Teams des Lagezentrums war unter der Leitung der Mitarbeiter des Verfassungsschutzes in Berlin geblieben. Vor Ort brachte sich bereits ein Sondereinsatzkommando der Polizei in Stellung.

Alle Zufahrtsstraßen wurden überwacht. Spezialisten in Zivil durchkämmten mit Hunden das Zentrum der alten Fachwerkstadt, falls Katja den Sprengsatz bereits plaziert haben sollte. Während des einstündigen Flugs wurde eine Standleitung nach Berlin geschaltet, über die Florian Wetzel sie mit aktuellen Informationen versorgte.
Valerie erlebte den Flug mit äußerst gemischten Gefühlen. Wenn Katjas nächstes Ziel wirklich Calw war, dann lief sie geradewegs in eine Falle, und auf der Agenda der Einsatzkräfte besaß der Schutz ihres Lebens keine Priorität. Bender musste gerettet werden. Die drohende Gefahr für Unbeteiligte ausgeräumt.
Sie sucht den Tod.
Valerie wusste ganz genau, was diese Worte bedeuteten. Sie war selbst rücksichtslos mit sich umgegangen nach ihrer Rückkehr aus Rumänien, hatte über alle gesunden Grenzen hinaus das Risiko geradezu gesucht. Und doch hatte sie immer noch Hoffnung, Katja zu retten. Nach dem ersten Gespräch gleich nach ihrer Ankunft in Berlin waren alle weiteren Versuche der Kontaktaufnahme und Kommunikation vergeblich gewesen, aber Valerie war fest entschlossen, nicht aufzugeben, und sie ahnte, dass zumindest Eric Mayer dieses Ziel im Geheimen ebenfalls verfolgte. Es kollidierte mit seinem eigentlichen Auftrag, aber sie war sich sicher, dass er sich darüber hinwegsetzen würde, obwohl seine berufliche Karriere beim BND nach wie vor eng mit dem Erfolg ihrer Mission verknüpft war. Seine Integrität war angekratzt nach den Ereignissen in Afghanistan.
Die einzige unbekannte Größe im Spiel war Martinez. Niemand wusste, welche Instruktionen er bei seinem Briefing in der amerikanischen Botschaft von seinen Vorgesetzten erhalten hatte. Er war am Morgen mit übelster Laune in das

Lagezentrum zurückgekehrt und hatte seither eine beobachtende Position eingenommen. Wenn Eric irgendetwas darüber wusste, so gab er es nicht preis. Auch die anderen Mitglieder des Teams wahrten den Abstand. Sogar Wetzel hatte sich in Zurückhaltung geübt. Es war Valerie nicht entgangen, dass insbesondere Schavan einen älteren Groll gegen Martinez hegte. Wenn es nicht unbedingt nötig war, vermieden die beiden das direkte Gespräch. Sie hatte Wetzel darauf angesprochen. Er hatte ausweichend geantwortet, aber sie hatte verstanden, dass die gegenseitige Abneigung ihren Ursprung in den Ereignissen vor anderthalb Jahren in Hamburg im Rahmen der Sicherheitsmaßnahmen rund um den Klimagipfel hatte. Valerie hatte Schavan als einen ruhigen, sehr korrekten und kompetenten Mann kennengelernt, dem aber durchaus ein Hauch von Bürokratie anhaftete und der sich weigerte, das System, für das er arbeitete, in Frage zu stellen. Vermutlich waren das genau die Gründe für ihr unterkühltes Verhältnis. Auch jetzt saßen die beiden sich gegenüber, und jeder blickte in eine andere Richtung, während sie Wetzels Stimme lauschten. »Kollegen der Landespolizei in Brandenburg haben herausgefunden, wo sich Katja mit Bender aufgehalten hat. Sie waren in einer seit der Wende leerstehenden Villa mitten im Wald ganz in der Nähe von Berlin. Die Spurensicherung ist vor Ort. Und wir haben das Hotel in Bonn, in dem sie zusammen mit Bender unter demselben Namen abgestiegen ist, den sie für die Anmietung des Wagens benutzt hat. Sie hat Bender dort als ihren kranken Vater ausgegeben.«

»Gibt es was Neues in Bezug auf Köln-Wahn?«, wollte Mayer wissen.

»Njet«, antwortete Wetzel, »aber wir haben eine Anzeige aus dem städtischen Krankenhaus in Magdeburg erhalten.«

Eine Frau, deren Beschreibung auf Katja passte, war überrascht worden, als sie aus der kardiologischen Abteilung ein Medikament zur Blutdrucksenkung entwendet hatte. Sie hatte sich als Ärztin einer anderen Station ausgegeben. Zunächst hatte man ihr geglaubt, die Oberschwester hatte Katja dann jedoch auf dem Fahndungsfoto wiedererkannt. Zu diesem Zeitpunkt hatte Katja zusammen mit Bender Magdeburg jedoch schon weit hinter sich gelassen.
»Sie riskiert viel, um ihn am Leben zu erhalten. Man sollte doch meinen, es könnte ihr egal sein«, bemerkte Schavan mit einem Unterton, der Martinez mit gerunzelter Stirn aufsehen ließ und Valerie vor Ärger das Blut in die Wangen trieb. Bevor jedoch einer von ihnen reagieren konnte, hatte bereits Lars Günther das Wort ergriffen. »Katja Rittmer ist keine Kriminelle«, sagte er und rückte seine Brille zurecht. »Aus ihrer Vita ergibt sich nicht *ein* Hinweis, dass sie zu Exzessen oder Sadismus neigt. Sie hat sich im Gegenteil immer durch ein hohes Maß an Verantwortungsbewusstsein ausgezeichnet.«
Schavan wollte etwas erwidern, doch diesmal war Valerie schneller. »Ich möchte Sie außerdem bitten, nicht zu vergessen, dass Katja Rittmer krank ist«, fügte sie kühl hinzu. »Niemand würde das in Frage stellen, wenn sie im Dienst für ihr Land am Körper und nicht am Geist versehrt worden wäre.«
Schavan schürzte nachdenklich die Lippen. »Als ihre Anwältin müssen Sie das wohl so sehen«, sagte er schließlich.
»Als ihre Anwältin habe ich noch ganz andere Aufgaben«, betonte Valerie und spürte Erics Blick auf sich.

* * *

Calw, Deutschland

Als die Maschine aus Berlin in Stuttgart landete, regnete es in Strömen in der baden-württembergischen Landeshauptstadt, und das Einsatzteam hastete eilig zu dem bereits wartenden Helikopter, der sie nach Calw bringen sollte. Mayer war seit Jahren nicht mehr in der Kreisstadt im Nordschwarzwald gewesen, und eine Welle von Erinnerungen stieg ungewollt in ihm auf, als der Hubschrauber eine knappe Viertelstunde später auf dem Gelände der Graf-Zeppelin-Kaserne oberhalb der Stadt landete. Es hatte sich kaum etwas verändert, seit er hier seine Ausbildung begonnen hatte. Er war vierundzwanzig gewesen, Oberleutnant bei den Fallschirmjägern mit einem abgeschlossenen Studium der Politikwissenschaften an der Universität der Bundeswehr in Hamburg, und besessen von dem Gedanken des Dienstes bei den Spezialkräften. *Facit Omnia Voluntas,* der Wille entscheidet, war schon damals das inoffizielle Motto des Kommandos gewesen – und Mayer hatte sehr schnell begriffen, warum. Dank seines eisernen Willens hatte er den Härten des Eignungsfeststellungsverfahrens standgehalten, als sein Körper schon längst aufgegeben hatte. Er sah sie wieder vor sich, die jungen Männer, die es nicht geschafft hatten, die zusammengebrochen waren, erinnerte sich an ihre Tränen der Enttäuschung, als sie ihre Sachen packten und zu ihren Einheiten zurückkehrten. In manchen Jahren hatten es nur fünf von hundert Bewerbern geschafft. Er war einer von ihnen gewesen und hatte damit auch einen Sieg über sich selbst errungen. Als er nach der dreijährigen Ausbildung in zehn verschiedenen Ländern und allen Klimazonen der Erde schließlich zu seinem ersten Einsatz aufbrach, war er siebenundzwanzig Jahre alt gewesen und seit zehn Jahren drogenfrei. »Ich wusste, dass du es schaffen würdest«, hatte Johannes Rieger damals nur gesagt. Rieger war nie ein Mann vieler Worte gewesen. Aber sein stolzer Blick war dem eines Vaters sehr nahegekommen. Mayer lächelte unwillkürlich bei der Erinnerung. Mehr als einmal hatte er sich in den vergangenen Jahren gefragt, was aus ihm geworden wäre, wenn nicht Johannes Rieger ihn damals mehr tot als lebendig von der Straße gelesen hätte. Der Kripobeamte hatte dafür gesorgt, dass er in eine Entzugsklinik kam, wieder zur Schule ging. Und er hatte ihn bei sich aufgenommen, als er erkannt hatte, dass Mayers Eltern in ihrem gutbürgerlichen Umfeld mit der Wildheit ihres Sohnes schlichtweg überfordert waren, nicht verstanden, aber auch nicht verstehen wollten, was passierte. Rieger hatte es geschafft, Mayers Ehrgeiz zu wecken, ihm gezeigt, wie es sich anfühlte, ein Ziel zu haben, und aus dem jugendlichen Junkie einen Heranwachsenden geformt, der seinen Hang zur Sucht in eine Begeisterung für den Sport und den eigenen Körper verwandelt hatte – eine Entwicklung, die Mayer vermutlich das Leben gerettet, jedoch auch zu einem andauernden Bruch mit seinen eigenen Eltern geführt hatte.

Mit einem Ruck riss er sich von seinen Erinnerungen los. Der Regen prasselte auf die Dächer der Kasernengebäude und ließ die umliegenden Anhöhen des Schwarzwaldes im Dunst verschwinden. Er sah Valerie im Schutz eines Vordaches telefonieren und eilte auf den Eingang des nächsten Gebäudes zu. Im Vorraum schüttelte Schavan gerade die Regentropfen von seiner Jacke, bevor er sie aufhängte. »Katja Rittmer ist doch Elite-Soldatin«, sagte er, als er zusammen mit Mayer hineinging. »Aber soweit ich weiß, gibt es beim KSK keine Frauen im aktiven Dienst. Es heißt, sie seien den hohen körperlichen Anforderungen nicht gewachsen.«

»Katja war ein Sonderfall«, erwiderte Mayer. »Sie hat als

Sportlerin der Bundeswehr höchste Auszeichnungen erhalten und sich auf diese Weise eine Genehmigung erkämpft, an dem Eignungsfeststellungsverfahren teilzunehmen.«

»Und die Tests bestanden.«

Mayer nickte.

»Warum ist das nie öffentlich gemacht geworden?«, fragte Schavan.

»Die Gefahr war zu groß, dass ihre Identität gelüftet worden wäre. Es hätte sie angreifbar gemacht.«

Ein großer, schlanker Mann in Uniform mit den Rangabzeichen eines Oberst kam auf sie zu. Der Kommandeur des KSK. Er begrüßte sie kurz, bevor sie zusammen hineingingen. »Es ist alles vorbereitet«, sagte er. »Wir würden Sie gern aktiv unterstützen, aber das Grundgesetz verbietet uns, wie Sie wissen, leider den aktiven Einsatz im Inneren.«

* * *

Calw, Deutschland

Katja ließ den Geländewagen auf einem Feldweg zwischen frisch bestellten Feldern ausrollen und nahm das Fernglas vom Beifahrersitz. Der Regen hatte aufgehört, und die schweren Wolken verzogen sich. Die Sonne brach durch und ließ die Feuchtigkeit in dichten Schwaden von den umliegenden bewaldeten Hängen aufsteigen. Sie blickte durch das Fernglas auf Calw im Tal der Nagold, auf die Ortsteile, die sich an den Hängen emporzogen. Ihr Gefühl sagte ihr, dass sie zu spät kam. Es war ruhig. Zu ruhig. Als hielten die Kreisstadt und die Anhöhen um sie herum den Atem an. Als warteten sie auf etwas. Katja zog eine Schachtel Zigaretten aus der Brusttasche ihrer Jacke. Sie steckte sich eine an und inhalierte tief den Rauch, versuchte ihrer Paranoia Herr zu werden. Es war kurz vor drei Uhr nachmittags. Woher sollten sie wissen, dass sie hier war? Der Sprengsatz in Bonn war nicht explodiert. Das Spiel war wieder offen, konnte jede Richtung nehmen. Sie hatte sich vor anderthalb Stunden während einer kurzen Pause auf einem Rastplatz sogar auf ein Gespräch mit Valerie Weymann eingelassen. Die Anwältin hatte sie gewarnt. »Wenn Sie weitermachen, werden die Sie töten, Katja. Ich kann nichts für Sie tun, es sei denn Sie geben Ihren Plan auf.« Es gab keinen Plan mehr, hatte sie Valerie sagen wollen, aber sie hatte es nicht getan. Doch der Gedanke hatte sie beschäftigt. Wenn es keinen Plan mehr gab, warum dann daran festhalten? Valerie Weymann hatte ihr zu verstehen gegeben, dass sie zum jetzigen Zeitpunkt im Falle einer Verurteilung nicht mit einer Gefängnisstrafe rechnen musste. »Soviel habe ich für Sie herausgeholt«, fuhr sie fort. »Sie werden Bewährung bekommen, mit der Auflage, sich einer Therapie zu unterziehen.« Valerie Weymann hatte noch viel mehr gesagt, hatte Katjas unausgesprochenen Zweifeln an der Richtigkeit dessen, was sie tat, eine Stimme gegeben, die logisch und klar argumentierte, gleichzeitig aber auch eine unerwartete Herzenswärme und ein Verständnis ausstrahlte, dem Katja sich nicht mehr hatte entziehen können. Sie hatte Valerie glauben, die Hand nehmen wollen, die sie ihr reichte. Die Geborgenheit spüren, die sie versprach. Doch dann war ihr Gespräch abrupt unterbrochen worden. Es war nicht möglich gewesen, die Verbindung wiederherzustellen. Katja hatte noch eine ganze Weile auf dem Parkplatz im Wagen gesessen und auf den schwarzen Schirm ihres Laptops gestarrt, bevor sie schließlich weitergefahren war. Nach Calw. Der ursprüng-

liche Plan. Sie hatte nicht darüber nachgedacht, es war einfach passiert.
Hinter der Rückbank begann Bender zu rumoren. Der ganze Wagen wackelte, als er gegen die Karosserie trat und trotz seines Knebels erstickte Laute von sich gab. Sie hatte schon viel zu lange auf der Kahlfläche gestanden und auf den Ort hinuntergeblickt. Sie ließ den Motor an, wendete und folgte dem Weg zurück in den Wald hinein. Dann stieg sie aus und öffnete die Hecktür des Geländewagens. Bender starrte sie wütend an, als ahne er, was folgen würde. Sie nahm eine Einwegspritze aus dem kleinen Medikamentenkoffer vom Rücksitz und zog sie auf. Bender verfolgte jede ihrer Bewegungen und wehrte sich, so gut er konnte, als sie ihn zu sich heranzog, seine Armbeuge desinfizierte und die Vene suchte. Sie hatte diese Handgriffe schon so oft und unter den schwierigsten Bedingungen ausgeführt, dass er keine Chance hatte. Behutsam drückte sie die klare Flüssigkeit in seinen Körper und zählte, während sein Blut die Substanz aufnahm. Nach zehn Sekunden erschlaffte sein Widerstand. Seine Augen wurden glasig, und die Lider fielen zu. Sie legte ihn auf die Seite, fuhr den Wagen unter die Bäume und wechselte die Nummernschilder auf das lokale Kennzeichen. Sie kannte die Menschen in den ländlichen Gegenden. Sie wurden misstrauisch, wenn auswärtige Fahrzeuge am Wegrand parkten. Dann nahm sie ihren Rucksack und verbarg ihr helles Haar unter einer Schirmmütze. Es waren drei Kilometer bis ins Stadtzentrum.

Die Täler waren schmal im Schwarzwald, auch das der Nagold, die Hänge dicht bewaldet. Die Bäume versperrten ihr die Sicht auf die unter ihr liegende Altstadt. In ihrem Schatten eilte sie den Hang hinunter. Der Rucksack drückte auf ihren Rücken. Sie hatte im Schutz der Nacht kommen wollen.

Nicht am helllichten Tag. Doch sie hatte vorgesorgt. Auch für einen solchen Fall. Die Kirchturmuhr schlug vier. Wenn sie wieder beim Wagen sein wollte, bevor Bender aufwachte, hatte sie noch eine Stunde Zeit.

Als sie den von Fachwerkhäusern gesäumten Marktplatz der Stadt erreichte, begriff sie, dass ihre Vorahnung sie nicht getäuscht hatte. Etwas stimmte nicht. Am Brunnen saßen zwei Männer in Freizeithemden und Jeans, zu ihren Füßen lag ein Golden Retriever. Die Sonnenschirme der Cafés waren aufgespannt, aber nicht mehr als eine Handvoll Gäste hatten an den kleinen Tischen Platz genommen. Ein Stück weiter stand eine Reisegruppe vor einem der Fachwerkhäuser und lauschte den Ausführungen ihres Fremdenführers. Zu wenige Passanten, die Geschäfte zu still für einen normalen Werktag. Von der Straße jenseits der Nagold drang Verkehrslärm herüber, ein Hupen. Katja verharrte in einem Ladeneingang. Der Hund sah zu ihr herüber, seine dunkle Nase zuckte, dann sprang er plötzlich auf und bellte. Nur einen Atemzug später durchzuckte ein stechender Schmerz ihren rechten Arm. Katja sprang zurück und presste sich an eine Hauswand. Ein weiteres Geschoss verfehlte sie nur knapp. Scharfschützen. Im selben Moment flogen die Türen der umliegenden Häuser auf und schwarzgekleidete Einsatztruppen stürmten heraus. Sie hatten sie erwartet und ihr eine Falle gestellt. Und sie war blind hineingetappt. Katja zögerte nicht eine Sekunde, machte auf dem Absatz kehrt und rannte die Gasse hinauf, durch die sie gekommen war. Vor ihr tauchte ein gepanzertes Fahrzeug hinter einer Häuserecke auf und versperrte die Straße. Sie riss ihren Rucksack von der Schulter und rannte darauf zu. »Stehen bleiben!«, schrie jemand. Katja ignorierte den Ruf, warf den Rucksack unter das Fahrzeug und stieß sich ab.

Sie landete auf der abgeflachten Front, rollte sich ab und schlug auf der anderen Seite hart auf dem Kopfsteinpflaster auf, sprang auf, rannte weiter und drückte den Zünder an ihrem Handgelenk. Die Schockwelle der Explosion ließ die Fensterscheiben der umliegenden Häuser bersten, warf sie nach vorn, und sie spürte mehr, als dass sie es sah, wie das Fahrzeug vom Boden abhob, während die Welt um sie herum still wurde. Sie rappelte sich erneut auf und setzte ihre wilde Flucht fort. Erst allmählich kamen die Laute zurück, dumpf und unwirklich. Martinshörner, quietschende Reifen. Sie sah sich nicht um.
Sie tauchte in den Schatten der Bäume, als sie den Fußweg erreichte, der den Hang hinaufführte. Sie hastete weiter, an Häusern vorbei und durch Gärten, immer höher und in den Wald hinein. Ihr T-Shirt klebte an ihrem Körper, Schweiß rann ihr übers Gesicht. Sie riss die Schirmmütze vom Kopf und steckte die Kappe während des Laufs in ihre Hosentasche. Irgendwo hinter ihr erklangen Rufe, Stimmen. Das Adrenalin raste durch ihren Körper und trieb sie vorwärts. Sie musste den Wagen erreichen, bevor sie Hubschrauber einsetzten und Straßensperren aufbauten.
Endlich tauchte der Nissan vor ihr auf. Erschöpft fiel sie auf den Fahrersitz und startete den Motor. Das Navigationsgerät zeigte *Offroad*, aber sie kannte die Umgebung der Stadt und fuhr auf dem schmalen, zugewachsenen Forstweg weiter in den Wald hinein. Die hohen Nadelbäume standen so dicht, dass zwischen ihnen kaum ein Stück Himmel zu sehen war. Solange sie im Schutz der Bäume blieb, hatte sie eine Chance. Nach einer Stunde Fahrt auf den holprigen Waldwegen hielt sie an, fuhr den Wagen ins Dickicht und stellte den Motor ab. Vor ihr lag eine der Schutzhütten, wie sie hier überall für Wanderer standen. Ein kleiner Bach plätscherte neben dem

Weg. Sie kniete nieder, wusch sich das Gesicht und trank durstig. Die Wunde an ihrem rechten Arm pochte, der Ärmel ihrer Jacke war aufgerissen und blutverkrustet. Darum würde sie sich gleich kümmern. Sie ging zurück zum Wagen, nahm die leeren Wasserflaschen vom Beifahrersitz und füllte sie an dem Bach und öffnete die Hecktür. Bender hatte die Augen geschlossen, regte sich nicht. Sie ließ Wasser über sein Gesicht laufen, bis er mit einem plötzlichen Keuchen hochschreckte. Dann zog sie ihn an den Rand des Kofferraums, löste seine Fußfesseln und richtete ihn auf. Sie entfernte den Knebel und setzte ihm die Wasserflasche an den Mund, zwang ihn zu trinken. Langsam klärte sich sein Blick und blieb an ihrem blutigen Arm hängen.

Sie drückte ihm die Flasche in seine zitternden Hände und wandte sich ab. Sie war bei weitem nicht so ruhig, wie sie sich gab. Beinahe hätten sie sie erwischt. *Sie werden Sie töten.* Valerie Weymann hatte von der Falle gewusst und sie warnen wollen. Aber wie hatten sie herausgefunden, dass Calw ihr nächstes Ziel war? Jetzt waren alle Brücken abgebrochen, alles, worüber sie mit der Anwältin vor wenigen Stunden noch gesprochen hatte, war nun nichtig, denn diesmal hatte es nicht nur Verletzte gegeben, wie bei der Detonation der Bombe in Berlin. Die Gesichter der beiden Polizisten hinter der Frontscheibe des gepanzerten Fahrzeugs geisterten als undeutliche Schemen durch Katjas Erinnerung, sie hatte gewusst, dass sie sterben würden, wenn sie den Zünder drückte. Und doch hatte es keine andere Möglichkeit gegeben. Es war das Leben dieser beiden Männer oder ihres gewesen. Aus der Ferne hörte sie das Geräusch eines Hubschraubers. Sie blieb unwillkürlich stehen und lauschte. Sie befand sich weit im Westen von Calw inmitten des größten zusammenhängenden Waldgebiets des Schwarzwaldes, und der Nissan stand gut verborgen im Unterholz. Der Hubschrauber kam nicht näher. Sie wandte Bender den Rücken zu und zog vorsichtig ihre Jacke aus. Ignorierte den brennenden Schmerz in ihrem Arm. Noch ein Tag. Es ging nur darum, die nächsten vierundzwanzig Stunden zu überleben. Ihre Mission zu erfüllen. Sie war wieder im Krieg.

* * *

Landkreis Calw, Deutschland

Wie durch einen Nebel nahm Bender wahr, wie sich Katja Rittmer am Bach wusch. Er wandte den Blick ab, als sie sich zu ihm umdrehte und mit den Fingern ihr feuchtes Haar glättete, zum Wagen ging und in ihrer Tasche nach Verbandszeug wühlte. Die Haut auf ihrem Arm war tief aufgerissen, rotes Muskelfleisch glänzte blutig im Licht. Der Anblick verstärkte seine Übelkeit. Er lehnte sich gegen die Rückbank des Wagens und schloss die Augen. Das kalte Wasser rumorte in seinen Eingeweiden. Er versuchte, sich auf etwas anderes zu konzentrieren. Nachzudenken.

Was war geschehen? War die Ex-Soldatin angeschossen worden? Hieß das, dass die Behörden ihnen auf der Spur waren …? Er spürte, wie er erneut in die Bewusstlosigkeit glitt, und zwang sich, die Augen wieder zu öffnen. Er schloss seine Finger fester um die Plastikflasche in seinen Händen und atmete gegen seine Benommenheit an. Katja Rittmer hatte sich einen Verband angelegt, den sie mit den Zähnen festzog. Sie streifte ein sauberes T-Shirt und eine Hose über. Routinierte, schnelle Bewegungen. Dann kam sie auf ihn zu.

Sein Herz schlug schneller. Würde sie ihn erneut betäuben? Was würde geschehen, wenn sie starb? Wie lange würde es dauern, bis sie ihn fanden? *Würden sie ihn finden?*
Er wollte nicht, dass sie seine Angst bemerkte, die wilde Panik, die plötzlich in ihm aufstieg, und blickte starr an ihr vorbei auf die Schutzhütte. Doch seine Hände verrieten ihn, zitterten unkontrolliert, das Wasser schwappte in der Flasche. Unbeholfen klemmte er sie zwischen seine Beine.
»Es ist bald vorbei«, hörte er sie sagen.
Überrascht sah er sie an. Sie sprach so gut wie nie mit ihm.
»Vorbei?«, wiederholte er fragend, seine Stimme rauh wie Sandpapier.
Sie antwortete nicht.
Sie holte ihren Laptop aus dem Nissan und ließ sich im Schatten der Schutzhütte nieder. Er fragte sich, was sie mit »vorbei« meinte. Seine Gedanken nahmen unerfreuliche Wendungen. Er ertappte sich dabei, dass er über sein Leben resümierte. Rückblenden erlebte. Menschen taten das kurz vor ihrem Tod. Aber er plante nicht, zu sterben. Er würde leben. Überleben. Er musste sich auf die Zukunft konzentrieren. Seine Pläne. Der Umzug nach Berlin. Sein Wechsel in die Politik. Er sah zu Katja. Sie würde ihm keinen Strich durch die Rechnung machen. Erneut erfassten ihn Übelkeit und Schwindel. Durch die ständigen Injektionen, die sie ihm verpasste, hatte er völlig den Bezug zur Zeit verloren. Er hatte keine Ahnung, wo sie waren, noch, wie viele Tage seit seiner Entführung vergangen waren. Diesmal half all seine Beherrschung nichts. Vergeblich kämpfte er gegen den übermächtigen Brechreiz an. Die Flasche fiel aus seinen gefesselten Händen, er kippte vornüber halb aus der offen stehenden Hecktür des Wagens heraus und erbrach sich hustend auf den Waldboden.

Katja Rittmer saß neben ihm, als er wieder zu sich kam, und er war beinahe dankbar dafür. Ihm war kalt, sein Magen schmerzte und sein Puls raste. Aber er nahm die Symptome seines Körpers nur am Rande wahr. Eine seltsame Leichtigkeit hatte sich seiner bemächtigt.
Sie spritzte Wasser in sein Gesicht, zwang ihn erneut, zu trinken.
Er presste die Lippen aufeinander. Mit Gewalt öffnete sie seinen Mund. Wieder würgte er, schmeckte bittere Galle auf seiner Zunge.

Er wusste nicht, wie lange er auf dem Waldboden gelegen hatte, von Krämpfen geschüttelt. Er hatte das Gefühl, alles herausgewürgt zu haben, was er jemals in seinem Leben zu sich genommen hatte. Jetzt war es vorbei, und er fühlte sich unendlich leer und müde, aber die Benommenheit war gewichen. Katja Rittmer hatte ihm die Fesseln abgenommen und eine Decke über ihn gelegt. Sie saß jetzt mit dem Computer auf ihrem Schoß an einen Baum gelehnt und hatte nicht bemerkt, dass er aufgewacht war. Bender studierte ihr Gesicht, die Verletzlichkeit, die ihr Mund offenbarte, die Einsamkeit in ihren Augen. Sie schien seine Gegenwart völlig vergessen zu haben. Es geschah immer wieder. Sie war so auf eine Sache fokussiert, dass sie alles andere ausblendete. Und er begriff, dass das vermutlich seine letzte Chance war. Seine Füße waren nicht gefesselt. Keine Türen verschlossen seinen Fluchtweg. Und die Ex-Soldatin war noch immer angeschlagen, er sah es ihr an. Er reckte seine Beine, schob behutsam die Decke zurück. Zentimeter für Zentimeter rollte er sich aus ihrem Blickfeld in das nahe Dickicht. Wartete. Nichts geschah. Er ignorierte das Zittern, das seinen Körper nach der nur kurzen Anstrengung durchlief, den Schweiß, der ihm ausbrach. Er dachte an das Laufband in seinem Büro. Er trainierte täglich. Er würde es schaffen. Behutsam, um nur ja kein Geräusch zu machen, schob er sich weiter ins Unterholz. Der weiche, vom Regen noch feuchte Waldboden verschluckte jedes Geräusch. Seine Knie wollten ihn zunächst nicht tragen, als er sich wie nach einer Ewigkeit zum ersten Mal aufrichtete. Er fiel, rappelte sich erneut auf. Die rauhe Rinde der Bäume riss seine Hände auf, Äste verhakten sich in seiner Kleidung, als er Halt suchend zwischen ihnen hindurchstolperte.

Sie war über ihm, bevor er sie überhaupt hörte. Blieb einfach auf ihm liegen, nachdem sie ihn zu Boden geworfen hatte. Er spürte ihren harten, muskulösen Körper an dem seinen, das Klopfen ihres Herzens. »Mach das nie wieder«, zischte sie, ihr Atem heiß an seinem Ohr, während sich der Lauf ihres Revolvers in die Kuhle seines Nackens drückte, gleich unterhalb des Schädelknochens. »Zwing mich nicht, etwas zu tun, das wir beide nicht wollen.«

Es klickte.

Während ihm wider Willen und in Bruchteilen einer Sekunde die Frage durch den Kopf raste, ob eine Kugel aus dieser unmittelbaren Entfernung tatsächlich seine Schädeldecke sprengen würde, begriff er, dass er noch lange nicht jenseits der Angst war. Er öffnete den Mund und schrie sie in einem langen, verzweifelten »Nein!!!« heraus. Doch es passierte nichts. Der Schuss ging nicht los. Ob beabsichtigt oder nicht, würde er nie erfahren. Katja Rittmer zog ihn vom Boden hoch und schubste ihn vor sich her zurück zu dem dunklen Geländewagen neben der Schutzhütte.

* * *

Calw, Deutschland

Martinez blickte auf die Verwüstung, die die Explosion in der kleinen Seitenstraße der Altstadt von Calw hinterlassen hatte. Fenster- und Schaufensterscheiben waren geborsten, Fensterläden abgerissen, die zersplitterten Teile eines großen Holztors lagen über das Kopfsteinpflaster verteilt. Das gepanzerte Fahrzeug hatte die Detonation größtenteils abgefangen, war jedoch bei seinem Überschlag mit voller Wucht in eine der historischen Häuserfassaden geprallt. Zivile Opfer gab es nicht, aber die beiden Insassen des Fahrzeugs, Beamte des SEK, des Sondereinsatzkommandos der baden-württembergischen Landespolizei, waren sofort tot gewesen. Sie hatten nur noch ihre Leichen bergen können.

Es wurde eng für Katja Rittmer. Sehr eng. Nach dem Anschlag in Berlin hatte es noch Verhandlungsspielraum gegeben, jetzt war die Kompromissbereitschaft seitens der Behörden erschöpft. Sie würden ab jetzt keine Rücksicht mehr auf Rittmer nehmen. Es ging nur noch darum, Bender lebend zu befreien. Martinez war sich nicht sicher, ob sie erfolgreich sein würden. Was er über die Elite-Soldatin wusste, sagte ihm, dass die Sache längst nicht ausgestanden war.

Nicht weit von ihm entfernt schritt Valerie Weymann wie eine Schlafwandlerin durch die Trümmer. Ihr Entsetzen, ihre Fassungslosigkeit waren greifbar. Als sie ihn bemerkte, wandte sie den Blick ab. Sie ging ihm aus dem Weg, hielt so viel Distanz wie nur möglich, ohne das gemeinsame Ziel, an dem sie arbeiteten, zu gefährden. Bislang hatte er das respektiert.

»Du hast versucht, Rittmer zu warnen«, sagte er zu ihr.

Valerie fuhr herum. »Hätte es etwas geändert, wenn ich es nicht getan hätte?« Ihre Stimme verriet, wie frustriert sie war.

Sie bückte sich nach einer abgerissenen roten Blüte, die vor ihr auf dem Boden lag.
»Vielleicht wären die beiden Polizisten noch am Leben«, erwiderte er kalt.
Sie sah ihn nur an und ging wortlos weg, die Blüte noch immer zwischen ihren Fingern. Martinez folgte ihr mit einigem Abstand. Es wurde Zeit, dass sie beide die Altstadt verließen. Die ersten Journalisten würden bald auftauchen, und weder für ihn noch für Valerie war es opportun, ihnen in die Arme zu laufen.
Unter dem Vorwand, einen Blindgänger aus dem Zweiten Weltkrieg gefunden zu haben, waren die Bewohner der Altstadt von Calw in Absprache mit den örtlichen Behörden evakuiert worden. Nachdem Katjas Ziel in Berlin das Torhaus des Brandenburger Tors gewesen war und in Bonn in der Nähe des historischen Münsters gelegen hatte, hatten sie darauf gesetzt, dass sie auch in Calw ein historisches Objekt für ihren Anschlag wählen würde. In der offiziellen Darstellung hieß es, dass der Sprengkörper beim Abtransport explodiert war. Die Einsatzkräfte waren zunächst sicher gewesen, dass es keine Zeugen für den Zwischenfall gab, doch dann war ein Video auf YouTube aufgetaucht. Es war von schlechter Qualität, vermutlich mit einem Handy aufgenommen, bei dessen Zoomfunktion die Schärferegulierung nicht mehr funktionierte, weshalb Katja nur als flüchtiger Schemen zu erkennen war. Die Explosion des gepanzerten Fahrzeugs war jedoch deutlich genug gewesen. Die deutschen Ermittlungsbehörden hatten sofort reagiert und das Video sperren lassen, doch da war es bereits zu spät gewesen. Das Telefon beim LKA und der örtlichen Verwaltung hatte nicht mehr stillgestanden. Zu viele Fragen wurden gestellt. Feuerwehr und Polizei hatten nach wie vor das gesamte Viertel abgesperrt, die Aufräum-

arbeiten sollten jeden Augenblick beginnen, trotzdem würden sich für die zu erwartenden Fotografen und Kamerateams noch genügend Motive bieten.

Mayer kam ihnen aus Richtung des Rathauses entgegen. »Der Leiter des Landeskriminalamtes ist soeben eingetroffen, um die Pressekonferenz zu leiten«, sagte er. »Wir müssen aufbrechen. Die Einsatzkräfte der Bereitschaftspolizei sind bereits dabei, die umliegenden Waldstücke zu durchsuchen. Katja kann noch nicht weit sein.«

Martinez kannte Mayer zu lange, um nicht die Anspannung in der Stimme seines deutschen Kollegen zu hören, auch wenn dieser sich nach außen beherrscht gab. Mayer fühlte sich persönlich verantwortlich für jeden Verletzten, für jeden Toten. Davon abgesehen, wusste er nur zu gut, dass auch sein Kopf rollen würde, wenn er diesen Auftrag nicht schnell zu einem glücklichen Ende brachte. Wenn es nicht gelang, Bender lebend aus Katjas Gewalt zu befreien, würde es genügend gewichtige Stimmen in Berlin geben, die behaupteten, Mayer hätte die Mission um seines eigenen Vorteils willen sabotiert. Der amerikanische Botschafter in der Hauptstadt hatte Martinez gegenüber keinen Zweifel darüber gelassen, dass sich Eric Mayer in politischer Isolation befand und in welch riskante Situation Martinez sich und die amerikanische Vertretung in Deutschland brachte, wenn er den BND-Agenten weiterhin unterstützte und mit ihm zusammen scheitern sollte. »Gerwin Bender ist einer der führenden Wirtschaftsbosse in Deutschland, und seinen politischen Einfluss dürfen wir nicht unterschätzen.«

Martinez hatte daraufhin vorgeschlagen, beurlaubt zu werden. Es hatte einen kurzen und nicht unbedingt angenehmen verbalen Schlagabtausch gegeben, gefolgt von einem Telefonat mit dem Headquarter in Langley. Martinez hatte nicht das erste Mal überlegt, ein für alle Mal der Firma den Rücken zu kehren. Es gab genug private Sicherheits- und Militärunternehmen, die einen Mann mit seiner Erfahrung und Qualifikation ohne weitere Rückfragen nicht nur einstellen, sondern auch sehr gut bezahlen würden. Letztlich hatten sie sich dann doch einigen können. Aber Martinez war klar, dass er sich in letzter Zeit zu viele Feinde machte. ›Deine Rechnung wird länger, Mayer‹, dachte er, als er seinem deutschen Kollegen und Valerie zu dem Wagen folgte, der für sie bereitstand.

***

Calw, Deutschland

Als sie in den Wagen einstiegen, beobachtete Valerie, wie Martinez' Blick über die dicht bewaldeten Hänge glitt, die den Ort einschlossen. Sie war überrascht gewesen, dass Katja völlig unbemerkt bis fast in die Stadtmitte hatte kommen können, doch Eric hatte ihr erklärt, dass die Bedingungen ideal waren für jemanden, der wie Katja im Guerilla-Kampf ausgebildet war. Valerie war noch immer entsetzt über die Kompromisslosigkeit, mit der die Soldatin vorgegangen war. Ihrer Ignoranz gegenüber Menschenleben.

»Sie befindet sich momentan in einer für sie ganz realen Kriegs- oder Kampfsituation«, sagte Lars Günther. »So, als wäre sie in Afghanistan. Moral und Ethik ordnen sich dabei gänzlich dem Auftrag unter, der zu erfüllen ist.« Seine grünblauen Augen in dem sommersprossigen Gesicht fixierten sie.

Sie ahnte, worauf er hinauswollte. »Sie meinen, es handelt sich für sie um nicht mehr als Kollateralschäden?«

»Auf diese Weise schafft sie Distanz, und das macht sie so gefährlich«, bestätigte Günther ihre Vermutung.

War es wirklich so? Valerie zweifelte an diesem nach Aktenlage gefällten Urteil. Sie hatte Katja kennengelernt, ihr gegenübergesessen und in die Augen gesehen. Mit ihr gesprochen, das letzte Mal erst vor wenigen Stunden. Und genau deswegen hatte sie die Hoffnung noch nicht aufgegeben, die Ex-Soldatin zur Vernunft zu bringen. Katja agierte ihrer Meinung nach wie ein in die Enge getriebenes Tier. Sie kämpfte um ihr Leben. Es musste einen Weg geben, zu ihr durchzudringen, auch wenn sich die Verhandlungsbasis gegenüber den Behörden seit diesem Nachmittag drastisch verschlechtert hatte. Valerie fragte sich, wie sie Katja jemals vor einem Richter gegen all die Anklagepunkte verteidigen sollte, die sich inzwischen auftürmten wie ein Berg: Entführung, Erpressung, Landfriedensbruch, mehrfacher versuchter und zweifacher tatsächlicher Mord. Katja würde lebenslänglich bekommen, und ihre Traumatisierung würde eher zu nachträglicher Sicherungsverwahrung führen als zu einer Verkürzung der zu erwartenden Strafe wegen verminderter Schuldfähigkeit. Die Verhandlungen würden hinter den Kulissen zu führen sein, mit anderen Mitteln. Valerie würde Wege gehen müssen, die sie nicht schätzte. Sie seufzte unwillkürlich.

Noch gab es keine Spur von Katja und Bender, obwohl sofort an allen Ausfallstraßen Kontrollen eingerichtet worden waren. Diese Maßnahme hatte natürlich weitere Spekulationen der Medien nach sich gezogen.

»Ich glaube nicht, dass Katja noch in der unmittelbaren Umgebung ist. Sie hat einen Geländewagen mit Allradantrieb, damit kommt sie trotz der aufgeweichten Böden gut durch den Wald«, hörte sie Martinez zu Mayer sagen, als sie zusammen das Lagezentrum in der Graf-Zeppelin-Kaserne betraten. »Wir sollten die Suche weiter ausdehnen. Wie sieht es mit Luftunterstützung aus?«

»Wir haben Kampfjets der Bundeswehr angefordert, die die Gegend überfliegen und mit Wärmebildkameras absuchen«, antwortete Mayer.

Sowohl er als auch Martinez strahlten eine so selbstverständliche Professionalität aus, dass Valerie eine vage Vorstellung davon bekam, wie ihr Leben normalerweise aussah. Kampfjets. Wärmebildkameras. Eine Welt, die ihr völlig fremd war und in die sie, wenn sie ehrlich war, auch keinen Einblick wünschte. Aber dafür war es längst zu spät.

»Es gibt in Berlin ein paar spitzfindige Journalisten, die anfangen, unangenehme Fragen zu stellen«, mischte sich Schavan ein, der Wetzel am Telefon hatte. »Aber bislang hat niemand den Sprengstoffanschlag in Berlin und die Explosion hier in Calw miteinander in Verbindung gebracht.«

»Und das sollte auch so bleiben«, bemerkte Martinez trocken. »Das Letzte, was wir brauchen, ist ein übermotivierter Trupp Presseleute.«

»Sagen Sie Florian, dass er sich an das Innenministerium wenden soll, wenn er Unterstützung braucht«, fügte Mayer hinzu. Valerie ahnte, woran Mayer und Martinez dachten. Es gab immer wieder Pressevertreter, die sich auf eigene Faust in Ermittlungen einmischten, den Kontakt zu den Entführern suchten und dabei nicht selten selbst in Lebensgefahr gerieten und gerettet werden mussten.

Bislang hatten sie die Medien auf Abstand halten können. Katja hatte sich noch nicht wieder an die Presse gewandt. Die Entführung von Gerwin Bender, die mittlerweile drei Tage zurücklag, beherrschte nach wie vor die Medienwelt. Das Foto, das Katja von ihm gemacht hatte, hatte sämtliche Titelseiten der Zeitungen sowie die Nachrichten- und Sondersendungen im Fernsehen dominiert. Die Umstände seiner Entführung hatten nicht zuletzt auch eine Diskussion über das Für und Wider von Rüstungsexporten ausgelöst. Katjas Rücktrittsforderung des Verteidigungsministers war Thema zahlreicher politischer Runden, doch niemand ahnte etwas von ihrem tödlichen Ultimatum. Von den Bomben, die sie legte.

»Morgen ist Himmelfahrt«, sagte Schavan, und Valerie erinnerte sich bei seinen Worten an die Blumengirlanden, die überall bereits aufgehängt worden waren. Wie abgerissene Trauergebinde hatten sie über dem zerfetzten Fahrzeug und den toten Insassen geweht. Wie alle anderen Orte in der Umgebung, hatte sich auch die Altstadt von Calw für den Feiertag geschmückt, erwartete Fahrradausflügler und feierlustige Männergruppen, die rotgesichtig und mit Bollerwagen der Vatertagstradition folgten. Überall waren Frühschoppen geplant, Stadtfeste. In den überwiegend katholischen Gegenden des Nordschwarzwaldes würde es zudem die sogenannten Öschprozessionen durch die Feldflur geben, um den Segen für die Landwirtschaft zu erbitten.

Der Einsatzleiter der Landespolizei hatte dafür gesorgt, dass ein Plan über die zahlreichen Aktivitäten im Umkreis von hundert Kilometern aufgestellt worden war. »Wir sollten uns auf die wichtigsten Veranstaltungen konzentrieren«, schlug der bärtige Mann mit dem breiten badischen Dialekt vor.

Mayer nickte zustimmend. »Nach unseren bisherigen Erfahrungen wird Katja das Rampenlicht suchen.«

Gemeinsam blickten sie auf die Karte, die mit entsprechenden Kennzeichnungen versehen war. Der Einsatzleiter hob einige Orte und Städte hervor, fasste kurz zusammen, was dort geplant war. »Diese Veranstaltungen finden jedes Jahr statt, genau wie die Frühjahrs-Rennwoche in Baden-Baden.«

Schließlich tippte er mit der Spitze seines Kugelschreibers auf eine etwa sechzig Kilometer südöstlich von Calw liegende Gemeinde. »Lediglich hier wird es ein ganz besonderes Fest geben. Selbst der Ministerpräsident wird erwartet. Teile der Altstadt und der Burganlagen werden mit dem morgigen Datum in das Weltkulturerbe der UNESCO aufgenommen. Hier erwarten wir auch die größte Medienpräsenz.«
»Hat Katja zu einem der Orte eine persönliche Beziehung?«, wandte sich Mayer an den Psychologen.
Lars Günther schüttelte den Kopf. »Sie ist nicht weit von hier aufgewachsen, auf der Schwäbischen Alb, aber zu dieser Region hatte sie keine Berührungspunkte, außer zu Calw als Standort für das KSK.« Er blinzelte in Richtung der Karte. »Bitte vergessen Sie bei Ihren Überlegungen nicht, dass Kriegstraumatisierte in der Regel größere Menschenansammlungen meiden.«
Mayer strich sich nachdenklich übers Kinn. »Katja hat bisher ausschließlich aus der Deckung heraus agiert«, stimmte er zu. »Das hieße, dass sie wie bisher alles vorbereitet, um dann selbst möglichst weit weg zu sein«, resümierte der Einsatzleiter.
Bevor sich jemand weiter dazu äußern konnte, erhielten sie einen Anruf des Luftwaffenstützpunktes, von dem aus die Kampfjets für die Überwachung gestartet waren. Mayer nahm ihn entgegen. »Sie haben den Wagen gefunden«, informierte er sie gleich darauf. »Und zwar hier.« Er wies auf ein großes Waldstück etwa dreißig Kilometer westlich von Calw.
»Wo steht er?«, fragte Martinez.
»Nicht direkt am Waldrand«, stutzte Mayer und runzelte die Stirn. »Aber so auffällig, dass wir über ihn stolpern mussten.«
»Keine Spur von Bender oder Rittmer?«, wollte Schavan wissen.

»Absolut nichts. Sie sind wie vom Erdboden verschluckt«, sagte der Einsatzleiter. »Aber wir haben die Suche noch nicht abgebrochen.«

»Überprüfen Sie, ob es in der Region Einbrüche gegeben hat, ein Wagen als gestohlen gemeldet wurde …«

Sie würden Katja nicht finden. Dessen war Valerie sich plötzlich sicher. Nicht wenn Katja nicht gefunden werden wollte. Sie bemerkte, dass Lars Günther das Gespräch ebenso nachdenklich verfolgte wie sie, und gab sich einen Ruck. Vielleicht hatten sie doch noch eine letzte Chance. Sie gab Günther unauffällig ein Zeichen. Augenblicke später trafen sie sich auf dem Flur. »Unsere Zeit läuft ab. Morgen endet das Ultimatum, das Katja uns gestellt hat, und die Fronten sind völlig verhärtet«, sprudelte es aus ihr heraus. »Ich muss mich mit ihr treffen. Es gibt keinen anderen Weg mehr, an sie heranzukommen. Ihr meinen Glauben an sie zu beweisen.« Und dann erzählte sie ihm von dem Telefongespräch, das sie vor wenigen Stunden auf eigene Faust mit Katja geführt hatte. »Wenn die Verbindung nicht plötzlich abgebrochen wäre, hätte ich sie dazu gekriegt, aufzugeben«, erklärte sie. »Ich war so kurz davor.«

»Was sagt Eric Mayer dazu?«

»Es hat keinen Sinn, mit ihm darüber zu sprechen. Ich habe es bereits mehrfach versucht. Er hält es für zu gefährlich.«

Der Psychologe räusperte sich. »Mayers ablehnende Haltung ist nachvollziehbar. Schließlich ist er Ihnen gegenüber emotional nicht ganz unbeteiligt, oder?«

Valerie sah überrascht auf. Günther lächelte und zuckte entschuldigend mit den Schultern. »Es geht mich nichts an, aber es ist nicht zu übersehen, dass es zwischen Ihnen, Mayer und Martinez eine Verbindung gibt, die nicht ganz unkompliziert zu sein scheint.«

»Das ist eine längere Geschichte«, erwiderte Valerie ausweichend. »Die hier aber nichts zur Sache tut.«
»Das wollte ich damit auch nicht sagen.«
»Gut. Kann ich mit Ihrer Unterstützung rechnen? Ich möchte Katja lebend aus der Angelegenheit rausbringen.«
Günther nickte. »Haben Sie eine Vorstellung, wie wir vorgehen sollen?«
Diesmal war es Valerie, die sich räusperte. »Ich habe ihr gerade eine SMS geschickt.«
»Und?«
»Sie hat noch nicht geantwortet.«
»Was kann ich tun?«
»Sie müssen mir helfen, Eric Mayer zu überzeugen, dass es keinen anderen Weg gibt.«
In diesem Moment vibrierte Valeries Mobiltelefon. Katja Rittmer schlug ein Treffen am nächsten Vormittag vor.

* * *

Calw, Deutschland

»Das ist eine völlig irrsinnige Idee«, protestierte Mayer. »Valerie wird auf keinen Fall den Lockvogel spielen. Das ist viel zu gefährlich. Katja lässt sich nicht so leicht in eine Falle locken. Wenn sie jetzt noch einem Treffen zustimmt, dann verfolgt sie damit eigene Ziele.«
»Vielleicht sieht sie es nicht als Falle«, warf Günther ein. Er berichtete kurz von dem Gespräch, das Valerie vor wenigen Stunden mit Katja geführt hatte. »Es könnte für Katja die letzte Rettung sein.«

»Was geschieht, hängt doch letztlich auch davon ab, was wir ihr anbieten«, fügte Valerie hinzu.
Mayer schüttelte den Kopf. »Wenn es überhaupt zu einem Treffen kommen sollte, gehe ich selbst. Ich werde niemand anderes diesem Risiko aussetzen.«
»Darauf wird sie nicht eingehen, das haben wir schon versucht«, widersprach Valerie. »Ihr könnt mich doch verkabeln, wie damals für das syrische Konsulat.«
Mayer warf ihr einen eisigen Blick zu. »Die Aktion war auch nicht gerade von Erfolg gekrönt.«
»Ich werde wohl kaum mit einem Boot fliehen«, erwiderte sie bissig.
Sie funkelten sich an, bis sie sich beide wieder Lars Günthers Gegenwart bewusst wurden. Valerie richtete sich verlegen auf und zog ihr Kostüm glatt. Mayer räusperte sich, als er feststellte, dass auch Martinez und Schavan inzwischen unbemerkt dazugetreten waren.
»Hat Katja einem Treffen wirklich zugestimmt?«, fragte der BKA-Mann überrascht.
»Wir werden diesen Plan nicht durchführen«, erwiderte Mayer abschließend. Schavan runzelte die Stirn, doch bevor er etwas dazu sagen konnte, beugte sich Martinez zu Mayer und flüsterte ihm ins Ohr: »Ich würde gern kurz allein mit dir sprechen.«
Mayer runzelte die Stirn.
»Bitte.«

»Es ist eine Chance, die wir nicht ausschlagen dürfen, Mayer«, sagte Martinez beschwörend.
»Ich werde Valeries Leben nicht riskieren. Wenn sie Polizistin wäre oder Agentin, wäre es etwas anderes. Aber sie ist Zivilistin.«

»Geht es dir wirklich darum?«, fragte Martinez. »Oder hast du einfach Angst, die Frau zu verlieren, die du liebst?«
Mayer antwortete nicht.
»Katja Rittmer hat von vornherein klargemacht, dass sie Valerie Weymann als Verhandlungspartnerin haben will. Valerie ist freiwillig zu uns gekommen. Und es war auch ihre Idee, sich mit Rittmer zu treffen.«
»Sie weiß überhaupt nicht, worauf sie sich einlässt.«
»Unterschätze Valerie Weymann nicht«, warnte Martinez. »Sie weiß sehr genau, was sie tut.«
»Wir können sie nicht schützen, wenn sie erst einmal mit Katja zusammen ist.«
»Doch«, widersprach Martinez, »das können wir. Und du weißt es.«
Natürlich hatte Martinez recht. Sie hatten eine Vielzahl von Möglichkeiten, ein solches Treffen elektronisch zu überwachen und gegebenenfalls einzugreifen, wenn Gefahr im Verzug war. Aber das wusste Katja auch, und Mayer war überrascht, dass sie sich überhaupt darauf eingelassen hatte. Es gab einen Haken, und das war es, was ihm Sorge machte. Als er sich diesbezüglich gegenüber Martinez äußerte, schüttelte dieser den Kopf. »Nach allem, was in den vergangenen zwei Tagen zwischen Weymann und Rittmer gelaufen ist, nach all den Telefonaten und Versuchen, die Weymann gestartet hat, um Rittmer zu helfen, wird sie ihr nichts tun.« Martinez betrachtete ihn mit gerunzelter Stirn. »Was ist bloß mit dir los, Mayer? Früher hast du meinem Urteil auch vertraut.«
»Vielleicht bin ich vorsichtiger geworden«, erwiderte Mayer ausweichend.
»Und wenn ich mich persönlich für Weymanns Sicherheit verbürge?«

Mayer zog eine Braue hoch. »Wie willst du das machen?«
»Ich werde sie begleiten.«
»Das wird Katja nicht zulassen.«
»Glaub mir«, versprach Martinez. »Katja Rittmer wird mich nicht ein einziges Mal zu Gesicht bekommen.«

30. Mai

Iffezheim bei Baden-Baden, Deutschland

Katja spürte Benders Angst. »Du hast nicht geglaubt, dass ich es wirklich tun würde«, stellte sie fest. Es war noch früh am Morgen und entsprechend kühl, doch auf seiner Stirn stand der Schweiß in kleinen glänzenden Perlen. Sie bemerkte das schnelle Pochen seiner Halsschlagader, das Zittern seiner Hände. Und sie schmeckte plötzlich Staub auf ihrer Zunge, der nicht da war, hörte das Meckern einer Ziege und ihren eigenen Schrei: »Runter!«

Die Erinnerung an die Explosion lähmte sie jedes Mal, wie in Zeitlupe sah sie die Sandale des Mannes durch die Luft fliegen, auf sich zu, während sie in den Graben neben der Straße sprang, die Hände schützend über den Kopf schlug, als sich Dreck und Blut über sie ergossen.

Benders Stimme brachte sie zurück in die Gegenwart.

»Bitte«, flüsterte er in die Stille des Morgens hinein. Er wagte kaum zu atmen, als ob er so verhindern könnte, was geschehen würde. Wenn sie erst den Gürtel trugen, verwandelten sie sich alle in zitternde Wracks, egal, welche Hautfarbe oder Bildung sie besaßen, egal, ob sie reich waren oder bitterarm.

»Du hast eine Chance, wenn du exakt das tust, was ich dir sage«, erklärte sie ihm. »Wenn die Verbindung abbricht, ich dich nicht dort sehe, wo ich dich erwarte, oder die Polizei auftaucht, zünde ich den Gürtel.«

Vor ihnen erstreckte sich das weite Grün der Galopprennbahn. Sie wusste, dass er sich hier auskannte. Die Rennbahn von Iffezheim bei Baden-Baden war ein Laufsteg für die Reichen und Schönen dieses Landes, für diejenigen, die diese Gesellschaft so gern repräsentierten. Noch war das Gelände größtenteils leer, aber das würde sich binnen der nächsten Stunde ändern. Sie hatten keine Zeit zu verlieren. Es war der vierte Tag des sogenannten *Frühjahrsmeetings,* eines der drei großen jährlichen Rennereignisse auf dieser Bahn, die als eine der wichtigsten der Welt galt. »Wir werden jetzt einen kleinen Spaziergang machen«, sagte sie.

Die Vorbereitungen für das erste Rennen liefen bereits. Lautsprecherdurchsagen hallten über das Gelände, irgendwo spielte Musik, wieherte ein Pferd. Katja beobachtete die feingliedrigen, hochbeinigen Vollblüter mit ihren Jockeys, die, in den leuchtenden Farben ihrer Ställe gekleidet, wie Gnome in den Sätteln kauerten und den letzten Anweisungen ihrer Trainer lauschten, bevor die Tiere zur Startanlage geführt wurden. Sie spürte, wie Bender neben ihr zusammenzuckte, als ihn jemand im Vorbeigehen streifte.

»Was ist, wenn mich jemand erkennt?«, fragte er mit belegter Stimme.

»Niemand wird dich erkennen, solange du dich nicht zu erkennen gibst.« Keiner würde hier mit ihm rechnen. Wenn die Öffentlichkeit an Gerwin Bender dachte, hatten alle das Bild eines graugesichtigen, unrasierten Mannes vor sich, der mit einem Schild um den Hals vor einer baufälligen Wand saß. Diese Aufnahme geisterte noch immer durch die Gazetten und das Fernsehen.

Sie wartete, bis er seinen Sitz auf der überdachten Tribüne eingenommen hatte, überprüfte die Position des winzigen

Senders, den er trug, und stellte ihren Empfänger so ein, dass er Alarm gab, wenn Bender seinen Platz verließ. Sie wusste, dass er sie dabei beobachtete. Er kannte die Technik, mit der sie arbeitete, sie war ein Produkt der Larenz-Werke.

Unten auf dem Geläuf galoppierten bereits die ersten Pferde um den Sieg. Ein Nachwuchsrennen, das nur wenig Publikumsinteresse fand. Auch Katja interessierte sich beim Blick durch ihr Fernglas nicht für das Feld, das eben auf die gegenüberliegende Gerade einbog, sondern kontrollierte die Umgebung. Das *Frühjahrsmeeting* war bei weitem nicht so mondän wie der *Große Preis von Baden-Baden,* der alljährlich im Spätsommer ausgetragen wurde, doch für ihre Zwecke war es exklusiv genug.
Das Gelände füllte sich schneller, als sie erwartet hatte. Immer mehr Menschen drängten auf den gepflegten Rasen und füllten allmählich die Plätze auf den Tribünen, und mitten unter ihnen saß Gerwin Bender, starr vor Angst. Der Kopfhörer in ihrem Ohr übertrug jedes Geräusch, das er machte, sowie Gesprächsfetzen eines Pärchens, das in seiner unmittelbaren Nähe saß. Sie hatte einen flüchtigen Blick auf die beiden geworfen, erinnerte sich an ein Polohemd unter einem Sportsakko und lange, blonde Locken über fliederfarbenem Chiffon. Sie verdrängte die leise Stimme des Zweifels, die sie bei dem Gedanken ungewollt hörte. Es waren diese Menschen, die ihre Stimme Politikern gaben, die Soldaten in einen Krieg schickten, den sie weder verstanden noch gewinnen konnten, in dem Menschen starben, um Gebietsansprüche und Wirtschaftsinteressen wie zu Kolonialzeiten zu sichern. Sie ahnten nicht – und, noch schlimmer, es interessierte sie nicht –, wie es sich anfühlte, im Dreck zu liegen, in ständiger Todesangst, weil Ausrüstung und Vorbereitung zu schlecht waren. Katja

hatte genug von der Hinhaltetaktik der vergangenen Tage, von Versprechen auf parlamentarische Untersuchungsausschüsse, die im Sand verlaufen würden, weil niemand außer den betroffenen Soldaten ein wirkliches Interesse an der Aufklärung hatte.
Diese gesättigten Menschen brauchten mehr als Bilder von Sterbenden aus einem fernen Land. Sie würden erst begreifen, wenn der Krieg zu ihnen kam, wenn eines der Herzen, mit denen diese Gesellschaft pochte, aufhörte zu schlagen. Wenn es zerbarst wie das Herz jenes Mannes in Kabul, der sich auf der Straße vor ihr in die Luft gesprengt hatte.

* * *

Iffezheim bei Baden-Baden, Deutschland

So würde es also enden. Bender starrte auf die vorbeigaloppierenden Pferde, die bunten Flaggen, hörte die anfeuernden Rufe des Publikums. Wie oft war er schon hier gewesen, zuletzt drüben auf einem der Balkone der Bénazettribüne. Die Larenz-Werke hatten ein ganzes Stockwerk reservieren lassen in der vergangenen Saison. Das erste Mal seit seiner Entführung aus dem Atlantic ließ er die Bilder zu, die vor seinem inneren Auge auftauchten. Das erste Mal gestattete er sich einen Rückblick bis in seine Kindheit. Damals schon war er hier nach Iffezheim gekommen. Mit seinen Eltern. Natürlich war ihm das Gelände zu jener Zeit größer erschienen, es hatte Zugang zu den Ställen gegeben, und er hatte mit den anderen Kindern im Stroh gesessen, während die Erwachsenen auf der Tribüne Champagner tranken. Sie hatten zugeschaut, wie die

Pferde geputzt und gesattelt wurden, wie sie tänzelten und schnaubten, wenn die Jockeys in die Sättel gehoben wurden. Er hatte nie gewettet. Weder damals noch heute. Er war kein Spieler. Vom ersten Tag an war es ihm eine Freude gewesen, den Pferden dabei zuzusehen, wie sie ihre Kraft auf das Geläuf brachten, wie sie aus der Startanlage sprangen, wenn sich die Tore öffneten. Juliane hatte seine Leidenschaft erst akzeptiert, dann geteilt. Jedes Jahr waren sie hier gewesen und hatten während der großen, im September stattfindenden Rennwoche von Baden-Baden sogar ihren Hochzeitstag hier gefeiert. Die Erinnerung trieb ihm die Tränen in die Augen. Das erste Mal, seit Katja ihn entführt hatte.
Er machte sich keine Hoffnungen, dass er den Tag überleben würde. Seine Freiheit war greifbar nahe und hätte doch nicht weiter entfernt sein können. Was ihn von ihr trennte, waren sieben Kilo Plastiksprengstoff, die wie ein Gürtel um seine Körpermitte lagen. Katja Rittmer hatte den Zünder so programmiert, dass er das C4 zur Explosion bringen würde, sobald er sich von seinem Platz entfernte und sobald jemand versuchen sollte, den Sprengstoffgürtel zu entfernen. Für die Entschärfung waren ein Code und ein Schlüssel notwendig. »Der Code«, so hatte sie ihm versichert, »ist nur in meinem Kopf gespeichert. Du solltest beten, dass ich ihn nicht vergesse und niemand auf die Idee kommt, mich zu töten.« Natürlich gab es auch die Möglichkeit der direkten Fernzündung. »Falls ich erfahre, dass du die Polizei rufst, bist du tot«, hatte sie ihn gewarnt. »Und nicht nur du.« Seit einer Stunde war sie nun fort, und die Tribüne hatte sich bis auf den letzten Platz gefüllt. Nur der Sitz neben ihm war frei, dort, wo Katja Rittmer gesessen hatte. »Bitte, gehen Sie«, hatte er anfangs noch gemurmelt, wenn sich jemand in seine Nähe setzte. Aber natürlich hatte niemand auf ihn gehört.

»Entschuldigen Sie, aber ich glaube, Sie sitzen auf meinem Platz«, sagte in diesem Augenblick eine Frau vor ihm. Bender brach der Schweiß aus. »Das ist unmöglich«, erwiderte er. Er schätzte sie um die vierzig, sie trug ein cremefarbenes Kostüm und schützte mit der Hand ihren ausladenden Hut vor einer plötzlichen Windbö. Sie warf einen Blick auf ihre Karte, hielt sie ihm vor die Nase. Platznummer und Reihe entsprachen der seinen. Ungläubig starrte er darauf.
»Das ist dieser Platz«, beharrte sie. »Wo ist denn *Ihre* Karte?« Die Menschen um sie herum sahen auf.
»Tut mir leid«, erwiderte Bender mit gepresster Stimme, »da muss ein Irrtum vorliegen.« Er wies auf Katja Rittmers Platz an seiner Seite. »Dieser ist noch frei«, sagte er vor lauter Verzweiflung, obwohl er ihr am liebsten die Wahrheit ins Gesicht geschrien hätte.
»Das ist der Platz meines Mannes. Er kommt gleich nach.«
Bender räusperte sich. »Hören Sie«, begann er und versuchte, ruhig zu bleiben, während er gleichzeitig spürte, wie ihm der Schweiß unter dem Sprengstoffgürtel heraustropfte und in den Bund seiner Hose lief. »Ich werde hier nicht aufstehen.« Doch dann begriff er plötzlich die Chance, die die Situation bot.
»Ich werde mich über Sie beschweren!«, schimpfte die Frau.
»Gern«, erwiderte er. »Bitte, wenden Sie sich an einen der Security-Mitarbeiter.« Er wies zum Fuß der Tribüne. »Ist da nicht einer?«
Er hatte die Rechnung ohne Katja Rittmer gemacht. »Komm nicht auf dumme Gedanken, Bender«, hörte er plötzlich ihre Stimme in seinem Ohr. »Ich beobachte dich.«
Der Mann der Security kam auf einen Wink zu ihnen und warf einen Blick auf die Karte der Frau. »Ihr Platz ist auf der Tribüne nebenan«, sagte er zu ihr. »Das passiert schon mal.«

Ihre hastig gestammelte Entschuldigung ging ebenso in dem allgemeinen Gemurmel unter wie Benders wortlose Bemühungen, den Mann auf sich aufmerksam zu machen. Für einen Moment war er versucht, einen Herzanfall zu imitieren, irgendetwas, das Aufmerksamkeit erregte, aber Katja hatte keinen Zweifel darüber gelassen, was dann passieren würde. Er blickte in die Gesichter der Besucher um sich herum, hörte ihr Lachen, ihre unbeschwerten Gespräche, spürte die Spannung, als das nächste Feld auf die Zielgerade einbog. Wie viele waren es, die diese Tribüne fasste? Fünfhundert? Sechshundert? Wenn er einen Fehler machte, waren sie alle tot.

* * *

Graf-Zeppelin-Kaserne, Calw, Deutschland

Mayer starrte auf die beiden Fotografien, die das Display seines Notebooks wiedergab. Auf den Text darunter:

> Ich erwarte Valerie Weymann – allein – um 11:30 Uhr an dem vereinbarten Treffpunkt.

Nichts weiter. Aber das war auch nicht nötig. Bild und Text sprachen für sich.

»Das ist definitiv Gerwin Bender. Es gibt keinen Zweifel. Die Kollegen im BKA haben das Foto durch den Scanner laufen lassen«, sagte Schavan und zeigte auf die Aufnahme, die den Vorsitzenden der Larenz-Werke auf der bis auf den letzten Platz gefüllten Haupttribüne der Galopprennbahn in Iffezheim zeigte. Unten rechts informierten Datum und Uhrzeit

darüber, dass die Fotografie vor noch nicht einmal einer halben Stunde aufgenommen worden war.
Für das zweite Foto benötigten sie keine Verifizierung aus Wiesbaden. Jeder erkannte Bender, der dort mit vor Angstschweiß glänzendem Gesicht sein Jackett aufhielt. Darunter war ein Sprengstoffgürtel zu sehen, der sich einmal um seinen Torso zog. »Haben wir zu diesem Bild schon eine Rückmeldung, um was für einen Zünder es sich handelt?«, fragte Mayer angespannt.
»Die Kollegen im technischen Labor sind dran«, antwortete Schavan. Mayer bemerkte das erste Mal, seit er mit ihm zusammenarbeitete, Nervosität in der Stimme des hageren Mannes, gepaart mit einem Anflug verzweifelter Hoffnung, als Schavan seine nächste Frage stellte: »Ganz sicher, dass sie nicht blufft?«
»Katja Rittmer ist ein sehr geradliniger Charakter«, mischte sich der Psychologe ein. »Die Neigung zu Bluffs und Intrigen entspricht nicht ihrem Persönlichkeitsprofil.«
»Wir können nicht unbemerkt das Gelände räumen lassen. Sie wird es beobachten, ist unter Umständen sogar vor Ort und wird nicht zögern, den Zünder auszulösen, wenn wir eingreifen«, bemerkte Mayer mit gerunzelter Stirn.
»Das heißt, wir müssen sie außer Gefecht setzen«, stellte Martinez fest.
Mayer nickte langsam und sah zu Valerie. Sie und Martinez waren bereit, aufzubrechen, dennoch zögerte er nach wie vor, seine Zustimmung zu geben. Valerie war ungehalten gewesen, weil Martinez sie begleiten würde. Ausgerechnet er. Mayer hatte ihren Zorn darüber gespürt, das wütende Funkeln ihrer Augen, das ihm so vertraut war. Doch sie hatte es vorgezogen, nichts weiter dazu zu sagen. Sie wollte Katja treffen. Um jeden Preis.

»Das SEK ist an der Rennbahn eingetroffen und bereit, einzugreifen«, informierte sie der Einsatzleiter, das Handy noch am Ohr.

Mayer warf einen Blick auf seine Uhr. Sie hatten nicht mehr viel Zeit. Über eine Webcam war ihnen Florian Wetzel aus Berlin zugeschaltet. »Haben Sie die Ministerien informiert?«, wollte Mayer wissen.

»Ja, aber es gibt nach wie vor eine klare Absage. Der Verteidigungsminister wird nicht zurücktreten«, erwiderte Wetzel.

Mayer hatte nichts anderes erwartet. Die Kabinettsmitglieder befanden sich in einer Zwickmühle: Sie durften diesem Versuch der Erpressung, der gewaltsamen Einflussnahme auf ihr Gremium grundsätzlich nicht nachgeben. Jeder in Berlin wusste jedoch, dass sowohl der Innen- als auch der Verteidigungsminister nicht mehr haltbar waren, wenn die Bombe in Iffezheim hochging und Hunderte von Unschuldigen in den Tod riss. Eine Regierungskrise wäre die Folge, im schlimmsten Fall ein Bruch der Koalition und Neuwahlen in einer Zeit, in der die weltpolitische Lage ein starkes und nicht ein durch innenpolitische Kämpfe geschwächtes Deutschland forderte.

»Irgendetwas, das wir Katja stattdessen anbieten können?«, fragte er.

»Leider nicht.« Eine Störung verzerrte Wetzels Gesicht, machte seine nächste Frage unverständlich.

»Können Sie den letzten Satz wiederholen?«, bat Mayer.

»Ich wollte wissen, was Sie jetzt tun werden.«

»Wir müssen improvisieren.« Er wandte sich an Valerie. »Traust du dir das zu?«

»Haben wir eine Wahl?«, fragte sie.

* * *

Iffezheim bei Baden-Baden, Deutschland

Die Turmuhr der St.-Birgitta-Kirche zu Iffezheim schlug 11:30 Uhr, als Valerie vor dem Gotteshaus aus dem Taxi stieg, dessen Fahrer niemand anderes als Martinez war. Aus dem alten Gebäude waren Orgelmusik und Gesang zu hören. Das Hochamt zu Christi Himmelfahrt war noch nicht zu Ende. Valerie blickte an der aus Natursteinen erbauten Pfarrkirche empor und stieg dann die breiten Stufen zum Portal hinauf. Sie hörte, wie das Taxi hinter ihr wegfuhr, und merkte, wie ihr Herz schneller klopfe. Sie war über Funk mit der Einsatzzentrale verbunden. Ein Peilsender in ihrer Unterwäsche verriet ihnen, wo sie sich aufhielt, und Martinez wartete nur eine Straße weiter.

Valerie erinnerte sich an Erics Worte, als sie die letzten Vorbereitungen getroffen, er ihr die letzten Instruktionen mit auf den Weg gegeben hatte. »Bitte«, hatte er leise gesagt, »riskiere nichts.« Sein besorgter Blick zeigte ihr, wie schwer es ihm fiel, sie gehen zu lassen.

Als Valerie die schwere alte Kirchentür öffnete, strömte ihr der Geruch von Weihrauch entgegen. Die Bänke waren fast bis auf den letzten Platz besetzt. Von der Orgel tönte gerade der Schlussakkord, der Gesang der Gemeinde klang aus, und der Pfarrer stimmte ein Dankgebet an. Abwartend blieb sie an der Wand neben dem Weihwasserbecken stehen, während er seine Gemeinde verabschiedete. Jemand öffnete die Flügel der Kirchentür, und die Gläubigen strömten an ihr vorbei hinaus in die Sonne. Keine Spur von Katja. Unschlüssig folgte sie den letzten Kirchgängern hinaus und blieb vor dem Portal stehen. Eine Seitentür öffnete sich, und der Organist, ein schmaler Mann in einem grauen Anzug, trat heraus. Sein Blick blieb an Valerie hängen. »Sind Sie Frau Weymann?«, fragte er.

Sie nickte.
»Sie wollten sich hier mit einer Freundin treffen«, fuhr er fort.
»Richtig«, bestätigte Valerie. »Ich suche sie schon.«
»Sie bat mich vor der Messe, Ihnen auszurichten, dass sie zum Friedhof vorausgegangen ist.«
»Sie ist auf dem Friedhof?«
Er sah sie an. »Sind Sie mit dem Auto hier?«
»Nein, ich …«
»Kommen Sie, ich fahr Sie schnell rüber. Unser Friedhof liegt am Ortsrand. Es ist ein bisschen weit zu Fuß.«
Er hatte seinen Wagen gleich neben der Kirche geparkt. Augenblicke später erreichten sie den Friedhof, durch eine locker stehende Baumreihe hindurch konnte Valerie die dahinter liegende Rennbahn sehen. »Ich danke Ihnen«, sagte sie zu dem Organisten und schüttelte ihm zum Abschied die Hand.
»Keine Ursache«, erwiderte er lächelnd.
Valerie wagte einen flüchtigen Blick zurück. Sie entdeckte keine Spur von dem Taxi, mit dem sie gekommen war. Keine Spur von Martinez.

Sie war nicht die Einzige, die nach dem Gottesdienst den Friedhof besuchte. Einige ältere schwarzgekleidete Frauen legten Blumen auf Gräbern ab, etwas weiter entfernt bemerkte Valerie auch eine Familie mit kleinen Kindern. Sie blickte sich suchend um und entdeckte Katja schließlich in der Nähe einer kleinen Kapelle. Sie stand hinter der halbhohen Friedhofsmauer im Schatten einer Baumgruppe. Valerie erkannte sie sofort an ihrer hochgewachsenen Gestalt und dem Schopf hellblonder Haare, die sich deutlich vor dem dunklen Grün der Blätter abhoben. Und sie bemerkte das Aufblitzen eines Fernglases im Sonnenlicht. Zwischen den Bäumen hindurch bot sich ein freier Blick auf das Rennbahngelände und die Tribünen. Langsam ging Valerie auf Katja zu und fragte sich, wie Martinez ihr unbemerkt auf den Friedhof folgen wollte, als sie ihn in der Tür der Kapelle entdeckte. Wortlos schüttelte er den Kopf, und Valerie vermied es, in seine Richtung zu blicken.

Von der Rennbahn her wehte die aufgeregte Stimme des Sprechers herüber, der gerade den Zieleinlauf eines Feldes kommentierte. Valerie konnte den Pulk der Pferde sehen, die leuchtenden Farben der Jockeys. Dahinter waren die Rasenflächen und die Tribünen voll mit Menschen. Es war schönstes Wetter. Es war ein Feiertag. Valerie wurde übel bei dem Gedanken, dass Bender als lebende Bombe dort irgendwo zwischen ihnen saß.

Sie erreichte die Mauer. Katja trat zwischen den Bäumen dahinter hervor. »Hallo, Valerie.« Sie sah angegriffen aus, trug einen Verband um den rechten Oberarm. Eine lange Schramme zog sich über ihre Wange bis unter den Haaransatz, und das sonst so leuchtende Blau ihrer Augen schimmerte nur noch matt.

»Hallo, Katja. Ich bin froh, Sie zu sehen«, erwiderte Valerie und blieb stehen. Bleib auf Abstand, hatte Eric ihr immer wieder eingebleut. Sie spürte Katjas Unsicherheit. Ihr Zögern. War da ein Zittern in ihren Händen?

»Ich bin hier, um mit Ihnen zu reden und Sie hier herauszuholen«, sagte Valerie. »Ich habe Ihnen das schon einmal versprochen und habe Wort gehalten. Erinnern Sie sich?«

Katja schob ihre Hände in die Taschen ihrer Bundeswehrhose. »Ist es dafür nicht zu spät?«, fragte sie, doch Valerie meinte, einen Funken Hoffnung in ihrer rauchigen Stimme zu hören.

»Es ist schwieriger als gestern«, erwiderte Valerie ehrlich. »Aber nicht unmöglich.« Sie machte einen Schritt auf Katja zu.

»Bleib auf Abstand«, hörte sie Erics Stimme in dem winzigen Funkempfänger in ihrem Ohr. Sie waren also auch da, irgendwo, beobachteten sie. Valerie blieb stehen. »Es ist eine Frage der Verhandlungen«, fuhr sie fort. »Ich weiß, dass Sie über Informationen verfügen, Katja, für die einige Entscheidungsträger in Berlin bereit sind, Zugeständnisse zu machen, damit sie nicht an die Öffentlichkeit gelangen.«
Katja zog die Schultern hoch, als wäre ihr kalt.
Valerie machte einen weiteren Schritt auf sie zu und streckte über die Mauer hinweg ihre Hände in Katjas Richtung aus. »Kommen Sie«, sagte sie. »Gemeinsam können wir mehr erreichen als Sie allein. Gemeinsam können wir auch einen Minister stürzen. Aber so etwas braucht Zeit, das lässt sich nicht erzwingen.« Sie wies in Richtung des Rennbahngeländes. »Nicht auf diese Weise. Es gibt andere Wege. Andere Möglichkeiten als einfach nur rohe Gewalt.«
Katja rührte sich nicht, und Valerie widerstand dem Bedürfnis, sie zu drängen, ihr zu sagen, wie wenig Zeit ihnen nur noch blieb.
»Warum machen Sie das?«, fragte Katja schließlich. »Warum kämpfen Sie? Das ist nicht Ihr Krieg!«
»Ich kämpfe um Sie, weil ich weiß, dass Sie recht haben mit Ihren Anschuldigungen. Seit unserer ersten Begegnung in Hamburg sammle ich Beweise für das, was Sie mir erzählt haben. Beweise, die auch vor Gericht bestehen werden. Ich arbeite mit einem englischen Journalisten zusammen, dessen Enthüllungen schon dafür gesorgt haben, dass der Wirtschaftsminister zurücktreten musste.« Valerie atmete tief durch. »Bitte, vertrauen Sie mir.«
Katja zögerte erneut, schüttelte schließlich den Kopf. »Ich kann nicht.«
»Katja, sehen Sie mich an«, bat Valerie.

Katja, die die ganze Zeit über unruhig die Umgebung beobachtet hatte, konzentrierte sich auf Valerie, und einen Atemzug lang fiel die harte Fassade, und Valerie sah das Entsetzen in Katjas Augen, ihre Angst und ihre Einsamkeit. »Ich würde Ihnen gern erzählen, was in Somalia passiert ist«, sagte die Ex-Soldatin so leise, dass Valerie sie kaum verstand.
Valeries Herz schlug schneller.
»Valerie, wir haben den Mann, der den Zünder gebaut hat. Wir können die Bombe entschärfen. Geh aus dem Weg!« Erics Stimme.
Geh aus dem Weg.
Tränen sprangen Valerie in die Augen. Somalia. Der Kern des Traumas, das Katja gefangen hielt, und sie war bereit, darüber zu sprechen. Aber es war zu spät. Endgültig zu spät.
Katja hatte die Veränderung in Valeries Ausdruck bemerkt, denn sie lächelte plötzlich. Ein Lächeln, das ihr Gesicht verzauberte, ihm die Härte nahm und es so viel jünger erscheinen ließ, so wie vor nicht einmal zwei Wochen auf dem Friedhof in Hamburg, als sie neben Valerie auf der Bank gesessen und zu dem steinernen Grabengel emporgeblickt hatte.
»Katja«, sagte Valerie flehentlich, während sie vorsichtig einen Schritt zurücktrat. »Bitte, geben Sie mir den Zünder. Bitte!«
Noch immer lächelnd griff Katja in die Tasche ihrer Jacke.
Valerie hörte den Schuss erst, als die blonde Frau vor ihr in das hohe Gras zu ihren Füßen fiel. Aus einem kleinen Loch in Katjas Stirn rann Blut, aus dem hellen Blau ihrer Augen hatte sich auch der letzte Schimmer verloren. Ihre Hand rutschte aus der Jackentasche, ihre Finger öffneten sich. Sie waren leer.
Mit einem Satz war Valerie über die Mauer gesprungen und sank neben Katja auf die Knie. Tränen strömten ihr über die

Wangen, sie berührte Katjas Hände, ihr Gesicht, als ob sie so ungeschehen machen könnte, was passiert war. Das Blut lief über Katjas gebräunte Haut wie eine Spur roter Tränen und verlor sich in dem hohen Gras, das sie umschloss. Jemand griff nach Valeries Schultern und zog sie hoch. Sie blickte in Martinez' Augen. Auf die Waffe in seiner Hand. »Ich hätte es fast geschafft«, schrie sie ihn an und hieb mit den Fäusten auf ihn ein. »Du hattest, verdammt noch mal, kein Recht, sie zu töten!«

Dann war Eric da, zog sie in seinen Arm, brachte sie fort. Das Gelände war bereits großräumig abgesperrt, sie fanden Zuflucht in einem Bus der Polizei. »Alles ist gut, Valerie«, sagte er und strich ihr das Haar aus dem Gesicht, reichte ihr ein Taschentuch. »Es gab keinen anderen Weg.«

Und Valerie erinnerte sich plötzlich an die Worte des Psychologen. *Sie will gefunden werden. Sie sucht den Tod.* »Glaubst du wirklich, dass sie sterben wollte?«, stieß sie mit zitternder Stimme hervor. »Glaubst du, das war ihr Ziel?«

»Sie wusste genau, was passieren würde, als du sie um den Zünder gebeten hast«, sagte Eric ruhig, aber Valerie spürte, wie erzwungen diese Ruhe war. Sie wischte sich ihre Tränen von den Wangen und zerknüllte das Taschentuch in ihrer Hand. »Was ist in Somalia passiert, Eric?«

Er atmete tief durch. »Sie hat von Somalia gesprochen?«

»Sie wollte, aber dann … Was ist dort geschehen?«

Doch Eric schüttelte nur den Kopf.

Es war Martinez, der antwortete. »Sie hat zu lange gezögert.« Er stand vor der offenen Schiebetür des Wagens. Valerie hatte ihn nicht kommen hören. »So wie heute.« Er reichte Mayer den Funksender für den Zünder. »Bender wartet auf uns.«

* * *

Iffezheim bei Baden-Baden, Deutschland

Der Klang der Martinshörner übertönte die Ansagen zur Startaufstellung des nächsten Rennens. Die Rennplatzbesucher sahen irritiert auf. Iffezheim war nur eine kleine Gemeinde, nicht mehr als fünftausend Einwohner. Was mochte passiert sein? Einige richteten ihre Ferngläser auf die Umgebung, doch das Gelände lag am Ortsrand. Abgelenkt wie sie waren, entging den meisten, dass der Rennbahnsprecher nur Augenblicke später seine Ansage unterbrach und Musik eingespielt wurde. Nicht jedoch Gerwin Bender. Wie paralysiert saß er auf der Tribüne und zwang sich zur Ruhe. Etwas war passiert. Der Sprengstoffgürtel war mit einem Mal doppelt so schwer, drückte gegen seine Rippen und in seinen Rücken, nahm ihm den Atem. Bender presste die Hände auf seine Oberschenkel und versuchte vergeblich, das Zittern seines Körpers unter Kontrolle zu bringen. Mit wachsendem Entsetzen beobachtete er, wie Mitarbeiter des Rennplatzes mit schnellen, sicheren Handgriffen den Zaun entfernten, der die Rasenflächen vor den Tribünen vom Geläuf trennte. Die Musik erstarb, und die Stimme des Rennbahnsprechers hallte über das Gelände: »Meine Damen und Herren, wir möchten Sie bitten, Ihre Plätze vorübergehend …«

Was er weiter sagte, hörte Bender nicht. Er sah nur einen hageren grauhaarigen Mann im Anzug auf sich zueilen, die Treppe der Tribüne hinauf, immer zwei Stufen auf einmal nehmend. Sie hatten Augenkontakt, und Bender saugte sich förmlich an seinem Blick fest, während er vage wahrnahm, wie die Menschen um ihn herum aufstanden und sich allmählich entfernten, wie das Auf und Ab ihrer Stimmen leiser wurde und ihre Gespräche verklangen.

»Herr Bender?«

Bender starrte den Mann an.
»Jochen Schavan, BKA. Wir haben die Lage unter Kontrolle. Ihnen wird nichts passieren. Wir werden die Bombe entschärfen.«
In diesem ersten Moment war Bender nicht in der Lage zu antworten. Überhaupt zu reagieren. Er spürte Schavans Hand auf seinem Arm, den leichten Druck seiner Finger. »Herr Bender, geht es Ihnen so weit gut?«
Bender gelang ein Nicken.
»Wir werden jetzt das Gelände räumen, und dann befreien wir sie von dem Gürtel.« Er sagte noch mehr, doch es gelang Bender nicht, sich darauf zu konzentrieren. Völlig irrelevante Dinge fesselten seine Aufmerksamkeit: Eine Papierserviette, die, getragen von einem Windstoß, die nun fast leere Tribüne herunterschwebte wie ein großer weißer Schmetterling, Staub, der in einem Sonnenstrahl tanzte, und die plötzliche Stille, die sie umgab. Und endlich fand er seine Sprache wieder. »Was … was ist passiert?«
»Wir haben Katja Rittmer gefunden«, sagte Schavan. »Wir haben den Schlüssel für den Gürtel.«
Schwarzgekleidete Polizeibeamte, die schwere große Platten trugen, tauchten in Benders Blickfeld auf, stellten sie am Fuß der Tribüne auf, so dass ihm die Sicht auf das Geläuf versperrt wurde. Alles verlief schweigend, konzentriert. Handgriffe, die saßen und geübt waren.
Bender sah Schavan an. »Es gibt auch einen Code. Nicht nur einen Schlüssel.«
Schavan antwortete nicht.
Der Code ist nur in meinem Kopf gespeichert. Du solltest beten, dass niemand auf die Idee kommt, mich zu töten.
Benders Blick flog zu den großen Platten, die nun fast fertig montiert waren. Sie sollten nicht die Detonation abhalten.

Nur die Blicke. Er hätte nie gedacht, dass Gewissheit sich so kalt anfühlen konnte. Er würde sterben.

* * *

Iffezheim bei Baden-Baden, Deutschland

Eric Mayer betrachtete den schlaksigen jungen Mann, der unruhig auf seinem Stuhl herumrutschte. »Sie haben diesen Zünder modifiziert«, sagte er. »Sie wissen, wie wir den Code umgehen können.«

Paul Horinsky schob seine Brille zurecht und beugte sich vor. Er war nicht der Typ, der gerne ins Licht gezogen wurde, Aufmerksamkeit auf sich spürte. Er war lieber allein mit sich und seiner Elektronik in seiner Bastelstube in dem Stuttgarter Hinterhof, in dem sie ihn aufgestöbert hatten. »Ich ... ich bin mir nicht sicher«, stammelte er jetzt. »Es ist schon eine Weile her ...« Er griff nach der Cola, die neben ihm stand, und nahm einen nervösen Schluck. Er wusste nicht, dass nur wenige hundert Meter entfernt ein Leben davon abhing, dass er sich konzentrierte. Dass er keinen Fehler machte.

»Schauen Sie sich alles genau an«, beruhigte ihn Mayer.

Martinez stand mit verschränkten Armen am Fenster der Polizeiwache und beobachtete schweigend die Situation. Mayer spürte seine Ungeduld. Beinahe eine Stunde hatten sie auf Horinsky gewartet, bis er aus Stuttgart per Hubschrauber hergebracht worden war. Ein V-Mann hatte ihnen den Tipp gegeben. »Er ist ein Spinner, hat sich in der Szene aber einen Namen gemacht, wenn es mehr als nur Standard sein soll«, hatte dieser gesagt. Horinsky hatte den Zünder sofort erkannt, sich aber zunächst geweigert zu kooperieren, aus Angst vor einer möglichen Gefängnisstrafe für seine Vergehen. Erst als ihm zugesichert worden war, dass er mit einer Bewährungsstrafe davonkommen würde, hatte er eingelenkt. »So einer lebt auch nicht lange im Knast«, hatte Martinez unfreundlich bemerkt, als er ihn zu Gesicht bekommen hatte.

»Ich glaube, ich erinnere mich«, stieß Horinsky jetzt hervor.

»Konzentrieren Sie sich und lassen Sie sich so viel Zeit, wie Sie brauchen«, erwiderte Mayer.

»Nein, ich weiß es wieder.« Horinsky griff nach einem der kleinen Spezialschraubenzieher neben sich auf dem Tisch. Mit einem Mal war die Nervosität gänzlich von ihm abgefallen. Er sah zu Mayer. »Werden Sie den Sprengsatz entschärfen?«

Mayer nickte, und Horinsky wies auf die Platine. »Okay. Sehen Sie diese Verbindung hier …« Da war kein Stottern und kein Stammeln mehr. Horinsky hatte seine Umgebung vergessen und seine Ängste. Er war in seinem Element, und Mayer begriff, woher der Ruf rührte, den er besaß. »Vielleicht ist es das Beste, wir bleiben in Funkkontakt, wenn Sie reingehen«, fügte Horinsky hinzu.

»*Das* sollte unser kleinstes Problem sein«, bemerkte Mayer, dann sah er in die Runde. »Ich ziehe mich jetzt um. Wir sollten keine Zeit mehr verlieren.«

Es hatte einige Diskussionen gegeben, weil er darauf bestanden hatte, diese Aufgabe selbst zu übernehmen. Es war keine Frage der Qualifikation gewesen. »Sie müssen das nicht tun«, hatte Schavan eingewandt. »Das ist nicht Ihr Job. Wir haben ein Team vor Ort, das diese Aufgabe erledigen kann. Warum wollen Sie Ihr Leben aufs Spiel setzen?«

»Weil ich die Verantwortung trage«, hatte er geantwortet. Es war die kürzeste Formel, die er für das fand, was in seinem

Inneren seit Katjas Tod tobte. Martinez hatte ihn nur angesehen, hatte *»Holy Shit«* gemurmelt und war rausgegangen.

Als die Tür hinter Mayer ins Schloss fiel, prallte er auf Valerie. Sie war augenscheinlich gerannt und völlig außer Atem. Er wusste nicht, wo sie die ganze Zeit gesteckt hatte, nahm an, dass die Sanitäter sich um sie gekümmert hatten. Sie war kurz vor einem Nervenzusammenbruch gewesen. Jetzt sah sie ihn aus großen Augen an. Er kannte diesen Blick bei ihr und wappnete sich.
»Stimmt es, dass du die Bombe entschärfen wirst?«, fragte sie.
Er nickte nur.
»Bitte, Eric«, flehte sie. »Bitte, tu es nicht.« Wenn er jemals an ihren Gefühlen für ihn gezweifelt hatte, dann wusste er in diesem Augenblick, wie verkehrt das gewesen war. Sie tastete nach seinen Händen. »Eric …«
Mit sanftem Druck umschloss er ihre Finger. »Ich muss es tun, Valerie. Du weißt, warum.«
Er sah, dass sie widersprechen, ihn zurückhalten wollte, wie ihr die Tränen in die Augen schossen. Doch dann nickte sie und machte den Weg frei.

* * *

Iffezheim bei Baden-Baden, Deutschland

Die Anspannung auf dem Rennbahngelände war greifbar. Ein Team von Notärzten stand bereit, Rettungswagen. Nicht weit entfernt wartete ein Hubschrauber. Eine Gruppe von Sprengstoffexperten war vor Ort, ebenso ein großes Aufgebot der

Feuerwehr, die ihre Löschfahrzeuge auf dem Geläuf unterhalb der Tribüne parkten. Dort stand auch der Einsatzwagen der Polizei, in dem Horinsky zusammen mit dem Einsatzleiter des SEK und dem Polizeipsychologen saß. Horinsky war über Funk mit Mayer und Lars Günther mit Bender verbunden. Durch die geöffneten Fenster des Fahrzeuges hörte Martinez ihre Stimmen, ohne verstehen zu können, was gesagt wurde. Valerie Weymann stand nicht weit von ihm entfernt. Unablässig drehte sie das Ende ihres Zopfes in ihren Fingern, es war der einzige Ausdruck von Anspannung, den sie sich gestattete, und Martinez bewunderte im Stillen ihre Beherrschung. Ein Stück weiter ging Jochen Schavan unruhig auf und ab. Mit einem Mal blieb er stehen. »Er müsste es nicht tun«, fuhr er Martinez an. »Muss er denn, verdammt noch mal, immer den Helden spielen?«
Martinez verstand, dass mehr Sorge als Zorn aus den Worten des BKA-Mannes sprach. »Hat er Ihnen nicht gesagt, dass er sich verantwortlich fühlt? Er will nicht, dass ein anderer sein Leben riskiert.« So war Mayer nun einmal. So war er schon immer gewesen.
Valerie hatte den kurzen Austausch schweigend verfolgt. »Es ist wegen Katja, nicht wahr?«, fragte sie nach einer Weile, ohne den Blick von den großen Wänden zu nehmen, die ihnen, wie allen anderen auch, die Sicht auf die Tribüne versperrten. Die Sicht auf Mayer in dem monströsen Schutzanzug, der doch nichts bringen würde, wenn sieben Kilo C4 direkt vor ihm explodierten. Und die Sicht auf Bender, von dem sie nur wussten, dass er lebte. Mehr nicht.
Ist es wegen Katja? Martinez fragte sich, wie er diese Frage beantworten sollte, wie er erklären konnte, was es hieß, im Krieg zu sein, wie eng und unwiderruflich die gemeinsamen Kriegserlebnisse selbst die unterschiedlichsten Charaktere

zusammenschweißten. »Sie waren ein großartiges Team, Rittmer, Frank und Mayer«, antwortete er nur.
Das erste Mal sah Valerie zu ihm. »Ja«, erwiderte sie, »und Mayer ist der Einzige dieses Teams, der noch lebt. Hat irgendjemand darüber schon einmal nachgedacht?«
Martinez' Lippen wurden schmal. Natürlich hatte er das. Er hatte sogar mit dem Gedanken gespielt, Mayer außer Gefecht zu setzen, bis die Bombe um Benders Eingeweide entschärft oder explodiert war. Aber damit hätte er seinem Freund keinen Dienst erwiesen. »In unserem Job muss man manchmal Entscheidungen treffen, die weh tun«, sagte er kalt. »Und man muss lernen, diesen Schmerz auszuhalten, so schwer es auch fällt.«
In diesem Moment explodierte die Bombe.

* * *

Iffezheim, Baden-Baden, Deutschland

So einsam wie in den letzten anderthalb Stunden war Bender noch nie in seinem Leben gewesen. Er hatte zwar über Funk Verbindung mit einem Psychologen gehabt, aber er hatte nicht mit ihm sprechen können. Er war sich sicher, dass der Mann noch nie in seinem Leben mit einer Bombe um seinen Körper drei Stunden in einem Pulk vergnügungssüchtiger Menschen gesessen hatte, ihren Tod ständig vor Augen. Er wollte keine ruhige, einfühlsame Stimme hören. Er wollte nichts mehr. Nur noch den Gürtel loswerden. Nachdem die Tribüne geräumt und das Gelände evakuiert war, war der Druck, die Enge, dieses übermächtige Gefühl der Hilflosigkeit irgendwann so groß geworden, dass er beinahe aufgestanden wäre und seinen Platz verlassen hätte, um dem Ganzen ein Ende zu bereiten. Nur um etwas zu tun. Sich endlich zu wehren.

Er konnte keine Hoffnung mehr zulassen. Konnte nicht an seine Familie denken, wie ihm der Psychologe einzureden versuchte. Die Vorstellung, Juliane könnte ihn hier sehen, verdreckt und verschwitzt, in seinen eigenen stinkenden Exkrementen sitzend, weil sein Körper die Anspannung nicht mehr ertragen hatte, war ihm unerträglich. Wie sollte er weiterleben mit der Erinnerung an die vergangenen Stunden? Wie den zerrissenen Faden wieder aufnehmen?

Und über allem, und das war der eigentliche Irrsinn, hatte ihn die Nachricht von Katja Rittmers Tod erschüttert. Begriffe wie das *Stockholm-Syndrom* geisterten ihm durch den Kopf, aber das wäre eine Fehlinterpretation gewesen. Es war mehr ein widerwilliger Respekt, den sie ihm abgerungen hatte. Menschen wie sie vergaß man nicht so leicht.

Die Stimme des Psychologen riss ihn aus seinen Gedanken.

»Herr Bender, wir sind so weit.«

Bender richtete sich vorsichtig auf, als er im nächsten Augenblick den Mann in dem unförmigen Schutzanzug die Treppe heraufsteigen sah. Gegen seinen Willen begann er wieder zu zittern. Sein Herz klopfte trotz der Medikamente, die er von den Ärzten vor Ort erhalten hatte, viel zu schnell.

»Sie müssen jetzt vorsichtig Ihr Jackett ausziehen«, bat der Psychologe.

Bender tastete nach den Knöpfen, und es dauerte einen Moment, bis er seine Hände so weit unter Kontrolle hatte, dass sie ihm gehorchten. Er ließ das Jackett hinter sich zu Boden fallen. Als er wieder aufsah, blickte er in Eric Mayers Gesicht hinter dem Visier des Helms, und eine irrationale Panik erfasste ihn. Wie konnten sie ihm Mayer schicken? »Niemand hat mir gesagt, dass Mayer die Bombe entschärfen wird«, stieß er hervor. »Er wird uns beide umbringen.«

* * *

Iffezheim, Baden-Baden, Deutschland

Mayer sah Benders entsetzten Gesichtsausdruck, aber er deutete ihn falsch. »Ruhig«, sagte er. »Bitte bleiben Sie ruhig.«
Der Zünder war unterhalb von Benders Brustkorb befestigt. Er hob und senkte sich mit Benders nervösem Atem. Über eine Spezialkamera und ein Mikrofon, die in Mayers Helm integriert waren, konnte Horinsky jeden Schritt verfolgen. »Okay«, sagte dieser jetzt. »Sie wissen, was zu tun ist.«
Mayer steckte den Schlüssel ins Schloss, dann breitete er das mitgebrachte Werkzeug neben sich auf dem Boden aus. »Ich schraube den Zünder auf«, sagte er und spürte, wie Bender die Luft anhielt. »Atmen Sie ruhig und gleichmäßig weiter«, bat er.
»Nehmen Sie den Deckel langsam hoch«, instruierte Horinsky. »Lassen Sie mich sehen, ob alles so ist, wie es sein soll.«
Schweigend hielt Mayer den Deckel.
»Okay«, sagte Horinsky. »Machen Sie weiter.«
Mayer spürte, wie Benders Atem ruhiger wurde. Wie sehr der Vorstandsvorsitzende der Larenz-Werke um seine Beherrschung rang, konnte er an seinen geballten Fäusten erkennen, deren Knöchel weiß hervortraten. Dann blendete Mayer alles um sich herum aus und konzentrierte sich ausschließlich auf die vor ihm liegende Aufgabe. Es gab nur noch die Elektronik

des Zünders, den Griff nach dem Werkzeug und Horinskys Stimme. Binnen kurzem war Mayer schweißgebadet und wünschte sich, er könnte sich des Anzugs entledigen, der seine Bewegungsfreiheit enorm einschränkte. Dann war der entscheidende Moment gekommen.

»Jetzt bitte ganz ruhig«, flüsterte Horinsky.

Mayer hielt die feine Zange in den Fingern. »Nicht atmen«, sagte er zu Bender. »Auf drei.«

Benders Atem stoppte, und Mayer durchtrennte den Draht. Totenstille folgte, dann hörte er, wie Horinsky nach Luft schnappte. »Den Gürtel ab, schnell«, schrie er Mayer ins Ohr. Mit einer einzigen Bewegung drehte der BND-Agent den Schlüssel und riss an dem Gürtel, schleuderte ihn die Tribüne hinunter, stieß Bender zu Boden und warf sich auf ihn. Die Explosion erschütterte die gesamte Konstruktion unter ihnen, die Druckwelle erreichte sie wie ein Schlag, der über Mayer hinwegfegte, und die Luft aus seinem Körper presste. Das Letzte, was er spürte, war das Knacken seiner Rippen, Knochen, die das Gewebe seiner Lunge zerrissen, und Bender, der unter ihm wild mit den Armen schlug. Dann wurde alles schwarz.

* * *

Iffezheim, Baden-Baden, Deutschland

Die Schutzwände hielten der Explosion nicht stand. Sie brachen auseinander. Es regnete Holz, Ziegel, Stoffverkleidungen und Blumen. Martinez riss Valerie schützend zu Boden. Sie spürte seinen Atem auf ihrer Haut, während er ihren Kopf

herunterdrückte. Als sie wieder aufsah, waren die Rettungskräfte bereits auf der Tribüne. Weder von Bender noch von Mayer war etwas zu sehen. Valerie wollte aufspringen, doch Martinez hielt sie zurück.
»Lass mich los, ich muss zu ihm!«, schrie sie und schlug nach ihm.
»Weymann, reiß dich zusammen!«, fuhr Martinez sie an.
Sie zuckte zurück, fuhr sich mit der Hand über das Gesicht und schluckte. Martinez' kantiges Gesicht war hart, seine Augen undurchdringlich, und sie begriff, dass es ihn ebenso viel Beherrschung kostete, nicht aufzuspringen und die zerstörte Tribüne hinaufzustürzen wie sie. Hilflos mussten sie beide zusehen, wie die Sanitäter und Ärzte Eric den Helm abnahmen und ihm eine Sauerstoffmaske über das Gesicht stülpten, ihm den Schutzanzug aufschnitten und seinen reglosen Körper auf eine Trage legten. Valerie nahm kaum wahr, dass Bender an ihnen vorbeigetragen wurde, dass einer der Rettungswagen mit Blaulicht das Gelände verließ. Ihr Atem stockte, als sich hinter ihr die Rotoren des Hubschraubers zu drehen begannen, sich der orangeweiße Pulk auf der Tribüne auflöste, und die Sanitäter mit Mayers Trage auf den wartenden Helikopter zueilten. Als sie näher kamen, sah Valerie, dass Eric an einen Tropf angeschlossen war, sein Kopf stabilisiert. Sein Gesicht war leichenblass, halb unter der Beatmungsmaske verborgen, die Augen geschlossen. Sie drückte sich die Faust in den Mund, um nicht aufzuschreien. Gleich darauf hob der Hubschrauber ab. Einer der Notärzte, der zurückgeblieben war, trat zu ihnen. »Er lebt«, teilte er ihnen mit. »Aber es sieht nicht gut aus.«
Wie betäubt wandte Valerie sich ab und stolperte fort, bis die Geräusche hinter ihr verklangen und sie allein war. Eric würde sterben.

Sie hatte es gewusst, in dem Moment, in dem sie erfahren hatte, dass er den Sprengstoffgürtel entschärfen würde. Sie starrte über die Rennbahn, nahm dumpf das Zwitschern eines Vogels wahr, einen Windhauch, der ihr Gesicht streifte. Eric würde sterben.

Jemand berührte ihre Schulter. Langsam drehte sie sich um. Es war Lars Günther. Sie hatte ihn nicht kommen hören. »Sie haben ihn in eine Spezialklinik gebracht«, erklärte der große rotblonde Mann ruhig. »Der Amerikaner hat einen Hubschrauber angefordert. Sie können mitfliegen, wenn Sie wollen.«
Wortlos wischte sie sich die Tränen aus dem Gesicht und nickte. Sie gingen auf den Hubschrauber zu, der in der Nähe der Tribünen wartete. Lars Günther nickte ihr zu, bevor er von außen die Tür zudrückte. Augenblicke später waren sie bereits in der Luft.

3. Juni

Koblenz, Deutschland

Es folgten bange Stunden und Tage, in denen Eric Mayer zwischen Leben und Tod schwebte. Was letztlich den Ausschlag gab, die Waage zu seinen Gunsten bewegte und ihn wieder den ersten selbständigen Atemzug nehmen ließ, wusste niemand. Es war eines jener Phänomene der menschlichen Physis, die kein Arzt zu erklären vermochte und oft genug als »unbedingter Lebenswille« definiert wurde. Vermutlich war es einfach Mayers kämpferischer Geist, dem das Aufgeben zuwider war und der immer dann zu Höchstleistungen auflief, wenn die Lage aussichtslos, gar verloren schien, der ihn rettete.

Als Eric Mayer vier Tage nach der Explosion das erste Mal die Augen aufschlug, war er allein. Niemand störte den kostbaren Moment, dieses Glücksgefühl, das ihn durchströmte, gepaart mit einer unendlichen Leichtigkeit, als er begriff, dass er überlebt hatte. Dass er weiterleben würde. Mit einem Lächeln auf den Lippen schloss er die Augen wieder und fiel diesmal nicht zurück in das lähmende Koma, sondern in einen gesunden Schlaf, der dem Körper Regeneration brachte und Kraft, jenen kleinen Bruder des Todes, wie manche sagten, der aber doch tatsächlich die Quelle allen Lebens war.

* * *

Hamburg, Deutschland

Rund fünfhundert Kilometer entfernt stand der Mann, für den Eric Mayer sein Leben riskiert hatte, auf der Terrasse seiner Villa in Hamburg-Poppenbüttel und blickte über die blühenden Rosen hinunter auf die Alster, die hier noch als schmaler Bach zwischen den alten Bäumen hindurcheilte. Es war Montagmorgen, in einer Stunde begann eine Vorstandssitzung in den Räumen der Larenz-Werke an der Elbe. Niemand rechnete mit seinem Erscheinen. Schon gar nicht sein Stellvertreter Andreas Vombrook, der es sich auf dem Platz des Vorstandvorsitzenden vermutlich schon bequem gemacht hatte. Gerwin Bender nahm einen letzten Schluck Kaffee, ging zurück ins Haus und stellte die Tasse auf dem Tisch ab. Juliane sah von ihrer Zeitung auf. Er beugte sich zu ihr und küsste sie flüchtig zum Abschied, spürte ihren prüfenden Blick.

»Es geht mir gut«, sagte er und lächelte.

Augenblicke später saß er im Wagen, begegnete dem fragenden Blick seines Fahrers im Rückspiegel und wiederholte die vier Worte, so, wie er sie an diesem und in den nächsten Tagen noch viel häufiger wiederholen würde. So lange, bis er selbst daran glaubte.

Die Damen am Empfang sprangen auf, als er das Firmengebäude der Larenz-Werke betrat, hießen ihn mit einem strahlenden Lächeln willkommen. Auch Andreas Vombrook lächelte, als Bender ihm kurz darauf gegenüberstand. Der Justiziar der Firma war sichtlich bemüht, seine Enttäuschung über Benders unerwartetes Erscheinen zu verbergen, aber es gelang ihm nicht. »Schön, dass du schon wieder da bist«, begrüßte er ihn und wollte den Platz an der Stirnseite des

Konferenztisches räumen, doch Bender winkte ab. »Bleib sitzen. Es wäre schön, wenn du die Sitzung heute wie geplant leitest.«

Das brachte Vombrook für einen Moment aus dem Konzept. Bender bemerkte das kurze Zögern, den unruhigen Blick, den sein Stellvertreter über die Anwesenden warf, als schätze er ab, wer ihn unterstützen und wer gegen ihn arbeiten würde, dann hatte er sich jedoch wieder im Griff.

Während der Sitzung beobachtete Bender die übrigen Vorstandsmitglieder. Er kannte sie alle seit vielen Jahren, ihre Gesten und ihre Marotten. Er lauschte ihren Stimmen, ohne ihnen wirklich zuzuhören, und empfand ein Gefühl, das ihm in diesem Raum bislang gänzlich unbekannt gewesen war: Langeweile.

Vombrook war, wie Bender es nicht anders erwartet hatte, perfekt vorbereitet und arbeitete die Agenda zügig ab. Er machte Vorschläge, hörte zu und moderierte, verzichtete dabei aber gänzlich darauf, der Sitzung seinen Stempel aufzudrücken. Vombrook erinnerte Bender an die Schar der Abgeordneten und Regierungsmitglieder in Berlin, eine Generation von Politikern, die ohne Visionen, ohne Charisma und vor allem ohne Mut ein ganzes Land verwalteten.

Als die Sitzung beendet war, ging Bender in sein Büro. Lange stand er am Fenster, lauschte dem Hämmern und Kreischen der Maschinen, das von der Werft zu ihm heraufdrang, und blickte über die Hafenanlagen und das Wasser der Elbe, in dem sich gleißend die Sonne spiegelte. Das würde er vermissen. Mehr als alles andere. Er seufzte und wandte sich ab. Noch wusste niemand, was geschehen würde. Nicht einmal Juliane. Er war allein zu Hause gewesen, als der Anruf aus Berlin gekommen war.

Er bat seine Assistentin, ihn mit Dr. Kurt Meisenberg zu ver-

binden. Sie hatten noch nicht wieder miteinander gesprochen. Juliane hatte darauf bestanden, dass er sich wenigstens das Wochenende zur Erholung gönnte, nachdem er am Freitagabend aus dem Krankenhaus entlassen worden war. Bis auf ein Explosionstrauma und eine Fraktur im linken Handgelenk, war er wie durch ein Wunder unverletzt geblieben. Mayer hatte mit seinem Körper für ihn die gesamte Druckwelle der Explosion abgefangen.
»Ich freue mich, deine Stimme zu hören«, sagte sein alter Freund Meisenberg jetzt. »Wie geht es dir?«
»Es geht mir gut, danke«, erwiderte Bender und informierte den Aufsichtsratsvorsitzenden über seine Pläne. Es wurde sehr still am anderen Ende der Leitung.
»Warum?«, fragte Meisenberg schließlich.
»Du kannst es dir sicher denken.«
»In den letzten Tagen waren einige Gerüchte im Umlauf, aber ich nehme an, es ist ganz profan: Sie erpressen dich.« Meisenberg nahm selten ein Blatt vor den Mund, zumindest nicht unter langjährigen Freunden.
»Der Bund ist einer der größten Auftraggeber der Larenz-Werke«, bemerkte Bender nur. »Ich kann es nicht zulassen, dass sie die Firma ruinieren oder zerschlagen.«
»Also folgst du ihren Forderungen und ziehst dich zurück«, stellte Meisenberg fest. »Nun, ich nehme an, es wird dich finanziell nicht ruinieren, oder hast du dich auf weitere Spekulationen eingelassen?«
»Du bist ein entsetzlicher Mensch, Kurt.«
»Das höre ich in letzter Zeit häufiger, speziell von alten Weggefährten. Es sollte mich wahrscheinlich nachdenklich stimmen«, erwiderte Meisenberg. »Was ist übrigens an der Geschichte dran, dass Katja Rittmer dich durch die halbe Republik geschleift hat?«

Bender lächelte unwillkürlich. So leicht würde er sich von Meisenberg nicht einfangen lassen. »Es war nur Brandenburg, eine alte Villa im Wald«, erwiderte er und meinte plötzlich wieder das verwitterte, graue Holz der Dielen zu sehen, den Staub und Dreck. Katja Rittmers Turnschuhe. Ebenso wenig wie die Öffentlichkeit je die wahren Gründe für Benders plötzlichen Rückzug aus dem Vorstand der Larenz-Werke erfahren würde, würde sie erfahren, was in den vier Tagen, die Bender in der Gewalt der Ex-Soldatin gewesen war, wirklich geschehen war. Eine defekte Gasleitung hatte die offizielle Erklärung für die Detonation in Iffezheim geheißen. Alles wurde hinter verschlossenen Türen geregelt. Der Vorstandsvorsitzende der Larenz-Werke war bereits Geschichte, aus dem Fokus der Medien verschwunden, und würde nur hier und da wieder auftauchen, wenn es galt, Vorträge zu halten oder einen Beratervertrag zu unterschreiben. Es würde keinen Umzug nach Berlin geben. Und vielleicht war das auch gut so. Vielleicht.
Er dachte an den Mann, der den Stein ins Rollen gebracht und dem er zwar auch sein Leben, aber vor allem diese Entwicklung zu verdanken hatte. Der Mann, der dafür verantwortlich war, dass seine Geschäfte mit Reynolds entdeckt worden waren und er die Titelseiten der Wirtschaftsmagazine ebenso beherrscht hatte wie die der Boulevardpresse. Sein Blick fiel auf eine unscheinbare schwarze Mappe auf seinem Schreibtisch. »Wunder dauern manchmal etwas länger«, hatte in der kurzen Begleitnotiz gestanden.
Bender hatte den Umschlag mit der Mappe zwischen der Post der letzten Woche gefunden. Mayers Vergangenheit. Interessantes Material, das ihm noch von Nutzen sein würde. Nicht jetzt. Irgendwann einmal, wenn Mayer am wenigsten damit rechnete. Wenn der Sturz ihn am härtesten traf.

Bender hatte alles erledigt. Mit Meisenberg war der Aufsichtsrat der Larenz-Werke über Benders Wunsch informiert, von seinem Posten im Vorstand zurückzutreten und die Firma zu verlassen. Es gab nichts mehr zu tun. Kurt würde alles Weitere übernehmen. Lautlos zog Bender seine Bürotür hinter sich ins Schloss. Seine Assistentin sah von ihrem Computer auf. »Sie gehen schon wieder, Herr Bender?«, fragte sie.
»Ja«, erwiderte er mit jenem Lächeln, das er ihr immer geschenkt hatte und von dem sie nicht wusste, dass sie es nun zum letzten Mal sah. »Ich habe noch Termine.«
Als er an ihrem Schreibtisch vorbeiging, stieg ihm das Aroma von Haselnüssen und Rosinen in die Nase, und schlagartig wurden seine Schritte schwer. Es war ihm, als würde seine Brust zu eng für das schnelle Flattern seines Herzens. Der Schweiß brach ihm aus, und seine Hand fuhr an den Knoten seiner Krawatte.
»Ist alles in Ordnung, Herr Bender?«, erreichte ihn die Stimme seiner Assistentin wie aus weiter Ferne.
Er starrte sie an. »Es geht mir gut«, sagte er.
Im Fahrstuhl ließ er den Kopf gegen das kalte Metall der Tür sinken. »Es geht mir gut«, wiederholte er leise.

Juli

Genf, Schweiz

Janine stand an einem der großen Panoramafenster und blickte über den Genfer See und die Berge, die sich dahinter in den blauen Sommerhimmel türmten. »Die Aussicht erinnert ein bisschen an Hamburg«, bemerkte sie, »man muss sich nur vorstellen, das dahinten wären Wolken und keine Berge.« Sie wandte sich ab und warf einen Blick auf die Kartons, die Möbel und auf Valerie, die auf einem dieser Umzugskartons saß, ihre Post durchsah und bei Janines Worten lächelnd aufsah. »Ich bin froh, dass es Ihnen gefällt«, sagte sie, »und dass Sie hier sind.«

»Ach, Frau Weymann.« Janine seufzte und strich sich das kurze Haar aus dem Gesicht. »Ich hatte mir schon Sorgen gemacht, als Ihr Mann sagte, dass Sie für zwei Jahre nach Genf gehen. Wer kümmert sich hier um Sie?«

Valerie warf ihr einen belustigten Blick zu. »Jemand, der darauf achtet, dass ich regelmäßig esse und schlafe?«

»Genau das«, erwiderte Janine bestimmt und krempelte die Ärmel ihrer Bluse hoch. »Dann werde ich mich mal ans Auspacken machen, damit es hier wohnlich ist, wenn die Mädchen am Wochenende kommen.«

Valerie zuckte mit den Schultern. »Dazu hatte ich noch keine Zeit. Die letzte Woche habe ich noch im Hotel gewohnt.« Sie sah auf ihre Uhr. »Und jetzt muss ich ins Büro.«

Janine grinste. »Wie gefällt Ihnen Ihr neuer Job bei der UNO?«
»Es ist eine Umstellung. Aber nach der Einarbeitungsphase wird es bestimmt ruhiger.«
»Soll ich was kochen, wenn Sie heute Abend kommen?«, rief Janine ihr hinterher, als sie schon halb zur Tür raus war.
»Nein, ich bin zum Abendessen verabredet. Ich gehe direkt vom Büro aus hin.«
Als sie das Haus verlassen hatte, blieb Valerie stehen und sah über das Wasser mit den Silhouetten der weißen Boote und den Häusern, die sich am anderen Ufer zwischen den Bäumen erhoben. Wenn sie genau hinschaute, konnte sie auch Umrisse des monumentalen Gebäudes der Vereinten Nationen sehen, ihres neuen Arbeitsplatzes seit dieser Woche. Sie unterdrückte ein Seufzen und den Anflug von Heimweh, den sie plötzlich verspürte. Janine hatte schon recht. Es war fast ein bisschen wie an der Alster an einem strahlenden Sommertag.
Würde sie jemals nach Hamburg zurückkehren? Es war alles so schnell gegangen. Sie erinnerte sich an Marcs entschlossenes Gesicht, als er sie am Flughafen abgeholt hatte, an die Distanz, mit der er sie begrüßt hatte, und der Schmerz stieg erneut in ihr auf. »Ich brauche Abstand, Valerie«, hatte er ihr gestanden.
Sie hatte nach dem erstbesten Strohhalm gegriffen, der sich ihr geboten hatte. Zwei Jahre Genf, als Anwältin im Büro des Sonderbeauftragten für Wirtschaft und Menschenrechte bei den Vereinten Nationen. Meisenberg hatte sie wider Erwarten unterstützt, ihr versichert, dass sie jederzeit in die Sozietät zurückkehren konnte.
Bei dem Gedanken an die Ereignisse der letzten Wochen fühlte sie sich wie eine frisch Operierte, die nicht an die Naht fassen mochte aus Angst, die Verletzung noch einmal zu spü-

ren. Sie war dankbar, dass sie seit ihrer Ankunft in Genf kaum Zeit zum Grübeln gehabt hatte. Ihre Arbeit nahm sie so in Anspruch, dass sie auch abends oft noch im Büro saß oder sich Akten mit nach Hause nahm. Mit Marc hatte sie verabredet, ihrer Beziehung ein halbes Jahr Pause zu gönnen, bevor sie sich wiedersahen. Sie hatte seinen Wunsch akzeptiert. Letztlich sah sie die Verantwortung für das Scheitern bei sich. Nachdem sie aus Rumänien zurückgekehrt war, hatten sie nicht mehr zu der Leichtigkeit zurückgefunden, die ihr Zusammenleben bis dahin geprägt hatte. Sie vermisste Marc dennoch jeden Tag.

Ihren Töchtern hatte sie zunächst das wahre Ausmaß der Krise verschwiegen und ihre neue Arbeit als Grund für den Umzug vorgeschoben. Natürlich waren Leonie und Sophie begeistert gewesen von der Aussicht, ihre Mutter in der Nähe zu haben. Das Internat der beiden war nur etwa dreißig Kilometer von Genf entfernt, und sie würden an den Wochenenden zusammen sein können.

Durch die Bäume sah Valerie die Personenfähre kommen und eilte zum Anleger hinunter. Sie zog ihre Sonnenbrille aus der Tasche und suchte sich einen Platz an Deck. Das tiefblaue Wasser des Genfer Sees plätscherte gegen die Bordwand, und eine leichte Brise fuhr durch ihr locker aufgestecktes Haar. Sie strich mit den Fingern über die weißlackierte Reling. In der vorigen Woche hatte sie hier mit Eric gesessen. Sie hatten anderthalb Tage Zeit füreinander gehabt, bevor sie anfangen musste zu arbeiten, und er weitergeflogen war nach Beirut, wo er Martinez treffen wollte. Es brannte in der arabischen Welt, und auch wenn er noch nicht wieder vollkommen genesen war, zog es ihn mit aller Macht in das Zentrum der politischen Umstürze. Es waren gute Tage gewesen.

Ihre Finger schlossen sich fester um die Reling, und sie versuchte, ihre Gedanken auf den vor ihr liegenden Arbeitstag zu richten, während das jenseitige Ufer unaufhaltsam näher kam und mit ihm die weißen Gebäude der UNO, die zwischen den Bäumen hindurchschimmerten. Aber es gelang ihr nicht. Wie schon so oft in den letzten Wochen drängte sich ungewollt die Erinnerung an ihren letzten Morgen im Bundeswehrzentralkrankenhaus in Koblenz in ihre Gedanken, und sie erinnerte sich an den Geruch von Desinfektionsmitteln, der in dem eintönigen Flur gehangen hatte, als sie nach kurzem Klopfen die Tür zu Erics Krankenzimmer geöffnet und unerwartet Martinez' Stimme gehört hatte, sein hartes Englisch.

Der Amerikaner stand neben Mayers Bett, verdeckte den Blick zur Tür. Keiner der beiden Männer bemerkte sie, ahnte auch nur, dass sie da war.

»Ich habe gehört, dass es kein Soldatenbegräbnis für Katja gab«, hörte sie Eric dann jedoch sagen.

»Nein«, erwiderte Martinez zögernd. »Es war eine zivile Beerdigung.« Es war deutlich, dass er nicht über die einsame und deprimierende Zeremonie sprechen wollte, die wenigen Menschen, die so verloren im Regen an dem offenen Grab gestanden hatten. Auch Valerie hatte mit niemandem darüber gesprochen, doch Eric schien bereits davon erfahren zu haben. Sie spürte die plötzliche Spannung zwischen den beiden Männern.

»Du hattest von Beginn an den Auftrag, sie zu töten«, bemerkte Eric.

Valerie stockte der Atem, sie glaubte, nicht richtig zu hören, doch dann erinnerte sie sich an Martinez' Besuch in der amerikanischen Botschaft in Berlin. Seinen Zorn, weil Katja ihnen in Calw entkommen war. Und seinen unbedingten Wunsch, Valerie bei ihrem Treffen mit der Ex-Soldatin zu begleiten.

Ein gezielter Schuss. Wieder sah sie Katja fallen. Sah die Hand, die aus der Tasche rutschte, die Finger, die sich öffneten. Es war völlig gleichgültig gewesen, was sie mit Katja geredet hatte, sie hatte Martinez nur zu ihr führen sollen.
»Du solltest sie töten, und das war der einzige Grund, warum du nach Deutschland gekommen bist«, wiederholte Eric, und Valerie entging nicht der bittere Unterton in seiner Stimme. Martinez hatte sie *alle* benutzt.
»Du weißt, warum es sein musste«, erwiderte der Amerikaner.
»Sie war ein Sicherheitsrisiko, wusste zu viel, aber …«
»Es war ein gemeinsamer Beschluss unserer beider Regierungen«, sagte Martinez ruhig.
Trotz der Verbände, die ihn hinderten, und der Schmerzen, die es ihm bereiten musste, fuhr Eric in seinem Bett hoch. »Was …?«
Martinez drückte ihn sanft zurück. »Sie kennen deine Vergangenheit. Du hättest alles getan, um sie da lebend rauszuholen«, fiel er Mayer ins Wort. »Sie hätte geredet. Über alles. Es war nur eine Frage der Zeit. Deshalb haben sie mich beauftragt.«
Valerie sah, wie Eric resigniert die Augen schloss.
Natürlich wusste er, dass der Fall Rittmer hinter den Kulissen die bilateralen Beziehungen zwischen Deutschland und den USA nicht unerheblich belastet hatte. Die Amerikaner hatten sich ungefragt in innerdeutsche Angelegenheiten gemischt. Menschen waren gestorben. Im Gegenzug hatten die Deutschen den Tod eines amerikanischen Senators zu verantworten. Ein Wirtschaftskrieg, für den Katja ihr Leben lassen musste, damit die Beteiligten das Gesicht wahren konnten. Sie hatten die Soldatin benutzt wie eine Marionette.
»Wir wissen beide, dass sie eine besondere Frau und eine

ausgezeichnete Soldatin war«, sagte Martinez. »Aber es gab keinen Platz mehr für sie auf dieser Welt. Sie hätten sie eingesperrt in eine Klinik, mit Medikamenten vollgepumpt. Dort wäre sie auch gestorben. Nur qualvoller und viel langsamer.« Das Schweigen, das Martinez' Worten gefolgt war, war erdrückend gewesen.

Das langgezogene Heulen der Schiffssirene brachte Valerie zurück in die Gegenwart. Ein Motorboot kreuzte den Weg der Fähre, und sie beobachtete, wie sich die weiße Gischt, die es aufwarf, allmählich wieder in den Wellen verlor. Wie paralysiert hatte sie an jenem Tag, an dem sie Zeuge dieses Gesprächs zwischen Eric Mayer und Don Martinez geworden war, das Krankenhaus verlassen und einen Tag später Koblenz. Sie hatte mit Eric nicht darüber gesprochen, was sie erfahren hatte. In Koblenz nicht und auch nicht hier in Genf. In stillem Einvernehmen hatten sie beide geschwiegen über die Ereignisse der vergangenen Wochen, waren um sie herummanövriert wie um gefährliche Klippen und hatten doch die Schatten nicht fernhalten können von den wenigen ruhigen Stunden, die ihnen zusammen vergönnt waren. Und dann war Eric gegangen, zurück in seine Welt.

Das Schiff erreichte das Ufer. Sie stieg aus, ihre Aktentasche unter dem Arm. Auf dem Steg warteten bereits die Passagiere für die Rückfahrt. Zwei junge Männer waren unter ihnen, Soldaten in der Uniform der Schweizer Armee. Valeries Blick blieb an ihren jungen Gesichtern hängen. Gesichter, die noch so glatt waren, fast noch kindlich wirkten. Auch die Schweizer beteiligten sich mit kleinen Kontingenten an den Friedensmissionen der internationalen Staatengemeinschaft. Valerie schaute den beiden Soldaten nach, wie sie sich auf den Platz setzten, den sie selbst gerade verlassen hatte, über das Wasser blickten, plötzlich lachten und in die Sonne blinzelten. Sie wünschte sich, dass sie wirklich so unbeschwert, so heiter waren, wie sie sich gaben. Dass sie niemals einen Krieg erleben, niemals die Angst spüren, das Grauen erleben mussten, das ihre Seelen zerbrach. Sie wandte sich schließlich ab und ging auf das monumentale Gebäude der Vereinten Nationen zu. Die Trauer um Katja, um ihr verschenktes Leben und um all die Männer und Frauen, die ihr Schicksal teilten, würde noch lange in ihr nachhallen. Sie waren immer die Verlierer, egal, wie ein Krieg endete.

»... Und fast hatte ich den Eindruck, sie hatten große Angst, nach Hause zu fahren. Angst, ob man sie dort verstehen würde, ob sie sich wieder zurechtfinden würden. Ohne den Dreck, den Staub, die Hitze, die Dixi-Klos, das Blut, die Gewehre, das Adrenalin. Als hätten sie Angst davor, keine Angst mehr haben zu müssen. Angst, die man ja nicht hatte. Nicht haben konnte, nicht haben durfte, nicht hatte also. Ein Soldat hat keine Angst. Darf er also Angst davor haben, keine Angst mehr zu haben, wo er doch gar keine hatte? Wer soll das verstehen in Deutschland, wo man in beheizten Wohnungen sitzt, in Büros mit Klimaanlagen arbeitet, wo man alles kaufen, alles essen kann, unbeschwert über jeden Rasen laufen kann, weil es dort keine Minen gibt ... Wer soll das verstehen? ...«

(»Ein schöner Tag zum Sterben«, Heike Groos. Die ehemalige Angehörige der Bundeswehr im Dienstgrad des Oberstabsarztes war mit Unterbrechungen insgesamt zwei Jahre in Afghanistan, zuletzt 2007.)

Anmerkung und Danksagung

Das große Thema Kriegstrauma lässt sich nicht losgelöst von der Historie betrachten. Die Greuel, die sowohl Soldaten als auch Zivilisten im Krieg erleben, konnten vor dreihundert, hundert oder fünfzig Jahren ebenso wenig aus den Seelen der Menschen getilgt werden wie heute. Veteranen leben häufig am Rand der Gesellschaft, und die Kriege – damals wie heute – dienen in den seltensten Fällen dem Kampf für Freiheit und Gerechtigkeit.

Während ich diese Zeilen schreibe, sind erneut deutsche Soldaten in Afghanistan gefallen. Sie wurden Opfer eines Sprengstoffattentats, die Wucht der Detonation war unerwartet groß, die Staatengemeinschaft zeigte sich überrascht von der Feuerkraft der Taliban. Die Nähe zu den von mir geschilderten Ereignissen zu Beginn des Thrillers »Die Marionette« ist für mich selbst nach der intensiven Recherchearbeit noch erschreckend. Natürlich sind die von mir geschilderten Ereignisse reine Fiktion, die Akteure meiner Phantasie entsprungen, ohne dass es lebende oder verstorbene Vorbilder gibt. Der Roman spielt jedoch vor einem weltpolitischen Hintergrund, der jedem aufgeklärten Leser vertraut sein dürfte.

Während meiner Arbeit und meiner Recherchen habe ich viel erfahren über die Struktur der Armee und über ihre Soldaten. Über den Dienst an unserem Land und über die Zustände an der afghanischen Front, die keine ist, da Deutschland offiziell keinen Krieg führt. Und über das Schicksal der Männer und Frauen, die aus diesem nicht geführten Krieg versehrt nach Hause zurückkehren, verletzt an Seele und Leib. Weder seitens der Bevölkerung noch ihres Arbeitgebers, der Bundeswehr, kommt ihnen das Maß an Verständnis und Hilfe zu, das sie brauchen, um nach allem, was war, zurückzufinden in unsere Gesellschaft. Für sie ist dieser Roman entstanden.

Ohne die Unterstützung zahlreicher hilfsbereiter und offener Menschen wäre er jedoch nicht zustande gekommen. Allen möchte ich an dieser Stelle danken! Einige möchte ich namentlich nennen:
Mein ganz besonderer Dank gilt Andrea Kammann, Angelika Scholz, Gisela Albrod und Els Steffin für ihren kritischen Blick auf den Text, ihren Einsatz und die vielen Gespräche, die wir geführt haben. Oliver Wiß und Renate Hübner für ihre wertvolle Hilfe. Meinem Agenten Michael Meller und seinem Team, die mit ihrer Arbeit die nötige Ruhe zum Schreiben gegeben und immer ein offenes Ohr für ihre Autoren haben. Innerhalb der Verlagsgruppe Droemer Knaur Andreas Thiele, Georg Regis und Andrea Bauer stellvertretend für den gesamten Vertrieb und vor allem meiner Lektorin Alexandra Löhr für die phantastische Zusammenarbeit. Alles andere als selbstverständlich ist für mich die große Unterstützung, die ich von meinem Mann, meinen Söhnen und meiner Mutter erfahre: Ihr haltet mir den Rücken frei, ertragt meine Launen, liefert wertvolle Ideen und seid einfach da, ohne zu fragen. Ich stehe über mehrere Leben in eurer Schuld.

Alex Berg,
im Juni 2011

Quellen

Heike Groos, *Ein schöner Tag zum Sterben,* Krüger Verlag
Leah Witzelmann, *Wenn der Krieg nicht endet,* Balance-Verlag
Daniela Matijevic, *Mit der Hölle hätte ich leben können,* Heyne-Verlag
Ahmed Rashid, *Taliban,* Verlag C. H. Beck
Tim Weiner, *Legacy of Ashes, History of the* CIA, Anchor Books

Alex Berg

MACHTLOS

Thriller

In Hamburg verschwindet die engagierte Kinderärztin Noor al-Almawi spurlos. Ihre engste Vertraute, die renommierte Rechtsanwältin Valerie Weymann, wird kurz darauf am Hamburger Flughafen festgenommen. Agenten deutscher und amerikanischer Geheimdienste unterstellen den beiden Frauen Kontakte zu hochrangigen Mitgliedern einer islamistischen Terrororganisation. Ihrer Rechte beraubt, wird Valerie tagelang verhört, ihr der Kontakt zur Außenwelt verboten. Dann wird die Anwältin in ein geheimes Gefängnis der Amerikaner nach Osteuropa verschleppt. Dort sieht sie zum ersten Mal ihre Freundin Noor wieder. Werden die beiden diese Hölle überleben? Haben sie die Kraft und den Mut, für ihre Unschuld zu kämpfen?

»Dieser phantastische Thriller
ist eine Parabel auf die Ängste unserer Zeit.«
Bild am Sonntag

KNAUR TASCHENBUCH VERLAG

Judith Merchant

NIBELUNGENMORD

Kriminalroman

In einer der sagenumwobenen Höhlen des Siebengebirges, wo Siegfried einst den Drachen tötete, wird eine Frauenleiche gefunden. Noch am selben Tag wird in Königswinter die Ehefrau des Notars vermisst. Hat die Geliebte des Notars, die exzentrische Künstlerin Romina, ihre Widersacherin kaltblütig aus dem Weg geräumt? Als sich Kriminalhauptkommissar Jan Seidel die Bilder der Künstlerin anschaut, sieht er das Mordmotiv förmlich vor sich: Verzerrte Frauenfratzen kämpfen um einen strahlenden Helden. Aber nicht nur Jan Seidel, sondern auch seine eigenwillige Großmutter Edith erkennt, dass die Lösung des Falles weitaus komplizierter ist ...

KNAUR TASCHENBUCH VERLAG